«PANDORA»

PAOLO CAMMILLI

IO NON SARÒ
COME VOI

Sperling & Kupfer

Realizzazione editoriale a cura di Studio Dispari.

IO NON SARÒ COME VOI

Proprietà Letteraria Riservata
© 2015 Sperling & Kupfer Editori S.p.A.

ISBN 978-88-200-5792-3

I Edizione aprile 2015

Anno 2015-2016-2017- Edizione 1 2 3 4 5 6 7 8 9 10

A voi due, non mi mancate perché siete sempre con me.

A Irene e al suo piccolo grande cuore.

Ragazzini corrono sui muri neri di città, sanno tutto
dell'amore che si prende e non si dà…
PAOLA TURCI, *Bambini*

Il Vento si recò da Dio e chiese: «Dio, dovrei andare via
per un qualche tempo. Mi è concesso?»
Dio rispose: «Certo, tu sei il Vento e anche se ti assenterai
per un periodo, prima o poi tornerai».
Stessa cosa domandò la Pioggia ed ebbe la stessa risposta.
Poi, fu la volta dell'Onore che chiese a Dio
di potersene andare per un po'.
Dio rispose: «No, Onore, tu non puoi.
Perché quando te ne vai, non ritorni più».
Detto siciliano

Possiamo ancora vincere.
Fuga per la vittoria

8 luglio 2014

1

UCCIDETEMI, vi prego.

E fatelo presto, per favore.

Ma come potete voi, che non sapete amare né uccidere?

Deve farcela da sola.

Se riesce a raggiungere la finestra, un semplice foro rettangolare con i bordi sbrecciati, può gettarsi giù. Non può scappare, salvarsi. Può solo morire rapidamente senza dare soddisfazione a quei bastardi.

Un attimo, solo un attimo, ed è tutto finito. Forza...

Impossibile, non ce la farà mai.

Il mare è lì, a poche centinaia di metri, ma è come se non ci fosse. Puoi sentire l'odore dolciastro del canale che ristagna vicino, mischiato alla terra dei campi, ai pini, ai rovi che abbracciano tutto e all'estate. Non fa tanto caldo per essere nel cuore di luglio, l'aria è immobile, lucida, come se fosse in silenzio. C'è anche la luna, inquadrata nella finestrella. Pare che lo faccia apposta, che voglia dare una sbirciatina pure lei per capire cosa sta accadendo in quella vecchia casa abbandonata.

Anche aprire gli occhi è un'impresa. È rivolta verso il muro. Un muro debole, sfarinato, che le sembra gigantesco e insuperabile.

Concentrandosi, riesce a tirare su la testa... guarda verso la finestra, attraverso le stille umide e salate che vorrebbe tanto nascondere dagli occhi.

Non c'entra nulla quella luna, vorrebbe strapparla dal cielo. Anche le stelle, via una a una, così splendide e inopportune.

La finestra è a un metro. Devo solo tirarmi su, ce la posso fare.

No, non può. Assolutamente non può.

Chi tiene in mano la torcia deve essere un ubriaco o avere un po' di paura perché la luce giallina spazza il buio a casaccio, come il fuoco scomposto di una raffica di spari. Ma almeno ci consente di vedere qualcosa.

Lei è in ginocchio, le mani legate dietro la schiena con un nastro di plastica che sega i polsi.

Qualcuno le stringe le gambe nude inchiodandole al suolo mentre il viso le crolla a terra e le ginocchia bruciano sul cemento ricoperto di granelli di terriccio come un tappeto di carta vetrata.

Appoggia il mento graffiato sul pavimento ruvido, ma deve rialzarsi un po'. Uno sforzo pazzesco per sollevare la testa. Un filo di saliva e sangue cola dalla bocca e va su e giù come uno yo-yo. Devono averle strappato il piercing dal labbro superiore perché sente la bocca in fiamme e vede le gocce di sangue che picchiettano il suolo. Piano piano, come il tempo che manca. Si lecca le labbra e sente solo carne appiccicosa e sale. Il vestitino a righe orizzontali bianche e nere, ribaltato sulla schiena, mostra a tutti le belle gambe graffiate e i brandelli delle mutandine strappate di lato.

Sente male lì. Solo a tratti in realtà. Sente male quando un vigliacco infila il ramoscello di rovi più dentro. Ancora più dentro. La carne si buca e si strappa.

Non vuole urlare, non serve a niente. Quando ci ha provato le hanno tappato la bocca e vibrato un colpo violentissimo che le ha spaccato lo zigomo. E poi... la sofferenza deve restare tutta dentro di lei.

C'è una cosa che la spaventa di più: sente la vescica scoppiare, ma non vuole farsi la pipì addosso.

Se se la fa addosso capiranno che ha paura, che ha perso tutto, che l'hanno ridotta a un essere sconfitto e ridicolo. La sta trattenendo con tutte le sue forze, il resto è un dolore fisico che non conta niente.

Strani pensieri la accerchiano come per prenderla in giro. *Saranno contente quelle fighette esaltate delle sorelle Tessari quando sapranno che mi hanno massacrata? Sì, forse sì... sarà un argomento intrigante per il resto dei loro giorni.*

E poi morire significa perdere irrimediabilmente, non potersi più difendere.

Vendicatemi, almeno questo. Non ve lo dimenticate.

Prova una vergogna totale, fisica. Come può, anche in questa circostanza, preoccuparsi per cosa gli altri pensano di lei? Scuote la testa e strizza gli occhi fortissimo.

C'è una cosa strana, un particolare che stona: le hanno lasciato i capelli legati. Si era fatta una crocchia alla bene e meglio con una penna ed è ancora quasi intatta... Non può ricordarsi che l'afferravano per la gola, quando le inarcavano la schiena quasi fino a spezzargliela e cercavano di violentarla.

Cercavano, questo se lo ricorda.

Neanche ci siete riusciti, poveracci.

E poi cos'è questa musichetta assurda che rimbomba tra le mura a pezzi?

Sorride appena con gli occhi. La musica è nella sua testa...

«We Are Young», si chiama «We Are Young».

Ed è dei... dei...

È un nome troppo lungo e difficile e non le vuole entrare in testa. Ma la musica sì, ha qualcosa di eroico. I bassi che marciano sempre più forte e la voce straziata che canta: *We Are Young.*

L'ha sentita una decina di volte alla festa.

Già la festa.

Un ricordo felice e confuso prima di questo incubo infame.

Chissà cosa le hanno rifilato in mezzo alla musica, all'alcol, in mezzo a tutti quegli abbracci, quei sorrisi, quelle noiose occhiate che si sente addosso da anni? La testa che le gira, ha voglia di vomitare e fa fatica a tenere gli occhi aperti.

Non è solo alcol, le hanno dato qualcosa.

Prova a ricordare. Ma la sua mente adesso è uno specchio schiantato. In ogni pezzo di vetro è impresso un brandello di ricordo, un'immagine inutile perché separata dalle altre.

La nausea, gira tutto. Cosa darebbe per mettersi due dita in gola e vomitare questo schifo!

Un fiotto di sangue schizza dalla bocca e soffoca un rantolo o un sospiro.

C'è silenzio, irreale e pauroso. A volte parlano fra di loro, ma piano. Sente qualche parola qua e là, suoni smozzicati come quando è nella sua auto e cambia le stazioni radio a tutta velocità.

Cerca di seguire quei frammenti, crede che siano importantissimi, devono esserlo per forza!

Ma non c'è tempo.

Forse è arrivato il momento: sente che parlottano, si sono decisi.

Anche lei è decisa. È decisa a guardarli in faccia per l'ultima volta. Lo sa chi sono, li conosce tutti benissimo. Ma vuole vedere i loro occhi mentre la stanno ammazzando. Se ci godono a vederla soffrire o si sentono parte di una forza sporca e vigliacca che non controllano più.

Prova a girare la testa indietro, tanto lo sa che sono tutti lì in fila a sbarrarle l'unica via d'uscita, le scalette mezze crollate che portano su quella stradina lontana da tutto.

Alza gli occhi per scartare quella luce sparata in faccia che le toglie la vista. Non è la luce della torcia, è il bagliore bianchiccio che sprizza da un telefonino.

È un attimo, eppure, mentre volta la testa quasi al rallentatore li vede uno per uno, come i calciatori in tv durante l'inno nazionale.

Hanno paura, sembra che stiano loro per morire.

Il primo, quello con la torcia in mano, non lo considera neppure, così anche il secondo. *Non siete niente, voi.* Anche con quelle pietre polverose e taglienti strette fra le mani.

Il terzo... il terzo è il più figlio di puttana di tutti. Come può non esserci lui dietro questo schifo? È l'unico che la guarda come per suggerirle che ormai è finita. *Come osi, verme? Come osi*

guardami in faccia? Lo so di cosa vuoi vendicarti. Patetico ra-
gazzino. Non importa se mi uccidi, hai perso. Per una volta hai
perso tu e lo ricorderai per sempre.

La mano stringe qualcosa nel buio che a tratti luccica d'argento nel buio. Un rasoio? Oppure un paio di forbici.

Poi c'è lei.

Le fa troppo schifo, non vuole vederla. Lo conosce quel sorrisino che si indovina appena, crudele e pudico al tempo stesso.
Piccola, miserabile, traditrice.

Dopo, c'è uno stronzetto. È una sua vecchia conoscenza. È
più vittima di lei, le fa pietà.

L'ultimo, un po' in disparte, non riesce a vederlo. È proprio
quello che le tiene puntata la luce contro il viso.

Ha in mano qualcosa, forse un martello. Uno strumento con
cui si può uccidere. Lo tiene rivolto verso il basso, lungo la gamba. L'ombra del ragazzo si piega leggermente di lato come un
manichino tirato da un filo.

Deve vederlo in faccia, non riesce ancora a riconoscerlo.

Abbassa la testa e un ciuffo si ribalta sulla fronte. Tira un respiro profondo che gratta due o tre colpi di tosse. Si raschia la
gola e prova a sputare con tutta la forza che le rimane ma quel
pasticcio le intasa la bocca e non vuole saperne di uscire fuori.

Con tutte le energie, tenta di alzare il viso di scatto senza che
tutto si capovolga o inizi a girare.

E non basta che il sangue le sporchi le guance a casaccio,
che la bocca sia un'unica, liquida, macchia rossa, che lo zigomo
deformato prema sull'occhio riducendolo a una fessura come il
tratto di una penna e che quel ramoscello di rovi infilato proprio
lì la faccia sembrare l'ombra di un gatto con la coda tagliata.

Per un attimo si sente bellissima e invincibile.

Appena prima di capire.

Lui distoglie lo sguardo, la testa reclinata mentre si osserva le
scarpe da ginnastica pensando a chissà cosa.

Non può essere vero quello che vede.

Cosa ci fai tu qui?

Si sente sola come non mai. Di quella solitudine crudele che freme di abbandono e tradimento.

Le pupille scure brillano letteralmente. Più della torcia che trema, più di quella stupida luce inchiodata sul viso che ruba la sofferenza, più di una lama stretta nel buio. Brillano d'odio feroce e disperato. Tutto l'odio che può.

Non è possibile.

Tu.

Proprio tu.

Un anno prima

Un anno prima

FABIO Arricò è perdutamente innamorato di Caterina Valenti.
Ma non lo deve sapere nessuno. Nessuno. Altrimenti è rovinato.
È un grosso problema ma non è il solo. Proprio in questo momento il nostro tormentato Fabio sta per fare la figura di merda più grande della sua vita.
E non ci sono scuse.

Fa un caldo infernale.
Anche se sono le quattro del pomeriggio, il sole, un disco gigantesco che sembra occupare tutto il cielo, pulsa come un cuore di fuoco. È un mese e mezzo che non piove, quindi non ci sono speranze. Lido di Magra, un paesino di mille anime adagiato sulla Riviera Apuana a pochi chilometri dalla Versilia, è un forno da cui si può scappare solo tuffandosi in mare (e restandoci), oppure risalendo le pendici delle Alpi Apuane prima di schiantarsi sull'erba di qualche boschetto ombroso. Altre possibilità non ce ne sono. Mare o monti.
Eppure, in giornate come queste, se ti trovi in spiaggia come il novantanove per cento dei frequentatori di questa località balneare, il mare non basta.
Una semplice occhiata rivolta allo stradone del lungomare che unisce Viareggio a Marina di Massa e oltre, passando per

un infinito numero di stazioni turistiche più o meno note, ci può offrire un'idea più precisa. L'asfalto sembra liquefarsi da un momento all'altro e scotta sotto i piedi anche con le infradito. Se invece ti trovi a percorrere il vialone con l'automobile potrai notare, a distanza di qualche centinaio di metri, una sequenza inattesa di specchi d'acqua che tagliano la strada. Miraggi, niente di più e niente di meno.

Spostando lo sguardo all'interno del parcheggio del *Bagno Erika*, teatro iniziale di questa storia, avrai la sensazione che le auto stiano per incendiarsi da un momento all'altro, e se hai la sfortuna di doverci entrare dentro è meglio che spalanchi tutte le portiere (compreso il portabagagli), attenda pazientemente almeno un quarto d'ora e ti metta l'animo in pace: perché tanto dovrai soffrire.

Una casetta di legno marroncino chiaro ospita il bar, il ristorante e conta di una veranda di canne sotto la quale sono sistemati i tavolini. Ai lati si distendono due giardinetti con altri tavoli di plastica e ombrelloni, sotto i quali giovani e adulti giocano a carte, fanno fuori gelati a tutto spiano oppure, come nella maggior parte dei casi, non fanno niente.

Al di là di due lunghe file di cabine bianche con guarnizioni azzurre, ci sono la spiaggia, gli ombrelloni a spicchi bianchi e azzurri e, soprattutto, il mare. Il Mar Tirreno. Il Mar Tirreno Settentrionale, a essere precisi.

Pare impossibile che non inizi a bollire da un momento all'altro.

I riflessi del sole ne incendiano la superficie e un solco di mille schegge d'oro scintilla come se volesse spezzarlo in due.

A vederlo così, questo ampio specchio di mare potrebbe sembrare una specie di baia, lunga e morbida, stretta tra due lunghe braccia scure che in realtà sono la prospettiva della costa che curva gradualmente. A destra, a un paio di chilometri di distanza, puoi riconoscere l'imponente grattacielo della Colonia Marina Edoardo Agnelli, più nota come Torre Fiat, che macchia lo scenario. Più in lontananza si può scorgere una striscia di terra appena montuosa attraversata da una specie di esteso e scomposto filo spinato. Non è filo spinato, sono le gru, i tralicci, gli alberi delle navi del porto di Carrara. La striscia di terra degrada sempre più verso il mare ed è lì che inizia la costa ligure. L'estremità di questo lungo braccio è Porto Venere, ma non si vede perché è coperto dall'isola Palmaria. Poco più in là, verso il mare aperto, si intravede l'ombra dell'isola del Tino. È dietro la sagoma lontana di questa terra che il sole va a naufragare. E una volta tramontato, lascia in suo ricordo le sbavature rosa che colorano di nostalgia il mare, la sabbia e i volti delle donne che si attardano sulla spiaggia all'ora del crepuscolo.

L'altro braccio, quello che se stai guardando il mare si trova sulla sinistra, è invece Viareggio. Puoi osservare, nitido, il pontile del Cinquale che lo precede di diversi chilometri. Se invece strizzi gli occhi puoi immaginare la sagoma azzurrina della zona costiera di Livorno. Ma è un'ombra lontana che si vede e non si vede, come un'isola misteriosa.

Se, infine, guardi direttamente il mare, non puoi non notare una scogliera che parte dalla riva e si allontana per qualche decina di metri. È stata costruita per opporsi all'erosione causata dal mare, che si mangia ogni anno metri e metri di litorale.

La spiaggia è gremita di persone, perché è sabato, siamo al 6 di luglio e il tempo è buono.

Tutti i presenti in questo tratto di costa si sono sistemati all'ombra, oppure fanno avanti e indietro fra le ondine della riva e il bagnasciuga.

Tranne uno. Anzi due.

Per vederli in azione dobbiamo però tornare dietro le cabine, proprio a una decina di metri dal bar-ristorante, e osservare cosa sta accadendo attorno al vero protagonista dello stabilimento balneare *Erika*: il tavolo da ping-pong.

Eccoli lì.

Sono due ragazzi.

Uno curvo a un lato del tavolo e l'altro saltellante sul lato opposto.

Quello che si guarda intorno smarrito, disorientato, piegato in

13

due come se dovesse portarsi a spasso Platinette appollaiata sulla schiena, è proprio Fabio Arricò.

Stavolta l'ho fatta sporca e mi è andata male, sembra comunicarci attraverso l'inequivocabile linguaggio del corpo.

Ma non posso perdere. No. Quello mai.

Perdere si può, ma dipende con chi.

Fabio sta per compiere diciassette anni, è un ragazzo magrolino, pur avendo le spalle larghe, piuttosto alto per la sua età, con due gambe esili e armoniose come una ballerina. Una fontanella di peli sulla pancia e qualche ombra pilifera di nuova formazione sul petto.

Porta un taglio di capelli vecchio di una ventina d'anni (corti, scalati dietro, senza cresta davanti, basette lunghe), alla Dylan McKay di Beverly Hills, un costume di cotone con disegni scozzesi giallognoli a pantaloncino largo e lunghissimo, in modo da coprire la gambette magre di cui si vergogna, e una bella sbucciatura sul ginocchio sinistro perché è caduto dallo scooter. Macchie di sabbia incollate alla pelle lo sporcano un po' ovunque. È ancora troppo bianchiccio, pur stando al mare da mattina a sera.

Ha un naso pronunciato, grandi occhi castani un po' all'infuori, un sorriso buono e una leggera peluria sul mento e al di sopra della bocca, che è meglio di niente, ma non basta: le ragazze del Liceo Scientifico Ettore Majorana vanno dietro esclusivamente a quelli più grandi. Non è mai stato così sudato in vita sua e i brufoli, che gli fanno le guance come due pizzette Catarì, sembrano sciogliersi a vista d'occhio. Nonostante l'azione frenante delle ciglia, rivoli di sudore colano sugli occhi, si impiastricciano con le lenti a contatto e appannano la vista. Arricò non porta gli occhiali, li tiene solo a casa per guardare la televisione. Con quegli affari addosso Fabio si sente a disagio come Tomás Milián con la erre moscia.

Ha la mano destra che gli trema. Quella con cui tiene la racchetta.

E, dicevamo, ha un problema.

Non può, assolutamente non può, essere sconfitto nella finale del Torneo Annuale di ping-pong *Bagno Erika*.

E ciò non può accadere per due fondamentali motivi:

1) l'avversario è Samuele Bardi. Samuele Bardi gli sta sul culo;
2) questo è il suo torneo.

Se lo è organizzato a sua immagine e somiglianza, e se lo perde fa una figura da pellaio. Non importa se è uno stupido torneino da spiaggia, lui ci crede.

Ha studiato con attenzione maniacale ogni possibilità evolutiva dello stesso. Ha diviso il tabellone in due. Da una parte lui, dall'altra, più lontano possibile, ci ha ficcato il suo più grande e odiato amico: Samuele.

Poi il capolavoro.

Ad affrontare lo sbruffone, in semifinale, ci sarebbe stato l'amico Jang Yo Lang, italianizzato in Giò, simbolo della più moderna integrazione razziale. Esotico fenomeno del tennis da tavolo che fa il mazzo a tutti. Samuele Bardi era fottuto, avrebbe fatto la fine di Max Biaggi quando sfidava Valentino Rossi. Ma quel palle mosce di un cagariso il giorno della semifinale non si era presentato. Al suo ristorante cinese *La Grande Muraglia* mancava la verza per fare gli Involtini Primavera ed era dovuto correre a prenderla.

Castigato dagli Involtini Primavera.

Me lo merito.

E pensare che aveva comprato una coppa gigantesca per il primo posto e una coppettina per il secondo, grande quanto un calice del Berlucchi.

Ed ecco quindi Samuele Bardi: fresco, abbronzato, contento, sciolto e sorridente. Sembra uno di quei giovani e lanciatissimi ospiti di Marzullo. Il ciuffo altissimo sapientemente modellato da ettolitri di gel, il costume a mutandina aderentissimo e ben fornito, i muscoli in tensione plastica.

Su un bicipite il tatuaggio del volto che, da una certa distanza, può sembrare quello di Che Guevara, ma che in realtà è la faccia truce e grintosa dell'attore Francesco Montanari nei panni del *Libanese.*

Ha un anno in più di Fabio e studia nella stessa scuola. Stessa sezione. Dopo l'estate farà la quinta. Per via di questa circostanza anagrafica possiede una Mini Cooper verde bottiglia. E quando hai l'auto assiepata di ragazze che puoi portare in lungo e in largo per il litorale, mentre quasi tutti i tuoi amici cavalcano ancora i loro scooter solitari, significa che parti già in vantaggio. Che decidi per tutti.

Parla e ridacchia con gli amici, come se della partita non gliene importasse nulla.

Fabio Arricò non lo sopporta, quel montato, e la cosa peggiore è che deve starsene pure zitto a subire. L'aria da capetto sempre sulla cresta dell'onda, la naturalezza costruita con le ragazze, la capacità di stare sempre dalla parte di chi gli fa comodo... Come si fa ad accettare tutto questo senza batter ciglio?

Sarà per via del brutto passato di Samuele e di un episodio sul quale Fabio non è mai riuscito a far luce e che lo logora come se fosse ieri. Ancora lo terrorizza in sogno. Darebbe qualsiasi cosa per sapere come è andata veramente quel pomeriggio!

La verità è che Fabio lo teme, anzi ne ha paura. Ogni tanto quel ragazzetto assume un'espressione immobile, ottusa, la luce scompare dagli occhi come se qualcosa di malvagio la inghiottisse e la nascondesse chissà dove per poi risputarla all'improvviso. Uno squalo, gli vengono gli occhi di uno squalo. Allora è meglio stargli alla larga, perché gironzolare intorno a uno squalo è da incoscienti.

E poi quel grandissimo paraculo non ci sa fare con il pingpong, ci gioca poco e lo considera una robetta da checche. Samuele gioca a calcio, un vero sport, una lotta tesa e maschia per uomini duri. Capitano della Magrigiana Calcio, rappresenta un fiero agonista rispettato e temuto da tutti. Non che a Fabio il calcio non piaccia, anzi. Solo che quando, all'età di dodici anni, aveva fatto un paio di allenamenti nella squadretta locale, i compagni lo avevano preso in giro per via di quelle gambette da merlo e, negli spogliatoi, gli avevano urlato contro che ce l'aveva piccino.

È lì che aveva compreso che il calcio non era il suo sport, che i compagni di avventura, in realtà, erano delle merdacce, e che se la vita doveva essere una battaglia piena di cattiverie allora conveniva restarsene a casa.

16

Ma allora perché, dall'altra parte del campo, quel ragazzetto tutto abbronzato che scherza con Federica (la femmina più antipatica della scuola) mostrandole un sorrisetto a trentadue denti identico, così in tralice, al simbolo della Nike, è proprio Samuele Bardi?

Perché la vita è ladra. E beffarda. E ingiusta.

Oppure perché, come dice Giacomo Arricò, il papà di Fabio, «lui tiene le palle e tu no».

Un incubo.

Questo è un incubo.

È ciò che pensa Fabio mentre sta cercando (sperando di non trovarla mai) la pallina da ping-pong fra le piccole dune di sabbia della Riviera Apuana.

Un venticello leggero che si alza dal mare filtra fra le cabine ma si arrende un attimo prima di regalare un po' di refrigerio ai nostri gladiatori.

I grilli e le cicale, assiepati in un lembo di macchia mediterranea naturalisticamente protetta (a cui tutti gli uomini del Bagno vorrebbero dare fuoco per piazzarci un campo di calcetto) proprio al centro del parcheggio, urlano come pazzi. Gli animali sono spariti, troppo caldo. Cani, gatti, lucertole, ramarri se ne stanno rintanati all'ombra.

Il salmastro impregna tutto.

La sabbia brucia sotto i piedi dei bagnanti che dopo tre passi iniziano a saltellare sulle punte, ma Fabio non sente niente. Potrebbe pure essere pietra lavica.

Deve restare concentrato.

È sempre stato il più forte giocatore nella storia del Bagno. Manco discuterne. Un mito. O un incubo, per chiunque avesse avuto l'impudenza di sfidarlo su quel tavolinetto di cemento infossato nella sabbia rovente.

Ma stavolta è un'altra storia. Una storia di sfiga pazzesca.

La Luna Nera.

Sono fottuto, manca un punto, lo perdo sicuramente.

Adocchia la pallina, ma prima di agguantarla si sente pervadere da una forza nuova e rigeneratrice che non è altro che un rigurgito di speranza. Forse ha contato male, forse stanno vantaggio pari... Una fugace occhiata all'arbitro, che poi è Luca Cattabrini, il suo migliore amico.

«Quanto stiamo? Vantaggio pari vero?» bluffa Fabio, con una voce fiacca e colpevole come quando da piccolo si confessava a Padre Severino.

«No, vantaggio Bardi.»

Carogna infame. Cosa ti costava mentire?

Solo adesso si rende conto dell'abnorme quantità di persone assiepata sulle tre panchine ai lati del campo. Ragazzi e ragazze che conosce e che non vorrebbe mai vedere in quel luogo carico di tristezza! Ci sono spettatori ovunque, in piedi, al bar, all'ombra delle cabine. Persino un signore attempato che si sta facendo la doccia si ferma un attimo per curiosare. Sono dappertutto. E li ha chiamati lui. Ha fissato l'ora della finale alle 16.00 spaccate proprio perché ci fosse il pienone.

E ora?

Oltre all'arbitro, riconosce tutti i ragazzi del suo gruppo. In particolare Massimo Chini e quel traditore di Giò, i suoi amici più fedeli. Intravede gli inseparabili compari dell'avversario, e cioè Marzio e i fratelli Bruga, che urlano vicini e composti come i tre tenori. E poi Federica. La guarda negli occhi per un secondo: ridacchia proprio con Samuele. Quella carognetta tiene per il «nemico».

Per come la vede Arricò, tutti, tranne i suoi amici più stretti (ma non ci metterebbe la mano sul fuoco) gli fanno il tifo contro. E hanno scritto in faccia: «Vai a casa, perdente».

Gufi. Gufi maledetti.

Vorrebbe vincere anche solo per inchiappettare uno per uno quei miscredenti.

Mentre raccoglie la pallina stringendola delicatamente come se fosse una zinna di Monica Bellucci, si guarda intorno.

Quando Arricò è nella merda si carica pensando intensamente a due elementi differenziati:

1) i fratelli Abbagnale;
   (*Quella è gente abituata a non arrendersi mai. Avrebbero vinto le Olimpiadi anche in canotto.*)
2) Steven Seagal. Idolo.

Sta incamerando flussi di energia positiva ma dal bar irrompe *Vattene amore* del duetto Minghi-Mietta e gli ammoscia tutto. A partire dal polso della mano che tiene la racchetta.

Butta giù un filo di saliva e gli sembra di inghiottire una pigna intera con tutti i pinoli.

Poi Fabio Arricò vede ciò che mai avrebbe voluto vedere.

3

BASTA una spalla.

Una spalla palliduccia che spunta dietro al signore tarchiato con cui sta parlando tutta seria davanti al Baretto.

Gli viene la scossa ogni volta che la vede.

L'ha già riconosciuta.

È Caterina Valenti.

Che vuol dire: tutto.

La testa inclinata come fa di solito quando ti ascolta e non sai bene se si sta stufando o divertendo, i capelli bagnati (è appena uscita dall'acqua: era entrata piano piano in mare per paura della congestione, ha sguazzato con le amiche per una decina di minuti e poi è salita su per vedere cosa succedeva a quello scemo di Fabio), la sabbia umida sulla gamba più bella del mondo come una scia luccicante di perline scure ricamate sulla pelle.

Lecca e sgranocchia un Cornetto Algida.

Una tenera pugnalata al cuore.

E un bruciore elettrico allo stomaco. E le gambe ancora più molli, come se un mago gli avesse sfilato le ossa.

Ecco cosa provoca in Fabio Arricò rivedere la bella Caterina dopo un mese di black-out.

Un altro sole. Ma che ti brucia da dentro, dalle viscere. Un incendio da cui non trovi scampo. Ed è assolutamente inutile che cerchi di fermarlo, di stemperarne gli effetti, perché fai solo peggio. È come soffiare sul fuoco.

Lui non lo sa, ma non basterebbe tutto il mare che ha di fronte per spegnerlo.

A diciassette anni (oppure sempre?) funziona così.

E non c'è niente da fare.

Fabio sta già con la testa fuoristrada eppure si avvicina al tavolo da gioco facendo finta di nulla, mentre mille lame nel burro si infilano in ciò che rimane della tenuta mentale del nostro campioncino di ping-pong.

Non doveva arrivare oggi!

Che ci fa qui?

Lo sapevano tutti che sarebbe tornata da Londra lunedì.

E oggi è sabato.

Voleva fare una sorpresa ai suoi? Ci sta.

Qualunque sia il motivo, Fabio non è assolutamente preparato a questo attesissimo *rendez-vous*. Ci ha pensato ogni giorno, ogni maledetto giorno. E non è preparato. Farà la solita figura del fesso. Quando si incarta è un vero strazio: non sa cosa dire, non gli vengono le battute, spara quattro stronzatine e se ne va. Se ne va lui perché sa benissimo che entro tre secondi se ne andrebbe lei. E questo non va bene, è successo un paio di volte e ci è rimasto troppo male.

Un attimo.

Caterina si è chinata a raccogliere la carta del Cornetto che le era caduta.

E quello cos'è? Cos'è quella striscia nerastra che porta in mezzo alla schiena?

Un tatuaggio??? Se è un tatuaggio è finita. Vuol dire che fa sul serio, che è diventata una donna. Una che si può permettere di farsi incidere una scritta lunga quindici centimetri sulla schiena ormai ha fatto il grande salto. Stai a vedere che...

No. Non ci vuole nemmeno pensare.

Sarebbe la cosa più brutta che può capitare a Fabio in questo momento.

Sì, l'ha fatto. Ha perso la verginità. Questa puttanella si è fatta scopare per la prima volta nella sua vita da viziata. Se è vero, sono finito sul serio.

Ne è quasi sicuro.

In una frazione di secondo Arricò, assordato da mille vocine negative, vede il peggio e comprende che la sua vita a Lido di Magra è ormai giunta al capolinea.

Se ne deve andare. Il più lontano possibile. Se lei è volata sino a Londra, lui deve allungare il passo fino a New York. Luogo ideale dove rifarsi una vita e diventare un uomo vero, combattendo giorno dopo giorno per la sopravvivenza nelle viscere della Downtown come aveva fatto Walter Nudo prima di diventare famoso. Ma forse non basta. Ci vuole il Tibet, i preziosi insegnamenti di qualche saggissimo monaco zen attraverso i quali ritrovare la tranquillità necessaria e il giusto equilibrio interiore. Il Tibet. Ma sette anni sono pochi. Occorre qualcosa di più adrenalinico, di più stravolgente. Deve vivere esperienze pazzesche, tatuarsi il mondo intero (sta pensando di marchiarsi il Risiko su tutta la schiena... altro che quella frasetta da femminuccia impressa due spanne sopra il sedere!), scopare tutte le donne sulla faccia della terra e tornare a casa tosto come... *Chuck Norris... sì Chuck Norris, anche se ci fanno sopra le barzellette. Quello agli uomini dà un sacco di botte e con le donne deve andargli pure meglio.*

Si asciuga la fronte con un braccio.

Calma.

Ora è tempo di tornare sul pezzo e ritrovare la giusta concentrazione (impossibile).

Ma non è facile, i problemi sono ficcati uno nell'altro come una matrioska.

Basta che conquisti tre punti di seguito... ribalto la situazione e mando a casa questo pallone gonfiato.
Solo tre punti...
Solo tre...
Troppi.

Chiedere a Fabio Arricò di conquistare questi tre punticini, risollevarsi dalle sue ceneri e vincere questa infausta finale sarebbe stato come chiedere al *Titanic* di non affondare.

4

CATERINA Valenti vuole vedere perdere Fabio Arricò.

Non solo oggi. In generale.

Lo vuole vedere in ginocchio, prostrato, sconfitto irreparabilmente. E lei deve essere la carnefice. È una questione di famiglia, di orgoglio, di sangue che brucia nelle vene. Quasi un desiderio della carne deviato, un urto nervoso che si lacera un attimo prima della vera e propria estasi sessuale.

La verità è che Caterina ci gode come un riccio quando Fabio se la passa male. È più forte di lei. Ci godeva quando stava per ripetere l'anno per via della Prof. Allegretti che si era impuntata perché il ragazzo non ci capiva niente di equazioni, grafici, leve e piani inclinati; quando notava che la guardava imbambolato mentre faceva la scema con i ragazzi più grandi all'intervallo delle lezioni; quando Annalisa Magrini della seconda B gli aveva dato il due di picche al parcheggio dei motorini.

Sta parlando col signor Caribotti. Lei appoggiata con la schiena bagnata sulla parete del bar che mordicchia il gelato e si guarda un ciuffo, lui in piedi con le gambe curiosamente troppo divaricate. In testa ha una corona spelacchiata di capelli che, visto da dietro, lo fa sembrare un prete in vacanza. Girandogli intorno, potremmo trovarcelo davanti. E allora non avremmo problemi ad ammettere che la faccia paciosa e rassicurante è proprio identica a quella di Giovanni Rana, il re dei tortellini.

In realtà è il più grande puttaniere della costa.

E la postura dei piedi ad anatra ne è la riprova. Solo una settimana prima si è beccato lo scolo nel corso di un raid erotico nei pressi del Cinquale dove ha goduto delle fantasiose evoluzioni del pirotecnico travestito brasiliano Paulo Barbosa Coimbra, detto «Cipì».

Ma è un grande intenditore e, anche se lui in questa storia non c'entra niente, attraverso il suo sguardo clinico possiamo sapere come è fatta Caterina.

Tanto per cominciare è ancora pallidissima, uno sbaffo di panna proprio a lato della bocca aggiunge bianco su bianco. Visti i suoi sedici anni è quasi completamente sviluppata: è alta, ha le spalle larghe poiché i genitori le hanno imposto tre anni di nuoto, porta una seconda che fra poco diventerà una terza, è magra ma non magrissima (la mamma, quando vede che Caterina non mangia, la ingozza di caponata e tagliatelle al ragù fino a farla scoppiare) però ha le gambe tagliate bene, affusolate, e un sedere burroso e sodo. Un costume a righe orizzontali bianche e rosse con il sopra a triangolo; il sotto, una «brasiliana» che per metà si è infilata tra i glutei insieme alla sabbia.

E poi c'è il viso: la vera dannazione di tutti i ragazzi della zona.

Non è facile descrivere gli occhi di Caterina, anche per uno come Dario Caribotti. Due fessure, due tagli profondi in cui la pupilla nera ci sta a malapena. Collima e scintilla fra le ciglia lunghe e arcuate. Potrebbe non truccarseli neppure, gli occhi! Sono neri, ma basta un po' di sole e si feriscono di tanti screzi dorati. Non ha un'espressione definita, comprensibile, stabile. È una convulsione di atteggiamenti del viso che oscillano vertiginosamente insieme alle sbandate dei suoi pensieri. Quegli occhi sono i suoi pensieri. E le sue armi. Sono due occhi che combattono. Onde di fango rovente. E quando comprendono che ormai è finita, che è inutile continuare a lottare, lasciano scappare lo sguardo rimanendone letteralmente privi.

Poi il naso alla francese, due zigomi morbidi e due labbra rosse, piene, bagnate dalla saliva ancora salata e dal cioccolato freddo. Ancora più rosse in tutto quel pallore. Un po' di lentiggini qua e là. Un graffio fresco sulla guancia. I capelli castani, tagliati da poco, corti poco sopra le spalle.

Se il nostro esperto di donne e simili avesse un po' di memoria fotografica potrebbe riscontrare in Caterina una leggera somiglianza con Sophie Marceau ai lustri del *Tempo delle mele*. Ma è tanto per dare un'idea. Caterina è ormai una donna. Lo capisci da come ti guarda, attenta, senza paura. I lineamenti delicati sembrano quelli di una bambina, eppure te ne accorgi che è pronta alla battaglia, al sangue, alla saliva. A perdere o trionfare.

Proprio in questo momento, Monica, una sua compagna di classe, le passa vicino sorridendo e le dà un pizzicotto su un fianco.

«Dove vai stasera?» chiede Caterina con la bocca piena mentre con la mano mette in breve attesa l'ometto che le smania di fronte.

«Dove vai tu!»

Già, la festa di Lorenzo!...

Ne avevano parlato dieci minuti prima. Caterina rovescia la testa indietro e ride di gola, forte, violento. Persino Arricò si deve girare, mentre lei lo saluta pigramente con la mano.

Lo guarda negli occhi, a volte basta poco.

E per Fabio quella risata, quel sorriso, quel lampo bianco e rosso è l'unica cosa per cui vale la pena di rischiare tutto.

5

CATERINA è finalmente sola e può godersi lo spettacolo.

È una ragazza curiosa e a volte, per chi non la conosce bene, può apparire un tantino contorta.

Desidera capire come andrà a finire fra quei due ragazzi. Uno deve soccombere (ma è solo l'inizio!), l'altro è tutto ciò che detesta in un uomo. In realtà non le importa nulla di sapere chi vince o perde. Le interessano le reazioni, quelle che non ce la fai a tenerti dentro e devi sbattere fuori per forza, quelle che fanno capire chi sei. Il fuoco che geme sotto la cenere. Non è forse nella rottura dell'equilibrio che risiede la verità, l'estensione reale della propria natura?

E poi, in fondo, ci sono un bel po' di motivi per provare uno strano piacere nel vedere sconfitto Fabio Arricò.

La ragazza non è una stupida e sa come vanno le cose. Sa che i rapporti fra le persone si fondano su reciproche e cicliche sottomissioni, ammissioni tacite di inferiorità e superiorità, piccole e grandi frustrazioni che anche a distanza di tempo, quando pensi di averle finalmente dimenticate, ti sbranano l'orgoglio, te lo dissanguano. E sa che tutto questo avviene in silenzio, senza una parola che ne intacchi l'evanescenza. Come se non fosse vero. Ma Caterina lo sa che è vero. E allora conviene dimenticarsi cosa sono la pietà, la giustizia e persino quei sentimenti sinceri che sono l'amore e l'amicizia.

Gli altri fanno così e Caterina non è il tipo da rimanere indietro.

Resta ferma dov'è, si morde un ciuffo umido e guarda cosa accade.

Ha una lucina provocatoria nello sguardo anche se nessuno la sta osservando. Sta lì apposta, perché Fabietto se ne accorga. Per fargli capire che, mentre lui perde, lei c'è. Che sta vedendo tutto. Non è importante per lei. È importante per lui. E se prima era quasi contenta di avere quel buzzicone di fronte per gettare qualche sguardo qua e là senza essere notata, adesso i suoi occhi sono due tagli neri che fissano Arricò come per penetrarlo.

Forse dovrei avvicinarmi... ma non importa.

Lo sai che ti sto guardando.

A volte Caterina prova una strana sensazione, se la sente bruciare sulla pelle, quasi che quel ragazzino potesse osservarla da chilometri di distanza. E quando è con lui è ancora peggio. La vede da parte a parte. Sembra che riesca a scavare la melma che c'è intorno, che c'è sopra, che ricopre tutto. Sembra che riesca a grattare fino all'argento vivo della sua anima segreta. Deve stare attenta con Fabio Arricò, metterlo sempre sotto scacco con naturalezza, umiliarlo senza che dia l'impressione di essere un'intenzione. Deve quasi farsi odiare. Quasi. Torturarlo, fermandosi un attimo prima che per lui diventi insopportabile. Non è forse questo il patto per tenersi stretto il desiderio fremente di chi ci ama? E per suscitare il piacere più rovinoso e intimo?

Caterina non sa rispondere a questa domanda, ma il concetto le suona bene.

«Fermarsi un attimo prima che diventi insostenibile.» *Bello.*

Su Fabietto, fammi vedere come soffri quando perdi qualcosa a cui tieni. E poi dopo un mese senza vedermi, cosa mi dirai? Guarda che lo so... che hai perso la testa per me.

6

SIAMO al momento della verità.

Deve chiudere in fretta, farla finita rapidamente.

Quando Fabio era piccolo sognava di trovarsi con la pancia a terra sul bordo della sua terrazzina. Senza ringhiera però. In bilico, più fuori che dentro. Se avesse lottato un po' ce l'avrebbe fatta a tirarsi su e a mettersi in salvo. Ma lui si arrendeva, si lasciava cadere nel vuoto, quasi si buttava. E questo perché Fabio odia l'agonia. La odia e non vuole vederla in faccia nemmeno un secondo.

Guarda per l'ultima volta l'avversario: gli sembra ancora più enorme e cattivo. Ha il solito sorriso beffardo e inquietante, il solito sbaffo sghembo della Nike.

Tutto ciò che sta intorno appare sfocato e nitido al tempo stesso.

A proposito, dov'è mia sorella?

(Sua sorella, dodici anni più grande, è a circa cinque metri da lui. Ma non può vederla. Non può perché è chiusa nella cabina n. 39, la cabina dei signori Arricò. Non si sta cambiando il costume, controllando l'abbronzatura o ricomponendo il trucco. Proprio no. Sta facendo un pompino grande come una casa ad Attilio Giacomazzi, il biondissimo bagnino dello stabilimento balneare. E lo sta facendo per un solo motivo: il suo attuale ragazzo, il cantante di un gruppo locale, cover band della cover band dei Modà, le ha detto che a letto è una bomba, ma sui pompini ci sarebbe qualcosa da rivedere. E lei, Katia Arricò, vuole vederci più chiaro. Vuole capire se è quel frocetto a essere troppo esigente oppure esiste davvero un problema.

Da parte sua, Attilio sa di essere un predestinato, un unto dal signore, una divinità assiro-babilonese, uno spirito Indù, Krishna, Buddha, Superman, Batman e l'Uomo Ragno insieme... perché non si era mai visto che una bonazza come Katia Arricò scegliesse un truzzo come lui per donargli uno dei momenti più indimenticabili della sua vita. E non importa niente se la seggiolina incastrata in cima al trespolo del bagnino è vuota, tanto sa nuotare appena.)

Fabio fa appello a tutti i santi del paradiso, ai fratelli Abbagnale e a Steven Seagal, mentre alza in aria la pallina per giocarsi il tutto per tutto.

7

È LUI.

È il nostro uomo.

Lido di Magra non poteva più fare a meno di lui.

Imbottigliato nel traffico del lungomare, stritolato dal caldo gremito di un'umanità varia e provata dalla vita, procede a passo di tartaruga un vecchio pullman della Lazzi. Uno di quei bestioni azzurri e polverosi che ruggiscono come leoni con la tosse e raggiungono ogni bugigattolo sperduto d'Italia. In questo caso, si limita a collegare Firenze a Massa-Carrara.

Un finestrino non c'è più.

Due braccia a penzoloni e un faccione paonazzo che sembra emerso da dodici ore di apnea fuoriescono dal buco dove fino a pochi minuti prima era incardinato il vetro.

Quelle braccia possenti, quel volto imbestialito e soddisfatto al tempo stesso non possono che appartenere a lui. A lui, il cui nome è Valenti. Osvaldo Valenti. Il fratellone di Caterina, fiore all'occhiello della nostra piccola cittadina di mare.

Sul naso ha un paio di occhiali da sole a goccia, enormi, scuri. Una folta chioma bruna con la ricrescita bianca avvolge il volto duro e squadrato. La barba di cinque giorni almeno. Indossa una maglietta nera tirata su fino all'ombelico con disegnato al centro il muso di un bulldog che sbava e tracanna un boccale di birra.

Osvaldo Valenti ha quarant'anni spaccati, un lavoro come maestro di salsa in giro per il mondo e una solida ragione per essere fuggito dal suo paese dieci anni prima e per rimetterci piede proprio in questo giorno infuocato: un vecchio conto in sospeso con una ragazza che, ancora una volta, il destino sembra avergli messo di fronte.

Vede i monti, le Alpi Apuane. Le mutilazioni millenarie delle rocce, gli angoli rosicchiati dalle nuvole, i picchi ruvidi sfiorati dalla solitudine. In silenzio a sfidare il cielo. È una parete di granito così vicina al mare che sembra sia lì per proteggerlo.

Ma diciamoci la verità, cosa mai potrà importare a uno come Osvaldo Valenti della catena montuosa in questione e delle sue caratteristiche morfologiche? In montagna ci faceva un salto solo per i cenoni con gli amici, a bere damigiane di Candia e a spaccarsi di panzerotti con il lardo e di tagliatelle ai funghi porcini.

Mentre trascina via lo sguardo, scorge i tagli bianchi che sembrano neve. Non è neve, è marmo, lo sa benissimo. Enormi sezioni candide che sventrano la roccia. Le montagne come giganti feriti, insanguinati di bianco.

Il marmo.

Già... meglio non pensarci.

Respira a pieni polmoni l'odore del mare, anzi percepisce il ricordo dell'odore del mare. Il suo mare. Quello che gli ha regalato le gioie e le delusioni più grandi.

28

8

Lido di Magra è un paesino allegro (almeno d'estate), senza grandi ambizioni.

Il mare è tutto quello che ha.

A distanza di pochi chilometri dalla costa ci sarebbero anche i monti, è vero, ma sono fuori dal paese e gli abitanti fanno finta che non esistano.

La massima aspirazione degli indigeni è gestire uno stabilimento balneare. Chi ce la fa si sente un piccolo Briatore di frontiera che è riuscito a svoltare e guarda i clienti con occhi diversi.

Anche perché da queste parti ti devi arrangiare: fai il bagnino oppure ti prendi un Bagno. Puoi occuparti di altro, ma devi farlo fuori zona.

Qualora dovessimo collocare con precisione Lido di Magra nel territorio, non ci sarebbe di grande aiuto nemmeno l'utilizzo di una normale cartina geografica: è un fazzoletto di terra troppo striminzito e gli abitanti non raggiungono le mille unità.

Con il fiume Magra e la sua foce (Bocca di Magra) non c'entra niente perché qui siamo in Toscana, prossimi alla Versilia, precisamente in quel breve tratto di costa che trova spazio tra il famigerato lido del Forte dei Marmi e la più popolare Marina di Massa.

Si estende per un paio di chilometri lungo il mare e uno verso i monti. Una specie di rettangolo in cui il bosco si diffonde selvaggio: pini, ontani, pioppi, frassini, eriche e soprattutto rovi. Rovi ovunque. Qualsiasi sia la ragione per la quale tu voglia addentrarti nella vegetazione, ne uscirai graffiato dalla testa ai piedi.

In questo bellissimo contesto naturale si mimetizzano le villette di chi viene da fuori e non ha abbastanza soldi o voglia di raggiungere mete più ambite; qualche alberghetto che ha vissuto tempi migliori; la villa dei signori Valenti. Una delle poche famiglie locali che si è potuta permettere un giardino curato di tremila metri quadrati, una bella casa a due piani ombreggiata dai pini e una piscinotta riscaldata (costruita quando Caterina era ormai grande, perché i genitori avevano paura ci finisse dentro) che nessuno della famiglia si è mai filato.

Un fitto reticolato di stradine che si incrociano ad angolo retto suddivide il bosco e costeggia le abitazioni. Qui transitano i villeggianti e gli abitanti della zona. Li puoi distinguere immediatamente perché i primi si muovono in bicicletta, mentre i secondi scheggiano in sella agli scooter, fanno il pelo alle bici, non rispettano gli stop (e fanno male, perché di incidenti mortali agli angoli bui di queste strade ombrose se ne sono visti parecchi). La vegetazione è invadente, straripa nelle vie che passano sotto dei veri e propri tunnel creati dalle fronde degli alberi. In certi tratti l'ombra è perenne e, trafitta dai raggi del sole, trasmette una certa atmosfera.

Allontanandosi dal mare, il bosco si fa meno fitto e concede spazio a una specie di campagna infelice in cui nessuno vuole abitare.

Qui finisce Lido di Magra.

E il paese? Il paese non c'è. Non esiste, non è mai esistito e forse non esisterà mai. Un agglomerato di una ventina di case e tre o quattro palazzi (in uno di questi abita la famiglia di Fabio Arricò) si concentra proprio all'incrocio fra il viale parallelo al lungomare e una stradina che taglia il bosco inerpicandosi, dopo qualche chilometro, fino a incrociare l'Aurelia. Qui si susseguono: il *Bar Centrale*, unico punto di aggregazione sociale, l'edicola, un barbiere che sa fare solo le basette e un ristorante-pizzeria dove, con venti euro, ti puoi strafogare di spaghetti allo scoglio e fritto di paranza. C'è anche la pensione *Ida*. Porta sull'insegna una stellina azzurra ormai completamente sbiadita e rimane aperta solo l'estate.

La chiesetta è poco più in là e si riempie un solo giorno all'anno, la domenica di Ferragosto.

Da queste parti la crisi non si è sentita granché, perché di soldi ne sono girati sempre pochi. I russi non si sono mai visti. In compenso miriadi di zanzare invadono la riviera e non fanno dormire sonni tranquilli. Sono loro le vere padrone di Lido di Magra. E non potrebbe essere altrimenti. La zona, profondamente paludosa, fu bonificata un paio di secoli fa, ma una fitta rete di fiumiciattoli melmosi, canali scuri, fossi stagnanti, spuntano ai bordi delle strade e, nei periodi di pioggia, si riversano nel mare.

Poi ci sono gli abitanti e i loro complessi strumenti di comunicazione.

Un dialetto più impervio di un campo minato afgano rende tutto più difficile. I compaesani riescono a capirsi seguendo il senso delle frasi, come si fa con una lingua straniera, e stando bene attenti a evitare la decodificazione delle singole parole. Troppo bizzarre e variabili. Basti sapere questo: da Bolzano a Palermo, il mare si dice «mare». Qui si dice «maro».

E l'estate?

L'estate è infinita.

Esplode con i primi soli, insieme al mare, alla sabbia che si riscalda e alla speranza che non finisca mai. Si dilata nella percezione della gente e prosegue nelle stagioni. Il tempo si scioglie. Ricordi e progetti. L'intera costa inizia ad ardere come un braciere, entra nel caos e travasa tutto ciò che non può contenere nel nostro paesino. Forte dei Marmi, Marina di Pietrasanta, Lido di Camaiore, Viareggio, Marina di Massa e Carrara li puoi toccare con un dito.

Devi solo goderti la bella stagione sperando che l'inverno non arrivi mai.

Ed è esattamente così che si comportava, fino a una decina di anni fa, Osvaldo Valenti.

9

A VEDERLO per la prima volta potrebbe sembrare un'imitazione a buon mercato dell'attore Raz Degan, rimasto negli annali per via dello spot televisivo dell'amaro Jägermeister, in cui diceva: «Sono fatti miei».

Ma se fossimo assaliti dal desiderio di andare un pochino più a fondo, di non fermarci alla superficie prima, ci troveremmo di fronte ad alcuni problemi.

Due, per l'esattezza.

E sono gli stessi che secondo Osvaldo gli hanno incasinato la vita.

C'è un motivo per cui non si toglierebbe gli occhiali da sole manco se gli puntassero una 44 Magnum in fronte.

Ha gli occhi storti.

Figli di puttana.

Sembrano guardarsi fra di loro. Ma non in modo tranquillo, no. Si guardano male.

Non esiste un giorno, un'ora, un minuto in cui non sia costretto a pensarci.

Possono degli occhi strabici influire in maniera così devastante nella vita di un essere umano?

Sì, secondo Osvaldo sì.

Lo vede scritto sui volti delle donne quando è costretto a levarsi gli occhiali scuri (quanto invidia Tom Cruise che sorride fiero ogni volta che li leva!).

Delusione, nei loro occhi c'è delusione. E un sorrisino fantasma che solo lui può cogliere. E un fremito di tenerezza ingurgitato dalla pietà.

Senza gli occhiali scuri Osvaldo Valenti diventa credibile come un dentista senza denti.

Per capire cosa prova il nostro uomo quando deve levarsi quelle benedette protezioni estetiche dobbiamo metterci al posto dell'indimenticato tenore Luciano Pavarotti. Immaginiamocelo sul palco della Scala di Milano, mai così gremita, mentre sta intonando la *Traviata*. Si concentra e fa esplodere le tonsille, ma la vocetta che gli esce è quella di Cristina D'Avena.

Stessa vergogna.

E poi il nome? Vogliamo scherzare!? Che nome è Osvaldo? Che cazzo di nome è?

La domanda che si pone da sempre la nostra pecorella smarrita in procinto di tornare all'ovile.

In realtà il Valenti avrebbe un altro problema.

Grosso, bello grosso.

Si sente la sfiga addosso. Come una seconda pelle che gli impedisce di raggiungere i suoi sogni. Per questo in paese lo chiamano «12». Perché ci va sempre vicino, è sempre lì lì per fare il botto, ma il «13», la consacrazione finale, non arriva mai. Osvaldo si è fatto un'idea: Dio gli vuole fare il culo. E quindi l'osserva. Sempre. Non si distrae un attimo. E con quegli occhi ingombranti addosso tutto diventa più difficile. Basterebbe un secondo di distrazione, solo un secondo.

Ma ciò non può accadere, perché Osvaldo Valenti lo sa. Sa di essere un sorvegliato speciale.

Respira.

Si sente riavere.

La luce è ubriacante, lo soffoca, lo accecherebbe se non tenesse sul naso quella barriera scura che lo separa e unisce al mondo. Cerca di riconoscere scenari in cui è stato protagonista, scorci significativi di un tempo che fu, vecchie insegne che possano sospingerlo verso un'attesa commozione.

Il pullman, nel frattempo, ha passato la strettoia del Forte dei Marmi e punta verso nord. Siamo in dirittura d'arrivo.

Sospira come un grande attore di Hollywood che torna nel suo paesino dopo una vita di peripezie.

Ma non gli viene da piangere.

Strano. È la distanza che mi ha reso così arido? Così impermeabile alle emozioni più intime? Sembra impossibile... lui che, a metà di *Love Story*, si era scassato le palle e aveva cambiato canale per spararsi una puntata di *Baywatch*.

In tutto il tragitto ha sentito un leggero prurito agli occhi solamente quando il torpedone è sfilato davanti alla mitica *Capannina* di Franceschi...

Un duro colpo.

Come poteva dimenticare l'atmosfera magica e struggente

che si veniva a creare quando Jerry Calà intonava *I watussi* di Edoardo Vianello?

Troppi ricordi, troppi colori, troppi amori.

Questi luoghi hanno un'anima. Un'anima privata che si disvela solo a coloro che li hanno vissuti sulla loro pelle. Sono luoghi che conosce bene, teatro della sua fastosa giovinezza. Anche se tutto sembra ormai cambiato, così estraneo al suo sguardo rivolto al passato. Solamente il profilo scheggiato delle montagne è rimasto lo stesso.

Toglie il testone dal finestrino e si gira verso l'altro lato del pullman dove, dietro i vetri striati di polvere rappresa, ci dovrebbe stare il mare. Ma il mare non c'è. Ci sono la cabine, barricate infinite di cabine, grovigli di automobili delle quali il sole fa scintillare l'acciaio rovente, nuovi locali alla moda che si fondono con la spiaggia.

Stavolta sofferma lo sguardo sull'interno della vettura.

Una prima panoramica per verificare se fra le donne ce ne fosse qualcuna che...

Niente, tutte cesse.

Questo ammasso di lamiere e poltroncine sdrucite è una gabbia per topi. Riflette Osvaldo, mentre inala ossigeno come se stesse ingurgitando sorsate d'acqua.

L'aria condizionata è guasta e i finestrini rimangono sigillati ermeticamente, non si sa bene per quale scherzo del destino.

E poi il tanfo.

Senti che bottino...

Vu' cumprà, battone, badanti moldave, tedeschi ciccioni, massaggiatrici thailandesi, spacciatori... stipati e silenziosi come scolaretti al primo giorno di scuola. Il pullman non ospita altre tipologie di passeggeri.

Ma cos'è diventato questo posto?

La cosa strana è che questi stanno zitti, fermi, non si lamentano. Sono rassegnati.

E secondo Osvaldo la rassegnazione è la peggior cosa. Fa accadere le peggiori nefandezze. Lui è scappato pur di non consegnarsi alla rassegnazione.

Anzi, «di non rassegnarsi alla rassegnazione».

Sorride fiero perché questo gioco di parole gli è piaciuto da matti.

Ho fatto bene a sradicare il finestrino (il sigillo era già saltato da mesi). *Ci vogliono uomini pronti a cambiare le cose, a prendersi ciò che questo mondo di idioti non è in grado di offrire.*

Lido di Magra l'ho inventata io. E sono qui per farla ritornare ai vecchi splendori.

Osvaldo Valenti non sta tornando. È già tornato.

Oggi, del resto, è il grande giorno.

Erano dieci anni che non si faceva vedere al suo paese!

Fatta eccezione per una fugace apparizione avvenuta il giorno 14 settembre 2005 per il funerale della nonna: ma era arrivato a bara chiusa, tardissimo, il tempo per incassare la piccola fetta di eredità che gli spettava. Non si era fatto vedere da nessuno, solo da suo padre, congedandosi con la seguente frase: *«Les jeux sont faits.* Scusate il ritardo, ma non sarebbe cambiato niente. La nonnina era andata da tempo. Mi dispiace. Scappo».

Poi più nulla.

Solo sparute telefonate.

Chiedeva tre cose messe in croce e si faceva passare la sorellina. Alla sorellina ci teneva, questo va detto. L'aveva lasciata quando aveva solo cinque anni che trotterellava ovunque e se la ritrovava sempre tra i piedi, con gli occhi piantati nei suoi fra il meravigliato e l'interdetto. Graffi e sbucciature ovunque. Le labbra sempre ricoperte da uno strano rossetto marroncino: cioccolata, sempre cioccolata, gianduia per l'esattezza. Bastava avvicinarle alla bocca uno di quei gianduiotti con la carta dorata e la piccola Caterina andava in visibilio. Per questo motivo Osvaldo la chiamava «Pernigotti». E lei lo ripeteva per ore con un sorriso grande da qui a lì: «Pennigotti, Pennigotti!»

Il nostro uomo ricorda tutto.

Il viso cicciotto tutto da mordere, i capelli tagliati come Mafalda e i lucciconi facili.

Fra poco la rivedrà, la sua Pernigotti.

10
La vera storia di «Maracaibo»

MENTRE Osvaldo si sta veramente incazzando perché il vecchio mangianastri del pullman ha deglutito l'unico nastro a disposizione, una compilation scassata del *Festivalbar '95*, dobbiamo fare mente locale e porci una domanda.

Per quale motivo Osvaldo, in una ventosa sera di marzo ormai lontana nel tempo, decise di lasciare il luogo dove era nato e cresciuto? Dove si era innamorato con una passione ardente e profonda che credeva non appartenergli?

La risposta è molto semplice e trova le sue radici in un nome e cognome: Katia Arricò. Sorella maggiore di Fabio, bellezza conturbante, sogno proibito di chiunque avesse tenuto un po' di testosterone in corpo.

Uno come Osvaldo non poteva non perderci la testa, soldi e molto altro.

Rimase folgorato la notte del 9 luglio 2002.

La notte del 9 luglio 2002 alla spiaggia del *Bagno Flora di Levante* si teneva una festa. Uno di quei ritrovi sotto le stelle, fatti apposta affinché tutto si concluda in un romantico testa a testa, davanti a un mare argentato, cullati da un gruppetto di amici che strimpellano con la chitarra *Generale* attorno a un fuocherello fragile e galeotto.

C'era tutta Lido di Magra a quella festa.

Si era ballato, bevuto, fatto sgorgare fontane di inutili parole affievolite dalla musica sparata al cielo dal mitico dj Alex (*enfant prodige* delle serate versiliesi, scoperto da Claudio Cecchetto alla Sagra della Cozza Ripiena di Querceta mentre proponeva alla folla un inedito di Rita Pavone). Poi, era arrivato il tempo di raccogliere i frutti di tanta fatica.

La conosceva di vista, ma non ci aveva mai pensato seriamente. Troppo sofisticata, troppo bella, troppo indipendente, troppo troia.

In paese circolavano strane voci.

Katia Arricò era veramente una ragazza incantevole. Bella, bionda, intelligente, ferrata negli studi. Adorava la famiglia. Reginetta incontrastata delle televendite di Versilia Libera, aveva raggiunto gli onori della cronaca per aver posato come modella in uno spot della Saratoga trasmesso su Rai 1 durante il *Festival di Sanremo*.

Però. C'era un però. La bellissima Katia era una primadonna. Le piaceva sentirsi protagonista a tutti i costi, stare al centro dei chiacchiericci, divorarsi ciò che voleva e quando voleva (anche ciò che non era suo). Dei sentimenti degli altri se ne fregava altamente. I maschi più ambiti se li prendeva e li trasformava in carta igienica (usata). E dopo un po' di tempo, quando ormai si era scocciata di recitare la parte della fidanzatina innamorata, li buttava nello scarico del wc tirava lo sciacquone e... *adios amigo*.

A Katia Arricò non sarebbe bastato il mondo intero.

Osvaldo Valenti era una persona abituata a esprimere concetti semplici e lineari.

Per quanto riguardava l'amore faceva testo la canzone *Teorema* di Marco Ferradini.

Indiscutibile come un assioma cartesiano.

Assolutamente veritiere, se non addirittura illuminanti, le prime due strofe.

Se tratti bene una donna, ti lascia. Se la prendi a pesci in faccia, ti ama.

Esiste un concetto più vero e lineare, nella sua contraddittoria patogenesi? Secondo Osvaldo no.

Si era permesso di appuntarsi un piccolissimo asterisco nell'interpretazione della frase risolutrice, quando Ferradini canta che basta tenere aperta la porta del cuore per vedere una donna già in cerca di te.

Sì, concorda Osvaldo, *ma dipende da quale donna*.

E anche su ciò che era giusto e ingiusto negli intrecci primitivi con l'altro sesso, aveva le idee chiare.

In testa si era fatto uno schema preciso. Per tutelarsi e non farsi mancare nulla.

Se un ragazzo voleva divertirsi, provare esperienze sempre nuove, godere appieno dei privilegi della giovinezza ne aveva sacrosanto diritto. Ogni donna era quella giusta e andare per il sottile, cercare il pelo nell'uovo, ammazzarsi di seghe mentali, era deleterio e controproducente.

La vita è una e va vissuta al massimo. E il sesso pure.

Osvaldo era un tipo che si dava da fare, ottenendo i suoi onesti risultati.

Quando invece si trattava di innamorarsi sul serio, di trovare una ragazza con cui condividere un rapporto solido e maturo, allora il discorso cambiava. Occorreva stare molto attenti. La donna da individuare doveva essere capace di reggere sulle sue spalle le fatiche di un'intera famiglia. Senza tante lagne. E una donna simile poteva essere solo la mamma. Era o non era la signora Valenti che mandava avanti la baracca facendosi un mazzo così per risolvere i problemi più spinosi? Non certo quel cagacazzo del padre che pensava solo a fare i soldi con la cava di marmo!

Trovare la mamma era l'unica soluzione.

Katia Arricò era ciò di quanto più lontano potesse esistere rispetto agli schemi concettuali di Osvaldo.

I due ragazzi erano compatibili come una mucca e l'enciclopedia Treccani.

E il nostro uomo aveva impresso nella memoria un fatto significativo.

Qualche anno prima, sotto un cielo grigio come la piastra di un ferro da stiro, aveva incontrato Alessandro Ballero, vecchio amico del liceo. Osvaldo si trovava alla stazioncina ferroviaria di Massa per acquistare un biglietto dell'Eurostar che gli avrebbe consentito di far scalo a Bologna per poi raggiungere Forlì. Lì, insieme a una strappona di Pescia conosciuta all'Abetone, avrebbe assistito all'attesissimo *Riesumation*, il concerto dei Righeira.

Ballero era sempre stato un ragazzo allegro, sportivo e fortunato nelle giovanili dispute con l'altro sesso. Soprannominato Hulk Hogan per via della lunga chioma bionda e la mascella serrata in un riflesso guerriero. Giocava pure nella squadra di pallavolo della scuola e chi giocava nella squadra di pallavolo della scuola ce ne aveva a mazzi.

Mentre Osvaldo sgomitava in fila alla biglietteria, non riconobbe immediatamente il suo vecchio amico. Curvo su se stesso, teneva gli occhi bassi come a volersi ipnotizzare la punta delle scarpe, un paio di Lumberjack scuoiate, coetanee dei Duran Duran. Dimagrito di venti chili. Capelli, barba e baffi troppo lunghi. Non biondi, gialli. Gialli chiari come i Fonzies.

Quello non era Alessandro Ballero, l'atletico studente del liceo scientifico Ettore Majorana che faceva perdere la testa a stormi di ragazzine con gli ormoni impazziti, e tantomeno la giovane controfigura di Hulk Hogan. Quello era Enzo Paolo Turchi dopo l'*Isola dei Famosi*. Un vecchio Mocio Vileda pronto per essere gettato nel pattume.

Osvaldo gli chiese se andava tutto bene e la risposta, un monologo impastato di rabbia e costernazione, avrebbe dovuto rappresentare un monito provvidenziale per il nostro uomo.

Qui sarà utile riportare l'inizio e la fine dello sfogo:

«No, non va bene. Va male. Va malissimo. Peggio di così non si può. Quella puttana...

...

... mi portava la colazione a letto. Mi rincoglioniva di pippe e mi chiamava orsacchiotto».

Una criticità.

Osvaldo alzò il braccio in automatico, come se un bambino avesse premuto la schiena di Big Jim.

«Un secondo, non ho capito una cosa... Che intendi per 'pippe'?»

«Seghe, Rolando.»

Osvaldo non si curò del nome sbagliato e andò avanti per la sua strada: «Scusa ma... i pompini?» tirò fuori pollice e indice e li fece oscillare rapidamente: «Niente?»

«No, quelli li centellinava. Solo il sabato pomeriggio, a volte, quando si prospettava un seratone al *Miami disco-club* con la compagnia dei grandi. Ma lasciami parlare. Dicevo... quando ti portano la colazione a letto e ti chiamano orsacchiotto significa che è fatta, ce l'hai nel sacco, roba tua. Lo sanno tutti. Amare mi amava, è fuori discussione. Questa cosa di portare la colazione a letto, Katia Arricò l'ha fatta solo con me e con Alessio Pini della quinta B. E poi, dall'oggi al domani… puff! Sparita. Io non l'ho più vista. E tu? Non ha più risposto al telefono. Neanche se chiamavo da sconosciuto, perché è furba la troia. Neanche se chiamavo da un altro numero. E lo sai cosa va a dire in giro adesso? Che eravamo solo amici. Si vergogna del suo passato, si vergogna di me. Bastarda. La odio. La colazione a letto. Tutti i giorni. Che bello. Me l'ha messa nel culo. Ciao Rolando, Arnaldo, Osvaldo o come cazzo ti chiami… scusa ciao cia'.»

Uomo avvisato, mezzo salvato.

Niente di più falso.

Quando Osvaldo si trovò di fronte Katia Arricò, tutte le certezze iniziarono a tremare come se nelle sue viscere si fosse propagato un brutto terremoto.

Stava barcollando verso il mare, stordito da sette Cuba libre. Intento unicamente a rilassare testa e corpo grazie al tenue rollio della marea, si godeva lo spettacolo dei suoi amici che cercavano di rimorchiarsi tre tardone di Gallarate e a confezionare un razzo lungo un metro d'erba nepalese.

Si appoggiò a un ombrellone per riprendere l'equilibrio e ci si scontrò letteralmente. Faccia a faccia, *face to face*.

Un attimo di incertezza. Un attimo molto simile all'eternità.

Accanto a quel fatidico ombrellone del *Bagno Flora di Levante*, fra le delicate carezze della luna e le ombre ingannevoli della notte, Osvaldo Valenti iniziò a provare strane sensazioni.

Tanto per cominciare gli si rizzò.

Un paio di labbra che non aveva mai visto nemmeno in tv nelle pubblicità dei rossetti. Carnose, morbide, avvolgenti. Appena socchiuse, in modo da mostrare i denti perfetti e bianchissimi. Quelle labbra sarebbero state capaci di fare cose meravigliose.

E poi gli occhi: verdi, grandi, crudeli forse. Obliqui come certe modelle siberiane.

Il viso perfetto, incorniciato da una morbida massa di capelli biondi, mossi quel che basta per renderli vivi e irrequieti.

Giovane, pura, probabilmente vergine *(che stronzate mi ha raccontato quel bugiardo di Ballero!)*. Doveva avere al massimo diciannove-vent'anni...

Rimase muto, in silenzio, soggiogato da una bellezza che neanche meritava di osservare.

Tachicardia, capogiro, deficit psicomotorio: la Sindrome di Stendhal. Osvaldo Valenti stava per stramazzare al suolo.

Non c'era niente da fare.

Barbie in confronto era una cessa fottuta.

Tutto quanto perse improvvisamente di valore.

Avrebbe potuto essere bassa, cicciona, possedere le gambe di Karl-Heinz Rummenigge e un culo grande come un sombrero. Gliene sarebbe importato di meno. Un viso così faceva storia a sé, giustificava ogni imperfezione, ti lasciava con la consapevolezza che una forza creatrice potentissima fosse in grado di partorire opere superiori.

Non se ne rese neanche conto che, nascosta dietro a un vestitino corallo della grandezza di un coriandolo, esplodeva una figa inaudita: Katia Arricò era alta quanto lui, aveva due tette formato mappamondo, un sedere che parlava una lingua suadente e persuasiva, il ventre piatto come la pianura padana e un paio di cosce che tendevano verso l'infinito.

L'amava.

E per un istante fu tentato di metterla al corrente.

Ma c'era *Teorema*. E quelle due prime importantissime strofe. Fu Marco Ferradini in persona a sussurrargli all'orecchio che stava commettendo un errore irreparabile. Grazie all'intervento del fantasma del cantautore manifestatosi proprio in quell'istante decisivo, il nostro eroe tirò fuori i coglioni.

«Ma guarda, la famosa Arricò! Ho sentito tanto parlare di

te...» Pronunciò quella frase utilizzando tutto il suo vocione da pubblicità della carne Montana.

«Sì, sai com'è, quando fai un po' di televisione...» rispose lei con falsa umiltà, scandendo le parole come aveva imparato al corso di dizione in un paesino alle falde del Monte Tambura.

«No no, macché televisione... so tutto da persone che ti conoscono bene.»

Questa frase incuriosì molto Katia.

«Davvero?»

«Certo! Se vieni un po' in riva al mare ti racconto, ci stanno pure i miei amici con i badili di birra da dieci litri.»

La bellissima Katia acconsentì per tre motivi:

1) aveva una coda di paglia lunga quanto il Rio delle Amazzoni ed era curiosissima di sapere chi fosse il Giuda che le parlava alle spalle. Almeno una decina di ex ce l'avevano a morte con lei;
2) Osvaldo Valenti in paese era considerato un vero personaggio, un ragazzone buffo che le sparava grosse come palle di cannone. Un simpatico cazzaro. Memorabile il racconto della pomiciata con Martina Colombari in cima all'Empire State Building che aveva fatto il giro del mondo facendo incazzare Billy Costacurta. Ci aveva campato cinque anni con quella minchiata. E soprattutto era imbottito di soldi. Meritava una possibilità;
3) voleva capire una volta per tutte per quale motivo quell'idiota portasse gli occhiali scuri più di Ray Charles.

Osvaldo, frizzante come una Sprite agitata per tre giorni, se la giocò alla grande.

Tenne la pupa sul filo del rasoio grazie a una sequela di verità dette e non dette, micidiali silenzi d'attesa, enigmatici sorrisini e domande indagatrici. Sbandierò persino il fantasma di Alessandro Ballero. Katia ci stava diventando pazza. Osvaldo eluse la domanda sugli occhiali da sole riempiendole un bicchierone di birra e brindando ai segreti più inconfessabili.

Le sue proverbiali panzane sciabolavano nella notte come tanti bengala.

Arricchì di particolari piccanti il celebre bacio con Martina Colombari, rivelò una sveltina con Marina Ripa di Meana durante una conferenza mondiale per la salvaguardia del Cincillà e ammise di aver fatto petting con Iva Zanicchi dietro l'angolo dei salumi nostrani dell'Autogrill Cantagallo sull'Autostrada del Sole («Queste cose non le devi dire a nessuno, mi raccomando!» le aveva detto guardandosi intorno furtivo).

Ma il fatidico momento del break giunse inatteso come una manna dal cielo. Un gruppetto seduto intorno al fuoco a pochi metri dalla coppia dei nostri ragazzi intonò *Maracaibo*. Si fece serio e le spiegò una verità a cui teneva particolarmente: la canzone non era un motivetto modaiolo nato per far ballare le sbarbine in discoteca, il magico pezzo nascondeva una storia drammatica.

Katia Arricò lo osservava con un certo interesse.

Osvaldo non si fece pregare e partì in quarta.

Attribuì il testo ad Alan Sorrenti che lo aveva rielaborato su una traccia del grande Luigi Tenco per poi farlo interpretare a Milva durante il *Festival di Castrocaro* (musica, parole e voce appartengono alla cantautrice Lu Colombo).

Quindi si dedicò all'episodio di vita vissuta nascosto nelle note di quella ballata brasiliera: «La protagonista, tale Zazà, non era uno stinco di santo».

Katia intervenne subito: «Come Zazà?… Zazà è un suono vocale che accompagna la musica!»

«No no, fermi tutti: quello è il nome della donna. Hai presente quando fa 'Maracaibo… fuggire sì ma dove, Zazà'… ecco, Zazà è un nome! E qui Osvaldo sferrò due colpetti secchi all'aria con l'avambraccio e il pugnetto chiuso: «Za-zà!»

E, soddisfatto, proseguì.

«Insomma questa ragazza ballava in un locale chiamato *Barracuda* e trafficava in armi con lo stato cubano. Dal sodalizio nacque l'amore con Fidel. Proprio Fidel Castro capisci?… nome che però, per motivi di censura, fu sostituito con Miguel. Quando Miguel seppe della tresca le sparò quattro colpi di pistola o giù di lì. Ma lei si salvò. Fuggì allora per mare, ma una tempesta tremenda si scatenò all'improvviso: stavolta Zazà stava per rimetterci le penne sul serio. Nulla. Non era il suo momento. Si salvò anche lì. Poi, quando un pescecane le dette una morsicata sembrò tutto finito, ma anche in quel caso la sorte le fu amica. Alla fine Zazà, molti anni dopo, ormai divenuta una botte di centoventi chili, aprì un bordello di cui fu la *maître. E ciò che ti ho appena raccontato... è una storia vera.»

Silenzio.

Osvaldo guardò distrattamente il mare, sicuro che la storia fosse stata di grande impatto.

Katia Arricò, dal canto suo, aveva sentito uscire ben altro dalle bocche di minchioni allupati che volevano farsi una sana scopata con lei. Però era una ragazza giusta, equa e ci teneva a dare a Cesare quel che era di Cesare.

Dopo tutta questa fatica, due giri di lingua al povero Valenti non li avrebbe negati.

Il faccione di Osvaldo si stava lentamente avvicinando verso il viso accogliente e mai così perfetto di Katia, quando una puntualizzazione insidiosa e pericolosissima, una di quelle sfide maligne capaci di rovinare tutto, si abbatté sul nostro futuro maestro di salsa come un condor andino su un topolino bianco.

Gli puntellò i palmi delle mani contro le spalle per fermarlo e, spietata, fece calare la scure: «Ok, Osvaldo Valenti, ci sto. *(Un bacio non si nega nemmeno ai maiali!)* Però a una condizione: ti devi togliere gli occhiali da sole».

Sorriso morto del nostro eroe.

La punta di una stalattite affilatissima gli si conficcò nella nuca e iniziò a sciogliersi, gelida, lungo la colonna vertebrale. La saliva si seccò nella bocca come uno sputo nel deserto. Un calzino appallottolato (e sporco) gli serrò la trachea.

E soprattutto iniziò a scappargli la pipì (quando Osvaldo si trova in situazioni di stress la vescica si gonfia come un gavettone e se la potrebbe fare addosso da un momento all'altro).

E adesso?

Questa non ci voleva. Cazzo che sfiga. Sfiga malefica. Lo sapevo che prima o poi mi avrebbe fatto 'sta domanda.

Devo anche pisciare...

Non aveva molto tempo per architettare strategie.

La cosa più semplice.

Le dico che devo andare un attimo in bagno e fuggo via.

Si guardò intorno.

Sulla spiaggia ormai non c'era più nessuno. Anche gli amici se l'erano telata con quelle vecchie galline spennacchiate. Resistevano ancora i ragazzi attorno al fuoco. Quel fuoco di merda illuminava a giorno l'ambiente marino.

Osservò il mare: nero.

Oh mare nero mare nero mare nero.

Sono fottuto.

Se Katia vede questi occhi da stronzo mi manda in culo.

Poi il miracolo. Il segno del destino capace di materializzarsi unicamente di fronte alle grandi storie d'amore.

Le fiamme si ritrassero, richiamate nella notte da ciò che era giusto.

Il fuoco, definitivamente spento.

Buio.

Buio pesto.

Il viso della ragazza, in tutto il suo splendore, si poteva solo immaginare.

Anche se tolgo gli occhiali, Katia non vede un accidente.

Fece scivolare gli occhiali dal naso e, socchiudendo quel tanto le palpebre, sentì le morbide labbra di Katia Arricò.

La quale aveva capito tutto.

Muoveva la lingua con prodigiose modulazioni ma aveva capito tutto.

Che occhietti sfortunati poverino... chissà che fregatura vivere con quell'handicap! Ci vuole coraggio per andare avanti.

Fu proprio quel difettaccio fisico, motivo di mille frustrazioni, a insinuare il dubbio nei dispositivi mentali della sventola di Lido di Magra.

Osvaldo Valenti è un bravo ragazzo, spara un sacco di cazzate ma è un bravo ragazzo. Potrei pure farci una storia. Mi tratterebbe come una regina. Con quegli occhi sfortunati poi... dove vuoi che vada? Gestibile. Gestibilissimo. Ci devo pensare bene.

Avvinghiato alla ragazza, ma lontano anni luce dalle sue pragmatiche riflessioni, Osvaldo era felice come un bambino mentre scarta il regalo richiesto nella letterina a Babbo Natale. Magia. Magia pura. Il bacio più bello della sua vita, il momento storico che vale un'esistenza, la svolta tanto attesa che lo avrebbe consacrato fra i più grandi playboy del nostro paesino di mare. Per uno come Osvaldo farsi una limonatina con Katia Arricò era come vincere Wimbledon senza racchetta, scalare l'Everest coi pattini o, che ne so, costruire Chicago con il Lego.

Un miracolo.
Grazie Dio, grazie.
Fu l'inizio della fine.

11

ADESSO però dobbiamo interrompere il nostro racconto e tornare al presente, perché a distanza di pochi secondi l'uno dall'altro si stanno compiendo alcuni eventi significativi.

Tre, per l'esattezza:

1) Un boato.

Lo puoi avvertire anche se ti trovi in riva al mare.

Applausi, risate, spintoni, abbracci, prese in giro, pugni sulle cabine e nuvoloni di polvere.

Vicino al baretto del *Bagno Erika* si sta scatenando il finimondo.

Fabio Arricò ha perso.

Il punto, la partita, il torneo. E molto altro, secondo lui.

Lo avevamo lasciato mentre era intento a rimettere in gioco la pallina da ping-pong. L'ha mancata in quel preciso istante. Neanche il tempo di giocarsi l'ultima chance. Ha solamente sfiorato la piccola sfera impazzita che si sdoppiava, triplicava, diveniva trasparente nel suo sguardo allucinato. Gli sarà capitato un paio di volte nella vita di fare cilecca sulla propria battuta.

È piegato in due con le mani sulla faccia. E non vuole vedere niente. Niente! Neanche Caterina Valenti. Soprattutto lei. Che proprio adesso si è girata dall'altra parte perché non ce la fa a non ridere e tossicchiare. Godere delle disgrazie di Fabietto è giusto e stimolante. Ma ci vuole pudore. E poi... che gusto c'è se la protagonista della disfatta non è lei?

Si sente quasi gelosa della sua piccola sofferenza!

2) Attilio Giacomazzi, il bagnino dello stabilimento balneare, sta vedendo la Madonnina di Civitavecchia. Che però non piange. Ride. Ride con un sorriso a trentadue denti.

Non è un orgasmo normale, è la rappresentazione del bene che esiste sulla terra. La felicità più esplosiva.

Katia Arricò sta producendo il massimo sforzo per testare le sue capacità anche in fase conclusiva. È soddisfatta del suo lavoro.

Il bagnino è paralizzato.

I suoi lunghi capelli biondi lana di pecora si sono irrigiditi come fili di ferro.

Muoio.

Stavolta muoio.

Mi si sono gonfiate pure le orecchie.

Se solo Katia, con uno scatto provvidenziale, non si alzasse dallo sgabellino di legno e gli tappasse la bocca con le due mani, Attilio caccerebbe un urlo bestiale.

È svuotato di tutto. Sente che anche gli organi vitali sono stati risucchiati via. Non è possibile che abbia ancora l'intestino, i polmoni, il cuore!

Tutto ciò che gli fa la sua ragazza, un catrame di Pontremoli con i baffi di Marco Predolin, è pizzicorino in confronto.

Si appoggia alla parete di legno, lascia andare un sospiro che si trasforma nel fischio di un vigile urbano e ringrazia la vita per essere così imprevedibile.

Fuori, la gente urla e applaude. Suoni di approvazione.

Sono per me.

Qualcuno deve avere visto tutto.

E Katia?

Katia ha deciso di lasciare il suo ragazzo.

3) Osvaldo Valenti sta scendendo le scalette del pullman per rimettere piede, dopo troppi anni, sulla sua terra natale.

Inciampa, ma una mossa di bacino, che solo un ballerino di salsa seguace del grande Ignacio Piñeiro è capace di fare, gli permette di tornare in equilibrio con rara eleganza.

Il cartello stradale con su scritto Lido Di Magra è a una trentina di metri.

Si accende una Marlboro, in perfetta armonia col mondo e l'atmosfera del momento.

Va.

Fischietta la colonna sonora de *Il ponte sul fiume Kwai.*

L'estate è fuori e dentro di lui.

Anche se c'è quella faccenda da sistemare...

Cammina, lento e indolente. Alla Clint Eastwood.

Il mare.

Finalmente lo vede.

Il borsone grigio-antracite su una spalla, uno paio di jeans sdruciti della Roy Roger's incollati alle gambe, i piedi intrappolati dentro logori texani.

E la convinzione che tutto può ancora cambiare.

12

GIORNATA di merda.
Peggio di così non si può.
Se Fabio avesse seguito la scia del suo istinto auto-conservativo,
sarebbe già alla festa organizzata da quel tale che faceva i diciotto
anni. A sfondarsi di Cuba libre e a fare l'idiota con le ragazze presenti (quando è ubriaco ci riesce molto meglio). Senza perdere di
vista Caterina Valenti nemmeno un secondo, naturalmente.

Cammina nell'erba alta fino al ginocchio mentre cerca di farsi
un po' di luce con il telefono. La luna è troppo lontana e disinte-
ressata, sembra che guardi da un'altra parte. È già buio, ma fa ancora caldo. L'umidità si coagula nell'aria e la impasta come uno
sciroppo dolciastro. Tutte le lucciole presenti sulla costa devono
essere concentrate in questo campo perché sembra di camminare
in mezzo alle stelle.
I jeans appiccicati alla pelle appesantiscono i passi che sprofondano nelle sterpaglie e strappano le radici di traverso. Ma anche la maglietta si attacca alla pelle come un adesivo.
Bastava che mi inventassi una cazzata qualsiasi! Invece mi
sono fatto fregare e questo è il risultato. Bravo.
Le auto che sibilano a pochi metri di distanza producono piccole onde d'aria e illuminano il campo a intermittenza regolare,
come i fari che girano nelle prigioni dei film americani.
L'appuntamento è in cima a un cavalcavia pedonale sopra
l'Aurelia che, in questo tratto, costeggia le montagne venate di
bianco, piccoli agglomerati di fabbriche, vivai sparsi qua e là,
depositi di marmo.
Sente l'inquietudine che sale. Un brivido leggero sulla nuca
e, per un attimo, il flusso di energia abbandona le gambe e risale
sotto forma di uno strano guizzo elettrico fino alla bocca dello
stomaco. Vorrebbe andarsene. Non è più sicuro che la vuole fare

quella cosa. Quasi quasi gira i tacchi e se ne torna allo scooter. In dieci minuti è alla festa.

Ma non può!

Non può perché non è solo.

Tre zombie travestiti da amici di Fabio Arricò procedono in fila indiana. E sono: Luca Cattabrini capo-cordata; Giò, con i suoi passettini brevi e strisciati; Massimo Chini, firmato dalla testa ai piedi anche se razzola su un campo in mezzo alla campagna.

Camminano da tre minuti eppure sembrano stanchi come i Re Magi alle porte di Betlemme.

Nessuno di loro è convinto di ciò che sta per fare, eppure non importa, la traiettoria senza strattoni, come se esercitare la propria volontà fosse un mezzo assolutamente inadatto per incidere il tessuto della vita.

Del resto Samuele Bardi, dopo avere alzato al cielo la coppa del torneo, aveva radunato il gruppetto dietro le cabine e chiarito le cose: «Fabio è stato bravissimo, ma questa è la mia serata. Ragazzi, è giunto il momento di provare quella cosa di cui parliamo da tanto tempo. Io ho diciotto anni compiuti e sono già in ritardo. Voi siete al limite. Offro io, ma niente femmine. Alla festa ci andiamo, ma dopo. L'appuntamento è alle 22.00 sopra il cavalcavia sull'Aurelia, quello vicino al salumificio che fa il lardo buono. Sapete dov'è. Ah… lasciate gli scooter lontani perché non si sa mai».

Poi, dopo aver guardato tutti negli occhi, esattamente come aveva fatto Michael Caine prima di rientrare in campo contro la compagine nazista in *Fuga per la vittoria*, sigillò la questione: «Non deludetemi».

È arrivato il momento.

Di quelli che non si dimenticano.

Fabio Arricò è pronto. È pronto a tirare su di cocaina per la prima volta nella vita.

D'altra parte era una cosa che prima o poi andava fatta. Un passaggio obbligato attraverso il quale completare progressiva-

50

mente il processo di maturazione, un po' come imparare ad andare in bicicletta, prendere il primo cazzotto in faccia e dare il primo bacio.

Ma perché farsi di coca su un cavalcavia?

Non si riesce a capire.

Esistono almeno un milione di posti in cui farsi due strisce di bamba in santa pace!

Anche a Lido di Magra.

Nel cesso del bar del centro del paese, come fanno tutti, oppure alla spiaggia libera, oppure... oppure boh.

Ma è un problema che non esiste.

Fabio aveva sentito una storia: Andrea Pieralli, un tossico della compagnia dei grandi, si era fatto una striscia di coca lunga venti centimetri addirittura in sala da pranzo, a tavola, davanti ai suoi genitori. Questi ultimi, concentrati su un pacco da 500.000 euro (forse) che doveva essere aperto da una concorrente di Mazara del Vallo durante il programma televisivo *Affari tuoi*, non si erano accorti di niente.

E quindi...

Che ci incastra confinarsi sopra uno squallido cavalcavia a dieci chilometri dal paese?

Potevamo portarci la roba alla festa e divertirci come pazzi!

C'è qualcosa che non torna.

L'unico aspetto positivo è che Caterina Valenti non ha ancora provato la cocaina e, a suo dire, non la proverà mai.

È un elemento importante.

Almeno su questo punto Fabio sente di essere in vantaggio. Fra poco sarà un uomo più vissuto. Un dannato. Una persona meno semplice e scontata. Lo sa benissimo che Caterina, appena verrà a saperlo, farà la superiore, alzerà il sopracciglio (quando lo fa diventa ancora più bella) e gli dirà, con quella voce grattata che mette su quando c'è qualcosa che non le torna: «Fabio, hai fatto una cazzata, sei proprio un ragazzino...» Ma sotto sotto lo guarderà con occhi nuovi. Penserà l'esatto contrario! Chi a Lido di Magra non si fa ogni tanto con gli amici è considerato uno sfigato, un bamboccio, un secchione. Un ragazzino per bene. E non c'è cosa peggiore. Ci metti un attimo a finire *out*, e quando sei *out* non c'è un cazzo che tenga, puoi essere Raoul Bova in persona che tanto non ti fila più nessuno.

Basta osservare i volti contratti dei nostri ragazzi alla scoperta degli effetti della benzoilmetilecgonina, lo stupefacente che agisce sul sistema nervoso centrale più utilizzato nel mondo, per comprendere le loro inconfessate perplessità.

Luca Cattabrini, uno a caso, aveva sentito dire da un suo amico che un tizio delle Focette si era fatto un grammo in discoteca e poche ore dopo gli erano cascati tutti i denti. Se li picchietta con le dita. Saranno abbastanza resistenti? Luca è un ragazzo bassino, smilzo e con una matassa compatta di capelli biondi che sembrano trattati con il Dash. Si è messo i bermuda, commettendo un grave errore: le zanzare se lo stanno mangiando come tanti piccoli piranha. Dimostra più anni della sua età perché porta un paio di baffetti biondi che compensano l'assoluta mancanza di barba. Si ispira a Brad Pitt, ma è identico ad Asterix.

Figlio di due impiegati dell'Agenzia delle Entrate (è lì che si sono conosciuti) di Vittoria Apuana, è il compagno di banco di Fabio dai tempi delle medie. Un tipo di poche parole, abituato a farsi esclusivamente i fatti propri. Passa i compiti e non lo fa pesare. Il famoso «amico invisibile» che però è visibilissimo. Se l'umanità fosse a immagine e somiglianza di Luca non ci sarebbero, guerre, soprusi, desideri sbagliati. Il mondo consisterebbe in un enorme centro di accoglienza per chi ama farsi i cazzi suoi. «Voglio essere normale» è la sua religione. E per «essere normale» intende essere allineato agli interessi, alle mode e ai vizi degli altri. Solo così si può vivere sereni senza che tanta gente litigiosa senta il bisogno di venirti a rompere i coglioni.

Vi volete drogare? Bene, mi drogo anch'io. Basta che poi non mi stressate.

Ma i denti devono restare dove sono.

«Max, manca molto?» fa Giò mentre pensa a quanto ha dovuto litigare con il padre per farsi questa serata. Non occorre descriverlo fisicamente perché è molto simile agli altri milioni di cinesi che popolano la terra. E senza un grande sforzo riuscirete a immaginarlo così com'è.

«Boh... dovremmo essere vicini.»

Massimo Chini, invece, è un capitolo a parte.

Come continua a ripetere Maria Grazia Falciani, professoressa di Storia e Filosofia, il Chini è un caso patologico. Non risponde, non si esprime, all'interrogazione prende 4 e se ne va al banco senza dire una parola. Alto alto, secco secco, scemo scemo.

In realtà più che un caso patologico, Massimo Chini è un equivoco, uno scherzo della società, un fighettino mancato costretto a vivere in un mondo che non gli appartiene.

Nato dalla felice unione fra il grande costruttore milanese Gian Luigi Chini e Ludovica Mazzetti, nota commercialista di Viareggio, Massimo ciondola annoiato in una lussuosa villa nella zona di Roma Imperiale del Forte dei Marmi con i genitori e tre filippine. I coniugi Chini hanno deciso di mettere su famiglia in Versilia perché è qui che si sono conosciuti. Errore. In un mondo più sensibile alle variegate caratteristiche individuali, Massimo avrebbe dovuto frequentare un liceo privato milanese da cinquemila euro l'anno, passare l'estate facendo la spola fra il *Twiga* e il *Billionaire* e trascorrere i week-end sulla barca del papi, destinazione Saint Tropez. Al limite, ma solo in via del tutto transitoria, sarebbero potute andare bene anche delle frequentazioni con i ragazzi del Forte dei Marmi in attesa del grande salto.

Invece, poiché le vie della pubblica amministrazione e dello smistamento territoriale scolastico sono infinite, Massimo si è ritrovato a frequentare il liceo Ettore Majorana nei pressi di Massa, nella sezione storicamente occupata dagli studenti di Lido di Magra, in balia della peggiore teppa.

È qui che Massimo, inevitabilmente, era andato contro la sua natura. Aveva cercato di inserirsi. Come una lumaca che intende gareggiare al Tour de France, un ippopotamo che desidera partecipre a un rinfresco del Rotary Club, i Pooh che chiedono di aprire il concerto di Marilyn Manson. Propositi sbagliati. In realtà, in questo habitat meno ospitale, dopo un conflitto socio-economico molto aspro (quante botte ha preso Massimino nel suo percorso adolescenziale lo sa solo lui), il piccolo mondo dei ragazzi di paese aveva accettato «lo straniero» per quello che era: un bravo ragazzo, semplice, timido, scombussolato dalle rudezze locali. E anche Massimo si era affezionato a questo mondo sconosciuto, stringendo amicizia con qualche ragazzino meno facinoroso.

Chi invece ancora non è venuta a patti con la realtà è proprio la sua famiglia, miope nel continuare a considerarlo un prodotto della più alta società meneghina, destinato prima o poi a trasferirsi nella madrepatria per il tanto agognato salto di qualità e a interpretare egregiamente il ruolo di «Bocconiano di ferro».

Il risultato è un ibrido senza difese, neutrale come la Svizzera, che, stretto fra l'incudine e il martello, preferisce tacere e passare da coglione.

Eccolo il cavalcavia!

Si confonde nel buio come un traliccio rugginoso. Fabio nota le grate basse e gli altri ragazzi che li stanno aspettando confusi nelle ombre della notte. Bevono qualche birra, si passano le sigarette e forse una canna. I raggi lunari si infrangono sulla superficie bianca delle rocce e li colorano un po' allo stesso modo. Sembrano tutti uguali.

Mancano una ventina di metri ma Fabio non ce la fa proprio a non pensare a Caterina e a ciò che è accaduto qualche ora prima, una volta concluso quello sciagurato torneo di ping-pong.

Si stava ritirando verso il mare per un bagno purificatore.

Troppa delusione.

Mogio mogio, incedeva lento con i piedi sprofondati nella sabbia.

«Allora, campione?»

Una voce. L'unica. L'unica di cui non poteva perdere una tonalità sconosciuta, una nuova inclinazione, un'inflessione smorzata.

Caterina stava un metro dietro di lui.

Fabio si era voltato e aveva preso atto per la milionesima volta nella sua vita di quello sguardo morboso, radente, comunque dolce. Sorrideva con i capelli un po' sugli occhi. Il timbro dello scherno solo marginale.

«Ciao Cate, bel tatuaggio...» Fabio contrastava come poteva.

«Certo che è bello, leggi!»

Caterina si era messa di schiena, aveva alzato il braccio e lo indicava con il pollice.

It's my life, don't you forget.

Cazzo significa?

Fabio studia l'inglese come il latino, conosce le regole ma non ricorda i vocaboli, spiccica due parole messe in croce mentre cerca di ricordarsi quella successiva e quando deve ascoltare non ci capisce niente.

La frase era incisa in corsivo, una riga di lettere arzigogolate qualche centimetro più su rispetto alle fossette (due scavi profondi che fanno venire a Fabio la voglia di infilarci un dito) sopra il sedere.

Non aveva mai fatto molto caso ai tatuaggi ma quello non era affatto male.

«Sì, carino... Sei sporca di panna proprio qui», le aveva fatto notare indicando il punto esatto.

Caterina aveva spazzato lo sbaffo col dito, che poi era finito in bocca.

«Insomma, Fabio, ti sono mancata?» e si era messa a ridacchiare.

Non devo assolutamente rispondere. Qualsiasi cosa dico, finisco per sbagliare. È una domanda pericolosa. Ricordati cosa ti ha fatto l'anno scorso a Carnevale.

Conscio di ciò, senza voltarsi, aveva proseguito. Fiero e irremovibile. Lo sguardo scrutatore, concentrato su qualcosa di indefinito, in mezzo al mare, ricordava quello del grande velista Paul Cayard sul *Moro di Venezia.*

Ma Caterina insisteva, sempre più promettente e sdolcinata.

«Ehi... non so cosa mettermi stasera. Faccio le prove e ti mando le foto sul telefono, così mi dici quale ti piace di più... ok?» Il tono era troppo ambiguo. Svelava un po' di impazienza che lei aveva cercato di smorzare con una risatina soffocata.

Fabio, non ti fidare! Non ti invierà nessuna foto, figurati...

Fabio Arricò non si sarebbe voltato nemmeno se Caterina gli avesse lanciato le mutandine del costume promettendogli che lo avrebbero fatto seduta stante sul bagnasciuga.

Troppe delusioni.

Dopo tre passi si era ritrovato in ginocchio sulla sabbia.

«Scusa Fabietto!» e lo diceva con una voce così rammaricata, fissandolo dall'alto con due occhi che ridevano illimitati e ti scioglievano come il burro.

Per quale motivo era destinato a vivere nello stesso paesino con la ragazza più bella del mondo?

Gli aveva fatto lo sgambetto e se ne andava verso riva. Camminava contro il sole. Esagerava apposta con le anche, morbida e slanciata. Faceva segni a Federica e Samuele che erano già in mare.

Cosa vuole da me?

Ma anche a lui veniva da ridere. E gli veniva da ridere perché era contento.

In fondo poteva andare peggio, molto peggio. Cosa c'è di meglio, in fondo, che essere presi di mira dalla ragazza che ti ha fatto perdere la testa mentre tutto sembrava andare a rotoli?

È quando non c'è che vorrebbe morire.

Quando soffre (o finge di soffrire) per qualcun altro.

Quando si guardano negli occhi e il suo sguardo è da tutt'altra parte.

Si era rialzato e l'aveva presa da dietro facendola crollare sulla sabbia, con lui sopra. Troppo violentemente, forse. Non se l'aspettava così cedevole! Caterina si era lasciata andare in una smorfia di sconfitta, di rinuncia, e anche se era un gioco, Fabio aveva provato una strana tristezza. Ma anche un piacere tutto particolare. Quel po' di odio che il cuore ti concede. L'aveva sempre ritenuta imbattibile. Troppo bella e agguerrita per conoscere la resa. La forza brutale era l'unico modo per piegarla, anche per gioco. Gli piaceva sentirla sotto di sé, farle un po' male, fermarsi appena prima che divenisse insostenibile. E poi ricominciare. Un pensiero troppo brutto e viscido gli aveva sorvolato la mente

56

per sparire nel nulla. Che male c'era se lei rideva e sbuffava, se minacciava e poi rideva ancora? Andava bene così. Con il sedere sabbioso che gli premeva sulla pancia, le mani aggrappate alle spalle per tenerla giù, i capelli che gli finivano in bocca. Fabio non era mai stato così bene sopra a una superficie orizzontale! E così male, di fronte a quel viso sproporzionatamente importante rispetto a qualsiasi altra cosa. Da uscire di testa. Non aveva mai desiderato in modo così atroce qualcosa.

La sua bellezza era l'unica cosa che non le avrebbe perdonato.

Si era tirato un po' più su e non poteva non fare caso al solco sulla colonna vertebrale e al vertiginoso spacco fra i glutei. Il costume non esisteva più, ridotto a un lembo di stoffa impastato con la sabbia umida e sprofondato nel sedere. Le belle spalle appena arrossate inchiodate a terra. Un filo di saliva che univa le labbra. E lo sguardo come una tagliola quando girava la testa. Fabio avrebbe potuto vederlo in ogni dettaglio anche se teneva le palpebre chiuse.

Per la prima volta dall'inizio della sbandata più dolorosa della sua vita, Fabio si sentiva in dovere di dirle assolutamente quella cosa. Doveva dirle che si era innamorato e che non ce la faceva più. Se non lo diceva moriva.

Non importa se perdo.

Lo dico. Magari piano, in modo che non sia sicura.

E se poi mi sputtana con tutto il mondo? Non aspetta altro...

Fottitene.

Ora o mai più.

La spuma del mare si rompeva e ritraeva a pochi metri, dolcemente.

La salsedine saturava l'aria. Era l'aria.

Non c'è tempo per i ripensamenti.

Vado.

«Senti Caterina... lo capisci che di fronte al grande Arricò puoi solo subire? Adesso chiedi perdono o ti metto la faccia nella sabbia. Ah... il tatuaggio fa schifo. Ora chiedi perdono.»

Niente da fare, Fabio ha deciso di fare dietrofront proprio sulla meta.

«Mai, sfigato!» soffiava come un gatto.

Aveva iniziato a premerle la testa sulla sabbia, piano per non farle male. Il collo si piegava lentamente.

«Non lo fare» con la voce bassa ma decisa, come una che non ha più voglia di scherzare. Eppure una risata le aveva troncato le corde vocali e autorizzato Fabio. Che aveva premuto il viso per un paio di secondi sulla superficie morbida e si era buttato in mare.

Caterina restava a terra e sputava, rideva, si toglieva i granelli dagli occhi, gemeva.

«Sei un bastardo, Arricò!»

Un urlo, uno sguardo irridente e un sorriso con la faccia sporca di sabbia. Un sorriso come il sale su una ferita.

Fabio non ce la faceva proprio a smettere di pensarci.

Samuele si guarda intorno, sconsolato.

Sono le 22.15 e ancora non si vede nessuno.

Quei cagasotto sono capaci di dare buca.

Stanno tutti appoggiati al guard rail e osservano la strada.

Di lato, incombono le montagne. Ombre scure scavate da quelle gole bianche che sembrano sorrisi storti. Gli unici elementi che separano i monti dalla notte.

Samuele è insieme ad altri tre amici e… a una femmina.

Sembrano molto più grandi, più adulti rispetto a Fabio e ai suoi amici. I volti sono meno rotondi. L'ombra della barba sporca le guance e il mento. I movimenti appaiono più sicuri, scenici, marcano la differenza fra ragazzini e ragazzi. O fra ragazzini e uomini, se volete.

Ma quando cazzo arrivano?

Samuele Bardi, prigioniero di una smania oscura, sta iniziando a innervosirsi, mentre sputa giù dal cavalcavia cercando di centrare una Smart verde fosforescente che procede in direzione Carrara.

L'Aurelia in questo punto si affossa bruscamente, come un lungo serpente argentato che infila la testa in una voragine buia.

Qualche giorno prima gli era venuta un'idea.

Non era facile metterla in pratica ma alla fine si sentiva sicuro di spuntarla.

Sono troppo sfigati per tirarsi indietro.

Samuele è un maschio alfa.

Sembra nato per rivestire questo ruolo biologico e sociale di assoluta importanza.

È un condottiero carismatico che conosce le malizie necessarie per dirigere una piccola truppa di ragazzi.

E per ottenere questo risultato deve assumere due diversi atteggiamenti: uno riservato alla vita di gruppo, l'altro da utilizzare nei singoli rapporti.

In gruppo, alterna momenti giocosi a istanti di tensione controllata. Se ride, ridono tutti e quando si mette serio è meglio non fare tanto gli scemi. L'ingegner Pier Carlo Semenzara, mega direttore clamoroso duca conte, incubo di Fantozzi, avrebbe avuto molto da imparare dalle strategie di controllo e gestione del personale adottate da Samuele Bardi. Il ragazzo non è uno che fa a botte. Non ha impeti di violenza, ma l'impressione è che quella stia sempre là dentro, cieca, rintanata dietro ogni parola non detta, come un serpente sotto una pietra. Dà ragione un po' all'uno e un po' all'altro, così, senza un criterio apparente. Se qualcuno prende il sopravvento, però, puoi stare sicuro che si troverà contro Samuele Bardi ed entro poco questi lo costringerà a rientrare nella sua posizione gregaria.

Nell'altro caso, e cioè quando Samuele si trova solo con un amico, allora la faccenda cambia. L'agonismo si allenta, la struttura gerarchica perde momentaneamente di significato e si può essere se stessi. Solo un po' però. Perché un capobranco non dimentica mai di esserlo. Samuele allora si mostra complice, ponendosi sempre dalla parte dell'amico, al suo pari, sorridente e alleato. Capace di ascoltare preziose confidenze e, soprattutto, di appoggiare recriminazioni ora contro quello, ora contro quell'altro.

Loda in privato e rimprovera in pubblico. È questa la sua forza?

* * *

Eccoli finalmente!
Samuele sapeva che non l'avrebbero tradito.
Sopraggiungono con una marcetta poco convinta.
«Ragazzi, forza! Cos'è questo ammosciamento generale? Siamo qui per divertirci e fare una cosa veramente figa», urla eccitato.
Tutti salutano tutti. Si abbracciano, si stringono le mani, si danno il cinque, urlano, si baciano, si scambiano birre, sigarette. Fanno pure girare il cannone.
Bello.
Ma Fabio Arricò è preoccupato.
Non gli torna una cosa.
E quella cosa ha due tette giganti che sembrano in grado di schiantare la magliettina di cotone da un momento all'altro, il viso spigoloso incorniciato da uno strano taglio di capelli castani con riflessi biondo acceso (rasati da una parte e lunghi fino al mento dall'altra), le gambe snelle, allungate a dismisura da quegli zoccoli alti quindici centimetri nascosti sotto i jeans lunghi e attillati.
Sbatte gli occhi come una Bambi assonnata.
Ha anche un nome: Federica Trevisano.
E lei?
Cosa c'entra lei?
Fabio Arricò ha una pessima opinione di quella gatta morta sempre tra i piedi.
Tanto per cominciare è innamorata di Samuele.
O forse è solo preda di una feroce infatuazione? Non saprebbe dirlo con certezza.
Un collegio di psichiatri americani è arrivato alla conclusione che certe donne, particolarmente sicure (o insicure?) di loro stesse e al contempo bramose di estrinsecare la loro letale femminilità, sentano il desiderio invincibile di appropriarsi della figura maschile predominante. E se questa fattispecie di individuo si cela dietro le vesti del capo-ufficio, del proprietario di una palestra, del ragazzo più simpatico a una cena in pizzeria con i compagni delle elementari, del capetto nella compagnia d'amici o del maestro di salsa (sarà contento Osvaldo Valenti!), poco importa.

La tipologia di donne appena descritta lo vorrà per sé a ogni costo.

Questo percorso psicologico, che viene classificato fra le proiezioni deviate dell'autostima sotto il nome di *boss girl syndrome*, è un fenomeno trasversale, quasi ineluttabile e non fa prigionieri.

Fabio, pur non conoscendo l'interessante teoria scientifica, ci è arrivato da solo.

Federica è una triplogiochista nata, una viscidona, una che metterebbe zizzania anche fra le mura di una stanza vuota. Non è una donna, è una calcolatrice elettronica.

Fa la tipa, se ne va mentre stai parlando e quando fuma la voce le diventa roca tutta di un botto.

C'è niente di più costruito?

E poi passa il giorno intero a scrivere vaccate su Facebook dove trova sempre quei cento stronzi che le mettono «mi piace». Pubblica foto mentre manda baci con le labbra a ventosa, finge di interessarsi a problemi di stretta attualità. Quando insulta qualcuno, anche senza fare nomi, sembra sempre che ce l'abbia con te. E la cagnolina? Fabio Arricò ci diventa pazzo. Si chiama Micol, è un bastardino color savana con gli occhietti trucidi che Fabio ha iniziato a conoscere per via delle centinaia di foto dedicatele su Fb. Federica se la porta appresso per infondere nel prossimo falsa tenerezza. *Cagna la bestia e cagna la padrona.* Può abbaiare anche un'ora di fila e l'unica volta che Fabio, tremebondo, ha provato ad accarezzarla, poco ci è mancato che quella piccola bastarda gli staccasse un dito. Fabio ha sempre amato gli animali, ma ha iniziato a fantasticare sulla piccola Micol la prima volta che l'ha sentita ringhiare. A quello splendido animaletto manca solo una cosa: un raudo nel culo.

Federica si è sempre sentita una gran figa, una manipolatrice raffinata ed efficace, una femmina con le carte in regola. Una così non poteva che meritare il meglio. E il meglio è Samuele Bardi.

Il punto è che Federica lo vuole a tutti i costi, in modo esclusivo, apparentemente duraturo. Vuole essere la sua donna. Vuole abbracciarlo, toccargli il sedere, mettergli la lingua in bocca come e quando vuole lei. Possibilmente in pubblico. E passare sul cadavere di amiche, nemiche, potenziali concorrenti è un effetto collaterale calcolato. Per Federica Trevisano, Lido di Magra è il suo piccolo *Grande Fratello*.

Ma negli studi di Cinecittà si recita, ci si allea, si creano faide ad arte, si litiga per poi fare pace frignando a fontana, si flirta con finalità nascoste, si mettono gli uni contro gli altri, si colpisce chi è ritenuto in difficoltà come fanno le galline e, soprattutto, ci si elimina. Ci si uccide metaforicamente, per dirla tutta.

E lei è pronta a uccidere. Metaforicamente.

In estrema sintesi, secondo la modesta opinione del nostro amico degli animali, Federica Trevisano è il più grande dito nel sedere mai esistito sulla faccia della terra.

Fabio e Federica non hanno alcun rapporto, sono trasparenti l'uno per l'altro, si ignorano, non si guardano nemmeno. Avranno parlato tre volte da quando si conoscono.

Indifferenza? No, educato disprezzo.

Anche se, e questo va detto, Federica Trevisano non rappresenta tutto il male sceso in terra.

Originaria di Abbiategrasso, piccolo comune dell'hinterland milanese da cui si è trasferita (solo due anni prima) per poi approdare a Lido di Magra, è una ragazza bene inserita nel contesto sociale. Suo padre Giovanni è stato spostato al comando della polizia postale di Massa (per un motivo oscuro) e si è portato dietro tutta la famiglia: la moglie Marisa, divenuta proprietaria di un centro estetico multifunzionale aperto a Tonfano, e la figlia Federica, preziosissimo gioiello del nucleo famigliare. Ha comprato un appartamento spazioso a Lido di Magra, all'interno di una delle casette proprio vicino al *Bar Centrale*, e ha spedito immediatamente Federica al Liceo Scientifico Ettore Majorana.

Ma il problema che affligge il nostro giovane innamorato è un altro.

Anzi sono due:

1) Diabolik ed Eva Kant, in confronto al tandem Samuele-Federica, sono pericolosi come Gianni e Pinotto. Quei due insieme sono una minaccia costante. Basta guardarli mentre confabulano sopra il patino in riva al mare rifilando occhiate commiserative a destra e a manca, con quell'aria da «poveri stronzi tanto non capite un cazzo». Chiunque potrebbe pronosticare che quel parlottio continuo non produrrà niente di buono.

Non ci voleva.
Eppure, in concreto… cosa fanno di male? Niente. Niente di visibile, ma tutto di intuibile. Si esaltano a vicenda, ridono (non con gli altri ma degli altri), si guardano come se fossero a conoscenza di chissà quali segreti, coordinano le mosse. Sembrano in grado di sprigionare una forza distruttiva impressionante. Si montano reciprocamente come panna montata.

2) Federica è divenuta una delle migliori amiche di Caterina.

Poteva scaturire una sinergia peggiore?
NO.
Questa storia rischia di mandare tutto a rotoli…
Tutto cosa?
Fabio non se lo spiega. Cosa c'entrano loro due? Possibile che Caterina non si renda conto di quanto è merdaccia Federica? Insieme sono destinate a creare un sacco di problemi. A lui in particolare. Se lo sente. Sente che quella ragazza venuta dalla nebbia lo vuole colpire a tradimento, come se conoscesse qualcosa che lui stesso ignora.

E poi, soprattutto… possibile che Federica non abbia ancora capito che Samuele è perso di Caterina???
C'è qualcosa che non torna.

Samuele è il solito fregone.
Aveva detto che non dovevano esserci ragazze.

Con Federica nel mezzo svanisce la poesia, il segreto virile custodito da un gruppo di amici integralmente maschi.

Eppure Samuele non ha bisogno di ascoltare le lamentele di quel palle mosce di Fabio Arricò per capire cosa gli frulli nella mente. Basta guardarlo mentre rimugina con gli occhi spalancati da gufetto stranito.

«Ragazzi, prima di iniziare, scusatemi un attimo. Avevo detto niente donne, è vero, ma Federica voleva provare questo affare quanto noi e non me la sono sentita di dirle di no. C'è qualcuno che non è d'accordo? Perché se a qualcuno la cosa non va, nessun problema, Federica se ne può andare alla festa.»

Silenzio.

13

Tocca a lui.

È l'ultimo della fila.

Ricordati di non espirare prima di tirare su.

Basta un filo di alito e butti via tutta la polvere.

Sai che figura da pivello...

Gli altri parlano fra loro, tranquilli come se si fossero bevuti una boccetta di cedrata.

La striscia bianca traccia una diagonale sullo specchio rettangolare del beauty case di Federica e riflette il volto di Fabio. È un po' teso.

Il bordo superiore della riga si presenta come un tratto netto, mentre quello inferiore è sbavato. Non è come le striscette che si sono spazzolati gli altri. È un pochino più spessa e un paio di centimetri più lunga.

Fabio non sa se prenderlo come un regalo o un dispetto del destino.

In mano ha un pezzo da venti euro già arrotolato con meticolosità.

Nessuno lo sta guardando, ognuno si sta facendo i fatti suoi.

Si mette in ginocchio, si piega sullo specchio appoggiato sulla grata e si tappa una narice. Con l'altra tira su tutta l'aria che può, insieme alla famigerata polverina bianca.

Il flusso dello stupefacente si perde nell'inalazione come se fosse evaporato all'interno della narice. Solo un sapore amarognolo lungo il palato mentre deglutisce.

«È amara?» gli chiede uno dei fratelli Bruga.

«Sì.»

«Vuol dire che è buona. Questa è roba che arriva direttamente dalla Cordigliera delle Ande e Dio solo sa come ha fatto a mantenersi così pulita dopo la traversata.»

Antonio e Mattia, i fratelli Bruga, sono gli amici inseparabili di Samuele. Hanno visi grossolani, corporatura robusta e non sono abituati a creare grosse grane. Samuele se li porta appresso come due guardie svizzere. D'estate lavorano come baristi al bar del *Bagno Tornado Uno*, d'inverno raccolgono le pigne in cima ai pini e per via di qualche capitombolo hanno entrambi alcuni denti in meno. Insieme a loro c'è Marzio Ciardini, detto lo Yeti, «l'abominevole mostro delle nevi», per via della stretta somiglianza con il mitico bestione frutto della fantasia popolare.

Ed è tutta un'altra storia.

Ogni paesino ha il bullo che si merita.

E Lido di Magra deve avere un debito con qualche santo lassù in Paradiso perché Marzio Ciardini si è meritato sul campo di stare a pieno titolo nel gotha dei più eclettici delinquentelli di paese.

Si scrive Marzio Ciardini ma si legge: Grossi Guai.

Il disadattato non può essere altro che il castigo divino inviato da un cielo ostile per rendere impossibile la vita ai ragazzi di Lido di Magra.

Originario di Santa Maria Capua Vetere, lo scugnizzo trapiantato in Toscana si è trovato a bighellonare su e giù per la costa dopo che il padre è rimasto infermo a causa di un brutto incidente avvenuto sulle cave di marmo dalle parti di Colonnata. Il cospicuo risarcimento assicurativo ha sanato qualche falla economica, ma non è stato capace di mettere il giovane sulla retta via. Ha i capelli lunghi e ricci, il corpo uniformemente cosparso di un fitto

65

pelame nero e una pancia prominente come se sotto la maglietta nascondesse un cocomero. A vederlo girare per il paese in sella a quella vespina celeste potrebbe sembrare uno di quegli omini pelosi che girellavano per il deserto di *Guerre Stellari*. Un simpatico paioccone messo a disposizione dalla giunta comunale per fare divertire i bambini della zona.

Ma non è così.

Marzio Ciardini è una merda pazzesca. Un infamone mai visto, un teppista di talento che si è contraddistinto negli anni per avere: spaccato tutti i parabrezza degli scooter dal Forte dei Marmi a Sarzana; rubato un nano di gesso dal giardino della vedova Martini seguito da una richiesta di riscatto dopo averle inviato un orecchio della statuina; menato un numero imprecisato di ragazzini che non volevano cacciargli la piccola tangente di cinque euro cadauno; fatto quasi affogare Massimo Chini scaricandolo dalla tavola da surf a un chilometro dalla riva; sabotato il jukebox della sala giochi di Marina di Massa in modo che passasse ininterrottamente per almeno tre giorni il brano *Rosalina* di Fabio Concato; rubato un vestito da suora dal refettorio dell'istituto Ancelle di Maria con l'intento di ricavarci il vestito di Batman per carnevale; trafugato il teschio della signora Catelani dalla tomba di famiglia nel Cimitero di Turano per poi issarlo in cima al palo battente bandiera rossa del *Bagno Tropicana*... e compiuto mille altre imprese che non vale la pena di ricordare.

Marzio Ciardini, in definitiva, è un razzo inesploso che devi stare attentissimo a maneggiare. E anche se adesso sta pascolando avanti e indietro per il cavalcavia, mansueto come una pecora tiroler dell'Alpe di Siusi, c'è da stare attenti.

Fabio Arricò sta prendendo atto solo in questo istante della concomitanza di troppi eventi e, se tre indizi fanno una prova (come aveva sentito dire a *Quarto Grado*), l'affare s'ingrossa.

1) *Perché siamo su un cavalcavia sperduto sull'Aurelia?*
2) *Perché Samuele si è raccomandato di lasciare gli scooter lontani?*
3) *Perché c'è quella testa di cazzo di Marzio Ciardini?*

66

Troppe domande…

Fabio è ormai concentrato a verificare gli attesi effetti della sua prima pippatina di cocaina peruviana.

Un'esaltazione sconosciuta danza nel cervello come se migliaia di euforiche piumine stessero solleticando punti evidentemente sensibili al piacere.

Sente svanire un po' di sensibilità sulle gengive, ma chi se ne frega!

Gli viene da attaccare immediatamente discorso e si intrufola in una discussione dove tutti parlano e nessuno ascolta.

L'aria frizza di una nuova tensione positiva.

Bastano pochi minuti e Fabio Arricò non è più il tormentato studentello dal cuore spezzato per un amore folle e immaturo, Fabio Arricò è un raggio missile con circuiti di mille valvole.

I Fratelli Abbagnale, Steven Seagal e pure quell'esaltato di Chuck Norris sono delle mezze seghe.

Lui è Goldrake, Jeeg Robot, Mazinga e Mazinga Zeta montati tutti insieme.

Anzi, nemmeno.

Per la prima volta nella sua vita non ha bisogno di sentirsi qualcun altro.

Lui è Fabio Arricò.

È sicuro di sé, della sua capacità di risolvere i problemi e tenere la situazione sotto controllo. Si sente determinato e lucido come un piatto d'argento strofinato con lo Smac.

E Caterina?

La considera già la sua fidanzata.

Sono un tipo estremamente tosto.

Ci voleva tanto per capirlo?

Anche i suoi compagni di avventura tutto sommato sono delle brave persone, meritano fiducia.

Sono stato troppo duro con loro.

Persino quello scavezzacollo di Marzio. Per non parlare di Federica. Cosa ha fatto di male?

Ci devo assolutamente parlare.

Si respira un'arietta da Ringo Boys.

Nel frattempo continua a discutere con i suoi amici, si parlano addosso e si abbracciano. Non importa se Luca Cattabrini continua a toccarsi i denti davanti e se Massimo mastica l'aria come se stesse sgranocchiando una noce di cocco intera. Sono effetti marginali di questo splendido gioco. Persino Giò, il più riservato del gruppo, sta spiegando quali sono i segreti ingranaggi necessari per mandare avanti un ristorante cinese in Versilia come se fosse intento a svelare il mistero di Ustica.

Federica passa accanto a Fabio, sfiorandolo con la spalla.

Eccoci, finalmente!

È giunto il momento di provare a instaurare un rapporto civile, anzi un vero e proprio rapporto umano.

Sono uno davanti all'altra e Fabio scorge dettagli finora sconosciuti. Un piccolo malizioso neo sopra il labbro superiore, l'iride striata di riflessi smeraldo intorno alla pupilla dilatata, una leggera erre moscia con cui la ragazza infarcisce le parole più chic.

Fabio si scusa per non averla mai trattata con la giusta considerazione, rivelandole particolari che avrebbe taciuto anche sotto un interrogatorio eseguito dalla CIA.

E anche Federica, accomodante come non mai, si attribuisce mancanze, disattenzioni, ingenuità che però, di fatto, hanno impedito la nascita di un'amicizia che sarebbe sicuramente divenuta grandiosa.

Si schioccano due grossi baci sulle guance per sancire il nuovo corso.

Un tonfo.

Un tonfo pazzesco.

Proprio sotto i piedi.

I freni di una macchina che sterza disperatamente. Le gomme stridono sull'asfalto come il gemito acuto di un gatto quando si azzuffa.

Lo schianto non arriva.

L'auto deve essere riuscita a evitare l'impatto perché accelera rabbiosa, sparando il motore fuori giri.

Fabio guarda giù. Vede i fari posteriori allontanarsi rapidamente mentre Samuele e Marzio stanno piegati in due dalle risate sul guard rail del cavalcavia.

Un'immagine paurosa, disumana. Incomprensibile nella sua immediata percezione.

Sta succedendo qualcosa di brutto.

14

SOLO Massimo Chini ha visto.

Ha visto tutto e se ne sta andando.

«Scusate ragazzi, sapete che soffro di attacchi di panico... deve essere la coca.»

Quando mai Max ha sofferto di attacchi di panico?!

Se ne sta andando perché ha paura.

Anche Luca gli si avvicina, mentre Massimo sta camminando verso le scalette che portano fuori dal cavalcavia. Forse ha visto tutto anche lui. Cammina insicuro come se gli tremassero le gambe.

«Ragazzi, lo accompagno, non mi sembra che stia bene. Sul serio...»

Lancia un'occhiata a Fabio come a dire «Non è colpa mia, lo avresti fatto anche te».

I passi sulla grata si allontanano metallici.

Un po' di solitudine. Non era il momento di rompere le file.

La cocaina distanzia la sensazione di vuoto, chiarifica le azioni, zooma su certi assurdi particolari.

A Fabio sembra di essere finito in uno di quei film in cui le immagini si sovrappongono e si sporcano l'una con l'altra troppo velocemente.

Il campo da dove sono venuti è uno spazio nero fondo e inanimato. Dove sono finite tutte le stelle?

Samuele guarda Fabio e continua a ridere, tutto il suo gruppo ride. Anche Federica, che però bacia Samuele sulla bocca, poi tutti gli altri e se ne va come se nulla fosse accaduto. Scende le scale dalla parte del mare.

«Tocca a voi ragazzi, il primo lo abbiamo lanciato noi!» Samuele pronuncia le parole tranquillo come se si trattasse del turno di una partita di bilie sulla spiaggia.

Gli occhi di Giò ridotti a due fessure trasversali.

«Tu lo hai capito cosa cazzo è successo?» Fabio parla pianissimo senza guardarlo.

L'italo-cinese non risponde ma indica con il mento verso la parte opposta del cavalcavia.

Quel ritardato di Marzio Ciardini sta arrivando con una pietra in mano grande come un'arancia.

Un sasso.

I sassi dal cavalcavia.

I sassi dal cavalcavia.

Stiamo lanciando i sassi dal cavalcavia.

Sono stati Samuele e quel demente di Marzio a scagliare la pietra pochi secondi fa...

Carogne infami!

Un gioco. Il gioco più vigliacco e schifoso di cui abbia mai sentito parlare. Gli è restato tutto in mente perché non lo ha mai compreso. Si ricorda i telegiornali. Le immagini gli sono rimaste stampate nella retina anche se non le ha viste. Macabri fotogrammi della fantasia.

Non era ancora nato quando una ragazza lassù nel nord ci aveva perso la vita.

Una pietra le aveva fracassato la testa.

Di questo gioco senza senso ne aveva sentito parlare anche successivamente, altre tragedie.

«Veloci ragazzi, più tempo ci mettiamo e più rischiamo. Almeno becchiamone una!» Samuele lo sta guardando negli occhi, ma Fabio no, Fabio non ce la fa proprio a incrociare quello sguardo dopo quel pomeriggio di tanti anni fa. Come se potesse ricordare troppe cose.

Col cazzo.

70

Col cazzo che lo tiro, figlio di puttana.

Siete tutti degli assassini bastardi.

Io non sono un miserabile come voi.

Eppure un pensiero ignobile come quei sassi scagliati contro le auto gli spacca la mente in due.

Speriamo che lo voglia tirare Giò.

Un secondo e finisce tutto.

Tanto lui non è un tipo sveglio... cosa ci vuole a mancare il bersaglio?

Basta fingere. Basta assecondare quei rotti in culo e qui non si fa male nessuno.

E nessuno passa per cagasotto.

Sente la voce di quel pazzo di Marzio Ciardini.

«Dai cinegro, tira 'sto sasso del cazzo!»

Fortuna.

Per fortuna non tocca a lui.

Fabio per un attimo torna euforico.

Anche gli altri del gruppo lo incitano. Nelle voci, la corda tesa della minaccia.

Ti prego Giò, lancia questo sasso e chiudiamola qui.

«No ragazzi, stasera no.»

«Stasera no cosa? È la prima e l'ultima volta che lo facciamo. Tira il sasso, stronzo.»

Stavolta è Mattia, uno dei fratelli Bruga, a parlare. Si avvicinano tutti, lo stringono in un cerchio. Anche Samuele, che spinge Marzio verso il ragazzino cinese.

Fabio gli è accanto ma si sposta di qualche centimetro. Solo qualche centimetro più in là, che vuol dire tutto.

«No, non lo tiro è inutile che cont...»

Gli arriva uno schiaffo. Un altro. Lo spingono verso la balaustra.

«Senti bastardo, se non lo lanci, questo sasso fottuto, ci finisci te in strada.»

È Marzio che ha parlato. Gli altri ridacchiano ma c'è un entusiasmo chimico cattivo nei loro gesti, nei loro brevi scatti senza controllo. Lo prendono per il collo, lo spingono più forte. La schiena si inarca leggermente all'indietro. Le spalle e la testa sono nel vuoto.

Che cazzo faccio ora? Tira questo sasso, bastardo di un cinese... ti prego!

Fabio non sa che pesci prendere. Anzi, la verità è che sa benissimo cosa dovrebbe fare, ma non è capace di muovere un dito. Sente solo il sudore freddo lungo la colonna vertebrale, le mani gelide, l'anima viscida.

Giò strappa il sasso dalle mani di Marzio e inizia a correre lungo il cavalcavia.

Sotto, le macchine sfrecciano veloci, ma sono più ravvicinate. C'è un po' di traffico in questo momento.

Corre scomposto e, senza guardare, lancia il sasso più forte che può, giù nella strada.

La pietra fa una parabola altissima e poi precipita scheggiando il fanale anteriore di una BMW scura. L'auto procede regolarmente, nessuna scossa nella direzione del veicolo, nessun bagliore di replica. Il conducente deve aver pensato che fosse uno scoppio del motore o la collisione con qualcosa di ignoto.

Il giovane continua a correre, con lo sguardo davanti a sé.

Urla con le braccia larghe senza fermarsi in quella corsa folle. Urla con tutto il fiato che ha, un lunghissimo «Noooo», lacerato fino all'inverosimile. E si capisce dalla flessione improvvisa della voce che sta piangendo.

Il rumore che proviene dalla strada è il solito monotono rombo ciclico, crescente e decrescente. Nessuna estraneità.

Giò si gira un attimo verso il gruppo, sembra piccolissimo, vorrebbe dire ancora qualcosa, forse... E poi continua a correre. Corre via, con le mani sugli occhi.

C'è silenzio in quel cerchio spezzato di ragazzi.

Marzio tira un rutto ma nessuno ride. Ancora silenzio. Anche quando il mentecatto appallottola e tira una caccola addosso a uno dei fratelli Bruga che gli rifila uno schiaffone.

Ci sono momenti in cui può parlare solo il più forte.

«Così non vale. Il cinesino non ha mirato, così siamo buoni tutti.»

Samuele guarda i suoi amici che sghignazzano, confermano. Poi si gira di scatto verso Fabio.

«Insomma Fabio, ce lo fai vedere un bel lancio? O ti caghi addosso come il tuo amichetto?»

Il nostro (quasi) eroe sta osservando il flusso continuo delle auto.

Sta pensando che ha paura. Ha paura di uccidere. Ma anche di essere deriso, umiliato come il suo amico. Ma soprattutto ha paura di mostrarla, questa paura. Decidere di rischiare la catastrofe oppure perdere la faccia di fronte a questi quattro bastardi?

Non lo tiro quel sasso, dovessero ammazzarmi.

È una maledetta roulette russa in cui chi guida là sotto non sa di avere una pistola puntata alla tempia. Si può morire in due: chi viene colpito e chi colpisce.

Fabio sa tutte queste cose e sa anche che sta facendo la cosa sbagliata.

E non è quel po' di droga che continua a circolargli nel sangue che lo fa voltare lentamente.

«Va bene, Samuele, ma dopo di te.»

Stavolta lo guarda negli occhi. Dentro a quegli occhi invincibili di chi non ha nulla da perdere.

E adesso Fabio è sicuro, assolutamente sicuro, di avere sempre saputo cosa era accaduto in quell'opaco pomeriggio.

15
La casa della pecora morta

CIRCA dieci anni fa.

Doveva essere quasi estate perché Fabio aveva la maglietta di Ronaldo con il numero 9 stampato davanti e i pantaloncini corti che gli aveva messo la mamma. Le scarpette da ginnastica senza calzini e i piedi sudati che ci sgusciavano dentro.

Faceva caldo ma il tempo era brutto, il cielo bianco e immobile come una grande garza che tagliava fuori il sole, il vento e bloccava l'aria arroventandola.

Anche quel pomeriggio erano andati a giocare intorno alla cascina abbandonata che chiamavano «la casa della pecora morta».

In realtà solo Fabio la chiamava così, perché il babbo ce lo portava sempre a giocare. La casa aveva un'aria di mistero e un giorno in cui vi si furono addentrati, gli occhi di Fabio erano spalancati come due grosse «O».

Stupore incredibile.

Una pecora era accasciata lungo un muro. Era ferma, le mosche le vorticavano intorno emettendo un ronzio ferroso e vi si appoggiavano sopra. Grigia, magra, assolutamente immobile. Fabio aveva tirato su il viso cercando una risposta dal babbo.

«È morta.»

«Davvero?»

«Sì.»

In effetti era stecchita, ma come aveva potuto essere morta lassù?

Da quel giorno il piccolo Fabio ogni volta che il suo babbo lo portava a giocare pretendeva di finire nei paraggi di quella casa misteriosa; ne era rimasto molto impressionato. In realtà, non ci sarebbe mai andato da solo, ma con il babbo sì, il babbo era fortissimo, lo proteggeva sempre e lo faceva divertire. Come quando c'era il mare grosso: suo padre lo teneva strettissimo e quando c'era un'onda gigante lo tirava su, al sicuro.

Poi arrivarono gli amici e la presenza del babbo non servì più.

La casa della pecora morta era una cascina abbandonata ancor prima di essere finita, sgretolata e polverosa. Distante circa mezzo chilometro dal mare. Ci potevi arrivare facilmente con la bici seguendo via Stradella e poi girando a sinistra dopo i campi da tennis. Pedalavi altri cinque minuti ed eri arrivato. Una rampa stretta di scale portava al piano superiore dove un tempo stava la pecora.

Intorno si apriva un prato di erba alta giallognola che d'inverno si trasformava in terriccio. Se frugavi in mezzo all'erba potevi trovare varie cose: tipo una bottiglia di vetro, uno stivale nero di gomma, un barattolo di vernice, due o tre sacchetti blu e un numero imprecisato di cartacce, tovaglioli appallottolati e anche qualche siringa. Più in là c'erano i campi e la casa più vicina distava varie centinaia di metri.

Quel pomeriggio erano in quattro.

Fabio, Samuele e due amici di fuori, poi persi di vista: Martino e Alfredo.

Giocavano a nascondino e per la seconda volta consecutiva quel furbone di Fabio aveva fatto «Tana libera tutti». A Samuele toccava di nuovo fare la conta e mettersi a cercare. Iniziava a innervosirsi. Già la seconda volta aveva iniziato a contare velocemente e cominciava la cerca prima di essere arrivato a venti.

Fabio aveva avuto un'idea geniale.

Erano giorni che gli aveva messo gli occhi addosso.

Qualche decina di metri dietro la casa, proprio dove l'erba si trasformava in sterpaglia, un vecchio frigorifero stava finendo di arrugginire.

Era uno di quei mitici frigoriferi Fiat che adesso vengono usati come arredamento vintage.

Dentro era vuoto.

L'ideale per nascondersi. Bastava accostare lo sportello e laggiù nessuno lo avrebbe mai beccato. Poi, facendo il giro della cascina sarebbe sbucato all'improvviso proprio davanti alla «tana».

E Samuele sarebbe stato fregato per la terza volta consecutiva.

Un record!

Fabio non poteva non entrare nella storia.

Appena Samuele iniziò a contare ad alta voce, il nostro re del nascondino schizzò dietro la casa e si infilò nel frigorifero con lo sportello (pesantissimo!) accostato quasi fino alla fine della corsa.

Si trattava di aspettare. Appena Samuele fosse sbucato dalla parte opposta lui sarebbe volato a fare «tana» diventando l'eroe di quei poveretti che si facevano sempre beccare.

Troppo facile.

Nel giro di pochi minuti quei due imbranati di Martino e Alfredo si erano fatti trovare.

Meglio.

Ora iniziava il divertimento! Del resto, se non fosse stato lui a tirarli fuori dai guai, non sarebbe arrivata nemmeno la gloria.

Però il tempo passava e non succedeva nulla.

Fabio aveva provato a fare capolino ma gli era sembrato di avvertire un movimento lontano e si era rimpiattato in attesa di tempi migliori.

Samuele aveva visto muoversi lo sportello. Troppe volte. Ma non era sicuro e non poteva avvicinarsi troppo perché Fabietto filava come Speedy Gonzales e rischiava di metterglielo in quel posto.

Poi la soluzione.

A tutto.

Dietro allo sportello del frigorifero vide spuntare un pezzo di testolina e, sotto, la punta di una scarpa da ginnastica.

Nascosto nel frigorifero ci stava Fabio.

Tornò nell'altro lato della casa, con lo sguardo basso e il viso contratto che ne deformava i lineamenti: «Il gioco è finito, Fabio era dietro la casa e se n'è andato via perché è in ritardo. Ciao a tutti, ci vediamo domani», disse fingendo di allontanarsi anche lui.

Martino e Alfredo se ne andarono un po' tristi perché quel Fabio lì gli stava simpatico ed era il loro salvatore personale.

«Ciao Samu, a domani.»

Ma Samu non se ne andò.

Lì dentro iniziava a fare troppo caldo.

Si schiattava.

E poi c'era troppo silenzio... dove erano finiti tutti?

Proprio in quel momento sentì un fruscio vicino, troppo vicino.

Ecco, entro un secondo lo avrebbe visto.

Si preparò a scattare.

Ma lo sportello si chiuse.

Un colpo secco, improvviso. «Schioc». La chiusura a scatto.

Aiuto.

Buio.

Anzi nero.

Nero ovunque.

Neanche uno spiraglio di luce. Come in una bara messa in verticale.

Panico.

Fabio aveva sempre avuto paura del buio ma lì per lì non se ne curò molto, perché lo sapeva che fuori c'era la luce. Lo preoccupava la mancanza d'aria, la chiusura, l'impotenza. La mamma glielo diceva sempre: «Non infilarti mai nei mobili, nei cassoni abbandonati. E nemmeno nei frigoriferi, capito Fabio?» E lui non capiva... a casa ci aveva provato ma c'erano tutti gli scompartimenti! Come si faceva a entrare? La mamma a volte diceva cose veramente strane...

«Samueleee!»

Urlò come mai aveva fatto in vita sua, ma la voce rimbombava, ritornava indietro come se fosse stata imprigionata pure lei.

«Samueleee, Martinooo, Alfredooo aiutooo!»

L'aria cominciò a mancargli subito, ma era una sensazione.

«Ci siete? C'è qualcuno?»

Non poteva esserci nessuno, altrimenti qualcuno avrebbe risposto. Era un gioco troppo pericoloso! Eppure sentiva una presenza là fuori, una presenza silenziosa. Forse era solo un'impressione o una speranza.

«Aiutatemi, vi prego.»

Iniziò a piangere e si accoccolò sulle ginocchia.

Il tempo passava.

L'aria stava iniziando a mancare sul serio. Ogni tanto riprovava a chiamare, singhiozzando, interrompendosi per respirare ancora un po' di ossigeno.

La temperatura là dentro stava salendo vertiginosamente.

Provò a dare dei colpi violentissimi contro lo sportello, provò a spingere con la sua forza di bambino. Il risultato fu che il frigorifero iniziò a dondolare sul terreno scosceso e poi si rovesciò al suolo.

Fabio Arricò era definitivamente in gabbia.

Piagnucolava e parlava fra sé distorcendo le parole in mezzo ai singhiozzi.

Il respiro era irregolare e faticoso. Rantolava.

Dopo una mezz'oretta sentì una strana sonnolenza. Era la morte.

Fabio stava morendo.

L'ossigeno era ormai finito e ciò che continuava a inspirare era quasi unicamente anidride carbonica.

Sonno, sempre più sonno.

Un ragazzone con i capelli lunghi, occhialoni scuri e i pensieri chissà dove, camminava per i campi portando sulla spalla un borsone gigantesco.

Era uno dei momenti più brutti della sua vita e non avrebbe fatto assolutamente niente di diverso che camminare verso la stazione.

Troppa rabbia, voleva arrivarci a piedi, da solo.

Doveva pensare ancora, ancora e ancora.

Osvaldo Valenti voleva capire come cazzo era potuto succedere.

Tutto finito nel giro di pochi giorni.

L'amore è la cosa più merdosa che può capitare a un essere umano.

E proprio mentre suggellava la questione con questo pensiero, un bambino con una maglietta bianca gli si materializzò davanti. Filava come un razzo e lo fece quasi inciampare.

Dove correva quel piccolo mostro?

Gli sembrava di averlo pure visto da qualche parte…

Proseguì, tagliando per un prato.

Scavalcò un frigorifero vecchio di una trentina d'anni e riprese a pensare ai suoi cazzi.

Un attimo.

Un rumore appena percettibile proveniva da dietro.

Si voltò e si guardò intorno.

Ancora un fruscio, flebile, ma un fruscio.

Proveniva dal frigorifero.

In quel momento sarebbe anche potuto atterrargli davanti King Kong che lo avrebbe mandato a cagare e se ne sarebbe andato alla stazione.

Nulla aveva più senso per Osvaldone Valenti. Niente gli suscitava interesse. Voleva solo scappare per dimenticare in fretta.

Eppure quell'esile battito decrescente, come qualcosa che sta per finire, toccò una corda sconosciuta del suo animo ferito.

Dentro a quel frigo c'è qualcosa.

Fece cadere a terra il borsone da viaggio con un grande tonfo.

Si avvicinò e si rese conto che il vecchio elettrodomestico era ribaltato con lo sportello rivolto verso il terreno.

Lo afferrò da sotto e provò a sollevarlo.

Porca puttana quanto pesa!

Sentì ancora una piccola vibrazione provenire dall'interno.

Forza vecchio, ai tempi d'oro sollevavi cento chili sulla panca.

Niente da fare.

Non ce la farò mai.

Poi un'idea.

Il fantasma di Albert Einstein doveva aggirarsi per quei luoghi isolati perché, attraverso una qualche sconosciuta parentesi spazio temporale, il noto genio della fisica e della filosofia riuscì a trasmettere a Osvaldo il seguente concetto della dinamica: basta far rotolare quel cazzo di frigorifero.

Il nostro maciste illuminato iniziò allora a rigirare il frigorifero, sfruttando il terreno scosceso, finché liberò lo sportello. Non fu semplice ma ce la fece.

Lo aprì.

Dentro c'era un bambino.

Più di là che di qua.

Se ne stava rannicchiato tutto da un lato.

Era bianco-grigio, respirava appena. Tanti piccoli respiri ravvicinati.

Lo estrasse da quella trappola e lo adagiò sull'erba a pelle di leopardo. Provò anzitutto a vedere se dava segni di vita, se si svegliava, se reagiva alle sollecitazioni.

Qualche schiaffetto sulle guance.

«Ehi, svegliati. Bambino, svegliati… stronzo di un bambino ti devi svegliare!»

Macché.

Quel marmocchio stava iniziando a fargli prendere un brutto spavento.

Gli venne in mente Bud Spencer che con un cazzotto in testa risvegliava le persone.

Potrei provare, ma se poi gli faccio male?

Optò per un manrovescio a tutto braccio.

Il piccolo aprì gli occhi per metà.

Era quella la strada giusta.

Un altro manrovescio e Fabietto spalancò gli occhi, stupito.

Sembrava un alieno. Gli occhi giganteschi, sproporzionati rispetto al viso. Gli ricordò Mantenna, quel mostriciattolo che strabuzzava gli occhi enormi.

«Dai signorino… ora fai un bel respiro.»

All'inizio Fabio vide tutto sfocato, doppio, senza prospettiva. I colori si accendevano a sprazzi e il campo visivo era ridotto a una striscia centrale.

La strana figura che aveva davanti, per come la vedeva lui, poteva essere tranquillamente un grande allenatore di Pokémon. Ma poi, riprendendo un po' di lucidità, capì che quel bestione era un dottore e che quindi doveva seguire alla lettera ogni suggerimento. Però portava gli occhiali scuri come i signori ciechi. Doveva essere un medico che non ci vedeva bene.

Provò a respirare ma qualche meccanismo dentro al petto si inceppava impedendogli di completare l'inspirazione. Sentì l'aria mancargli ancora una volta.

Il dottore gli stampò una manata a cinque dita sulla schiena e Fabio tirò il più lungo respiro della sua vita.

Stava iniziando a respirare regolarmente.

Osvaldo attese che il bimbetto si riassettasse per qualche minuto.

Poi volle valutarne le capacità connettive post-traumatiche.

Si mise a sedere accanto a lui.

«Senti?… Mi senti vero?»

Fabio fece sì con la testa.

«Come ti chiami?»

«Mi chiamo Fabio. Fabio Arricò.»

Che scherzo di merda è questo?

Doveva porgli ancora una domanda, ma quel bambino iniziava a stargli sul culo.

«Non sarai mica il fratello della…»

«Sìsì… la mia sorellina si chiama Katia.»

Sorellina un cazzo! È il fratello di quella troia…

Mi devo calmare, non è colpa sua.

Ho salvato la vita a suo fratello.

Assurdo. Anzi, non assurdo, ingiusto.

Ormai è andata così.

*Però questo casino… potrebbe farmi gioco. Dovrei far sape-
re alla famiglia che sono stato io a togliere dai guai il pupo. Sai
che colpo!*

«Ascoltami Fabio… ti chiami Fabio vero? Perché ti sei chiuso in quel frigorifero, lo sai che potevi morire? Hai rischiato
grosso.»

«Non mi ci sono chiuso io.»

«E chi è stato, allora?»

«Non lo so, stavo giocando a nascondino con i miei amici…
Ero nascosto nel frigorifero, a un certo punto non ho più visto nessuno. I miei amici erano scomparsi e la porta si è chiusa di scatto.»

Le porte non si chiudono da sole.

Quella storia non gli piaceva per niente. Se non avesse dovuto lasciare immediatamente quel luogo infelice, avrebbe voluto
vederci più chiaro, avrebbe preteso delle spiegazioni e alla fine
avrebbe fatto il culo a tutti. Anche se il moccioso era il fratello
di Katia Arricò.

«E perché il frigo era caduto?»

«Credo di averlo spinto io per uscire…»

«Ascoltami, Fabio, io adesso me ne andrò da questo posto per sempre, perché se rimani qui, in questo luogo senza cuore, nella vita non combinerai mai niente di buono *(sto divagando, cosa gliene importa a questo bambino rincitrullito delle mie paranoie?)*. Senti, devi ricordarti di una cosa: quelli non sono tuoi amici. Non li devi chiamare amici. Non ci devi più giocare con loro. Capito? Mai più. Stacci alla larga, non dimenticartelo. E appena vai a casa, racconta tutto ai tuoi genitori e di' loro che sono stati quei bambini a chiuderti nel frigo. Mi prometti che lo farai?»

«Sì, lo farò.»

«Appena arrivi a casa. Ciao Fabio, vai ora, forza!» Gli dette un debole scappellotto sulla nuca, si alzò rimettendosi il borsone sulla spalla con un abile gesto e fece per andarsene. Ma poi si sentì chiamare da dietro.

Fabio vedeva quell'omone che gli aveva salvato la vita. Sapeva solamente che era un medico che resuscitava i morti. E se ne stava andando via. Gli dispiaceva.

«Scusa, ma chi sei?»

«Mi chiamo Osvaldo Valenti... ma questo non importa che lo dici ai tuoi genitori.»

E il grande dottore cieco sparì per sempre.

16

DANIELE Martelli, un tizio palestrato con una tartaruga perfettamente disegnata sul ventre e una parlata strana, con le labbra chiuse come un ventriloquo, ci sta provando come un pazzo con Caterina.

È uno della compagnia dei grandi, ben quotato nel mercato delle ragazzine e piuttosto spigliato.

Avrà quasi trent'anni e Caterina lo conosce benino. In un paese come Lido di Magra non ci sono stratificazioni anagrafiche che producono separazioni e compartimenti stagni. Tutti si conoscono più o meno bene e fanno parte indistintamente di un'unica grande (si fa per dire) collettività di persone. Ognuno ha il suo gruppo, è vero, ma le fusioni, gli smottamenti, le incursioni sono all'ordine del giorno. La presenza di Daniele Martelli alla festa di un neo diciottenne è il tipico esempio di transumanza a fini accoppiativi.

Daniele sta producendo il massimo sforzo.

Ma i risultati sono quelli di uno stitico piantonato da ore sulla tazza del cesso.

La ragazza lo osserva come si osservano quei topolini a pile che dopo il furore energetico iniziale si spengono in una triste pernacchia.

Non fa altro che fissarle le labbra. Il rossetto rosso leggermente sbavato su un angolo. Non la guarda mai negli occhi più di due secondi. E fa male, perché capirebbe che questa sera gli occhi di Caterina hanno tutto fuorché uno sguardo. Soprattutto uno sguardo per lui.

In realtà, a Daniele Martelli basterebbe prendere atto della smorfia di sufficienza sulle labbra luccicose di Caterina, per capire che sta buttando veramente male. Ed è un peccato, perché la bella e impossibile Caterina stasera si è agghindata con grande impegno: una camicetta bianca con due spacchi simmetrici a forma di rombo, uno all'altezza del seno e l'altro sulla schiena, che aprono la vista sulla sua carne; la gonna nera alle ginocchia cosparsa di brillantini conferisce quel tocco sbarazzino necessario per stemperare ciò che è troppo serio; un paio di sandali altissimi la slanciano ancora più nettamente.

In giardino si sta bene, c'è un'aria simpatica da festicciola senza troppe pretese e la musica non è per niente male.

Sì ma... dove sono tutti gli altri?

Proprio adesso sta passando una delle canzoni preferite di Caterina: *Arriverà*. Un pezzo che le ha sempre iniettato fiducia e buon umore. *Un giorno, arriverà!*

A cose normali non esisterebbero ragioni per consigliare alla ragazza di smettere di giochicchiare con quel tizio pieno di sé che pretende riconoscenza per il solo fatto di provarci.

Ma non è una serata normale e Caterina ha troppi pensieri per la testa.

Quindi dà una pacca sulla spalla al bulletto, alla «ciao vecchia roccia», e lo guarda negli occhi di sfuggita. Il tipo le rimanda uno sguardo colmo d'odio e incredulità. Uno sguardo che si sarebbe trasformato in altro, in qualcosa di poco rassicurante, se fossero stati soli? Caterina sente un velo di inquietudine mentre torna dalle sue amiche, lasciando il tizio in balia di un profondo gorgo di punti interrogativi.

Inoltre, anche se la ragazza è sveglia e agguerrita, sta attraversando un periodo di assoluto caos psico-fisico che gli esperti liquiderebbero come una transizione problematica tipica dell'età, fisiologica espressione del trapasso da ragazzina a donna.

Etimologicamente parlando, adolescenza (a-dolere, cioè senza dolore) starebbe ad indicare un periodo di crescita non esageratamente turbolento.

Ma non va proprio così.

Dopo la pubertà, si assiste a un risveglio ormonale e psichico freudianamente chiamato risessualizzazione (successivo alla sessualizzazione di genere che esperisce il bambino nel distinguere anatomicamente il padre dalla madre) nel quale il giovane si trova a domare sentimenti enormi e sconosciuti attraverso i mezzi minimali che la poca esperienza gli concede. Detto in altre parole, è un periodaccio. Perché i calci nel culo che prendi a quell'età non li prenderai mai più nella vita, e il guaio è che ti resteranno stampati in testa (alcuni anche nel sedere) per il resto dei tuoi giorni. E tutto ciò che puoi fare è soffrire. Decidendone le modalità, in attesa di tempi migliori.

Per questo motivo, ognuno reagisce a modo suo: c'è chi si chiude in se stesso e recita la parte del ragazzo modello, chi si comporta in maniera trasgressiva, chi smette di mangiare o si abbuffa in modo dissennato, chi stermina la famiglia. Ognuno tenta di percorrere la strada più coerente con il proprio io transitorio, cercando di non finire nel crepaccio.

Caterina ha scelto di confrontarsi con il mondo a modo suo, ma tracciando dei limiti ben precisi. Dei limiti e delle contraddizioni.

In poche parole, la bella di Lido di Magra è caduta con tutte le scarpe nella fase rivoluzionaria adolescenziale più virulenta. Ma con discrezione.

Per questo motivo si è fatta incidere quel vistoso tatuaggio, si spacca di canne insieme alle sue amiche e amici più tossici, si trucca gli occhi di nero come se fosse Brandon Lee ne *Il corvo* e gira con le zeppe di venti centimetri.

Ma non chiedetele di più, perché questo è il massimo che si concede!

Odia questo mondo stracolmo di ingiustizie, fondato sull'apparenza, la competizione, la prevaricazione ai danni dei più deboli, vittime impotenti di personalità ciniche e violente.

Odia questi stronzetti rivestiti che si agghindano alla moda, che fanno i bulletti con i soldi di papà (la famiglia di Caterina è la più ricca del paese) e ci provano con arroganza come se lei, la sensibile e trasgressiva Caterina Valenti, fosse uguale identica a quelle cento ochette sceme che popolano questo sfortunato e deprimente paesino di mare. Un mare sfigato poi! Un mare in cui puoi fare il bagno solo la mattina perché di pomeriggio rifluiscono le correnti putride provenienti dai porti di Viareggio e Carrara e il mare diventa una gigantesca sbobba limacciosa dalla consistenza di un succo di frutta. Visto da vicino ha un colorito marroncino che non promette nulla di buono. E se hai l'impudenza di farci il bagno sentirai delle cose viscide che strusciano sulle gambe e ti prenderai pure paura. Sono solo brandelli di sacchetti di plastica che sprofondano o riemergono sul filo dell'acqua come meduse. Non che le meduse non ci siano, anzi! Sono un po' ovunque e rappresentano insieme alle tracine (qui le chiamano «raganelle») il maggior pericolo per chi decide di farsi un bagnetto in questo mare insalubre. Le tracine, in particolare, sono tremende. Se pesti uno di questi pesciolini nascosti nella sabbia devi schizzare via dall'acqua per farti medicare immergendo il piede in un secchio di acqua bollente o sfregando la ferita con l'ammoniaca. In ogni caso fa un male pazzesco e, appena vieni punto, le sue spine velenose ti si conficcano nella pianta del piede e la tua giornata può dirsi conclusa. Caterina se ne è già beccate tre e se non fosse da sfigati, farebbe il bagno con le pinne.

A prescindere dalla semplicistica analisi biologica marina, ciò che non convince Caterina è l'aria che si respira in questo posto. Anche se ci è affezionata. Sembra un luogo tranquillo, armonioso, inadatto a creare pericolosi scivoloni. Ma nella realtà Lido di Magra è una piccola grande trappola. Se te ne vai, lasci sole le persone a cui vuoi bene. Se resti, prima o poi, se ne andranno loro. È un paese che non ti insegna nulla, se non la legge del più forte in un mondo di deboli. E ti porta via le cose a cui tieni.

E non frega niente a Caterina Valenti se nel bagno dei maschi i muri sono pieni di scritte colorate che citano il suo nome: CATERINA VALENTI BONA, LA VALENTI È LA PIÙ FICA DELLA SCUOLA, MEGLIO PURE DELLA BANDINELLI, FATEMI MORIRE MENTRE LA VALENTI MI FA UN BOCCHINO, VALENTI CATERINA SUBITO A PECORINA, ecc. C'è solo una frase che ha colpito la sua attenzione e l'ha fatta ridere con le amiche: LA CATE IO LA VOGLIO METTERE INCINTA. Darebbe qualsiasi cosa per sapere chi l'ha scritta!

E anche su Facebook la ragazza più sfuggente di Lido di Magra tiene un basso profilo. Non mette in piazza niente di personale, a volte propone qualche reportage di avanguardia sulle più sconosciute ingiustizie della terra, e quando pubblica le foto lo fa sempre con una certa ironia. Non si butta giù se nessuno mette 'Mi piace' a un post a cui aveva pensato mezza giornata e non apre la chat perché i maschi le fanno la posta. La sua rubrica Fb è piena di amici e conoscenti con due nomi e tre cognomi. Altrimenti si chiamano Tancredi, Manfredi, Lavinia oppure Sveva. Ma Caterina non ne rimane affatto impressionata. Il padre aveva cercato di far entrare lei e Osvaldo nel Rotary Club Viareggio Versilia, ma Caterina ci era andata un paio di volte senza trovare grandi punti di contatto con i soci e sognando, durante una cena, di fuggire alla Sala Giochi di Marina di Massa. Mentre Osvaldo, dopo la proposta paterna, aveva fatto un ghigno e si era comprato una Harley-Davidson con cui aveva intrapreso un giro per la Spagna, che si era poi concluso con la vendita della moto per accaparrarsi un posto fisso al *Riviera Night Club*, noto bordello di Barcellona.

E allora perché ogni tanto, suo malgrado, Caterina si sente attratta da questi cretini con la cresta, che fanno i penni di notte alla *Partaccia* con lo scooter truccato, tengono la camicia aperta fino al terzo bottone (a volte fino al quarto!) e la guardano spudorati come se fosse un loro diritto portarsela in casa quando i genitori non ci sono? E, soprattutto, per quale motivo alle feste che contano si veste che più alla moda non si può e si trucca come se queste mezze calzette, in fondo, volesse farle morire?

Non lo sa, e se lo sa, non vuole approfondire.

Sicuramente non stasera.

Stasera, al massimo stanotte, rivedrà suo fratello dopo dieci anni.

È emozionata, curiosa allo spasimo e pronta a far valere le sue ragioni di sorellina abbandonata.

Voleva troppo bene a quell'amico che si era ritrovata in casa. Era il suo giocattolone speciale. Lo poteva strapazzare in qualsiasi momento che lui la prendeva e se la metteva in collo. Una sicurezza. Guardavano la televisione insieme e ogni tanto le faceva pure vedere i cartoni animati. Il bello è che restava lì con lei e se li puppava dall'inizio alla fine (per forza, piacevano più a lui che a lei!). E poi Osvaldo aveva gli occhi strani. Erano strani ma buoni, la facevano pure un po' ridere. Lo considerava un tantino difettoso e per questo gli voleva ancora più bene.

Non vede l'ora di fargli capire cosa si è perso a scapparsene via. Perché, non giriamoci tanto intorno, Osvaldo è scappato. Alla grande. E Caterina vuole farglielo presente.

Eccola, Federica!

Le va incontro, inciampando per la foga…

Perché è arrivata solo ora? E tutti gli altri?

Si baciano, si abbracciano, si guardano apparentemente senza attenzione e si fanno i complimenti.

Ma Caterina ha fretta. Una smania da ragazza non invitata a qualcosa di estremamente interessante.

«E te, Fede, da dove sbuchi?»

«Lo sai… dovevamo fare quella roba…»

Sì, lo sapeva, ma nessuno le aveva riferito che «quella roba» si sarebbe fatta proprio quella sera.

«Tu l'hai provata?»

«Appena… niente di che», risponde sorniona ma con un bagliore sospetto che si aggira nelle pupille.

Troppo evasiva.

Le lame più affilate si nascondono dietro la schiena degli amici.

«E gli altri?»

«Gli altri anche… fra poco arriveranno.»

«E con te chi c'era?»

«Samuele, i suoi amici… poi Cosimo, Lore, Giò… l'hanno provata tutti.»

Le vorrebbe chiedere: «E Fabio?» ma non può scoprirsi così, anche se Federica è una sua amica. Però sembra che lo faccia apposta a tacere proprio su quel piccolo scemo.

«Ah sì, scusa, c'era anche Fabio… è quello che ha tirato su più di tutti. Alla fine ci ha anche un po' provicchiato, a dire la verità…»

«Con te?»

«Sì… un po'.» Federica toglie peso alle parole per renderle più credibili.

Caterina non sa cosa pensare. Sorride distratta, in modo che nulla possa intromettersi nelle sue frustrazioni latenti. Ma soprattutto non accetta fonti di evasione da parte di un ragazzino che sente perversamente suo. Solo suo. Non è gelosia. No. È giustizia!

E poi, un pensiero screziato dalle stesse sfumature violacee dell'ossessione sciabola negli occhi di Caterina.

Una ragione in più per fartela pagare.

Eppure proprio adesso si rende conto che ha bisogno di lui, come un deprimente strumento di rivalsa, forse, ma ne ha veramente bisogno.

Non ho bisogno di te.

Tanto ti aspetto, Fabietto, ti aspetto.

Eppure, senza di lui, gli occhi di Caterina perdono il loro rifugio.

17

FA caldo ma è come non sentirlo.

Alla trattoria *Il Corsaro Rosso*, un localino poco conosciuto strizzato fra due stabilimenti balneari in località Poveromo, Osvaldo Valenti sta respirando il mare a pieni polmoni.

Voleva rimanere leggero ma poi si è fatto prendere la mano. Proprio in questo istante sta finendo di spazzolare il magistrale sughetto scaturito dall'impepata di cozze royal, un piatto fuori menu consigliato dall'estroso cuoco catanese Gustavo Basile, scartato alle semifinali di *Masterchef* per via di un uovo fritto male.

È il suo primo giorno a Lido di Magra e Osvaldo vuole trascorrere una serata tranquilla. Ha scelto questo ristorantino proprio per evitare di incontrare quegli scassacazzi dei suoi compaesani.

Deve riappropriarsi dei luoghi e riprendere contatto con la realtà del piccolo paese in modo graduale e indolore.

Il locale è stranamente gremito, la luce artificiale si sparpaglia per la sala e un'arietta salmastra arriva attraverso le finestre spalancate.

Una volta sceso dal pullman, prima di approdare al *Corsaro Rosso*, Osvaldo si era fatto un giro sul lungomare, tolto la maglietta perché faceva troppo caldo, comprato una birra dal cocomeraio e raggiunto il pontile di Marina di Massa fino all'estremità. Aveva infine alzato la birra al cielo come aveva visto fare a Gardner Barnes, il protagonista di *Fandango,* e brindato al mare dorato.

Poi era passato da casa ma non ci aveva trovato nessuno (normale, aveva comunicato che sarebbe arrivato in nottata per non fare stare tutti in pensiero). Non aveva pensato nemmeno un secondo di entrare in casa, si era fiondato direttamente sotto il gazebo in fondo al giardino dove stazionava da ormai dieci anni il suo gioiello: la Volkswagen Golf GL Manhattan, fumo di Londra. Una vecchia carretta di qualche decennio che per il nostro uomo possedeva un valore affettivo inestimabile.

Ci aveva preso la patente con quella mitica automobile, e nel suo interno accogliente aveva scoccato il primo attesissimo bacio con la lingua a Cristina Manetti, la compagna di banco con l'apparecchio (pensando alla quale si era ammazzato di pippe), e fatto decine di volte l'amore con... lasciamo perdere.

Aveva chiesto ai suoi di mettere in moto il bolide almeno una volta alla settimana, per non far scaricare la batteria.

Osvaldo aveva controllato le ruote, posizionato il sedile e regolato lo specchietto. Doveva solo mettere in moto. Un brivido. Magicamente le lucine sul cruscotto si erano accese. La lancetta della benzina combaciava perfettamente con la barra di mezzo.

I genitori erano stati di parola.

Aveva acceso la mitica autoradio Pioneer ed era finalmente pronto per ricominciare da dove era partito. Il destino si fece sentire. Radio Nostalgia stava diffondendo nella vettura le struggenti note di *Ritornerai*, vecchio successo di Bruno Lauzi.

Mentre il sole stava inevitabilmente tramontando nella sua solita breve agonia, il secondo tempo della vita di Osvaldo Valenti era ufficialmente iniziato.

Libero.

Libero come una gazzella nella savana.

Libero come una gazzella nella savana senza che un leone le corra dietro.

Libero dalle responsabilità, dall'infida spirale delle passioni, da certi pensieri idioti che, come alcune correnti silenziose, ti fanno impelagare in quell'angolo di mare sporco che è l'invidia e altre simili stronzate.

Osserva la piccola sala con le assi di legno che rivestono il pavimento e le pareti del *Corsaro Rosso*, allunga le gambe sotto il tavolo e tracanna l'ennesimo quartino di vino bianco della casa.

È giunto il momento di spassarsela alla grande, alla faccia di chi gli vuole ancora male dopo tutti questi anni (ma esiste ancora qualcuno che si ricorda di lui?).

E il passato? Il passato non fa più paura.

È un monaco taoista che, in perfetto equilibrio dinamico fra il moto perpetuo dell'acqua e il respiro dell'aria, ha raggiunto la quiete meditativa.

Quando si dice «la pace dei sensi».

L'unico elemento naturale che sembra attirare la blanda attenzione di Osvaldo Valenti è una ragazza dai capelli rosso fuoco che danzano sulle spalle abbronzate. È una purosangue, lo ha notato dalle caviglie sottili. Indossa un vestito nero, elegante, con una generosa spaccatura da cui si intravede la schiena flessuosa. Più sotto, spuntano due gambe modellate esageratamente bene che si muovono maliziose. Per come si accavallano e ondeggiano, non possono mentire: sono attrezzi capaci di ridurre drasticamente il QI di qualsiasi uomo. Femminilità e provocazioni sensuali scaturiscono da ogni suo movimento. Sembra Margot di *Lupin III*. Faceva bene il più celebre ladro dei cartoni animati a cercare di sbattersela in qualsiasi occasione.

Davanti a lei gesticola un tipo sulla trentina, abbronzato, alla moda, lanciatissimo. Ma profondamente inquieto. Agita le braccia come uno steward prima del decollo. Però non sorride. La figona deve avergli confessato qualcosa di veramente brutto, perché il molleggiato continua a guardarla sbalordito come uno che ha ricevuto una lettera di Equitalia la vigilia di Natale.

Sono alla frutta.

Le esperienze pregresse fanno di Valenti un infallibile profeta sugli esiti di coppia.

Anche se non riesce a vederle il viso, ma solo il collo (lungo ed elegante), Osvaldo è convinto che quella donna sia bellissima.

E a essere proprio sinceri somiglia un pochino a... (ma è chiaro che non è lei!) a... a...

Aveva giurato e spergiurato di non nominarla mai più. Anzi, si era severamente imposto di non pensarci neanche un secondo.

Eppure... Sarà per via di quel vinello frizzantino che rinfresca la gola, della voce vellutata di Cesária Évora che illanguidisce la sala con l'intramontabile *Besame Mucho*, di quelle migliaia di molecoline salate che risalgono dal mare per stuzzicarti le cellule olfattive, che il nostro redivivo Osvaldo molla gli ormeggi. E le sue autodifese, forgiate per resistere a qualsiasi traversia, si allentano per una frazione di secondo. Il tempo sufficiente perché una sequela di ricordi vigliacchi e insubordinati sgattaioli via dalla cella di sicurezza ancorata al centro del cranio di Osvaldo Valenti. Ma i ricordi, si sa, sono lacrime e sorrisi che, legati da una traccia invisibile, non chiedono permesso prima di entrare. E nel giro di poco, questi ricordi, verranno giù come le cascate del Niagara.

Anche perché la ragazza dalla chioma rossa come un tramonto fatale sta cercando qualcosa nella borsetta e, proprio in questo momento, si sta voltando nella direzione di Osvaldo...

Conviene allora tornare laddove ci eravamo fermati, e cioè ai giorni successivi al primo, inedito, cruciale bacio che Osvaldo riuscì a strappare a Katia Arricò sotto la luna di Lido di Magra.

Stiamo parlando di dieci anni fa.

18

LA storia fra Katia e Osvaldo si protrasse per un annetto scarso.

E restò negli annali.

Osvaldo entrò in coma sentimentale la notte del primo bacio. Per non uscirne più.

Non occorreva essere il Dottor Stranamore o uno specialista in studi previsionali sulle traiettorie della vita di coppia per intuire che la relazione fra quei due ragazzi non sarebbe andata da nessuna parte.

Il gettito emotivo, scaturito dal benefico «effetto novità», si esaurì dopo un paio di settimane.

E i nodi, inesorabili, vennero al pettine.

Tanto Osvaldo amava perdutamente Katia quanto Katia se ne fregava di Osvaldo (la famosa storia delle grandezze inversamente proporzionali che ci insegnavano alle scuole medie).

Tanto Osvaldo sognava a occhi aperti, quanto Katia valutava la realtà con le insindacabili coordinate della concretezza.

Diciamo che lo schianto di ragazza era l'esatto contrario dell'imprenditore Roberto Carlino, quello che nella pubblicità sostiene di «non vendere sogni, ma solide realtà». Katia invece vendeva sogni ai creduloni come Osvaldo e le solide realtà se le teneva per sé.

Troppo diverse le abitudini, i ritmi, le illusioni.

Katia aveva appena concluso il liceo e stava immergendosi trionfalmente nel grande mare della vita universitaria. La ragazza era efficiente, sveglia, determinata a raggiungere gli obiettivi della sua vita. E cioè: laurearsi in giurisprudenza nel minor tempo possibile, volare a Milano come un Concorde, introdursi in un portentoso studio legale dove imporre gradualmente l'invincibile legge della bellezza coniugata all'intelligenza.

Osvaldo Valenti si rivelò da subito un pesante fardello.

Fu cocciuto, poco lungimirante, privo di ogni capacità di analisi e di sintesi. Si attorcigliò intorno al suo amore spregiudicato, convinto che, come un romantico Cavallo di Troia, gli avrebbe consentito di entrare nel cuore fortificato di Katia.

Prognosi sbagliata.

Non possiamo affermare che Katia non gli volesse bene. Katia voleva bene a Osvaldo, questa è la verità. Ci si era affezionata. Come ci si affeziona al gatto, alla prima macchina, al comodino. Ecco, l'espressione giusta è questa: Katia gli voleva bene come al suo comodino. Era un punto fermo su cui riversare tutto ciò che riteneva opportuno e che rimaneva sempre lì ad aspettarla.

Inoltre, la visione della vita di Osvaldo, così diametralmente opposta alla sua, complicava tutto. Viveva con calma eccessiva, non studiava più (la carriera del nostro studente in economia si era incartata sul primo esame in cui aveva tracciato un grafico a forma di pisello. Proprio così, fra le ascisse e le ordinate era spuntato quel coso che era entrato indelebile nel bagaglio della fantasia collettiva studentesca), la mattina si alzava prima di mezzogiorno solo per i matrimoni e i funerali, e non voleva lavorare. Soprattutto non voleva lavorare nella cava di marmo di suo padre.

Nella sua vita aveva letto un solo libro: il *Kamasutra*.

Ma anche in quel caso dopo una trentina di pagine si era annoiato e aveva messo su un bel pornazzo al videoregistratore.

In estrema sintesi, la vita di Osvaldo era un monumento al fancazzismo.

Qualche tempo prima, mentre aspettava di tagliarsi i capelli, si era ritrovato fra le mani la rivista scientifica *Airone*. Un articolo trattava le caratteristiche principali del più celebre mammifero marsupiale australiano: il koala. Detto anche il «piccolo orso».

Ne era rimasto molto colpito.

L'animale passava tutto il tempo a dormire sugli alberi. Una volta sveglio, attaccava a mangiare foglie e gemme di eucalipto (ricco di residuali tossici) e poi tornava a dormire. Nella stagione riproduttiva pensava ad accoppiarsi con gli esemplari femmine, presenti in numero nettamente superiore rispetto ai mammiferi maschi.

Nella testa di Osvaldo resistettero le seguenti notizie: il koala dorme tanto; mangia roba tossica ed è per questo che è sempre fatto; si fotte tutte le koaline che vuole.

Era la vita che Osvaldo avrebbe voluto.

Eccetto la parte finale. Perché a lui bastava Katia Arricò. Tutte le altre donne del mondo erano ormai una specie estinta per il nostro koala mancato.

Il suo sogno era stare insieme a Katia, l'unica donna che aveva veramente amato in tutta la sua vita. Senza tanti cazzi. Senza paure. Senza un domani.

E non c'è niente di male nell'essere persone semplici, questo deve essere chiaro.

Il nostro ragazzone innamorato sarebbe vissuto sul divano di casa, a vedersi tutte le puntate di *E.R.* e a sbaciucchiarsi con la sua biondissima fidanzata dagli occhi rubati al mare, a non fare assolutamente un cazzo di niente.

Non era questo il problema.

Il problema risiedeva nell'ostinazione di far valere la propria semplicità con chi semplice non lo era (o non lo voleva apparire!).

* * *

Katia Arricò, questo va riconosciuto, reagiva in modo molto paziente alle grossolane manifestazioni d'affetto da parte del suo fidanzato, però c'era un limite. I regali con cui la sommergeva quotidianamente stavano iniziando a farla indispettire. L'intero catalogo di peluches della Trudi, pantofole a forma di animalini in via d'estinzione come se piovesse, almeno una decina di pigiami felpati in pile e uno di Peppa Pig. Quando Katia si vide recapitare a casa la collezione completa dei Supercuccioli si incazzò sul serio. Non si poteva andare avanti così. Si fiondò a casa del fidanzato e gli fece una scenata.

«Osvaldo, possibile che non capisci quali regali possano piacere a una ragazza della mia età?» (e neanche la piccola Caterina capiva, perché a lei quei regali sembravano bellissimi! Come del resto sembravano magnifici a Fabietto, che impazziva quando si trovava il letto pieno di bambolotti smessi della sorella), protestò Katia esasperata, toccandosi involontariamente un dito.

Osvaldo non ebbe alcun dubbio: la ragazza pretendeva un anello di fidanzamento e aveva ragione.

Ma anche in questo caso ci mise del suo.

Si catapultò in una gioielleria del Forte dei Marmi e acquistò un anello d'oro rivestito da una corona di diamanti, sormontati da un solitario grosso come un ovetto Kinder per un valore di cinquemila euro.

A parte la pacchianeria, la ragazza avrebbe gradito.

Il fatto è che il generoso Osvaldo escogitò un piano per rendere la sorpresa ancora più romantica e indimenticabile.

La portò da *Renzo*, il più rinomato ristorante di pesce della costa, e ordinò al *maître* di sala di inserire l'anello all'interno di una tartare di palamita, il piatto preferito di Katia. Quando finalmente la ragazza avrebbe addentato qualcosa di duro, si sarebbe resa conto dello sfarzo e sarebbe scoppiata a piangere dalla felicità.

Osvaldo, stracolmo di emozione, vide arrivare la portata e attese. Attese. Poco a dire la verità. Katia sbranò la tartare in due bocconi e a un certo punto iniziò a tossicchiare.

«Presto Osvaldo, un po' d'acqua! Devo avere ingoiato una mega lisca, speriamo bene.»

Lisca un cazzo.

La mangiona si era pappata un anello da cinquemila euro.

Quando Osvaldo lo fece presente, fra il colpevole e l'incazzato, Katia fu travolta da una crisi isterica, gettò il tovagliolo sul piatto e scattò in bagno per vomitare. Ma non ci riuscì, nemmeno con tre dita in bocca.

Poi si calmò. E realizzò che l'anello da qualche parte sarebbe pur dovuto uscire.

Mantenne la calma e cercò di organizzarsi.

Una volta a casa, si asserragliò in camera, spense il telefonino e stese in mezzo al tappeto un telo di plastica trasparente.

Si trattava solamente di aspettare.

Per queste cose Katia era un orologio svizzero.

Ma l'emozione la tradì, e per tre lunghissimi giorni l'intestino rimase muto come un camorrista omertoso. Lei sapeva pazientare. Come certi soldati dell'esercito imperiale giapponese che, infrattati in caverne desolate, aspettano ancora la fine della Seconda guerra mondiale, Katia avrebbe atteso di veder luccicare il suo gioiello per l'eternità.

Ma la curiosità ebbe la meglio.

Dovette ingollare una trentina di gocce di Guttalax per constatare un confortante movimento interno.

Ci volle ancora qualche ora. Poi la sua pancia iniziò a fare risciacqui e gargarismi. E dalle sue viscere una serie di botti come a Capodanno a Spaccanapoli cominciò a propagarsi nella camera, facendo spaventare pure Fabietto che stava davanti alla tv a guardare una puntata di *Dragon Ball*. Infine Katia, emozionata come una donna che si appresta a sgravare, iniziò finalmente a patire quei dolori propiziatori ma lancinanti, come se con il suo intestino teso all'inverosimile due gruppi di buontemponi stessero facendo il gioco della corda. Stava soffrendo come una bestia.

Fu in quel momento che giurò solennemente che mai nella vita lei, la più grande arrizzacazzi del pianeta, la più bona del creato, la mantide religiosa di Lido di Magra, avrebbe permesso a quel mezza sega di Osvaldo di metterla ancora situazioni così penose.

Poi esplose tutto.

Alla fine, con le mani ferme del chirurgo che deve estarre un frammento di pallottola dal cervello del paziente, riuscì a recuperare il suo tesoretto.

Lo guardò controluce come un'ostia benedetta e ne riconobbe la becera magnificenza.

Era il suo tesoro.

Ma ormai la ragazza non ce la faceva più.

Osvaldo Valenti era ufficialmente caduto in disgrazia.

Sintetizzando, la fine della storia fra Katia e Osvaldo si sviluppò attorno a tre grandi mazzate che si abbatterono tutte su quest'ultimo.

Prima mazzata.

Il 9 novembre 2002 Osvaldo prese nota che qualcosa stava andando per il verso sbagliato.

Katia aveva insistito tutta la settimana per partecipare a quella pallosissima cena al *Vida Loca*, un locale di Viareggio noto per aggregare qualche battona della zona e suonare ininterrottamente latino-americano grazie al drogatissimo dj equadoregno Marcio Veloso de la Fuente. Insieme ai compagni dell'università era prevista la presenza dell'aitante assistente di Istituzioni di Diritto Romano, Giandomenico Schiavoni («Vedessi che tipo interessante, Osvaldo!»). Vera *guest star* della serata.

La piccola Caterina, appena aveva sentito chiudere a chiave la porta, era schizzata verso la camera di Osvaldo. Come sempre.

«Cazzo Katia, andare a ballare la salsa è da sfigati! C'è pure il temporale... E poi ti sembra la musica adatta per una serata così? Va bene farsi del male, però...»

La bambina grattava alla porta e ogni tanto bussava con le sue manine cicciottelle. Origliava per una decina di secondi, poi, ricominciava.

«Buona Pernigotti, vai a giocare col babbo», alzò la voce Osvaldo, constatando che Katia si stava innervosendo.

(Il signor Piero Valenti non giocava con la bambina da circa tre anni. Non che non le volesse bene, anzi, solo che non ci riusciva. Far divertire quella piccola esagitata era come intrattenere una tigre cercando di spiegarle le regole dello scopone scientifico. Era un'impresa fuori dalla sua portata. Non imparava a giocare a calcio, non era interessata al funzionamento del Texas Holdem, faceva deragliare i trenini e ti guardava malissimo se le facevi notare che tutte le Barbie erano senza testa. E, soprattutto, ma questo Piero non lo avrebbe mai ammesso, con Caterina non ci poteva parlare di donne. Però c'era il trucco. Rifilandole qualche merendina, la piccola si metteva buona. Il padre capì e agì di conseguenza.)

«Senti Osvaldo, mi sono rotta i coglioni di passare il venerdì sera a casa dei tuoi. C'è pure la tua sorellina sempre tra i piedi e non possiamo combinare nulla! Se non vuoi venire, stavolta, ci vado da sola, giuro!» inveì Katia a bassa voce. E puntò il dito tremante di rabbia nella direzione della bambina, come se dietro la porta ci fosse appostato Cujo con la bava alla bocca.

Osvaldo non capì quel tono insistente e aggressivo, non capì perché doveva andare a sfracellarsi le palle in quel posto di stronzi, non capì perché avrebbero dovuto muoversi dalla cuccia calda mentre fuori infuriava la tormenta e, soprattutto, non capì per quale motivo Katia si era conciata come il più grande puttanone della costa per quella squallida serata. Osvaldo Valenti, come al solito, non aveva capito un cazzo.

Davanti alla porta del disco-club, in ritardo di una quarantina di minuti a causa della bomba d'acqua che aveva allagato il lungomare di Tonfano, Katia si bloccò di colpo, prese per mano il suo fidanzato, lo baciò rapidamente sulla bocca e lo redarguì: «Per favore Osvy, almeno stasera non farmi fare figure di merda».

La tavolata versava nella tristezza più assoluta.

Il temporale sembrava continuare a scaricare fulmini e secchiate d'acqua anche all'interno del locale.

La musica, ancora troppo bassa, era una dolce ninna nanna.

Peccato.

Il *Vida Loca* avrebbe voluto essere un ambiente piuttosto allegro. Le tovaglie di lino gialle, le mille bandierine colorate, i festoni, le foto dei ballerini, i poster di Maradona e Pelé separati da una gigantografia del cantante Luis Miguel, noto come «El sol de México».

Una ventina di studentelli parlava a bassa voce come se il tizio a capotavola stesse tenendo ancora lezione. Il tizio era Giandomenico Schiavoni. I racconti di Katia erano un tantino gonfiati. Non era tutto questo Alain Delon. Aveva il collo lungo e la testa piccola come una biscia. Le spalle declinanti, a freccia. Un paio di occhialini da vista, tondi a fondo di bottiglia, riempivano quasi per intero il volto romboidale dello studioso. Pallido come un pupazzo di neve. Dal colletto della camicia bianca spuntavano peli lunghi come spaghetti. Anche se ne dimostrava una cinquantina, Giandomenico aveva solo trentacinque anni. Parlava piano e con autorevolezza. Alla Enzo Biagi.

Sul tavolo, un padellone di paella mezza avanzata, un vassoio con un liquame nero denso, una caraffa di sangria piena per metà su cui galleggiavano due bucce di pesca e una fetta di limone rattrappita. Una costellazione di bottiglie d'acqua (vuote) puntellava la tovaglia.

Osvaldo non impiegò molto tempo per comprendere che dietro a quel ritrovo di giovani studenti si celava la cena sociale dei becchini del cimitero di Turano.

Quando Katia irruppe sulla scena si scatenò un applauso esplosivo, qualcuno si alzò in piedi ed Enzo Biagi accennò un sorrisino viscido come la scia di una lumaca.

Ma dopo i saluti e le presentazioni il languore riprese il sopravvento.

Stavano facendo la muffa.

Osvaldo Valenti capì che doveva fare qualcosa.

(Ma capì male. Perché tutti coloro che si trovavano invischiati in quella melassa, in realtà, inseguivano un solo obiettivo: leccare il culo all'assistente universitario Giandomenico Schiavoni, in vista dell'incombente sessione di esami.)

Tracannò la mezza caraffa di sangria avanzata, offrì tre giri di tequila e partì a dire cazzate.

Tirò fuori il suo asso nella manica: la storia di quando al *Don Carlos*, un disco club di Chiesina Uzzanese, un'anziana signora lo aveva avvinghiato per ballare, lo aveva strapazzato e aveva tentato di baciarlo. Solo quando la dentiera era schizzata via, Osvaldo l'aveva guardata dritta in faccia e aveva capito che era Lorella Cuccarini e allora... Allora niente, il racconto non frizzava. L'attenzione scivolò verso il vertice del tavolo come se vi fossero radunate venti top model ninfomani venute dalla Bielorussia apposta per farli schiattare di piacere lì sulla tovaglia.

Niente.

Perle ai porci.

Ne ricavò qualche sorriso terrorizzato da parte degli studenti più coraggiosi, una pacca sulle spalle da Marco Tamburi, il ragazzo che gli sedeva accanto, e un numero incalcolabile di sguardi di brace con cui la fidanzata lo avrebbe tacitato per sempre.

Triste come solo un pagliaccio che non fa ridere è capace di essere, riprese a bere shottini di tequila a raffica, fissando il tovagliolino giallo.

Anche Katia si tranquillizzò.

E fece un grande errore.

Focolai di discussione nati per imbrogliare il silenzio si spegnevano vagamente come stelle all'aurora.

Osvaldo, quando sentì affermare che Renato Pozzetto non era un grandissimo attore, alzò la testa come un Terminator che sembrava terminato e, con uno scatto fulmineo, si insinuò nel dibattito principale e nelle sue diramazioni.

Argomentò con logica stringente ogni sua convinzione.

Fu una prova maiuscola.

Fino a che.

Uno.

Il Dottor Giandomenico Schiavoni svelò alla truppa: «Mia

100

moglie Eleonora è incinta. Ma non sappiamo se è maschio o femmina. Ci sono ancora dei dubbi».

Ovazione.

Sorrisi, applausi, pugni sul tavolo. Volarono tovaglioli. Qualche studente particolarmente audace, sentitosi percorso dallo stesso brivido di coraggio che animava i giovani di piazza Tienanmen, abbracciò il futuro padre. Katia scattò verso l'assistente universitario e gli schioccò un lungo, rumoroso bacio sulla guancia.

Osvaldo, percependo l'atmosfera da *Bar del Popolo*, si sentì a casa sua, chiese il silenzio sbattendo la forchetta contro la bottiglia e alzò il suo bicchierino di tequila al soffitto crepato.

«Un brindisi a quel gran figlio di una mignotta di Giandomenico!»

Silenzio.

Silenzio cattivo.

Tutti girati verso di lui.

Le variopinte note della *Macarena*, che nel frattempo stavano iniziando a scaldare gli animi, presero il ritmo di un lentone di Bobby Solo.

E che ho fatto di male?

Tutto serio tentò il recupero in scivolata.

«Bravo Giandomenico, bravo. Non ho capito se è maschio o femmina ma bravo! E non importa se non sappiamo se diverrai padre o madre.»

Katia finse che fosse una battuta e scoppiò a ridere *(maledetto figlio di una troia!)* contagiando il resto del gruppo.

Persino l'insegnante arcuò impercettibilmente il labbro superiore.

Due.

Il dottor Giandomenico Schiavoni stava incensando il regista Salvatore Cozzillo per la conquista dell'Oscar come miglior film straniero con la sua opera magna, *La bellezza italiana*.

Osvaldo Valenti lo aveva visto al cinema pochi mesi prima ma non ci aveva capito granché. Una storia incasinata, tutta scena e poca sostanza. Un concetto però gli era rimasto in testa perché Katia, dopo il film, glielo aveva spiegato a chiare lettere.

«È un bel film Osvaldo... sull'essenzialità delle cose semplici e genuine a discapito delle frivolezze che ci occupano la mente. Ed è anche, e soprattutto, un film sull'importanza delle proprie radici.»

Quest'ultima frase se l'era scritta e sottolineata a doppio frego sul personalissimo taccuino della memoria.

Ci stavano girando intorno.

Nessuno aveva afferrato il senso dell'opera cinematografica.

Osvaldo voleva intervenire ma guardava Katia.

Perché stava zitta? Perché non spiegava a quel trombone come stavano le cose?

Katia, cercando di riabilitare il proprio fidanzato per non apparire la gallina scema che non era in grado di scegliersi un fidanzato non cerebroleso, fissava Osvaldo con insistenza.

Ho capito, si vergogna, vuole che lo dica io.

Messaggio ricevuto.

«Signori...» e qui assunse un'espressione intellettuale «... è evidente che si sta facendo un po' di confusione... le cose che dite sono vere, ma il punto fondamentale è un altro: *La bellezza italiana* è soprattutto un film sull'importanza del... *(puttana troia che parola era?)* ... delle... (eppure era una parola semplice) ... cioè del... (iniziava per «ra»... ed era una roba della terra, della verdura)...»

Cosa avrebbe dato Katia per suggerire quella semplicissima parola al povero idiota del suo fidanzato! Ci provò con tutte le sue forze, quasi sibilando la parola «RA-DI-CI!».

Osvaldo si sintonizzò su quell'estremo aiuto e si ritrovò catapultato al liceo quando, di fronte alla lavagna, in una frazione di secondo, doveva: individuare il suggeritore in mezzo alla classe, non farsi beccare dalla prof, capire il suggerimento.

Decriptò con sicurezza le prime due sillabe: «ra-di».

(Aspetta... ahhhhhh... ma quanto sono scemo!... E che ci voleva!)...

Gli occhi di Osvaldo si illuminarono in un fremito di salvezza ed entusiasmo.

L'ho sgamata.

«*La bellezza italiana* è un film sull'importanza del radicchio.»

Tre.

Il dottor Giandomenico Schiavoni, ormai assurto a vero dominatore della serata, spaziava da un argomento all'altro con la tracotanza del despota che tiene il suo popolo stretto in una mano.

L'atmosfera si era sciolta e le matricole ridevano come matte a ogni battuta dello studioso che, dietro l'incoraggiamento di un lungo e falsissimo applauso, si era concesso mezzo bicchiere di sangria annaffiato generosamente con acqua Ferrarelle. Anche Katia aveva guadagnato una postazione di prestigio vicino all'insegnante universitario e non gli staccava gli occhi di dosso.

La musica era drasticamente cresciuta di volume e gli effetti della tequila si stavano facendo sentire.

Soprattutto su Osvaldo che, abbandonato in fondo alla tavolata, sembrava un pugile alle corde in procinto di crollare al tappeto.

Ma è quando sembra tutto finito che il campione di razza riesce a tirare l'ultima improvvisa zampata che lo conferma tale.

«Allora ragazzi… chi mi sa dire come si chiama l'inno spagnolo, lo promuovo con trenta e lode all'esame di dicembre!» fece Giandomenico a cui tre millilitri di sangria avevano sciolto i freni inibitori.

Boato. Applausi. Risate. «Grande Prof!»

Katia gli soffiò un bacio.

Branco di stronzi, questa la so.

La so. Ho sbagliato a non insistere con l'università. In mezzo a voi pecoroni, alla fine, ce l'avrei fatta pure io.

Osvaldo scalpitava come Furia, Cavallo del West.

Ma non voleva intromettersi, ne aveva avuto abbastanza.

Nessuno, però, conosceva la risposta.

Qualcuno buttò lì dei titoli a caso, qualcun altro provò a intonare le note dell'inno. Uno studente di Acireale, il più furbo della cordata, volò alla consolle del dj ecuadoregno Marcio Veloso de la Fuente per farsi suggerire il titolo. Ma il disc jokey più drogato del litorale ricordava solamente il ritornello dell'inno del Perú.

«Niente, ragazzi, come al solito siete impreparati... L'inno della Spagna è...» l'assistente indugiò un attimo in più per creare la giusta suspense.

Era troppo anche per Osvaldo Valenti, che si alzò in piedi, corresse la postura degli occhiali da sole e deglutì per sciogliersi la lingua.

«L'inno della Spagna è *Vamos a la playa.*»

E adesso portate rispetto massa di ignoranti.

Sarebbe stata una grande battuta (se lo fosse stata).

Sarebbe stata una grande battuta se solo Osvaldo non si fosse bloccato come il grande direttore d'orchestra Riccardo Muti mentre attende il meritato tributo da parte del pubblico.

Sarebbe stata una grande battuta se tutti quanti non si fossero già voltati dalla parte opposta della sala dove uno spettacolo ben più pregnante aveva rapito l'attenzione generale.

Katia Arricò stava trascinando in pista Giandomenico Schiavoni.

I venti studenti impazzirono letteralmente di fronte a questa istrionica prova di temperamento da parte della bellissima collega.

Osvaldo Valenti ancora non capiva.

Il dj ecuadoregno, in realtà, conosceva sì e no tre canzoni per far ballare quelle quattro tardone in calore che si presentavano nel locale coi loro sfortunati compagni di danza: il *Meneito*, la *Lambada* e la *Macarena*, e la *Bomba* di King Africa. Poi infilava la chiavetta USB a forma di orsacchiotto che gli aveva regalato Lucio Cavalcante Dos Santos, il suo spacciatore di fiducia, e fingeva di mixare. Ma solo ogni tanto. In genere lasciava andare la musica mentre guardava i muri del locale per ore e sputava per terra.

Nessuno, davvero nessuno, sarà mai in grado di comprendere il motivo per cui, in quel decisivo istante, Marcio Veloso de la Fuente razzolò fra le sue cose e, come posseduto dallo spirito domenicano degli Aventura, regalò al locale *Vida Loca* la prima bachata della sua storia.

Obsession.

La bachata è un genere musicale latino-americano malinconico, ma caliente. Si balla in coppia. Mai e poi mai gli occhi dell'uno devono staccarsi dagli occhi dell'altra.

Fra i due ballerini possono venire a crearsi fulminee e magiche alchimie.

Osvaldo non era a conoscenza di questo micidiale meccanismo, ma comprendeva che la situazione era difficile.

Buttava male.

Ma io sono Osvaldo Valenti e ho le palle che mi fumano.

E poi Katia non lo farebbe mai davanti a me. Non lo farebbe mai. Mai.

Il cervello di Osvaldo girava come un automobilista intorno a una rotatoria senza trovare la svolta giusta.

Si avvicinò al muro di studenti che batteva le mani e, senza farsi tanto vedere, vigilò come una vedetta lombarda.

Katia Arricò, elegante e flessuosa, prese una mano di Giandomenico e appoggiò l'altra sulla gracile spalla dello studioso.

Erano soli in mezzo alla pista.

L'assistente, che sulle prime sembrava rigido e freddo come un Calippo, avvinghiò con le due mani la vita della ragazza e iniziò a guardarla negli occhi. Non aveva mai visto da vicino una donna così splendente. La parte davanti dei pantaloni di velluto si gonfiò come se al suo interno si fosse aperto un paracadute.

E non importa se l'assistente arrivava a malapena alle spalle di Katia, la danza procedeva a meraviglia.

La nostra triste sentinella iniziava a scalpicciare come quando gli scappava forte di andare in bagno. Le budella si attorcigliavano e crepitavano come mille serpenti a sonagli. Sudava freddo anche se in quel locale zozzo ci stavano trenta gradi. Il viso spigoloso stava diventando rosso fuoco. Il collo, gonfio come un tacchino.

Che situazione di merda...

105

Il manipolo di leccaculo urlava in estasi.

Marco Tamburi, l'unico studente con cui aveva scambiato due parole, si voltò verso di lui per rassicurarlo.

«Ehi, tranqui amico, tutto a posto. Giandomenico è una brava persona. Solo che gli piace fare il giovane con gli studenti, l'amicone. E poi, a parte questo, non si sputtanerebbe mai davanti a tutti!»

Questa rivelazione calmò per un attimo Osvaldo. Poi lo fece riflettere. Il tipo aveva parlato solo di ciò che avrebbe fatto e non fatto quel bastardo del suo insegnante, come se al contrario fosse scontato che Katia ci sarebbe stata...

Una mannaia squarciò il ragionamento.

La bachata smise proprio in quell'istante di emettere il suo dolce lamento.

Osvaldo non ebbe neanche il tempo di tirare un sospiro di sollievo.

Katia si lasciò cadere indietro lentamente, e il nanetto, grazie a una vampata di furore erotico che impressionò persino il dj Marcio Veloso de la Fuente, riuscì a sostenerla alla vita. Mettendo in atto il più classico dei casquè.

Ogni principio della logica, della filosofia, della chimica, della fisica quantistica, della scienza, della decenza, della bastardaggine, della puttanaggine o di quello che vi pare, andò a farsi friggere di fronte a ciò che accadde immediatamente dopo: il dottor Giandomenico Schiavoni si piegò su Katia.

E la baciò.

La baciò sulle labbra.

Assatanato come un coguaro impazzito.

Osvaldo non reagì.

Nel corso della vita ci fu una frazione di secondo in cui il nostro amico non mosse una sola fibra muscolare del suo possente corpo: quella.

Se ne stava imbalsamato come il ciuffo di Little Tony.

Cosa sta succedendo?

È uno scherzo infelice.

Sto sognando.

Adesso mi sveglio.
Ma il bacio non finiva, anzi evolveva.

Il viscidone aveva aperto la bocca e stava infilando la sua lurida lingua nella bocca di fata di Katia Arricò. La quale non si fece
pregare, si tirò su come quelle bambole a molla e iniziò a pomi-
ciare con lo sgorbio in mezzo alla sala ammutolita.

Quando tutti i ragazzi si voltarono verso il cornuto più incredulo del mondo, quest'ultimo era scomparso, inghiottito dalla
tempesta.

Seconda mazzata.

Un cardellino centrato da una palla di cannone avrebbe ripor-
tato danni minori.

I fatti del *Vida Loca* non erano biodegradabili.

Osvaldo sembrava un cerino su cui era passato sopra l'oceano.

Non si sarebbe più acceso.

La sindrome di Gianni Sperti lo aveva fatto suo.

Gianni Sperti è stato un ballerino di grande successo, danzan-
do nei maggiori programmi televisivi nazionali.

Una sera, durante un'indimenticabile puntata di *Amici* di Maria De Filippi, sì esibì in un balletto fatale. Davanti a milioni di
telespettatori il ballerino si produsse in uno spettacolare salto
mortale all'indietro. Ma fu più spettacolare del previsto. Gianni
Sperti, infatti, atterrò con un'incredibile panciata al suolo che fece
preoccupare (ghignare) gli addetti ai lavori, il pubblico in studio
e quello televisivo. Per fortuna la caduta non ebbe ripercussioni
fisiche e tutto finì lì. Quasi tutto. Perché, dopo quel rovinoso incidente, il ballerino si è concesso poche altre volte nella sua veste danzante. Adesso lo possiamo trovare negli studi di *Uomini e
Donne* nella parte dell'opinionista appassionato. Sembra molto
più tranquillo lui e sicuramente il pubblico a casa che, al massimo,
può aspettarsi una piroetta su un congiuntivo sbagliato piuttosto
che vederselo schiantare al suolo. In poche parole, basta un errore
per azzerare la sicurezza acquisita in anni di duro lavoro.

Figuriamoci Osvaldo Valenti, sputtanato nei secoli dei secoli. Aveva perduto semplicemente il coraggio di amare, di credere nel prossimo.

Si fidava solo del giudice Santi Licheri.

Dulcis in fundo, gli era venuta la depressione.

La «depressione maggiore», come dicono gli specialisti del settore. Quella che ti toglie tutte le energie e ti fa apparire come uno scoglio insormontabile perfino girare gli spaghetti con la forchetta.

Ciondolava per casa senza una mèta, stava sempre in pigiama e quando si lasciava andare sul divano non aveva nemmeno la forza di accendere il televisore. Guardava per ore lo schermo nero. Non si faceva passare le telefonate e teneva il cellulare rigorosamente spento. Dormiva anche quindici ore di seguito.

I capelli sporchi e ammazzettati (non si lavava da quel giorno infausto), gli occhi semichiusi invasi dalle cispe, lo stomaco ridotto a una bolla di sapone.

Uscire di casa neanche a pensarci.

Non voglio più vedere nessuno.

Le persone fanno finta di essere dispiaciute, invece ci godono come maiali a sentire le disgrazie altrui.

È tutto finito, devo saperlo accettare.

Sperava solo che la notizia non si diffondesse.

Annetta, la mamma di Caterina e Osvaldo, cercò di fare il possibile: gli preparava le minestrine in brodo, i passati di verdura, la pomarola. Un giorno cercò di propinargli i Plasmon sciolti nel latte ma mancò poco che si strozzasse. L'alimentazione completamente liquida era l'unico mezzo con cui il suo organismo riuscisse a nutrirsi.

Anche Caterina risentì della situazione e iniziò a mangiare con meno entusiasmo.

La piccola non capiva perché il suo giocattolone si fosse improvvisamente rotto.

Piero, suo padre, pensò che fosse l'ennesima invenzione di quel buono a nulla al fine di ritardare il suo inserimento nell'azienda.

* * *

La situazione mutò quando Katia riemerse dalle acque come una sirena pentita.

Pentita sul serio. Pentita a tutti gli effetti. Pentita come Gaspare Spatuzza.

Fece di tutto per ricomporre la situazione, le va dato atto.

Provò subito a entrare in contatto col suo ex ragazzo, ma quest'ultimo sembrava irraggiungibile come il Führer nel suo bunker.

Si presentò da Osvaldo quando in casa c'era solo lui. Ma anche così non voleva saperne di farla entrare.

«Ti prego, Osvaldo.»

«Vattene, troia, e non farti più vedere.»

Le trattative proseguirono in questi termini per ore e ore.

Solo quando sentì Katia singhiozzare sommessamente adagiata contro la porta, anche lui ci appoggiò la guancia e sentì il pianto pungergli gli occhi.

«Perché lo hai fatto, perché?»

«Perché sono un po' troia. Hai ragione te, Osvaldo. Ma ti posso spiegare.»

Era più pentita di Spatuzza.

La fece entrare e Katia si spiegò.

Ammise senza reticenze che era stata una grandissima carogna, che il suo comportamento non poteva essere giustificato in alcun modo e che, Dio le era testimone, non aveva più visto quel tizio e non ci sarebbe più ricascata («ma l'hai visto come sta?»).

«In fondo è stato solo un bacio, Osvaldo... Perdonami, ti prego!»

Osvaldo, alla fine, la perdonò.

La perdonò perché senza di lei non era vita. Perché senza di lei non aveva alcun senso aprire e chiudere gli occhi. Perché senza di lei anche respirare era diventata una fatica.

Non aveva scelta, come quasi sempre succede.

Però, dobbiamo essere sinceri.

Katia volle riprendersi Osvaldo per tre fondamentali motivi:

1) Nessuno l'aveva amata come lui. Non era giusto punirlo così. Non sarà stato un grande amore ma ci stava bene insieme. Si era sentita uno schifo dopo quella sera.
2) Se Osvaldo si arrabbiava sul serio, l'avrebbe sputtanata col mondo intero, e stavolta non c'erano cazzi.
3) Era rimasta sola. I compagni di università la guardavano come si guarda un fenomeno da circo. Le facevano i risolini dietro. Nemmeno la sua catastrofica bellezza poteva salvarla dal ginepraio in cui si era andata a ficcare.

Agli inizi degli anni Ottanta, un'agenzia matrimoniale si pubblicizzava su una tv locale e martellava con lo stesso slogan.

«L'amore è come il sole, non rinunciare al suo calore.»

Niente di più azzeccato.

Semplicemente Katia quel calore lo sentiva e, seppur tiepido come una pizza arrivata a casa troppo tardi, le scaldava un po' la vita.

La storia ricominciò e anche se Osvaldo non credeva più agli asini che volano, il rapporto si stabilizzò nell'armoniosa monotonia di coppia. Almeno in apparenza.

Perché, in verità, il nostro uomo covava una gelosia folle e incontrollabile. La giostra stava rallentando e Osvaldo iniziava a vedere il reale contorno delle cose. Eppure, sospinto da un motore di rivalsa autolesionistico suggerito da un regista occulto che amava i colpi di scena, prese a frequentare i locali in cui si ballavano la salsa c simili sudmericanate. Il cervello, si sa, produce strani mostri.

Lui, che conosceva solo le mossette per cui John Travolta divenne celebre ne *La febbre del sabato sera*, appena sentiva partire il suono prodotto da un bongo, una conga, un guiro, una campana o un timbale, avvertiva che il suo corpo iniziava a vibrare d'ira funesta ed energia positiva in un'unica raffica di movimenti fluidi e armoniosi. Si muoveva come se le gambe, le anche, le spalle, le braccia fossero state manovrate da uno spirito cubano che amava quella musica vivace e struggente.

Ci era portato. No, troppo poco. Era nato per farlo.

Era nato per fare il ballerino di salsa.
Fu la sua segreta ancora di salvezza.
Poi arrivò il 12 giugno.

Il 12 giugno 2003 è una di quelle date che non possono essere dimenticate. Come il giorno in cui ebbe inizio la Rivoluzione francese, scoppiò la Seconda guerra mondiale, l'uomo sbarcò per la prima volta sulla luna.

Erano in trasferta ad Assisi per assistere al battesimo della figlia di Gustavo Berni, detto il Pinguino, un ricettatore di Lido di Magra che vestiva tutto il paese con abiti firmati a cinquanta euro.

Il sole splendeva sulla pietra chiara della città.

Katia, inebriata dalla magnificenza architettonica innalzata per glorificare il Santo patrono, volle introdursi nella Basilica di san Francesco.

Una volta all'interno si sentì trafitta da una lama di luce e amore.

«Osvaldo, mi voglio confessare.»

Osvaldo ne fu stupito, ma comprese che era il caso.

Spade di luce penetravano l'ombra scura della navata.

Si trovava nella casa di Dio. Nella tana del lupo secondo Osvaldo. Quindi se la giocava in trasferta.

Cercarono una zona tranquilla e trovarono un confessionale in cui una signora stava ottenendo la remissione dei suoi peccati. Appena la peccatrice se ne andò, Katia sgusciò al suo posto. Neanche se ne accorse che il presbitero, con uno scatto improvviso, si era rapidamente allontanato dalla sua postazione, perso dietro ai fatti suoi.

Non è facile capire se quello di Osvaldo Valenti fu un colpo di genio assoluto o l'ennesima minchiata della sua vita. Non è chiaro e non lo sarà mai.

Fatto sta che il neo ballerino prese il posto del prete ridendosela sotto i baffi.

Katia sentì la presenza rassicurante del religioso oltre la barriera di legno traforato e iniziò a bisbigliare, confessando una piccola parte dei suoi peccati.

«Padre, non sono qui a chiedere un perdono che non merito.»

Un monello che stava combinando una favolosa marachella, così si sentiva Osvaldo. Era lì lì per scoppiare a ridere e la sua faccia sembrava un palloncino rosso troppo gonfio per non esplodere da un momento all'altro.

«Purtroppo non riesco più a capire cosa mi succede. Non trovo più il tempo per la famiglia, trascuro il mio fratello minore Fabio che ha solo sei anni e avrebbe bisogno di attenzioni...»

Osvaldo continuava a sghignazzare.

«Ma soprattutto mi sento in colpa con il mio fidanzato che è una brava persona e che non merita tutto questo...»

Il nostro falso prete smise di ridere, strinse le ginocchia con le mani e assunse una posizione più vigile.

Starà parlando di quello che ha combinato quella sera. Dimostra di essersi ravveduta. Brava Katia.

«Padre l'ho tradito.»

E fin qui ci siamo...

Osvaldo iniziò a essere teso. Aveva perso il suo consueto colorito, oscillava le gambe nervosamente, gli scappava la pipì. Era sulle spine come il concorrente di *Lascia o raddoppia* che se azzecca l'ultima difficilissima risposta diventa miliardario, oppure perde tutto.

«Non una volta. È da quando lo conosco che non faccio altro. Eppure gli voglio bene. Gli voglio bene sul serio. Ho avuto rapporti con il figlio del giornalaio che fra l'altro è un suo amico, con un commesso di *Tacconi Sport*, con i due bagnini che si sono avvicendati nella passata stagione estiva...»

Katia, evidentemente non pratica a redimersi, non capì che se dall'altra parte ci fosse stato un prete abituato alla gestione del sacramento, l'avrebbe già interrotta.

Osvaldo invece se ne stava zitto, in trance da overdose di legnate sulla groppa.

«... non mi sono fatta scrupoli neppure con l'omino che gestisce le macchinine elettriche al Forte dei Marmi, sa, quelle nella piazza vicino a dove stanno i pullman. Ho umiliato pubblicamente il mio uomo baciandomi con un altro di fronte a lui... e con quest'ultimo ci ho portato avanti una relazione che mi vergogno a definire di letto e di comodo. Solo adesso sto cercando di interromperla. Il fatto è che il mio fidanzato, di cui per rispetto non voglio fare il nome, non mi soddisfa... come dire... sessualmente, padre. Scusi l'espressione, ma a letto è una chiavica.»

Il prete doveva essersi preso un momento di meditazione perché un silenzio irreale era calato sul confessionale.

Poi una vocina.

Una timida vocina quasi del tutto afona prese a tremare dal compartimento opposto.

Giunse come un soffio addolorato ma inevitabile.

«Troia.»

Ma che prete stron...

Katia scattò in piedi, tirò la tendina e capì che la penitenza sarebbe stata esemplare.

Questo adesso mi ammazza.

Si sbagliava.

Osvaldo era ridotto a un ammasso di fibre sfiatate coordinate da un cervello piatto come l'encefalogramma di uno scarpone da sci.

Sentì solo un rumore di tacchi in fuga che risuonò nella navata.

Teneva il mento appoggiato sullo sterno, il collo a novanta gradi. Se non avesse indossato gli occhiali da sole anche in quel disastroso momento, avremmo potuto osservare un paio di occhi convergenti rivolti asimmetricamente verso una voragine mostruosa apertasi fra i suoi piedi.

Passarono almeno quarantacinque minuti prima che un sacerdote di mezza età appoggiasse la sua mano calda e caritatevole sulla nuca dell'uomo.

«Tutto bene, figliolo?»

Osvaldo alzò la testa con insolita lentezza e si tolse gli occhiali. Volse gli occhi rossi verso il pastore, poi vide qualche angioletto qua e là dipinto sulle mura della Basilica e una schiera di Santi che non riconosceva. Il suo sguardo si fermò su un quadro che ritraeva una figura vagamente umana trasfigurata dalla luce. DIO.

Guardò ancora un attimo quell'immagine serena.

E picchiò il prete.

La terza mazzata.

La terza e ultima mazzata, in realtà, rimase sospesa sulla testa del nostro amico. Nel senso che ne sarebbe venuto a conoscenza molto tempo dopo.

Katia, qualche settimana prima della grande confessione, quasi per gioco aveva fatto il test di gravidanza. E aveva scoperto di essere incinta. Incinta di Osvaldo Valenti. Non aveva detto nulla a nessuno, soprattutto al fidanzato che sicuramente avrebbe voluto che lei tenesse il bambino, se ne era andata in una clinica a Pordenone e aveva abortito. Non aveva avuto alcun dubbio. La sua vita stava sbocciando e un figlio non desiderato l'avrebbe rovinata per sempre, spezzandole la gioia della giovinezza. Se ne era tornata a Lido di Magra sentendosi più leggera, troppo leggera.

Il giorno successivo al colpo gobbo di Assisi la situazione si era fatta difficile.

Un uomo solo in mezzo a chilometri di spiaggia.

Non c'era un'anima viva da Viareggio a Carrara.

In riva al mare, sferzato da una «bora» inclemente che sembrava volesse portargli via anche il cuoio capelluto, Osvaldo se ne stava rannicchiato fissando il telefonino. Lo teneva con entrambe le mani e parlava da solo. Aveva perso la cognizione del tempo. Da quante ore non toglieva lo sguardo da quel vecchio Nokia implorandolo di prendere vita e regalargli lo squillo più importante della sua esistenza?

Vita di merda.

Eppure sarebbe bastato veramente poco per cambiare tutto.

Perché non suoni, bastardo?

Perché?

Suona, ti prego.

Forza dai... sei il mio ultimo amico.

114

L'avrebbe perdonata ancora. E ancora. Sperava solamente che lo cercasse per l'ultima volta, che in fondo avesse ancora bisogno di lui. Avrebbe fatto un po' di scena ma poi si sarebbe sciolto come un dado nell'acqua bollente.

Se non suoni, giuro che saluto questo posto privo di pietà e giustizia e non ritorno più.

Mai più.

Era già pronto. Accanto a lui giaceva un borsone enorme che sembrava una foca intenta a godersi il sole perplesso di fine primavera. In tasca un biglietto low cost per Barcellona.

Un pochino più in là, abbandonati al loro destino, un paio di occhiali da sole brillavano sopra una cunetta di sabbia. Brutto segno.

Non ce la faceva più.

Il telefono non squillava. Lo sapeva che non poteva squillare.

Perché quando nella vita Osvaldo aveva desiderato qualcosa con tutto se stesso, quella cosa non era mai arrivata. Dio continuava a tenerlo sotto tiro come un cecchino implacabile.

Si alzò in piedi sbattendosi la sabbia dai jeans. Stette piegato in due con le mani sopra le ginocchia per qualche secondo e poi si tirò su.

Guardò il mare, di un azzurro troppo acceso per i suoi occhi stanchi, e mentre gli schiaffi del vento disseminavano di migliaia di pezzi di vetro luccicanti la punta delle onde, lanciò il telefono in mare con tutta la forza che aveva. Come quando da piccolo scagliava i sassi in acqua per fargli fare più saltelli possibile. Il vento si fermò di colpo, come un enorme phon che ha smesso di funzionare. E anche il sole, mai così pavido, si nascose in attesa che accadesse qualcosa.

Ne venne fuori una parabola troppo alta.

E mentre il telefono volteggiava nel cielo, iniziando la sua traiettoria discendente, squillò.

Ecco spiegato per quale motivo Osvaldo Valenti abbandonò il suo paese il fatidico 12 giugno 2003, perché nel tragitto verso la stazione si imbatté in quel frigorifero animato e perché l'orgogliosa sorellina incubò un odio profondo e sconfinato contro Katia Arricò, poi incanalatosi (per assenza di sbocchi ritorsivi) verso l'intera famiglia Arricò, infine sfociato nell'ambiguo rapporto con l'incolpevole Fabio che invece le aveva servito la vendetta su un piatto d'argento.

Rimane da chiarire la vera ragione per cui, dopo dieci interminabili anni, l'unico discendente maschio della famiglia Valenti avesse preso la decisione di tornare a casa.

19

Samuele e Fabio sono a un bivio.

E non esiste alcun motivo ragionevole per cui si debbano trovare in questa situazione.

Il primo è corso sotto il cavalcavia, proprio dove finiscono le scalette, ed è tornato con due pietre spigolose praticamente della stessa grandezza.

Le tiene una sopra l'altra.

«Scegli pure te...» fa Samuele senza un particolare tono di voce.

Fabio prende la prima. È pesante. È pericolosa. Sarebbe capace di sfondare facilmente il parabrezza di un'automobile. Devi sostenerla con le due braccia, ma lanciarla sotto è un gioco da ragazzi.

La appoggia sulla grata del cavalcavia per non far vedere che gli tremano le mani.

Tanto tocca prima a Samuele.

Quest'ultimo ridacchia allegro e divertito come se dovesse centrare i birilli con una palla da bowling.

Prende un po' di rincorsa, mentre i suoi amici fanno «ooo-oo...» come allo stadio.

Fabio dà uno sguardo di sfuggita verso la strada dove sta sopraggiungendo una piccola Peugeot blu elettrico. Ma non ha il coraggio di osservare le sagome all'interno della vettura.

Samuele arriva alla ringhiera e calcola lo spazio e il tempo. Lascia semplicemente cadere la pietra quando l'automobile è quasi sotto di lui.

La prende in pieno, sicuro.

Invece no.

La pietra cade qualche centimetro dopo che l'auto è passata. Dietro si sente un'auto sterzare, il conducente deve avere visto il sasso rotolare sulla carreggiata e ha cercato di evitarlo.

«NOOOOOOOO!!!» urlano i ragazzi, sinceramente dispiaciuti. Samuele guarda quel bastardino di Arricò, quasi temendo che invece lui riesca a fare centro.

Fabio retrocede di due passi per recuperare la sua pietra.

Odia quel sasso. Lo odia come se fosse un frammento di granito lasciato in dono dalla paura per metterlo alla prova.

Si avvicina al bordo lentamente, troppo lentamente.

«Spicciati, cagasotto!» urla qualcuno.

Risate.

Guarda sotto. I due fari in lontananza sono gli occhi della paura. L'auto si sta avvicinando a bassa velocità.

Male, è più facile prenderla.

Ora riesce quasi a capire che è un'Audi o qualcosa del genere. Grigia. Non vorrebbe, ma vede che ci sono due persone all'interno. Una è una donna, si vede dall'ombra dilatata per via dei capelli lunghi, probabilmente.

L'auto sarà a cinquanta metri.

Ti prego, fermati. Fermatevi tutti.

Fabio Arricò vorrebbe che il mondo intero si fermasse. Anche per sempre.

Il gruppo di infami è in silenzio.

L'unica cosa che posso fare è tirare la pietra in ritardo, in modo che l'auto passi prima che il sasso si vada a schiantare giù di sotto. Come è successo a Samuele. Se lancio la pietra in anticipo si capisce che l'ho fatto apposta.

Forza Fabio, stai tranquillo.

Ma non può.

Non è padrone nemmeno della sua vescica, che si apre leggermente facendo uscire un piccolo zampillo. Per fortuna se ne accorge solo lui.

Intanto l'Audi, con l'uomo e la donna a bordo, si sta avvicinando, metro dopo metro.

20

I SIGNORI Melis stanno litigando dal momento in cui hanno imboccato l'Autocamionale della Cisa.

Alice, bloccata nel suo piccolo seggiolino azzurro, se ne sta buona.

Non è agitata, dormicchia come ogni volta che sale in macchina. Ha undici mesi, è bionda, i capelli ancora scarruffati, una magliettina rossa e una gonnellina blu. Borse, valigie, sacchi, valigiotti sono infilati in ogni pertugio della vettura.

Erano partiti da Genova con le migliori intenzioni per raggiungere Marina di Pietrasanta, dove ad aspettarli ci stavano le tanto agognate vacanze estive. Erano passati a trovare dei parenti di Sassuolo e quando si erano rimessi in strada gli animi avevano preso a surriscaldarsi come il motore della Audi A3 sulla quale stanno viaggiando.

Il motivo del contendere era Lina Ivanova, la badante moldava, assunta per accudire l'anziano padre della moglie.

Alessandro Melis, ingegnere alla General Electric di Genova, ha trentasette anni, un fisico paffuto e i capelli bianchi alla Fabrizio Ravanelli. L'aveva scelta perché dava l'impressione di essere una brava ragazza e, diciamocelo, perché era un bel vedere. La signorina Ivanova sembrava la controfigura di Eva Herzigova, una modella che aveva sempre fatto uscire di testa l'ingegnere.

La verità è che Alessandro avrebbe assunto quello schianto

di donna anche se le fosse sembrata la più grande stronza sulla faccia della terra.

La moglie Veronica se ne era accorta e chiedeva il conto.

Lei non è mai stata una di quelle mogliettine che fanno finta di nulla, che lasciano fare. Non lo è mai stata perché nella vita ha sempre avuto fortuna e intraprendenza. È una bella donna, mora, con gli occhi orientali. Insegna italiano e latino al liceo, rispettata dalle colleghe e ammirata dagli uomini.

Non sarebbe certo stato quella mezza calzetta dell'essere che aveva incautamente scelto per la vita a metterle i piedi in testa!

La miccia si era definitivamente accesa quando i vicini avevano avvertito la signora Melis che il vecchio padre camminava in bilico sulla cornice del balcone. Erano già accaduti episodi analoghi perché il signore, colpito dal morbo di Alzheimer, confondeva le porte con le finestre e così via. Per questo aveva bisogno di attenzioni continue. Ma allora dov'era la bellissima badante moldava? A stendere i panni, come lei giurava? No. Lina Ivanova si stava dando lo smalto alle unghie dei piedi mentre cinguettava al telefono con l'amante albanese nel suo comodo letto a una piazza e mezza. Tutto poi si era concluso con l'intervento dei Vigili del fuoco ma la questione era deflagrata.

Ora Veronica pretende la testa della badante-top-model, e soprattutto rinfaccia al marito di essere un povero coglione schiavo di queste baldracche venute dall'est per rubare soldi e fare disastri.

«Alessandro (Veronica lo chiama Ale, Alino o Sandrino ma quando è incazzata ritorna Alessandro), ora basta! Quello che fai in ufficio con le tue puttanelle ormai non mi interessa più. Il fatto che tu sia un porco, però, non ti autorizza a mettere a rischio la salute dei miei cari. Lo capisci o no???» Veronica, con il collo rosso e gonfio come la pancia di Babbo Natale, sta schiumando in preda a una crisi isterica.

«Vero, sei una stronza ingrata! Anche tu eri d'accordo ad assumerla, sembrava una brava ragazza... Se poi non sa fare il suo lavoro è un'altra cosa. Comunque anche se fra liquidazione, tredicesime eccetera ci costa un botto, la licenziamo. Punto, finito! Sei contenta ora?»

E la Vero non lo sa. Non lo sa quanto costa al marito non rivedere più tutto quel ben di Dio, quelle tette larghe e gigantesche, quelle gambe mozzafiato, quelle labbra da urlo sormontate da quegli occhi magnetici e allusivi! E soprattutto non sa quanto gli costa mandare in frantumi il suo desiderio più nascosto: *Mi ci gioco le palle quanto è vero Iddio. Lo vedo da come mi guarda appena mia moglie si toglie dai coglioni. Lina Ivanova, alla fine, una scopatina con me se la farebbe eccome!*

«No! No, che non sono contenta... perché mi sono fidata di un maiale come te! E perché cosa ne sappiamo, in questo momento, cosa sta succedendo a papà? Pensi che la troia si prenda cura di lui? Brava ragazza un cazzo! Neanche le vacanze tranquilla mi posso fare, idiota!»

Era stato questo fuoco di fila a far sbagliare strada ad Alessandro Melis che aveva imboccato l'uscita di Massa al posto di Versilia e si era buttato nell'Aurelia («perché a quest'ora si viaggia tranquilli e si risparmia pure sul pedaggio...»), direzione Marina di Pietrasanta.

21

Fabio Arricò sa che la sua vita può cambiare per una questione di centimetri.

Gli stessi centimetri che ha messo tra sé e il suo amico Giò (abbandonandolo in verità), quando quei bastardi lo hanno tirato in mezzo.

«Questione di centimetri», diceva ironicamente il presidente della Roma Dino Viola, dopo che aveva perso lo scudetto a causa di un gol annullato per un fuorigioco inesistente.

L'auto è ormai a una ventina di metri.

Fabio ha le labbra secche, le mani gelide, le gambe vuote.

Si sente fiacco come una promessa dimenticata.

La pietra pesa tantissimo, la regge a malapena.

Non lo tiro questo sasso, carogne.
Non lo tiro!

Gli viene da piangere. Gli viene da pensare a cose strane, come chiedere aiuto a quel suo vecchio amico, il dottore cieco. Vorrebbe scappare via con tutte le sue forze e non farsi più vedere da nessuno. Ma la volontà di Fabio, in questo momento, produce gli effetti di un coltello che colpisce l'acqua.

L'immagine elaborata dalla sua fantasia torna a farsi avanti: il parabrezza sfondato con quelle crepe concentriche che sembrano una ragnatela, e gli schizzi di sangue ovunuque, fili rossi che colano come capillari rotti.

Eppure lo stanno guardando tutti, e quegli stupidi sguardi pesano più della pietra che ha in mano, dell'amicizia con Giò. Pesano più della vita, a volte.

Fra un secondo lascio il sasso. La macchina passerà molto prima che la pietra tocchi terra.
Non c'è verso.
È matematica.

Il problema è che Fabio Arricò in matematica ha sempre avuto 5.

Ok, lo lascio.
Ti prego, sasso, non fare lo stupido.

22

Veronica Melis ne ha le palle piene.

Non ce la fa più.

Ne ha già fatte passare lisce troppe a quell'uomo bugiardo e deludente. Ha superato il limite. Vede sventolare la bandiera a scacchi dell'arrivo.

Parla con voce calma, come se tutto ormai facesse parte del passato.

«Ascoltami Ale, voglio che ci lasciamo.»

Alessandro sente che stavolta è finita sul serio. Per un attimo vede tutto buio, come al cinema appena si conclude il primo tempo e lo schermo è nero.

Non può neanche rendersi conto che la sua auto è a pochi metri da un cavalcavia dove, lassù in cima, il riflesso di un'ombra trema e si ritrae alla vista.

Le parole della moglie, così chiare, così lucide, così definitive, sono una vernice nera che si spande su tutto.

Gli viene istintivo frenare bruscamente.

23

NO

24

OSVALDO Valenti sputa il pezzettino di pane dentro al vassoio delle cozze come se un tir gli avesse urtato la schiena.

E inizia a tossire come un tubercoloso. Gli occhi fuori dalle orbite. Violaceo. Sembrerebbe in fin di vita.

Ha visto la sua morte in diretta, non c'è dubbio.

Non è possibile.

Il primo giorno che sono arrivato. Troppo presto, me la squaglio.

La rossa si è voltata e per un istante lungo un trilione di anni lo ha guardato negli occhi.

È stato pronto, reattivo nel voltarsi di scatto e continuare a tossire come se fosse naturale nascondersi, per educazione.

Ma è Lei.

Porca troia se è lei!

Come ho fatto a non accorgermene? Sono il solito idiota. Ha fatto bene a lasciarmi.

Lei è Katia Arricò.

Ha semplicemente cambiato colore dei capelli, ma continua a essere Katia Arricò.

Forse non mi ha visto.

E se anche fosse? E se anche lo avesse riconosciuto? Perché Osvaldo scappa dalla sua carnefice?

Perché non è pronto, e quando non è pronto scappa. Perché appena si è voltata si è sentito come una grossa quercia indistruttibile squarciata da un fulmine. Perché dopo dieci anni è ancora più bella.

Com'è che diceva quella canzone?

Se becco chi ha detto che il tempo è un gran dottore, lo lego a un sasso e lo getto in fondo al mare...

Ecco, una roba simile.

Non possiamo affermare che il nostro maestro di salsa sia ancora innamorato, *ilusionado* (come ha imparato in Venezuela), questo no.

Però... però quando meno te lo aspetti i nervi, la carne, i muscoli (compreso il cuore) vanno più veloci del tuo patetico orgoglio. E allora conviene mettere da parte quel miliardo di buone ragioni che ti porti dietro e che ti hanno consentito di superare la cosa, e lasciarti andare. Perché tanto è lo stesso, non sei più tu che decidi.

Osvaldo, che non è molto d'accordo con questo discorso, sprofonda la faccia quasi dentro i gusci delle cozze, appena i due si alzano.

Ma non è sordo, e sente ciò che dicono.

Camminano velocemente e la borsetta di Katia sbatte sullo schienale della sedia dove è rannicchiato.

«L'ultima volta, ti prego...» Lui ha una voce stridula nel tono e implorante nel contenuto.

«Sì, ma facciamo presto.»

Povero diavolo, che pena mi fai.

Osvaldo non può non rivedersi in quel pallone gonfiato.

Eppure la voce di Katia è più di un ricordo che allontana le mille ragioni, è il risultato della sua carne e del suo respiro. È qualcosa che fa partire di getto lo stupido cuore del nostro eroe, lasciandolo sospeso nel vuoto, ancora una volta.

25

Ho ucciso una persona.
Perché hai rallentato, pazzo fottuto?
Perché? Perché? Perché?
La pietra ha centrato in pieno il parabrezza. Un tonfo secco e un buco nero sul vetro.
Tutto qui.
Anche le cose più significative, appena accadono, sembrano abbandonare la loro determinatezza, la loro irripetibile importanza. Come se la realtà annacquasse la grandiosa attesa della fantasia. Ma è solo un attimo.
È riuscito a intravedere anche i volti dell'uomo e della donna. Erano ancora completamente assenti, slacciati, alieni.
«Grande Fabio!» Il suo sadico pubblico esulta come la folla dopo l'esecuzione del boia. Risate di vittoria, applausi, abbracci isterici. Samuele gli dà una pacca sulla spalla con un sorrisino pieno di cose non dette.
«Dovresti stare qui sul cavalcavia invece che giocare tutto il giorno a ping-pong.»
Fabio non sente niente, guarda solo in basso.
L'Audi sbanda da una parte all'altra della carreggiata come un cavallo scosso, evita per un soffio un camioncino che viene in senso opposto. Le gomme stridono come la frenata di un treno, poi l'auto sembra ricomporsi educatamente. Prosegue per un'altra cinquantina di metri e accosta di lato su una piazzola.
Le luci di posizione accese.
Fabio sta per vomitare, il cuore gli è salito quasi fino alla boc-

ca, perché non riesce a respirare. Sente pulsare un liquido che va su e giù. Il sangue martella le tempie.

Cosa ho fatto, Dio mio?

Stavolta è lui che corre come un pazzo lungo il cavalcavia per poi sparire nel buio.

Corre verso la macchina e poi si inginocchia sulla ghiaia e i ciuffi d'erba, dietro a un cespuglio.

Osserva con una trepidazione quasi fisica che non aveva mai conosciuto in vita sua.

L'auto è immobile.

Le quattro frecce che lampeggiano sono l'unico segno di vita o, forse, l'ultima richiesta di aiuto.

26

PERCHÉ Osvaldo Valenti si va quasi a schiantare contro il bancone del ristorante per pagare il conto?

Perché ha fretta.

Non è sicuro. Non è sicuro che lei lo abbia riconosciuto. Se Katia non l'avesse guardato dritto negli occhi, se ne sarebbe stato tranquillo al suo posto, avrebbe finito la sua cena e ordinato due o tre Cynar. Riordinando le idee per benino. Ma il dubbio rimane. Se lo ha adocchiato, siamo alle solite, ha fatto la consueta, enorme figura da fesso e allora vale la pena giocarsi il tutto per tutto.

La vuole seguire.

La deve seguire.

Perché ha capito benissimo cosa intendeva il tipo quando ha detto «l'ultima volta, ti prego».

Quelli vanno a scopare. Per l'ultima volta, forse, ma vanno a scopare.

È l'unica cosa che sai fare, Katia. E lo sai fare talmente bene

che gli uomini ti rimangono attaccati come cozze anche se li stai
portando in fondo al mare.

Il sesso è la sua calamita!

Osvaldo non si sarebbe perso questa scena per tutto l'oro del
mondo.

Nota con la coda dei due occhi guerci che stanno salendo su
una Mercedes scura.

Non importa.

Il mio bolide reggerà il confronto.

Li segue a distanza come un grande pedinatore di Scotland
Yard.

Ma non è facile stare dietro a quella Mercedes SLK 200
Kompressor.

Quanto fila questo stronzo!

Deve avere una voglia pazzesca...

Guarda che tanto finisce tutto poi. È questione di un attimo.

Ti ha già lasciato, bello...

La Mercedes corre per quelle stradine strette, radente alle
fronde, non si ferma mai, non rallenta ai cancelli delle abitazioni,
buca tutti gli stop.

Osvaldo può contare sul suo vecchio bolide e sulla conoscenza del posto, ma non è la stessa cosa.

Procedono verso i monti, voltano verso Lido di Magra e poi
ancora verso i monti.

Corrono sotto un tunnel di fronde talmente fitto che toglie ancora un po' di buio alla notte.

Troppo buio.

Non si decideranno mai a illuminare questo pezzo di bosco.
Qualche luce proveniente dalle villette aiuta a decifrare le ombre
della strada spaccata dalle radici, depressa per i bruschi affossa-
menti e rialzata da cunette invisibili.

Osvaldo sta facendo il possibile ma sta quasi per perderli di
vista.

Per fortuna che fra poco ti trovi di fronte l'Aurelia e lì, caro stronzo, ti devi fermare per forza.

Infatti.

Sei in gabbia.

Osvaldo guadagna terreno e svolta a destra, sull'Aurelia.

Il satiro corre ancora più forte, ma Osvaldo in questo momento potrebbe partecipare al Gran Premio di Montecarlo con un motorino.

Si distrae una frazione di secondo.

Che ci fa quel ragazzino accucciato dietro a un cespuglio?

E quella macchina ferma davanti?

Non c'è tempo per queste cazzate.

La Mercedes svolta di nuovo verso il bosco.

Qui avviene un fatto importante.

Anche se è molto distante, Osvaldo vede una mano. Una mano di donna, all'interno della Mercedes SLK 200 Kompressor, si sposta verso l'autista. Zone basse. Lo sa dove è finita quella mano. Lo sa perché era un classico, quando al posto di quel bellimbusto ci stava lui. Nessuna gelosia, nessuna rabbia. Ma il passato si accende e qualcosa brucia.

Sarà allora colpa di quella mano insinuante se il nostro amico osa ancora di più e inizia a correre come non ha mai corso nella vita per queste infide stradine?

Chi lo sa.

La cosa che conta è che è sicuro di sé, la raggiungerebbe anche in capo al mond...

Una curva.

Troppo improvvisa.

Quando mai c'è stata una curva in questo punto (c'è sempre stata)?

Sbanda verso l'esterno della strada, dove però non emerge una siepe, una staccionata a protezione di una villetta o un campo aperto. No. Non emerge niente, solo uno spazio vuoto. Ed è uno spazio vuoto perché sotto tace in una stasi irreale uno di quei maledetti canali scuri fatti apposta per risucchiare qualsiasi cosa vi si avvicini.

Osvaldo prova a rientrare, frena finché può, ma ormai le ruote vanno per conto loro.

Ci finisco dentro. Lo sapevo.

Appena faccio una stronzata vengo punito.

Ma ho frenato. Per fortuna ci arrivo piano, il canale è sicuramente secco... almeno l'acqua non c'è. Non ci può essere!

È vero. Non ci può essere. Anzi, non ci potrebbe essere... se il tratto di canale, fiumiciattolo, fosso o qualsiasi corso d'acqua, si trovasse vicino al mare, che ne so, a un centinaio di metri, forse duecento. Ma se il tratto di canale in questione è situato più verso i monti, un po' d'acqua ce la trovi.

E poi non si tratta di acqua. È una melma acquitrinosa in cui le alghe si spappolano, marciscono, si fondono insieme ai detriti, ai residui organici, a tutto il sudiciume che questa terra non dotata di un efficiente sistema fognario produce.

Porco...

La Golf GL Manhattan di Osvaldo Valenti plana placida sull'acqua putrida del canale alzando due ondine laterali e mettendo in fuga una famigliola di rospi.

Osvaldo è sempre stato uno dei più grandi bestemmiatori del litorale. Fantasioso, tecnico ed efficace. E se in questo momento si disputasse un campionato mondiale della bestemmia il nostro eroe blasfemo trionferebbe a mani basse.

Se è vero, come sostengono alcuni teologi, che la bestemmia è l'unica prova tangibile della fede in Dio da parte dell'uomo (non può non credere nell'Onnipotente colui che vi si rivolge inoltrandogli proteste per il suo mancato o errato intervento, si sostiene), allora la serie di moccoli che il Valenti sta sciorinando senza prendere fiato da un minuto esatto è un inno al Signore.

Effettivamente Osvaldo è stato molto sfortunato.

L'auto è finita precisa precisa nel canale con le portiere a pochi centimetri dalle pareti terrose, e sta lentamente sprofondando. Neanche un campione di Tetris che l'avesse calata con l'elicottero sarebbe riuscito a incastrarla così al pelo.

Secondo il nostro naufrago devoto, Dio stavolta gliel'ha fatta veramente sporca.

Se anche non ci fosse la pressione dell'acqua, Osvaldo non potrebbe aprire le portiere. Andrebbero semplicemente a sbattere contro le pareti del canale.

L'acqua sarà alta al massimo un metro e mezzo ma è sufficiente a ricoprire l'autovettura.

Stai calmo.

No panico. Non sono una ragazzina impaurita.

In casi come questi c'è il Dottor Gordon Geisbrecht, specialista in immersioni estreme. Uno tosto. C'è il Dottore e ci sono i suoi otto punti che suggeriscono come uscire da questa situazione di merda. So cosa devo fare.

Le teorie degli altri esperti, troppo generiche e velleitarie, le ha scartate.

Per prima cosa abbassiamo i finestrini e proviamo a...

Entra un odore di decomposizione, di marcio, una zaffata dolciastra e acuta.

Cerca di inspirare ossigeno il più possibile ma l'aria se la respira la strizza.

Prova a infilare la testa fra il finestrino aperto e la sponda motosa ma è come se un rinoceronte volesse passare sotto una porta.

Fra le sponde e la macchina ci sono cinque centimetri.

Si tocca, aggiusta gli occhiali da sole al centro della testa.

Prova a urlare.

In risposta ode il rutto di una rana.

Prova a urlare ancora e ancora.

Ma non c'è tempo, l'auto affonda.

Gordon Geisbrecht non ha dubbi, l'auto ci mette un minuto a riempirsi d'acqua.

L'acqua inizia a filtrare dalle giunture. I piedi sguazzano nel pantano.

Osvaldo adesso ha paura. Un terrore reso ancora più insopportabile dall'oscenità della beffa.

Sto morendo.

Oggi.
Il primo giorno che torno in questo posto maledetto.
E per cosa poi?
Per seguire una puttana che mi ha rovinato la vita.
Il telefonino?
Quello ce l'ho.

Avverte i Vigili del fuoco, implorandoli di fare presto, che sta affogando e fra pochi secondi morirà, porca di una troia, ma non riesce nemmeno a spiegare in quale fiumiciattolo si è andato a infognare e quando arriveranno sarà troppo tardi.

Poi una flebile speranza. Una di quelle speranze traditrici che già in partenza sai che non arriveranno a nulla. Perché c'è qualcosa di sbagliato insito nella loro stessa scaturigine, un minuscolo puntino nero che affiora dall'inconscio inferiore per poi espandersi come un lago di inchiostro.

Nel momento in cui l'auto si riempie completamente d'acqua, le portiere si possono aprire.

Il Dottor Gordon Geisbrecht sconsiglia caldamente questo metodo di evacuazione perché troppo tardivo.

Ma il Dottore non c'ha mai capito un cazzo, diciamolo una volta per tutte!
Devo solo aspettare.
Calmo e ottimista. Perché esprimere positività è essenziale in questi momenti drammatici.
Brevissima pausa di riflessione.
Si possono aprire è vero... ma col cavolo che si possono aprire se sono attaccate a un muro!
Povero idiota.
Il mio problema è che sono un idiota.
Muoio mentre lei sta scopando.

La melma ormai è arrivata alle ginocchia, l'auto sta sprofondando sempre più rapidamente.

Insieme al nostro amico che, come al solito, sta patendo le pene dell'inferno senza capire perché.

130

FABIO Arricò, checché ne pensi suo padre, è un ragazzo sveglio. Non riesce a vedere bene cosa accade nell'auto perché un maledetto lampione lo sta accecando.

Rannicchiato, quasi fuso con il cespuglio, è consapevole che entro pochi secondi potranno verificarsi tre possibilità: due lo manderebbero all'inferno, una in paradiso.

Prima possibilità. L'auto, al momento inanimata sul ciglio della strada, riprende la marcia alla massima velocità, suonando e abbagliando tutti. In questo caso significherebbe che è successo qualcosa di grave.

Seconda possibilità. L'auto rimane lì ferma ed entro pochissimo arriva un'ambulanza. Oppure qualcuno esce dal veicolo e chiede disperatamente aiuto. Ancora peggio.

Terza possibilità. La macchina riprende piano il suo percorso e rifluisce lentamente nel traffico dell'Aurelia.

Salvo, in questo caso sarebbe salvo.

Una voce gli soffia all'orecchio.

«Allora? Quelli dentro li hai beccati?»

È Samuele. Parla come se stesse affrontando una partita a battaglia navale.

Fabio sta soffrendo troppo per rispondere.

Nota però che sono tutti dietro di lui, in fila indiana, per nulla tesi. Anzi, si stanno divertendo come matti. Un po' perché la cosa questa volta è grossa sul serio, un po' perché Arricò potrebbe finire veramente nei guai.

Stringe un ciuffo d'erba con la mano.

Vede che l'auto sussulta di un movimento sospetto, mentre mille fuochi gli si accendono lungo tutto il corpo insieme a brividi di ghiaccio.

Un altro urto di vomito.

Aiutatemi.

Ma non c'è nessuno che possa aiutarlo perché Fabio Arricò non è mai stato così solo in tutta la sua vita.

IL colpo è stato troppo veloce.

L'esplosione di un grosso proiettile che non sai da dove è arrivato, né dove è finito.

I coniugi Melis hanno realizzato che è accaduto qualcosa di assolutamente anomalo nel momento in cui si sono sentiti sfiorare da una brezza calda che proveniva dalla zona anteriore della vettura. Solo un istante dopo hanno notato il foro sul parabrezza. Un cratere di venti centimetri di diametro. Spaventoso proprio come se lo era immaginato Fabio. A tela di ragno, con incrinature concentriche nel vetro. Minuscoli pezzetti di vetro hanno ricoperto i tappetini dell'auto, facendoli sembrare dei piccoli prati di brina.

Un altro secondo di sospensione.

L'auto è andata avanti come per inerzia, bersagliata dalle luci sbavate che si sfibrano nella notte. Poi i coniugi Melis hanno scoperto cos'è la paura più atroce, quella che non potrai più dimenticare. Perché lo hanno capito benissimo che si è trattato di un sasso scagliato dal cavalcavia, e siccome sono rimasti illesi (per questo motivo hanno iniziato a sentire un senso di colpa prima sottile come uno spiffero, poi profondo come la voragine al centro del vetro) e non sono riusciti a trovare la pietra, sanno che è finita dietro.

Dietro ci sta la bambina.

Si sono girati contemporaneamente.

La vita o la morte in un angolino buio della loro auto.

Alice.

Intenta a giocare con quello strano aggeggio ruvido e per niente colorato che le è finito proprio fra le gambe. Lo stava accarezzando con le due mani come una palla, osservandolo con occhi più attenti che mai.

Veronica ha cominciato a piangere. A piangere di gioia, di scosse, di paurosi spettri che vibravano ancora nell'aria.

Alessandro Melis ha accostato la macchina alla prima piazzola disponibile, ha tirato un lungo sospiro, non di sollievo ma di salvezza, e ha chiamato tutti i nuclei operativi che potevano essergli d'aiuto. Carabinieri, Polizia, Polizia Municipale, Vigili del fuoco. Tutti. Avrebbe chiamato anche il piccolo pronto soccorso dei Playmobil se avesse avuto il numero.

E poi?

E poi Veronica e Alessandro Melis non si sarebbero separati (anche solo per i presagi funesti annidati in questo concetto) e non avrebbero mai più litigato durante i tragitti in auto. La badante moldava Lina Ivanova sarebbe stata licenziata in tronco il giorno successivo alla sassata del cavalcavia.

E mentre l'Audi dei signori Melis si allontana definitivamente dalla piazzola e dalla nostra storia, la piccola Alice, con quel suo ciuffetto ribelle che un giorno avrebbe fatto impazzire stormi di ragazzi, si volta indietro e, in uno spiraglio fortunoso in mezzo alla cascata di valigie, saluta con la manina un ragazzo inginocchiato a terra che non ha neanche la forza di ricambiare il saluto.

29

GRAZIE.

Fabio stramazza a corpo morto su quel miscuglio di ghiaia e terriccio.

La bocca respira la terra, il cemento, i pochi fili d'erba induriti dall'estate.

Non si gira indietro, verso di loro. Tiene stretto con un braccio il cespuglio che lo aiutava a nascondersi.

L'auto se ne è andata via piano piano.

Una bambina (o un angioletto?) l'ha pure salutato con la mano.

È andata, sono salvo.

Non pensa *sono salvi*, pensa *sono salvo.*

E non mi venite a dire che non l'avreste pensato anche voi!

Marzio, da dietro, gli molla un calcetto sul sedere.

«Sei proprio una sega, non ne hai preso nemmeno uno di quei bastardi...»

«Questione di centimetri», risponde Fabio con un sorriso segreto che, se non ci fossero le orecchie a fermarlo, se ne scapperebbe via dalla faccia.

«Ah, Samuele, ho molto rispetto degli amici... non volevo confessarmi con Caterina... stavo aspettando che ti dichiarassi prima tu.»

30

QUELLA mota schifosa sta salendo vertiginosamente.

Il liquame entra dal finestrino che Osvaldo non riesce più a chiudere perché è saltato il sistema elettronico.

Il livello dell'acqua è giunto all'altezza del suo ombelico. Dai texani colmi di broda limacciosa escono un girino, un Puffo di plastica (in qualsiasi altra occasione avrebbe riconosciuto che è Puffetta) e mezzo Estathé, mentre le alghe gli si avvolgono ai jeans come piccoli serpenti.

L'odore pungente di vegetazione marcita e di escrementi lo farebbe vomitare, in un altro momento.

Ma non ha tempo.

Ha perso il controllo nervoso e sta cercando di uscire da questa trappola infame, sbattendo contro tutto senza ragione come un pesce rosso chiuso nel barattolo della marmellata.

Il volto e il corpo tesi verso l'alto per succhiare l'ultima aria a disposizione.

Non riesce neanche a piangere.

Pugnetti di stizza sul volante.

Non si può morire così.

In questo scarico schifoso di questa fogna di paese.

Non mi poteva capitare una fine peggiore.

Proprio a me.

Sì, proprio a lui.

Lui che, durante una tournée con i Los Lobos a Kansas City, era sopravvissuto con due potenti bracciate alla furia nera del grande affluente Missouri che si era ingoiato in un sol boccone il barcone turistico sul quale si stava godendo il paesaggio (per fortuna si erano salvati tutti perché la barca era ancora ormeggiata a riva).

Lui che, in una pausa del Festival latino-americano a Lima, aveva domato con un fragile kayak le mortali rapide del Rio Urubamba, sfociando in Amazzonia senza neanche un graffio.

Lui che, soprattutto, era sopravvissuto all'immersione nell'acqua gelida di Lourdes quando aveva cinque anni.

Aveva imparato a nuotare appena nato e il mare, profondo e sterminato, era stato la sua culla, la sua vita. È forse fra le sue acque che un giorno lontano avrebbe voluto essere dimenticato per sempre.

Perché doveva crepare in quella pozza d'acqua marcia a Lido di Magra?

Il grande ciclista Francesco Moser che si rompe l'osso del collo pedalando su un triciclo.

La Golf GL Manhattan non è più un'auto, è un'annessione del canale. Una brutta scultura di fango.

La melma l'ha quasi completamente ricoperta.

Osvaldo lo sa che fra poco sarà tutto finito.

È un bestione fradicio e pesante che, con movimenti folli, cerca di arraffare un po' d'aria negli angoli più reconditi dell'auto.

Non pensa più a niente, ormai è finita.

Eppure gli scappa un sorriso, strappato a ciò che rimane da vivere.

Sta per morire proprio nella sua auto, nella sua tana, nel suo fortino inespugnabile al quale era affezionato come a un essere umano.

Torna tutto.

Il primo giorno a Lido di Magra, l'incontro con Katia, l'inseguimento di quella che non poteva essere una morbosa vendetta degli occhi, ma semplicemente la corsa verso la fine. E la sua auto fidata che sembrava attenderlo da dieci anni per...

Ci avevo fatto mettere tutti gli optional possibili e immaginabili: un'autoradio esplosiva, il climatizzatore con l'aria condizionata, la chiusura centralizzata, il servo sterzo, il tettino apribi...

Il tettino apribile.

Il tettino apribileee???

Mentre alza gli occhi, un'ultima terribile speranza.

Fa' che non l'abbia fatto mettere elettronico.

NO.

È manuale.

Dio si è distratto, per la prima volta.

Gira la manovella a una velocità spaventosa. Gli rimane in mano.

Ma ormai il tettino è aperto.

Il cielo.

Si tira su sradicandosi di dosso tutto quel lerciume che lo stava seppellendo e si butta in avanti quasi scivolando sul cofano dell'auto.

Salvosalvosalvo...

Beve pure un po' di quella sbobba schifosa e inizia a nuotare come se fosse in mezzo all'oceano (in questo momento non è in grado di capire che potrebbe tranquillamente appoggiare i piedi al suolo e arrivare al bordo del canale in tre passi).

Finalmente giunge a riva, artiglia la sponda con entrambe le mani e, solamente grazie alle bordate di adrenalina che il suo organismo provato è ancora capace di produrre, riesce a tirarsi su.

Seduto.

Vivo.

Fradicio di paura e felicità (due parole che non possono stare mai troppo distanti).

Un'alga attorcigliata ai capelli gli penzola sulla schiena.

Ride da solo, ma è difficile distinguerlo da un pianto.

Si tasta il petto, la pancia, poi i pantaloni.

Non può esserci disappunto nei tratti stravolti del viso.

Anche se...

È il secondo telefonino che mi fai perdere.

Alza gli occhi verso il cielo, non c'è neanche la luna, rimpiattata chi sa dove.

Non ci crede ancora di essere vivo.

E poi, senza volerlo assolutamente, inizia a canticchiare quella canzone.

No, no es amor, lo que tú sientes se llama obsession, una ilusión en tu piensamento, que te hace hacer cosas, así funciona el corazón...

31

FABIO Arricò non si è mai sentito così scarico, così vuoto di forze.

Eppure non li sente nemmeno i tre piani di scale per arrivare al pianerottolo di casa.

No, non ci credo.

«Babbo, ancora... ma che fai?»

Il signor Giacomo Arricò sta cercando di scassinare la serratura dell'appartamento dei romeni, proprio davanti al suo. Li vuole svaligiare. È un'ossessione. Li chiama «zingari», «monti di sudicio» o «feccia umana», a seconda del livello di incazzatura.

Ma non è il momento di pensarci, almeno per Fabio.

Giacomo guarda sorpreso il figlio.

«Ti sembra questa l'ora di rientrare?», dice con tono padronale, mentre continua a muovere il cacciavite dentro la serratura.

«Sono solo le undici e mezzo...»

Appunto! Quando mai uno a diciassette anni torna a casa così presto?

«Fila a casa, arrivo.»

«Sì, ti conviene... perché ho sentito il portone che si è aperto.»

Giacomo spinge il figlio in casa con i passetti rapidi e silenziosi delle pantofole.

Ma è solamente quando entra nella sua camera e si butta letteralmente sul letto che Fabio dà un'occhiata al telefono.

Sono arrivate tre foto.

Alla fine gliele ha inviate...

Sono di Caterina, vestita in tre modi differenti.

Poi un messaggio su WhatsApp.

«Allora come mi vesto stasera, Fabietto? Scegli dai!»

Fabio non sarebbe potuto esserle d'aiuto comunque.

Perché riesce a vedere solo i suoi occhi.

32

OSVALDO Valenti si sta svegliando.

La bocca ancora aperta in un rantolio che fra poco diverrà uno sbadiglio gigantesco.

La luce bianca della mattina, filtrata dalle persiane, disegna un parallelepipedo proprio sul volto sgualcito dal sonno del nostro superstite.

È troppo grosso per il suo vecchio lettino con le molle sfondate. Il torso nudo affondato nella conca del materasso e i jeans incrostati di terriccio verdognolo ancora addosso. Una gamba dondola fuori dal letto con un Texano infilato al piede. L'altro stivale è riuscito a sfilarselo ma è stato l'ultimo gesto della nottata. Troppa fatica.

Le palpebre cercano di aprirsi un varco fra le cispe. Come aprire una scatolina immersa nell'Attak.

Ma prima di liberare i bulbi oculari sente un peso sopra di lui che lo affonda ulteriormente nel letto.

Sarà che ho quel cinghiale sulla pancia che si vede in tv quando non hai digerito bene.

Inizia a vedere qualcosa di sfocato fra i filamenti residuali della lacrimazione.

Una ragazza è sopra di lui. Completamente sopra di lui.

Chi è 'sta figa?

E perché ride? Non sorride, ride proprio!

L'ultima volta che si era svegliato con una donna spalmata sopra di lui si trovava in una *posada* di Los Roques. E se l'era scopata subito alla grande. Doveva essere ancora da quelle parti, su una spiaggia bianca come la neve in mezzo a un mare di corallo. È ancora troppo rincoglionito per riconoscere la mensola porta cd (si spazia dagli Iron Maiden a Claudio Baglioni), il poster di Kim Basinger sopra la sua testa e la bacheca piena di vecchie gloriose fotografie.

Indugia un attimo, solo un attimo. Poi conclude che in questi casi si deve solo agire.

Squadra che vince non si cambia.

La cosa giusta da fare è fottersi pure questa bella ragazza che lo sta guardando con incredulità.

Si rende conto di non avere gli occhiali da sole sul naso.

Male.

Con l'automatismo fulmineo che solo un grande croupier del Casinò Municipale del Principato di Monaco possiede, posa la mano sul comodino nel tentativo di arraffarli.

«Osvaldo, sono Caterina» (inteso anche come «non ti servono»), fa quella strana signorina, deviandogli dolcemente il braccio.

Caterina... Caterina chi?

Questa notte devo essermi fatto di brutto perché non mi ricordo di aver rimorchiato nessuna Caterina... Boh, magari sulla spiaggia.

«Caterina Valenti, ricordi?» La sorella alza il sopracciglio insieme a una smorfia di disappunto a fior di labbra.

Una parente.

Osvaldo è quasi dispiaciuto di non potersi spupazzare quella femmina giovane e intraprendente.

Poi, un certo numero di unità cellulari presenti nell'encefalo del nostro maestro di salsa iniziano a muoversi come tante piccole tartarughine cieche e vedono la luce.

Pernigotti.

Adesso sorride anche lui.

L'avrà vista un milione di volte in foto, ma non c'è paragone.

Non sa cosa dire. È imbarazzato come poche volte nella sua vita.

Si tira sui gomiti mentre la sorellina si siede sul letto.

Basterebbe dirle quello che pensa: *sei bellissima Pernigotti.*

Caterina frantuma il silenzio con la sua voce calda e modulata.

«Vedo che è iniziato bene il tuo ritorno…»

Era sveglia quando lo ha sentito rientrare in casa (è stata sveglia quasi tutta la notte in verità). Si è avvicinata alla camera con la stessa foga di quando aveva quattro anni ed è stata travolta da quel tanfo incredibile. Lo ha sentito sbuffare e addormentarsi prima ancora di essersi infilato a letto. Quindi, ha deciso di riproporsi in tempi migliori.

«Beh sì… in effetti. Ero sulla spiaggia quando un'onda anomala…» non conclude la frase sperando che lei non gli chieda di continuare.

«Eri in spiaggia con la macchina?» lo incalza la signorina in giallo.

No. La macchina. Mamma mia.

Solo adesso, scemata l'ebbrezza della sopravvivenza, prende atto del disastro.

«Una brutta storia, Pernigotti, una brutta storia.» Parla con aria vissuta, per acquistare carisma di fronte all'unico essere vivente che, nonostante tutto, sente ancora completamente suo.

D'altra parte, qualsiasi stupidaggine le stesse raccontando, Caterina lo starebbe ad ascoltare tutto il giorno. L'ha chiamata in quel modo. Con il vocione protettivo. Come se si fossero visti l'ultima volta dieci minuti fa. Come se il tempo e i sentimenti fossero concetti contrari, nemici. Lati opposti di una barriera che solo il fuoco dei ricordi è capace di abbattere.

«Comunque la mia piccola non c'è più. Se ne è andata in fondo al fiume. Una serata difficile, Caterina. Andiamo avanti, non ci pensiamo. Era arrivato il suo giorno, evidentemente. La vita prosegue... E adesso raccontami: che succede a Lido di Magra? Ma prima, fammi sentire come è diventata la mia sorellina rompipalle...»

Si baciano, Osvaldo la tiene per le guance, si abbracciano per un tempo esagerato. Gli occhi di Caterina si sciolgono sulla schiena sporca del fratellone.

Poi parole, parole, parole.

Ore di parole.

Si osservano con terrore perché i cambiamenti, in fondo, fanno paura, feriscono, disilludono. I cambiamenti sono sempre crudeli.

Però non c'è niente da fare: per quanto riguarda Osvaldo, Caterina è sempre Pernigotti, anche con il lucidalabbra cremoso al posto del velo di cioccolato impiastricciato sulle labbra. E non conta niente se adesso ha la bocca come lui vorrebbe che avessero tutte le donne di questa terra, se si è slanciata con irruenza e armonia, se ha le gambe di certe ragazze che ha desiderato e posseduto in giro per il mondo. Ha lo stesso viso, il naso perfetto di quando era bambina, le guance dolci, la gola bianca. Anche gli occhi sono gli stessi, solamente hanno troppe espressioni. Se li ricordava in due variazioni: fissi in attesa oppure sgranati per lo stupore. Deve stare attenta ai suoi occhi, Pernigotti, perché anticipano i pensieri e mettono in piazza i suoi intimi sentimenti. Dovrà dirglielo prima o poi. Il vestitino bianco a fiori è tirato troppo su. Scorge un angolo minuscolo delle mutandine, gli dà noia... è sua sorella!

Anche Osvaldo è cambiato, ma il volto è talmente caratteristico che i suoi mutamenti risultano inoffensivi aggiustamenti del tempo. Porta i capelli più lunghi e se li colora. Non gli sta male quella rete di piccole rughe intorno agli occhi e ai lati della bocca. Gli occhi, appunto. Sono ancora un pochino più storti, forse? Meglio. Sono l'unica cosa che Caterina non cambierebbe in questo mondo di inutili perfezioni.

Alla fine della chiacchierata-fiume, in realtà, non hanno saputo niente di quello che avrebbero voluto sapere. Porre le domande giuste è troppo pericoloso, come ballare nel buio vicino a un precipizio. E le risposte ti fanno rimpiangere di averle fatte.

Semplificando:

141

Caterina ha un sacco di amici e spasimanti ma non le interessa nessuno, dopo il liceo farà l'università (media e giornalismo per l'esattezza), vuole andarsene da questo posto infido e poco stimolante (lo dice apposta per vedere la reazione di Osvaldo che risponde con una pausa di incredulità).

I genitori stanno bene. Tornano stasera da Porto Venere. La mamma è sempre in casa, cucina e non rompe i coglioni più di tanto. Il babbo invece è sempre fuori per lavoro. Il problema è che è incazzato come una biscia con Osvaldo, a cui ora toccherà andare a faticare alla cava di marmo («Stavolta ti tocca»).

Per quanto riguarda Osvaldo, si è capito poco. Ha passato anni fantastici in giro per il mondo come maestro di salsa fra i più quotati in circolazione, è rimasto in contatto con personaggi incredibili che un giorno presenterà alla sorella, ed è tornato per restare. Per mettere su famiglia. «Perché le radici», stavolta se lo è ricordato, «sono importanti».

Niente di più.

Osvaldo capisce che Caterina ha vissuto tutti questi anni con la mamma. E con nessun altro.

Caterina invece si pone una domanda: *sì ma... in concreto, cosa ha combinato Osvaldo nella sua vita?*

Eppure quando Caterina sta per varcare la porta...

Si volta.

«Ah giusto... Katia sta con uno stronzetto che fa il verso ai Modà ma non sa cantare, poveraccio.» Lo dice come se fosse un evento del tutto alieno alle loro vite.

«Ah, figurati...» anche Osvaldo regge la parte.

Non ci sta più insieme, comunque, cara sorellina. Da ieri notte.

Poi non si accorge che gli occhi di Caterina sono due vortici senza fondo quando gli chiede: «Ti sarà passata dopo dieci anni, vero?»

Il nostro guerriero redivivo, sorride. Sbuffa come quando parli di una roba che non ti veniva in mente da anni. Guarda in basso.

«Figurati...»

Adesso Caterina può finalmente andarsene, perché non voleva saperla la verità, se a Osvaldo fosse passata o meno la cotta per quella stronza di Katia; voleva solo fargli comprendere che perseverare sarebbe un'umiliazione e una resa insopportabile anche per lei.

Osvaldo lo capisce che Caterina non è un'ingenua, che la si può provocare e graffiare, esattamente come piace a lei.

«Lo conosci suo fratello, dovrebbe avere la tua stessa età?»

«Certo, è un mio amico. Ma è diverso dalla sorella...»

«Comunque stacci attenta.» Lo dice per scherzo, ridono tutti e due.

Deve starci attento lui. Brontola l'orgoglio della ragazza.

«Ah, Caterina, un'ultima cosa...» e quest'ultima cosa in realtà è la prima, la primissima, l'unica che Osvaldo vuole veramente sapere. Perché, cosa volete, il nostro *globetrotter* non ha confidenza con la gelosia, con le sue regole e reticenze, con il possesso fisico che non c'è, ma è come se ci fosse fra fratello e sorella minore. Ancora più profondo, a tratti, perché le parole sono proibite.

«Lo hai fatto?»

Lei lo guarda con una beffa che scintilla nel profondo dei suoi occhi. Ci mette troppo a rispondere, come se volesse che le spine penetrassero per benino nella carne del fratello. Una domanda aggressiva e scandalosa e troppo intima da parte di chi se l'è data a gambe fregandosene di tutto e tutti, soprattutto di lei.

«No.»

Poi uno sguardo che sfida i suoi stessi propositi.

«Ma lo farò presto.»

33

A CASA Arricò si respira un'aria da *The day after.*

Anche se Fabio, figuriamoci, sarebbe quasi felice. L'ha fatta franca. Per un pelo, ma l'ha fatta franca. Lui che si stava disperando per una partitina di ping-pong in spiaggia!

Sente di avere quattro o cinque anni in più.

È andata.

Ormai è andata.

E se poi questa brutta storia non viene fuori, giuro che esco di scena, studio come un pazzo tutto l'anno, smetto di morire dietro a quella ragazzina viziata!

Lo giuro.

Poi qualcosa annidato da troppo tempo in qualche angolino della coscienza lo sbatte nuovamente in quel frigorifero buio e rovente. Solo a pensarci gli manca l'aria. Lo aveva sempre saputo che era stato Samuele. Non è vero che non ricordava bene, che non ne aveva la certezza, che aveva rimosso... tutte balle! Lo sapeva benissimo come erano andate le cose. La verità è che ha preferito fare finta di dimenticare. Perché prenderne atto significava dover reagire, combattere con la stessa cattiveria, sovvertire l'equilibrio. Significava dovere reggere una battaglia crudele. Significava rischiare. E anche se aveva solo sei anni, se ne rendeva conto che non ce l'avrebbe mai fatta, allora come adesso. Perché la paura non si stanca. Non era pronto per fare a botte con Samuele, come non è pronto oggi. Ne ha paura, come sempre.

Allora ha ragione tuo padre... sei un vigliacco, Fabio?

Per fortuna ci sono le foto di Caterina.

E allora cambia tutto, perché la vita è fatta di troppe cose belle.

Fabio Arricò è nel pieno di quella gioia liberatrice che alcuni psicologi d'avanguardia chiamano «effetto Gambaro».

Enzo Gambaro è stato un giocatore di buon livello, toccando il vertice della sua carriera al Milan, dove ha vinto diversi trofei. Concluso il percorso sportivo, ha iniziato a svolgere il ruolo di opinionista per alcune emittenti televisive regionali.

Ma Gambaro non era più lui. Se ne stava mogio ad ascoltare il dibattito calcistico, interveniva solo su stimolo del conduttore, esprimeva preoccupanti banalità. Non rideva mai, neanche un sorriso triste. Nessuno aveva ancora visto spuntare un dentino dalla bocca del povero Enzo. Le poche volte che borbottava qualche commento piazzava le mani sul tavolo come a una seduta spiritica. Era triste come un becchino al suo funerale. Se in uno di quei momenti di totale soggezione mediatica qualcuno gli avesse chiesto se il pallone era tondo o quadrato, si sarebbe guardato intorno per carpire qualche suggerimento. Gli autori del programma ormai si erano rotti i coglioni. Pensarono che fosse arrivato il momento di metterlo a riposo: *turn over*, come quando giocava nel Milan.

Poi, un giorno, fu visto in giro con una bionda mozzafiato. Si fece fotografare dai paparazzi festoso come un bambino. Quella bionda era bellissima e, soprattutto, era sua.

La settimana successiva, negli studi di *TeleNuova*, Enzo Gambaro era un'altra persona. Sul tavolo non aveva più le mani, ma i gomiti. Se non fosse stato per il capello corto e il naso pronunciato, lo avresti potuto scambiare per il grande oratore Vittorio Sgarbi. Scatenato. Semplicemente scatenato. Bacchettava i colleghi, sfotteva i giornalisti, rallegrava lo studio televisivo con battute al fulmicotone.

Il nostro ex calciatore era di nuovo in pista.

«L'effetto Gambaro» dunque non è altro che una scintilla positiva, capace di farti scrollare di dosso la cappa di paura che ti attanaglia per trasformarti in un uomo nuovo, sicuro di sé e delle proprie potenzialità.

Fabio stava vivendo lo stesso entusiasmante cambio di prospettiva.

Forse, era arrivato il suo momento.

Per una volta Caterina ha fatto qualcosa per lui. Magari lo ha preso in giro come sempre. Però le foto ci sono. Addirittura tre. Come le volte in cui si era cambiata i vestiti. Per lui? Lo ha fatto per lui? Fabio non le ha ancora risposto perché mai nella vita gli era capitato di essere messo nella condizione di fare attendere una risposta alla principessina Valenti. Se lo vorrebbe godere all'infinito, questo momento magico da uomo che si fa aspettare!

Continua a guardarle, quelle foto, soprattutto una. Dove lei sta in posa e finge di sparargli con l'indice, con una mano sul fianco.

Ha una camicetta bianca con uno spacco geometrico in mezzo al seno e una gonna. È elegante e dolce.

Fabio lo fa sempre. Di notte. Accende il suo portatile, clicca su una foto di Caterina che guarda verso l'obiettivo e ci mette sotto una canzone. Lei lo guarda negli occhi. Le sue labbra, la musica, i pensieri. Brividi di notte fonda. Oggi ha fatto un'eccezione. È giorno. E la mamma lo sta chiamando perché ha appena scolato la pasta. Lui è sul suo letto, seduto con le gambe incrociate, il costume già infilato perché sono un paio di anni che non prendono la cabina, una maglietta arancione e il pc portatile acceso su quella foto. I suoi occhi nello sguardo ironico e ambiguo di Caterina. Gli viene voglia di parlarci, come se l'immagine che ha di fronte fosse molto più vera della ragazza in carne e ossa.

Caterina, senza inganni. Senza colpi bassi. Senza farsi male a tutti i costi.

Oggi ti dirò tutto.

E non potrai restare indifferente. Non potrai!

Non potrai sorridere. Non potrai ridere. Non potrai parlare, forse. Perché quando sentirai le mie parole, almeno per un attimo, dovrai solo stare zitta. Potrai guardarmi. Potrai chiudere gli occhi o abbassarli. Ma non potrai fare finta di niente.

Perché non sarà più un gioco.

E se io perderò, perderai anche tu.

Sta ascoltando *Amami* di Emma, ed è tutto quello che desidera.

Ora però deve filare in cucina perché gli spaghetti alle vongole si stanno freddando e la mamma urla a squarciagola.

Un vero problema: uscire da quella cameretta, illuminata dal sole, dai sogni, dai desideri.

E questo perché nell'appartamento di via Verdi c'è un brutto clima.

A dire il vero questo brutto clima, esasperante come una vasta area di bassa pressione che non se ne vuole andare, si è insediato in casa Arricò da tre anni a questa parte.

La sera in cui, per la precisione, papà Giacomo tornò dal lavoro con una brutta notizia: dopo trent'anni di servizio era stato licenziato dalla Marmi Apuani S.r.l.

34
Marmo rosso

QUANDO Giacomo Arricò fu chiamato dall'Amministratore Unico della società, poco prima di Natale, pensò che fosse per il classico scambio di auguri e buoni propositi in attesa del nuovo anno.

Probabilmente si sarebbe portato a casa un paio di pandori. Sperava ci fossero i Tartufoni come due Natali fa, perché Fabio ci diventava pazzo.

Anche se lo sapeva: ultimamente le cose erano cambiate.

Il nuovo Amministratore era un tipo preciso ed efficiente. Non faceva altro che scrivere e chiedere le stesse cose. Una fissazione. Organizzava, programmava e otteneva, questo va riconosciuto, risultati insperati.

Ma non aveva mai lavorato in una cava. Non aveva mai respirato la paura e la polvere. Non aveva mai sentito quei tonfi risucchiati dal silenzio. Eppure non era silenzio, era vita, vita dimezzata, vita smembrata. Vita che non c'era più e, a volte, era la cosa migliore che poteva capitare.

Tutto sembrava più sicuro grazie alla programmazione quasi maniacale dei nuovi dirigenti.

Le condizioni di lavoro in quegli anni erano migliorate a livello generale: gli strumenti per l'estrazione e la raffinazione del marmo si erano evoluti contenendone la pericolosità, gli incidenti erano progressivamente diminuiti, le misure di sicurezza enormemente potenziate. Eppure nelle cave di marmo si continuava a morire. Più che altrove. Bastava una frazione di secondo, e a volte non era colpa di nessuno. Come se quei maledetti pezzi di marmo si muovessero da soli.

147

Giacomo era della vecchia guardia, un cavatore che aveva visto l'azzurro del cielo tagliato dal bianco del marmo. Non ne poteva più fare a meno. La polvere gli era entrata nei polmoni come nelle vene. Ogni mattina, non andava a lavorare, andava a verificare se era quello il giorno della sua esecuzione. A qualcuno prima o poi toccava. Gli piaceva quella sensazione di incertezza relativa, di pericolo invisibile. Come a volte piace il dolore. Assente e presente, lassù dove sembra di camminare in equilibrio fra il cielo e il mare.

E anche se si era guadagnato un posto di riguardo come responsabile per la manutenzione dei macchinari e lavorava in un comodo ufficio, Giacomo se ne andava sempre in cima alle vette del Monte Sagro, alla cava, per vedere cosa accadeva. Di giusto, di sbagliato, di incauto e di troppo cauto. Perché conta anche il coraggio, lassù.

Qualche mese prima era avvenuto un incidente.

Non era stato mortale e solo per questo il signor Arricò lo aveva derubricato, valutandolo in una scala personale di danno, accettabile.

Ma cosa era accaduto?

Gli era stato chiesto se una macchina a filo diamantato, necessaria per l'estrazione e il taglio del marmo, fosse ancora perfettamente utilizzabile.

Era stato chiaro.

«Può essere ancora utilizzata.»

Il filo diamantato è un cavo al quale sono applicati dei cilindri d'acciaio ricoperti da perline di diamante. Quando è in funzione, cioè quando sta penetrando e tagliando il marmo, l'unica cosa che devi fare è stare lontano, più lontano, dal raggio di azione. Perché, se il filo si rompe, le schegge divengono veri e propri proiettili, coltelli invisibili scagliati dalla roccia.

Tommaso Secci, un ragazzo di ventisette anni che lavorava nella cava da due, era un lavoratore instancabile e attento.

Quel giorno si stava chiedendo per la milionesima volta per quale ragione Chiara Vestri non era voluta andare con lui al Forte dei Marmi per sant'Ermete. Fece qualche passo in più mentre cercava di ricordare una sfumatura sospetta sul viso di Chiara per riscontrare il rifiuto.

Il suono della macchina segatrice si interruppe in un sussulto grattato.

Sentì solo un tenue dolore al polso.

Ciò che rapì la sua attenzione fu la lastra di marmo ai suoi piedi. Era macchiata di rosso.

Quando aprì la porta dell'ufficio, il signor Arricò fu subito abbagliato dalla montagnola di Tartufoni accatastati dietro la scrivania del dottor Piero Valenti.

È proprio Natale! Fabietto ci sarebbe diventato pazzo. Stavolta gliene porto tre.

I due uomini si strinsero la mano.

Il dirigente si accomodò subito sulla sedia, come se fosse la sua trincea.

La luce al neon illuminava la stanza indiscriminatamente. Fuori era già buio e la finestra era un rettangolo nero che inquadrava un palazzo gremito di antenne e uno scorcio lontanissimo del porto di Carrara.

Guardò l'Amministratore.

Prima il viso, nel suo insieme. Poi gli occhi.

Erano gli occhi di un vigliacco che cercava di ingannare le sue paure.

Giacomo Arricò aveva già capito tutto.

Piero si era tolto la giacca, rimanendo con la camicia bianca e la cravatta. Il riscaldamento irradiava un gettito caldo in ogni angolo dell'ufficio, e quell'uomo grande e grosso continuava a sudare. E a sorridere. Pacioccone. Con la faccia tonda e i baffetti alla Poirot. Un'espressione simpatica. Il signor Arricò sapeva che aveva una figlia ma non l'aveva mai vista. Calcolando che i lineamenti del padre erano regolari e accomodanti, avrebbe potuto essere bella.

Non bella come la mia, certo.

Poi vide una foto, pudicamente posizionata in tralice.

Una famiglia al mare, con il sole, gli scogli, il cielo azzurrissimo. Forse la Sardegna.

Riconobbe immediatamente il figlio dell'amministratore perché una notte lo aveva visto uscire dall'auto mentre riportava a casa la sua Katia. Sapeva anche che erano stati insieme per un periodo e non era finita bene. Si diceva che il ragazzo avesse sofferto molto. Cose da giovani.

C'erano anche la mamma e la bambina.

La bambina assomigliava effettivamente al padre ed era graziosa.

Era una foto di molti anni fa. Un battito di nostalgia, come di fronte a tutte le certificazioni del tempo che passa. Quell'uomo seduto davanti, arroccato nell'incertezza, gli faceva pena. Provava pietà per la sua stessa pena.

Lo volle quasi aiutare, anticipandolo mentre stava aprendo bocca.

«Forza, mi dia questa cattiva notizia.»

Piero Valenti non se l'aspettava.

Era stata una decisione presa con i soci, nessuno poteva averlo avvertito. Come aveva fatto a capire?

Si pentì immediatamente della scelta. Eppure era stato lui a spingere in quella direzione.

La crisi finanziaria si sentiva anche a mille metri di altezza, accecati dai riflessi di uno dei materiali più preziosi e richiesti al mondo. E poi quel ragazzo aveva perso la mano, mozzata di netto. Il filo diamantato si era spezzato e una scheggia gli aveva reciso il polso. Colui che aveva decretato l'idoneità del macchinario era stato proprio Arricò. Lo sapeva benissimo che non era colpa sua: il filo si spezza senza un motivo. Succede e basta. E non conta niente se la macchina è nuova, vecchia, antidiluviana o di ultima generazione. Conta solo la sorte. Eppure qualcuno doveva prendersi la responsabilità per quell'incidente.

Lo guardò, era un uomo energico, ossuto, spigoloso. Le braccia sembravano vere e proprie tenaglie fatte apposta per servirlo nel lavoro. Il volto, spellato dal sole, era scavato come la roccia. Anche le rughe, profonde, ricordavano insenature e crepacci. I capelli, nonostante l'età, restavano attaccati alla cute, solidi e scheggiati. Fu colto da un pensiero strambo.

Senza la scrivania piena di attestati, senza i titoli di studio, le specializzazioni, le formalità, i mille esami che la vita ti richiede per distanziarti dagli altri esseri umani, non avrebbe avuto scampo. Se avesse dovuto combattere contro quell'uomo, avrebbe avuto la peggio. Retrocedendo a uno stato primordiale, Giacomo Arricò era di una specie animale più adatta alla sopravvivenza, al comando del collettivo, alla protezione della propria famiglia.

Era forse questo il motivo per il quale il dottor Piero Valenti stava per licenziare il lavoratore che aveva di fronte? Perché si sentiva valutato da un uomo che aveva il compito di valutare? Perché quando stilava tabelle, redigeva programmi, cadenzava gli orari di escavazione e trasporto del marmo, comprendeva che di tutto ciò nulla aveva a che vedere con l'anima ruvida e tagliente di quel mestiere estremo? La verità era che il dottor Valenti stava per togliere il lavoro a un uomo perché era semplicemente migliore di lui.

Lo guardò negli occhi elettrici, come l'azzurro del cielo quando è troppo pungente, e recitò il discorso che si era preparato negli ultimi giorni.

Giacomo Arricò tagliò il monologo alzandosi dalla sedia. Lo sapeva che la verità era più meschina di una mano svanita nel nulla su un campo di lavoro.

Avrebbe ribaltato quella stanza piena di traguardi professionali che proteggevano quell'uomo inadatto alla lotta, lo avrebbe preso a calci e poi appeso in cima a una parete di marmo perché potesse scoprire come il caso fosse l'unico vero artefice di tutto.

E non avrebbe messo nel mezzo avvocati, scartoffie, giudici. Erano cose da signorine. Mezzucci per rientrare in un luogo dove altri uomini non ti vogliono più.

Senza volere, dette un ultimo sguardo alla vecchia foto di famiglia e se ne andò con quella brutta sensazione che ti ruba le forze e non ti fa reagire. Perché non è un pugno, è una carezza ricevuta nel momento sbagliato. Proprio come la malinconia.

35

Il signor Arricò, da quel giorno, divenne lentamente un altro uomo.

Si sgretolò un po' alla volta.

Per comprenderne a fondo la progressiva involuzione dobbiamo compiere un piccolo sforzo e ricordarci Kevin Costner ai tempi del pluripremiato film *Balla coi lupi*: capelli al vento, sguardo indomito, pistola fumante. Silenzioso ma comunicativo. In sella a un cavallo per le praterie del Nebraska.

Poi, proviamo a immaginarcelo nella recente pubblicità delle Insalatissime Rio Mare: imbolsito, spelacchiato, fannullone.

Sostituendo il grande attore statunitense con il signor Giacomo Arricò avrete visualizzato il quadro preciso. Con una differenza: Kevin Costner nello spot sorride, mangia, spara stronzatine, dà l'idea di essere uno che se la spassa alla faccia della carriera ormai al tramonto. Giacomo, invece, è sempre incazzato come una scimmia. Da mattina a sera, non si scappa.

E se ti trovi in casa non c'è verso di eludere il problema, perché lui vive stravaccato sul divano al centro dell'appartamento (con la tuta di giorno e il pigiama dalle sette in poi). Davanti alla televisione con il telecomando in mano. Anzi, con due telecomandi in mano perché si è pure regalato l'abbonamento a Sky. Sembra un gringo con due pistole. Se provi ad avvicinarti ti guarda come se volesse freddarti da un momento all'altro.

Anche in questo istante è inchiodato al divano mentre spegne il televisore con la faccia a lutto. Allinea i telecomandi come due gemellini siamesi e accartoccia la lattina di birra appena scolata.

Adesso posso anche morire.

Adesso che Samantha Toser, la sua conduttrice preferita, si è fidanzata con Gerardo Mozzon, il terzo portiere della Juventus, non ha più una ragione valida per rimanere su questa terra.

***

E pensare che per un annetto scarso aveva resistito con estrema dignità, nonostante quella coltellata alle spalle capace di spostare il centro gravitazionale della sua vita.

Si era pure cercato un nuovo impiego, ma non era aria. Aveva trovato un posto di lavoro come benzinaio all'Agip sul viale Roma di Marina di Massa, ma era come mettere Rambo a giocare a morra cinese, Enzo Biagi a condurre *Colpo Grosso*, Umberto Smaila a coordinare un seminario per suore di clausura. Non era il suo posto, non era la sua vita. Il nostro padre di famiglia sognava unicamente le sue montagne sbranate fino alle viscere, scintillanti d'argento e paura.

Il resto era una triste parodia.

La famiglia, fin dall'inizio, gli era stata accanto. Katia era pure tornata a vivere a casa per un breve periodo al fine di tenere compagnia al babbo (la ragazza, dopo la fallimentare esperienza meneghina, si era trovata una sistemazione sul lungomare, optando per una coabitazione con due transgender di Torre del Lago).

Anche Fabio aveva fatto la sua parte. Ricordandosi la passione del padre per i giochi balistici, gli aveva regalato un elicottero radiocomandato.

Infine la signora Giulia Arricò (una donna cicciottella, con le guance belle tonde e un caschetto biondo appena fatto che le regala una vaga somiglianza con l'attrice Renée Zellweger), vero centro nevralgico dell'istituzione famigliare, si era offerta di trovarsi un altro lavoro oltre a quello di maestra d'asilo.

Fu quest'ultimo slancio d'amore a fare perdere la brocca al capofamiglia.

Gli avevano tolto il lavoro, il rispetto, la fiducia nella giustizia umana. Ora volevano togliergli anche il pisello. Come poteva permettere che fosse la sua esile moglie a portare avanti la baracca?

Non era più in grado di mantenere la famiglia.

Questa era la cosa più triste. Lo svuotava di ogni autorevolezza, gli toglieva il suo credito virile.

Ci diventava pazzo ogni giorno di più, si era incattivito, aveva iniziato a bere. In casa, senza pudori.

Ma c'era un altro problema.

Gli era presa una fissazione: la famiglia di romeni che abitava nell'appartamento di fronte. Erano dei parassiti e dovevano togliere le tende. Tanto per cominciare, portavano sfiga. Da quando si erano trasferiti in quell'appartamento, il signor Arricò non aveva più vinto al Gratta e Vinci. E poi gli sfracellavano i coglioni da mattina a sera con quelle litanie zingare sparate al massimo volume. Non li aveva mai sentiti parlare, urlavano e basta.

Il padre era un giostraio che possedeva il famoso *Tagadà* al Lunapark di Marina di Carrara e faceva pappa e ciccia con i suoi conterranei scolandosi ettolitri di birra al chiosco di fronte alle giostre (un punto di ristoro conosciuto in tutta la Versilia per la sua inarrestabile escalation: partito come un piccolo camioncino della Coca-Cola si era evoluto strutturalmente e commercialmente fino a divenire un vero e proprio ristorante a cielo aperto dove, chiunque fosse passato, si sarebbe fermato per rifocillarsi. Nonostante la sua nuova conformazione tutti continuano a chiamarlo con un solo nome: *il Mangia e Tromba*. Perché in effetti, in un periodo non troppo lontano, i clienti non disdegnavano di riempirsi la pancia con un hamburger e svuotarsi i coglioni con una decina di prostitute nigeriane che presidiavano la spiaggia retrostante). La moglie cantava tutto il giorno con la voce da cornacchia e faceva piovere a dirotto. Infine il figlio, un energumeno con la faccia marroncina e lo sguardo cattivo, si era comprato una gigantesca BMW blu cobalto con la quale spadroneggiava per tutta Lido di Magra. Dove li trovava i soldi? A chi li rubava? Bighellonava tutto il giorno avanti e indietro fra la casa e il *Bar Centrale*, mezzo ubriaco. Come faceva a fare il nababbo?! Era uno spacciatore, il signor Arricò ci avrebbe messo i coglioni sulla graticola.

Fino a poco tempo prima avevano pure la donna delle pulizie e la trattavano come un cane.

Che Paese era diventato l'Italia? Un Paese in cui i lavoratori onesti erano costretti a casa a tirare la cinghia, mentre i farabutti facevano gli smargiassi con i macchinoni in giro per locali e ristoranti!

E dobbiamo pure stare zitti.

Non c'è futuro.

Questo posto fa schifo e se vuoi un po' di giustizia te la devi fare da solo.

La guerra fra le famiglie Arricò e Stefanescu scoppiò ufficialmente in un tranquillo pomeriggio di una noiosa e fredda domenica invernale.

Non era ancora buio. Un sole bianchiccio e freddo come una calotta polare tramontava senza gloria.

Giacomo stava mostrando a suo fratello Enrico il volo di quello splendido gioiello di ingegneria aerodinamica che era il suo elimodello radiocomandato. Sul terrazzo al terzo piano tutta la famiglia Arricò (tranne Katia, impegnata come hostess all'Euromercato di Massarosa per la promozione e il rilancio dell'amaro Ramazzotti) ammirava estasiata. Il trabiccolo ronzava nell'aria come un grosso calabrone rosso fuoco, incerto se precipitare in fondo al cortile o fuggire nel cielo. C'erano intere famiglie affacciate alle finestre con i bambini in prima fila che si divertivano come matti.

Fabio aveva avuto un'idea geniale.

Si godeva con orgoglio la soddisfazione di suo padre mentre stava attirando l'attenzione di tutto il quartierino.

Era bello vedere papà tranquillo. Spensierato e giocherellone come un bimbo alle prese con il suo primo trenino elettrico. Fabio si stringeva forte le mani come per trattenere quel momento prezioso.

Poi uno scoppio, come un petardo a Capodanno.

L'elicottero andò a sbattere contro la grondaia della casetta di fronte, divenne silenzioso e precipitò pesante come un fagiano a cui qualche prestigiatore aveva fatto scomparire le ali.

Un brusio di delusione si diffuse sui balconi delle palazzine.

Si schiantò al suolo facendo danzare nell'aria tanti brandelli rossi come petali di rosa. Fu questa la scena che si manifestò agli inquilini del terzo piano.

Lo hanno abbattutto, bastardi!

Il signor Arricò attribuì lo scoppio a un colpo di pistola proveniente dal cortile, dove aveva intravisto un'ombra dileguarsi nel nulla. Un'ombra gitana.

I romeni.

Erano stati loro.

Avevano sparato al suo elicotterino.

Quei grandissimi figli di puttana stavolta l'hanno fatta fuori dalla tazza.

E adesso la pagano.

Finalmente ne aveva la prova.

Un branco di delinquenti che godevano nel minare le piccole felicità delle famiglie per bene. Dovevano ricevere una lezione esemplare.

«E guerra sia!»

Brandì il radiocomando digitale facendolo volteggiare nell'aria come una Toledo Salamanca. Prese la postura di Lady Oscar e schizzò come una pallina della pelota in direzione di casa Stefanescu. Dribblò tutta la famiglia, butto giù con una spallata un mobile di rovere, si liberò del fratello in placcaggio e, pilotato dal fantasma del grande velocista giamaicano Usain Bolt, corse per il corridoio a rotta di collo. Mento diritto e calcagno alto. Solamente l'attrito con l'antico tappeto persiano Isfahan che aveva pagato un occhio della testa dal grande commerciante Burunci Canedani Nozer detto «il ladro del deserto», ne interruppe la corsa furibonda. Scivolò come se sotto i piedi avesse una lastra di burro. Provò a ritrovare l'equilibrio in volo ma rovinò a pochi centimetri dalla porta di casa.

«Bash-bash-bashtardi zingari di merda!»

La bava, prodotta in eccesso dalle ghiandole salivari, risciacquò le parole, lo fece sputacchiare e depotenziò il livello acustico del grido.

Quando i famigliari sopraggiunsero, lo trovarono inginocchiato come un musulmano in preghiera. Poi si mise a quattro zampe e iniziò a schiaffeggiare il pavimento. Gli occhi, striati da raggiere di capillari, sembravano la bandiera militare giapponese. Le vene gonfie pulsavano sul collo come vipere sottopelle. Un rivolo di saliva colava dalla bocca schiumante.

Solo Fabietto ebbe la forza di parlare.

«Non ti preoccupare babbo, te ne compro un altro.»

36
Chi ha colpito Giacomo Arricò?

L'ACQUISTO dell'appartamento al terzo piano dell'unico palazzo esistente a Lido di Magra era stato un colpo di genio che aveva illuminato il signor Arricò in tempi non sospetti.

Le cose andavano bene: il lavoro non mancava, i soldi erano stati accantonati con parsimonia, i ragazzi crescevano. Era giunto il momento di effettuare un investimento per assicurarsi una casa tutta loro.

La famiglia Arricò avrebbe potuto acquistare anche una villetta immersa nel verde, ma secondo Giacomo quelle casette nel bosco estrinsecavano un non so che di campagnolo, di già visto, di poco moderno. Voleva fare il salto di qualità. La sua vita si svolgeva all'aperto, e farsi la tana in quel nuovissimo palazzo al centro del paese non gli dispiaceva affatto. I prezzi, inoltre, erano molto più abbordabili.

Ma il tempo, nemico di chi lo combatte, lo aveva messo in mezzo.

La struttura, anno dopo anno, invecchiava come il corpo di un gigante triste. Si screpolava, si sporcava, si raggrinziva, si piegava. Le era venuta la scoliosi. Sembrava molto più piccola e squallida. I romeni, infine, le avevano dato il colpo di grazia. Dovevano essere stati loro, con l'alone di malaugurio che si portavano appresso, a completare la trasformazione di quel palazzo signorile in un luogo insicuro e malsano. Secondo i calcoli del signor Arricò, la loro presenza aveva fatto scendere il valore degli immobili del quaranta per cento.

Per fortuna, l'appartamento al suo interno resisteva nella sua configurazione semplice ma confortevole, schematica ma allegra. L'ingresso si divideva in un lungo corridoio che conduceva alla zona notte dove erano dislocate tre ampie camere da letto (una inutilizzata, dopo il trasferimento di Katia), e in un luminoso salotto di parquet laminato su cui poggiava una mobilia antica e moderna insieme. Le pareti rallegrate dai dipinti dello zio Enrico (diceva di essere un pittore e in un certo senso lo era. Solo che dipingeva tutto di bianco. Perché in realtà era un imbianchino. E le sue opere extra-lavorative si suddividevano in due grandi filoni: il sole che rideva e la luna che piangeva). Non erano opere d'arte ma riempivano l'abitato.

I luoghi hanno i colori degli occhi che li abitano.

Dopo il licenziamento, la depressione iniziò a divorarsi la casa dei signori Arricò.

L'ex cavatore ormai stava crollando.

Fabio aveva visto *Shining* e, dopo la visione del film, gli occhi di suo padre gli piacevano ancora meno.

Avevano cercato di portarlo dallo psicologo (non da uno psichiatra, perché la parola faceva paura anche a loro) ma il signor Arricò, si rifiutava. «Non sono depresso, sono solo incazzato!» Ma non era così semplice. La malattia del benessere, dispiegatasi nella forma di una semplice depressione maggiore reattiva, gli era scivolata fra le membra, silenziosa e viscida come un serpente boa. E aveva iniziato a stritolarlo.

Non per niente Giacomo Arricò aveva tentato il suicidio. Tante volte annunciato.

Una mattina, non si svegliava.

Respirava ma non si svegliava.

Quando la moglie lo strattonò per scuoterlo dal torpore si sentì rispondere con un drammatico filo di voce: «Ormai è tutto inutile… ghg… ho assunto una dose… ghghg… letale di psicofarmaci… di' ai ragazzi che li amo tanto».

Al Pronto Soccorso dell'Ospedale di Turano appurarono che il signor Arricò (entrato in corsia a vele spiegate con il fatidico «codice rosso») aveva ingurgitato tre gocce di Tavor e due Valeriane. Oltre alla camomilla, prima di dormire.

Il 21 dicembre 2010 sembrava un giorno come un altro. Il Natale luccicava dappertutto.

La famiglia Arricò si era data da fare e aveva allestito un mastodontico albero pieno di lucine rosso e oro che avrebbe potuto esporre in un qualunque salone della Rinascente.

Persino il mare, rallegrato dai nastri argentei gettati dalla luna, sembrava ricordarsi della festività.

Tutto procedeva per il meglio. C'era pure Katia, passata da casa per rastrellare qualche centinaio di euro al fine di sbarcare il lunario, perché da sola, in veste di avvocato, riusciva a malapena a pagarsi l'affitto dello studio.

Il signor Arricò si sentiva meglio. Come si dice in questi casi iniziava a intravedere la luce alla fine del tunnel. Lo pensava seriamente! Ma si sbagliava.

La verità è che non aveva più niente da sognare.

Si erano sfondati di spaghetti alle arselle ed erano morti su un ombrina gigante che la signora Giulia aveva cucinato con i peperoni, pomodorini pachino, zucchine e melanzane. Alla siciliana.

Giacomo crepò sul divano e chiuse gli occhi.

Quando li aprì si ritrovò con una brutta sorpresa.

Uno dei telecomandi era sparito. Quello della televisione.

Senza il telecomando della televisione non posso accendere un cazzo.

Fu il ragionamento immediato e semplice del capofamiglia.

Chi lo aveva trafugato?

Loro.

I romeni.

Zingari e ladri. Veri professionisti però. Non ti puoi distrarre un attimo...

Poi, nonostante la colonia di arselle che galleggiava nello stomaco, racimolò le idee e rifletté a lungo e con intensità. Concentrato come il genio degli scacchi Garri Kimovič Kasparov quando si accinge a sferrare la mossa dello scacco matto ai campionati mondiali.

Giunse a una conclusione.

No, stavolta i romeni non c'entrano (ma non ne era così sicuro).

Il signor Arricò era finalmente pronto per immergersi nella registrazione televisiva in cui Samantha Toser rilasciava un'intervista nella quale svelava i retroscena della sua nuova relazione. Relazione sentimentale che i maligni ritenevano responsabile di un suo ipotetico allontanamento dallo show business.

Imperdibile.

Non aspettava altro.

Si era messo pure il tavolino davanti per stendere le gambe.

Un pascià.

La sparizione del telecomando fu un elemento destabilizzante.

Iniziò a provare una strana sensazione.

Prigionia.

Attacco di panico.

Evoluzioni claustrofobiche.

Parte dell'etanolo contenuto nel vinello frizzantino che aveva bevuto a tavola stava risalendo dallo stomaco per andare a inibire il rilascio dei neurotrasmettitori del sistema nervoso centrale. Lenendo teoricamente proprio le vertigini dell'ansia.

In poche parole, lo scontro fra la componente stressogena insita nella struttura cognitiva, emotiva, comportamentale del signor Arricò e gli effetti immediati del vinello da tavola appena scolato scatenò una vera e propria battaglia all'interno dell'organismo.

Il risultato fu uno scatto collerico liberatorio che investì casa Arricò come uno di quei cicloni devastanti che mettono in ginocchio intere aree degli Stati Uniti d'America.

«Fate saltare fuori il telecomando oppure butto giù la casa!»

I restanti componenti della famiglia produssero il massimo sforzo mentale per ricordare dove avrebbe potuto essersi cacciato quel maledetto telecomando.

L'unico a cui venne in mente qualcosa, qualcosa di vago come un fazzolettino bianco sventolato nella nebbia, fu Fabio. Ma non ebbe il tempo di parlare perché suo padre gli aveva già torto un braccio e gli stava facendo fare il giro del salotto a calci nel sedere. Colpiva secco, potente e di collo come il grande goleador argentino Gabriel Omar Batistuta.

«Il tuo problema, Fabio, è che sei una mezza sega, non hai le palle e non le avrai mai! Per questo ti trattano tutti come una checca. Ma vedrai che a forza di calci nel culo te lo tiro fuori io un po' di coraggio, brutto cagasotto!»

Sbraitava come un ossesso, con gli occhi di fuori e la lingua viola. E non si capiva se il suo vero intento fosse quello di recuperare il telecomando o moralizzare l'intera famiglia.

«Basta, Giacomo! Sei diventato pazzo? Guarda che chiamo i carabinieri!» L'intervento della moglie fu la classica goccia che fece traboccare il vaso.

«Chi chiami te, stronza?! È colpa tua se siamo arrivati a questo punto...» Lasciò andare il braccio di Fabio che per una volta non piagnucolava, ma guardava il padre con un'espressione indecifrabile.

Fa che non faccia del male alla mamma.

Non gli importava di prenderle. E neanche che ne prendesse sua sorella. Due schiaffoni se li sarebbe meritati anche Katia, in fondo. Ma toccare la mamma no, la mamma non si tocca. Sarebbe stato qualcosa di osceno. Lo schianto vergognoso dell'asse famigliare. L'albero di Natale a pochi metri.

Il signor Arricò si scagliò sulla moglie, la prese per le braccia e iniziò a urlarle in faccia.

«Che cazzo credi che non me ne renda conto? Con quel tuo modo da mammina buona dei miei coglioni hai fatto due figli debosciati...»

Prese fiato per il gran finale: «Uno è un pappamolle che non diventerà mai un uomo, l'altra, e non credere che non me ne sia accorto sai, è una grandissima puttana, lo sanno tutti!»

Tremavano tutti e tre. Ma sapevano che quell'uomo solo e malato, in fondo, aveva ragione.

La signora Arricò non riusciva a parlare. Era terrorizzata. Eppure un incauto istinto, forse un ancestrale rigurgito materno a difesa della prole, la indusse ad alzare la mano per colpire suo marito. Un debole schiaffo impaurito.

Che fai mamma, sei impazzita?

Fabio non desiderò mai nella vita come in quel momento di essere un omone grande e grosso ma buono, una specie di angelo protettore dotato di forza bruta (perché alla fine non era forse quest'ultima, la forza bruta, il perno d'equilibrio all'interno di ogni relazione umana?). Oppure sarebbe bastato essere Chuck Norris. Sì, proprio lui. Perché non compariva come nei telefilm e rimetteva le cose a posto?

Giacomo Arricò vide nel gesto di sua moglie l'ennesima violazione della sua virilità ammaccata, il definitivo oscuramento della sua funzione paterna all'interno della tribù famigliare, la fine di un uomo che spaventava la famiglia perché aveva perso il suo miserabile telecomando (oppure semplicemente il suo «comando»).

Fu la rabbia verso la propria condizione disperata, più che ogni altra cosa, a serrare le palpebre e le labbra e le mani dell'uomo.

Tirò la testa indietro e colpì sua moglie sul naso facendola accasciare al suolo come un burattino a cui hanno appena tagliato i fili.

Se ne andò con il volto coperto dalle mani callose, lasciando sua moglie priva di sensi con una mezzaluna rossa al centro del naso.

Fabio e Katia corsero dalla mamma, la riportarono a uno stato di coscienza e constatarono che Giulia aveva il setto nasale fratturato.

Katia piangeva abbracciata alla mamma. Fabio si ricordò dove il padre aveva lasciato il suo telecomando. Nel ripostiglio accanto alla cucina. Lo aveva dimenticato lì mentre prendeva le viti per saldare la maniglia di una porta. Non poteva sbagliarsi. Lo sguardo di Fabio si soffermò un paio di secondi sulla sua racchetta da ping-pong sopra il tavolo. Era un po' impolverata e gli ricordava l'estate. Con quella racchettina magica non sbagliava mai un colpo... Doveva solo attendere.

Il padre prese a camminare proprio verso il ripostiglio. La testa ciondolava in basso, come se il collo avesse deciso di non collaborare più.

Il signor Arricò entrò nella stanzetta e non accese la luce.

Cercò quasi a tastoni fra i vari ripiani e alla fine lo trovò. Il telecomando.

Proprio in quel momento sentì una fitta al naso. Un colpo violento e leggero al tempo stesso.

Qualcosa doveva essergli caduto addosso, eppure era tutto immobile. Forse il colpo, silenzioso e morbido come una pallina di gomma piuma scagliata contro il muro, era arrivato dal basso. Ma come era possibile?

Si toccò il naso e sentì un liquido denso fra le dita. Era sangue. Doveva aver preso una bella botta, di taglio, anche se non aveva nulla di rotto.

Giacomo Arricò non avrebbe mai saputo cosa o chi lo avesse colpito in quello stanzino buio dove Fabio si nascondeva da piccolo e lui faceva finta di non vederlo. Non sentiva dolore al naso, non gli bruciava. Gli bruciavano gli occhi. Erano almeno quarant'anni che non piangeva. Non disse una parola, mentre le tracce delle lacrime si incrociavano con le trame sfumate del sangue. Rimase fermo al buio per qualche minuto, perché uscire da là dentro gli sembrava la cosa più difficile del mondo. Poi trovò il coraggio o il suo contrario, e uscì. Guardò la sua famiglia riunita intorno alla mamma. Erano abbracciati e piangevano tutti. Tutti tranne Fabio, che lo osservava con quello sguardo senza perdono. Faceva paura quello sguardo. E aveva un solo significato.

Io non sarò come voi.

37

Dov'è Caterina?

È tutto il pomeriggio che Fabio la cerca.

Neanche al bar del paese l'hanno vista. Seduti ai tavolini con tre granite arancioni davanti, i fratelli Bruga e quel ritardato di Marzio Ciardini poltrivano assediati dall'afa.

Aveva persino provato a chiedere ai tre nullafacenti, ma avevano strabuzzato gli occhi come se stesse cercando una forca dove andarsi a impiccare.

«Ma che ti frega della Valenti, sei diventato scemo? Quella è la più stronza di tutte», aveva detto il Ciardini scuotendo la testa.

Ma avrebbe anche potuto chiedere se avessero visto la Madonna e la risposta sarebbe stata la stessa, perché secondo Fabio, a quelli non interessavano le femmine e tantomeno la Madonna. Erano uno sperpero energetico. Tempo sottratto ad attività più nobili e maschie.

Non rimane che riprovare in spiaggia.

Male che vada mi piazzo sugli scogli e penso a tutta la fortuna che ho avuto ieri sera.

È il suo rifugio, il luogo dove si sente più protetto. Eppure è in mezzo al mare, senza ripari. Ci va quando gli accade qualcosa di bello o di brutto. Proprio in fondo a quella specie di piccolo molo fatto di pietre in cui acqua e vento sembrano prendersi a schiaffi prima di diventare la stessa cosa.

Accelera con il suo scooter fra le stradine interne, tiene il casco infilato a un braccio e, come il grande campione Alberto Tomba, si piega in slalom fra le biciclette dei villeggianti, i rami dei rovi che arrivano quasi a metà della carreggiata, le auto radenti alle reti di recinzione.

Un attimo ed è già al mare.

Ma non c'è nessuno, perché sono le sette e mezzo passate.

Un sole rosso, l'unico elemento naturale che sembra non volere abbandonare il campo, sta per tuffarsi in mare.

Va bene, vado sugli scogli e passo un po' di tempo. Poi telefono a qualcuno per sentire di stasera.

Non cammina neanche sulla passerella di legno, taglia sulla sabbia e ogni passo diviene meno deciso.

Attilio Giacomazzi, il bagnino più ringalluzzito della costa, caccia un urlo per fare capire a Fabio che aveva già rifatto la spiaggia, ma ormai è tardi.

C'è qualcuno sugli scogli, appollaiato sull'ultima pietra prima del mare, proprio dove sta in genere lui.

Lo sa benissimo chi è.

Una fitta allo stomaco troppo bruciante per non riconoscerla. Eccitazione e voglia di smammarsela insieme.

Sarebbe il momento giusto. Soli soletti, senza interferenze esterne negative, teneri come marmotte, addolciti dal tramonto. Tutto sembra complottare in favore del nostro Fabio. Ma, sostiene Arricò, è proprio quando le cose sembrano più facili che te lo buttano del sedere. E allora bisogna telare, perché la disfatta è dietro l'angolo.

Ricordati di Carnevale.

I tre giorni del Condor.

Per Fabio Arricò il periodo di Carnevale è risultato intenso e rocambolesco come il celebre film di spionaggio di Sydney Pollack. Ma più doloroso.

Quella sera nel rione Darsena di Viareggio c'era tutta la comitiva. Amici di Lido Di Magra, compagni di classe e delle altre sezioni del liceo, cani sciolti. Tutti in maschera. Tutti più o meno ubriachi.

Fabio conosceva ognuno di loro. Solamente non si aspettava che ci fosse il gruppetto della terza B. Era gente che se la tirava, che non veniva alle feste, che non ti salutava durante l'intervallo. D'altra parte le quattro sezioni del liceo Ettore Majorana sembrano rispecchiare alcuni settori dell'umanità, sociale e geografica.

La A è la sezione più eterogena, dedicata agli studenti non dotati di una precisa connotazione distintiva.

La B è la sezione dei fighetti e si studia Francese come lingua straniera.

La C è la sezione più difficile e chiunque, per diritto ereditario (discendente in linea retta o collaterale) o per iella, è costretto a frequentarla, prende coscienza di un concetto semplice e chiaro fin dal primo giorno di scuola: saranno cinque anni di merda.

La D, infine, è la sezione in cui confluiscono gli studenti che provengono dai paesini del lungomare Apuano come Poveromo, Ronchi, Bondano, Partaccia e, appunto, Lido di Magra. Qui si studia poco. I professori hanno come la percezione che, forse per motivi antropologici, sia inutile chiedere troppo a questa tipologia di giovani.

Doveva proprio essere una serata strana perché un simile mischione di categorie scolastiche non si era mai visto.

Piovigginava.

Una pioggerellina gelida e delicata che riuscivi a intravedere quando tagliava obliqua il fascio di luce dei lampioni.

Il mare gorgogliava nella sua enorme ombra scura, mentre dalla parte opposta qualche lucina lontana sparsa per l'orizzonte segnalava che da quelle parti incombevano le Alpi Apuane.

Eppure, in un angolo di questo livido scenario, c'erano i fuochi d'artificio.

Migliaia di persone festeggiavano il Carnevale di Viareggio: bar aperti, ristoranti e locali zeppi di giovani, bicchieri di plastica spezzettati sul cemento, musica da ogni dove, maschere.

Un trenino di ragazzi lungo una ventina di metri fendeva la folla cantando *Disco Samba*, mentre il dj Moreno Zamuner, in forza allo *Xanax Disco Bar*, intratteneva un'ala di pubblico con *il Ballo del Qua Qua*. Un gruppo di tedeschi vomitava sulle ruote di una Audi A3.

Fabio Arricò, lesso come un capitone, non riusciva a staccare gli occhi da quel gruppo di ragazze della terza B. Così mascherate, distingueva solamente Federica Trevisano, vestita da Ape Maia. Non riconosceva Caterina Valenti.

A quel tempo gli era abbastanza indifferente.

* * *

La conosceva dalle elementari, quando era una bambina carina ma cicciotta. Portava sempre delle salopette di jeans che la facevano sembrare ancora più goffa. Il viso mai pulito: graffiato oppure impiastricciato di residui alimentari. La bocca sbavata sembrava grande il doppio. Si ricordava che un giorno le aveva tirato la coda perché la piccola non gli voleva cedere un Buondì e lei aveva rifilato un ultimo disperato morso alla merendina e gliela aveva tirata in faccia. *Chissà se se lo ricorda...* Non era nella stessa classe ma trotterellava sempre intorno. Come al liceo, dove però i rapporti di forza erano drasticamente mutati. Caterina Valenti era considerata una strafiga e tutta la scuola le moriva dietro. Soprattutto ci provavano i ragazzi più grandi, i bulletti, gli organizzatori delle occupazioni, chiunque insomma ritenesse di avere le carte in regola. Ma questa gente non andava lontano. Caterina era una che si faceva i fatti suoi e non subiva il fascino degli uomini spavaldi. Tutt'altro. Naturalmente non calcolava nemmeno Fabio, e lui faceva altrettanto. Arricò fluttuava in una fascia mediana che non prevedeva colpi a sorpresa. Caterina era assolutamente irraggiungibile, inutile farsi strane idee. E Fabio non aveva certo lo spirito del kamikaze. Come se Renato Pozzetto ci avesse provato con Monica Bellucci!

Però ogni tanto Monica Bellucci lo guardava. Forse era solo un'impressione. Magari si ricordava della storia fra Katia e il fratello (Fabio aveva realizzato da poco che la Valenti avesse un fratello), ma Fabietto era sicuro che ogni tanto e con discrezione lo guardasse.

Per togliersi ogni dubbio, un giorno autunnale, durante l'intervallo, aveva richiesto l'intervento di Lucrezia Antoniazzi. Quest'ultima, prossima ad affrontare la Maturità, era considerata la massima conoscitrice delle tresche liceali, avendo svezzato un numero indefinito di ragazzetti infoiati. Una nave scuola affidabile e genuina. Come si vociferava nei corridoi dell'Ettore Majorana, l'Antoniazzi era una cessa, ma lo menava bene.

«Senti Lucrezia, mi fido solo di te... mi controlli se la Valenti mi guarda?»

Lucrezia si era messa dietro Fabio e, mentre ci parlava, aveva osservato oltre le sue spalle, professionale come Pippo Baudo.

«Un pochino ti guarda, in effetti... ma non tanto. Il fatto è che poi ride con le amiche. Secondo me ti prende per il culo.»

Fabio Arricò ci aveva messo una pietra sopra.

Eppure, quella sera al Carnevale di Viareggio era curioso come una scimmia.

Non l'aveva mai vista in un ambiente diverso da quello scolastico, istituzionale.

Alla fine la individuò.

Aveva un casco da minatore arancione, un paio di occhiali para-schegge con montatura trasparente, una corda legata alla cintura con dei ganci di metallo che le penzolava sui jeans strappati e dei guanti bianchi da lavoro. Rideva con le amiche come una scema.

Era vestita da minatore. Oppure da cavatore, volendo.

Già, quel bastardo di suo padre ha pure licenziato il mio... Per fortuna Katia gli ha fatto un mazzo così al fratello!

Non l'aveva riconosciuta perché era travestita da uomo.

Ma aveva le labbra spalmate di un rossetto rosso acceso. Quel particolare, in mezzo alla rudezza dell'abbigliamento, la irradiava di femminilità.

Fabio, che con una mano teneva un Gin Tonic e con l'altra il suo panino preferito (prosciutto crudo, scamorza, crema di funghi e zucchine trifolate), continuava a fissarla senza un reale perché.

Dopo un minuto buono, Caterina se ne rese conto.

Uno dei sette nani, probabilmente Brontolo, la stava guardando.

(Fabio e i suoi amici si erano riuniti al *Bar Centrale*. Dopo un pomeriggio passato a discutere sul travestimento, la scelta era caduta sui famosi Sette Nani, preferiti all'ultimo tuffo ai Tre Piccoli Porcellini. I ragazzi, però, erano otto. A Massimo Chini, biondo, alto e con gli occhi chiari era stato comunicato: «Stasera sarai Cenerentola, anzi Cenerentolo».

«Non Biancaneve?»

«Insomma, fai te.»)

Caterina guardò meglio e lo riconobbe. Fabio Arricò sembrava in catalessi, dormiva in piedi.

Più che Brontolo, Pisolo. Sì, Pisolo. Deve essere senz'altro lui.

Lo fissò dritto negli occhi. Era uno sguardo di scherno, ma troppo prolungato e netto per essere un gioco. C'era qualcosa di molto simile al rancore (o addirittura all'odio) in quegli occhi impiastricciati di rimmel.

Fabietto distolse lo sguardo. E si voltò per trovare i suoi compari. Non erano molto distanti. Dietro di lui, le mura del disco bar.

Quando lanciò un'occhiata alla ragazza, si accorse che stava venendo verso di lui, insieme alle stronzette delle sue amiche. Ridacchiavano e parlottavano, sfrontate, impetuose, sicurissime di loro stesse.

Arricò la vedeva sempre più buia.

L'esercito di Sauron contro gli Aristogatti.

Poi provò a ragionare su una possibilità logica ma remota.

Non stanno venendo da me, stanno venendo verso di me.

Se ne andranno in qualche bar, rilassati Fabio!

Però Caterina continuava a guardarlo con occhi irridenti, indiscutibilmente piantati nei suoi. Non lo perdeva di vista mentre la folla si chiudeva, si mischiava fino a fondersi, si apriva, si disfaceva, si serrava ancora.

Meglio battersela, non si sa mai.

Ci vuole un secondo per essere messo nel mezzo da quelle decerebrate. E poi chissà cosa vanno a raccontare. Mi sputtanano a vita. Vai, Fabio, vai...

No.

Non vai da nessuna parte.

Una curiosità rabbiosa, quasi feroce lo ghermì. Doveva assolutamente sapere cosa voleva da lui quella viziatella strafottente di Caterina Valenti! Perché nel suo sguardo c'era una sicurezza esagerata che istigava alla sottomissione, e un sacco di altre cose date per scontate.

Forza, è solo una ragazza come te.

Si tolse la barba da Nano e se la infilò dentro ai jeans.

Lanciò il panino in un cestino, tirò per la giacca Luca Cattabrini occupato a litigare con un viareggino che gli tirava i baffi ritenuti finti, e avvicinò Massimo Chini intento a prendere l'ennesimo rimbalzo da Elisa Barbieri, una biondina esaltata della seconda A, travestita da Loredana Bertè.

Mise la squadra a cuneo, per chiudere gli spazi.

Cosa cazzo potrai mai volere da me?

Il cemento bagnato luccicava di azzurro e di mille altri colori.

Tirò su gli occhi, stavolta senza tentennamenti.

Caterina era a meno di un metro e sorrideva. Sotto il casco imperlato di goccioline scivolose, gli occhi scintillavano ironici. Cercò di tornare immediatamente seria, strizzando le labbra fino a mordersele.

«Allora Arricò... perché mi guardi sempre?» Aveva la voce bassa, leggermente disfonica. In contrasto con il viso dolce, con i lineamenti da bambina che ricordava Fabio. Lo guardava serio, però. Fece un cenno alle sue amiche che le avrebbe raggiunte, avvicinandosi sempre di più.

Mise uno stivale in una pozza, schizzandolo appena sul fondo dei jeans.

La visiera del suo casco strusciava a tratti sulla fronte di Fabio.

E adesso che le racconto?

Lo aveva colto di sorpresa. Era un attacco troppo diretto. Un faccia a faccia inatteso e pericoloso. Arricò si sentiva al volante di una vecchia Cinquecento in procinto di fare un frontale con un autotreno.

Ha pure mandato via le sue amiche. Vuole proprio me e non è la solita ragazzina smorfiosa. Forse ha bevuto.

«Ti guardavo perché non avevo mai visto un minatore che portasse gli stivali coi tacchi alti.»

Grande. Semplicemente grande. E questa come cazzo ti è venuta, Fabio? Roba da film...

Il nostro giovane battutista si sarebbe stretto le mani per congratularsi con se stesso.

Caterina gli sorrise, quasi senza volerlo. Un baffo di rossetto sui denti bianchi. Ci potevi sprofondare in quel sorriso. La lingua era rossa e gonfia, leggermente spaccata al centro. Umida.

Pensava che Fabio Arricò fosse un tipo senza risorse, un inetto totale confinato nell'ombra da quella strega di sua sorella, un morto di seghe. La prognosi errata le ingenerava una certa insofferenza. Le moltiplicava strani desideri distruttivi.

«Se è per questo mi guardi anche a scuola...» fece Caterina con una smorfia provata e riprovata allo specchio mille volte.

«E tu come fai a saperlo?» ribatté il ragazzo passando con una rapida occhiata dalle labbra ai begli occhi della sua strana rivale.

Come dire, se lo sai, significa che mi guardi pure tu.

La voce di Fabio era guidata da una forza divina con derivazioni tantriche capace di fare accoppiare tranquillamente un ratto con la principessa Sissi, l'incredibile Hulk con la Fata turchina, Renato Pozzetto con Monica Bellucci. Appunto.

Fu quell'ultima domanda provocatoria a cambiare le sorti della nostra storia.

Caterina decise di prendersi il cuore di Fabio, appenderlo al muro e giocarci a freccette. Decise che doveva soffrire finché era giusto che soffrisse. Decise di spezzargli la vita, suddividendola in due grandi archi temporali:

a.C. avanti Caterina: un periodo fisiologicamente contraddittorio, in cui il giovane si limitava a fronteggiare gli aspri conflitti dell'età nei vari ambiti della vita;

d.C. dopo Caterina: un'era di fuoco in cui Fabietto sarebbe bruciato di estasi lancinanti, seguite da abissi di tristezza. Un'epoca in cui il giovane avrebbe compreso che prendere quattro a un'interrogazione di latino, sbagliare il rigore decisivo nella finale del torneo di calcio del liceo, finire in zona retrocessione nella classifica dei più carini della classe stilata dall'intraprendente Francesca Zecchini sarebbe stato infinitamente più gratificante di uno sguardo non ricambiato da parte della sua bella.

Se Caterina non lo avesse visto così reattivo, vigile, competitivo lo avrebbe risparmiato mettendolo alle corde con quella domanda che non concedeva vie di fuga. E, dimostrata la sua superiorità indiscutibile, se ne sarebbe andata.

Invece Fabio si era rivelato un ragazzino con cui potersi divertire, meritevole di subire la giusta punizione senza tanti riguardi.

Caterina si tirò su un po' il casco da cavatore, quel tanto per appoggiare la visiera sopra il cappello rosso di Fabio e potersi avvicinare ancora.

Lo guardò senza pietà. Ma lo fece con i suoi occhi color miele, gli zigomi morbidi e le labbra burrose semichiuse che lasciavano intravedere il bianco dei denti.

«A scuola ti guardo perché non mi stacchi gli occhi di dosso... e perché non sei così male come dicono le mie amiche. E perché... lasciamo perdere.»

La voce di Caterina si smorzò, sospirando di rabbia dissimulata. Proprio nel momento in cui i suoi occhi sfolgoravano sulle ultime incertezze di Fabio.

E adesso che succede?

La bacio.

La pupa ci sta. Non so perché ma ci sta.

È ubriaca, oppure mi prende in giro.

Speriamo.

Speriamo che sia ubriaca e che mi prenda in giro.

Basta che ci stia.

Aveva la bocca a pochi centimetri e se faceva un passo poteva appiccicare le labbra alle sue.

Si prese pure il lusso di buttare lì una domanda stupida. E poi non era proprio stupida, era intima. Avrebbe potuto segnare un legame, fragile e tenace come la memoria.

«Te lo ricordi quando mi hai tirato il Buondì in faccia, vero?»

Lei lo guardò un po' stupita, come se non avesse capito, e distolse lo sguardo.

Fabio intuì che stava perdendo tempo.

La prese per la nuca, appena sotto il casco.

Le labbra dolci, cremose. L'alito caldo. La lingua carnosa. La

172

saliva. La pioggerellina. Le luci giallognole che diventavano blu e poi arancioni.

In mezzo alla folla miope e disattenta, un minatore si stava baciando con uno dei sette nani.

Fu il colpo di grazia.

Se non si era già innamorato, c'eravamo quasi.

Una canzone che Fabio non conosceva (*More Than This* di Bryan Ferry), melodia d'atmosfera, fuggì dalla porta di un locale e soffiò su quel bacio la polvere dei ricordi. Forse trasformò quel bacio stesso in un ricordo mentre si stava ancora consumando.

Poi le accarezzò le guance, la prese per le spalle, la strinse a sé. Piano però, come si stringono le cose che non sono tue. Lei lo sbatté contro il muro, si appoggiò con tutto il peso e affondò di più la lingua (come avrebbe fatto un vero cavatore). Lo invase di saliva, quasi a spregio.

Caterina non sapeva cosa le si stava schiantando nella mente, era una vibrazione sconosciuta e pericolosa. Pulsava di rabbia, di vendetta, ma anche di una strana e ingiusta tenerezza, troppo intensa e spontanea per esser il bacio più calcolato della sua vita. Si presero le mani, le dita si intrecciavano, si stringevano. Si sentiva sbatacchiata dalle sue stesse palpitazioni. Doveva riprendere urgentemente il dominio di sé.

Riguardo al nostro incredulo amico, invece, Caterina Valenti era diventata la sua ragazza a tutti gli effetti.

E se avesse capito le parole della canzone, sarebbe stato senz'altro d'accordo con il vecchio Bryan.

More than this, there is nothing.

Dopo essersi spupazzati un po', Caterina, con le labbra ricoperte da un velo umido che le apparteneva solo in parte, comunicò che doveva tornare nel suo gruppo, lo fece con un mega sorriso e Fabio quasi scoppiò. Sotto le lunghissime ciglia Caterina aveva gli occhi zuccherosi ma incrinati. Fabio notò anche l'ovale perfetto, il naso femminile e il rossetto sbavato. Stava benissimo con quel casco da minatore. Caterina era splendente, ancora più radiosa perché sgualcita. Eppure non ebbe la forza di trattenerla a sé, di fermarla e dirle: scusa Caterina non mi è mai piaciuta una ragazza quanto te mi hai travolto non so cosa mi è successo in questi minuti vorrei stare con te oggi domani sempre cosa vuoi da bere che te lo porto. E invece Fabio sbagliò.

Esistono dei momenti senza nome in cui esplode tutto, una relazione, una storia d'amore, una vita addirittura. E questi momenti a volte non ritornano.

Ci avrebbe pensato molto in futuro, agli occhi di Caterina scintillanti ma incrinati, quasi spezzati, al rossetto sbavato in un angolo della bocca, alla pioggerellina illuminata dalle luci della sera. Fabio non si rese conto di tutto questo e fuggì dai suoi amici per diffondere la notizia. Altrimenti moriva.

Per una mezz'ora buona fu felicità allo stato puro. Partecipò a tutti i trenini che si stavano formando, fece le mossette del *Gioca Jouer* insieme ai discepoli del dj dello *Xanax*, cantò a squarciagola *Montagne verdi*, mitico pezzo tramandato di generazione in generazione. E, soprattutto, comprò per dieci euro un anello a forma di cuore che si illuminava se giravi la piccola manovella di lato.

Grande idea, con questo regalino si innamora.

Doveva darglielo immediatamente. Aveva già pronta la battuta giusta. Avrebbe guadagnato un milione di punti.

Poi Luca, lo prese per una spalla.

«Scusa ma… quella non è la tua nuova fidanzata?»

La sfumatura beffarda, intrinseca nella costruzione stessa della domanda, fece fumare Fabietto dal naso come un toro inferocito.

Poi la doccia gelata dopo un'abboffata di fagioli con le cotiche.

Sotto un gazebo fedifrago, a due passi di distanza, Caterina era al collo di uno dei suoi amici fighetti. Parlavano vicini vicini, guancia a guancia, si dicevano brevi frasi nell'orecchio e, se la vista non fregava Arricò, ogni tanto si davano i bacini sulle guance.

Quelle guance sono mie.

Cazzo fa?

Qualcuno mi spieghi cosa cazzo sta facendo!

174

Non è possibile, non si può essere così stronze...
Perché?
Fantascienza. Questa è fantascienza. Adesso arriva Capitan
Harlock e mi dice che sono un cornuto e che me ne devo tornare
a casa.

Fabio non aveva visto Caterina cedere ad atteggiamenti compromettenti in dieci anni che la conosceva.

Il fatto che lei avesse scelto proprio lui lo riempiva di un orgoglio sconfinato.

Si sentiva una grande star di Hollywood, un vero playboy, invidiato dagli altri maschi, tipo Rossano Rubicondi, quello che si era sposato la ricchissima americana Ivana Trump. Gliel'aveva segnalato suo padre, secondo il quale era un autentico nullatenente... ma si vedeva che sotto sotto lo invidiava.

Caterina Valenti tutta per sé... cos'era? Un sogno abbacinante e truffaldino?

Non ci avrebbe mai sperato, era contro le leggi della fisica.

Infatti in pochi minuti il vento era cambiato.

Rossano Rubicondi si preparava a rientrare mestamente nei panni di uno dei Sette Nani più scornati di sempre.

Perché la sua nuova fidanzata faceva così spudoratamente la scema proprio in quella magica serata?

Lo scacco matto arrivò nel giro di poco.

Fabio Arricò, felice come uno scimpanzé abbracciato a un cactus, fu costretto a prendere atto della nuova situazione.

Stanno limonando.
Con la lingua.
Certo, se stanno limonando, la lingua c'è per forza.
Davanti a me.
Davanti ai miei amici che anche se fanno i cupi se la stanno
ridendo alla grande (per fortuna non c'è Samuele!).
Davanti a tutti.

Alcune coppie, deragliate dal consuetudinario binario sessuale, decidono di mischiare un po' le carte e introdurre altri soggetti nel gioco erotico. In genere è l'uomo, confuso in una deriva voyeuristica intercalata da pulsioni sadomaso, a richiedere l'inter-

175

vento di un altro maschio. In modo da osservare la propria compagna posseduta da uno sconosciuto. La cosa eccita il fidanzato guardone come un mandrillo. E sono tutti contenti. È contenta lei che può scoparsi un altro amante senza tante fisime, è contento l'estraneo perché si fotte una donna con poca fatica (pure in faccia al fidanzato!) e, soprattutto, è contento il nostro strano amico. Quest'ultimo viene definito nell'ambiente «il lui contemplativo».

Fabio aveva sentito questa storia e ne era rimasto molto impressionato.

Suo malgrado, era stato ridotto a «il lui contemplativo».

E anche se non lo era, ci si sentiva.

Non era mai stato così umiliato in vita sua. Ingannato, sfondato, ridotto a niente.

Gli veniva da piangere, per la delusione soprattutto.

Le guance a bollore e gli occhi che pizzicavano come se un bastardo sadico li avesse spruzzati col peperoncino calabro.

Bastonato e impotente.

Cosa poteva fare?

Pensò a come avrebbe reagito a un affronto simile il grande combattente Steven Seagal.

Sei uno stupido, Fabio. Quello non ci si sarebbe mai trovato in una situazione così!

E allora cosa combino?

Nulla.

Faccio finta di nulla.

Non le do soddisfazione.

Dignitoso e aperto di vedute.

Reggo la parte di quello che se ne fotte.

Anzi, faccio proprio come lei...

(Fosse facile!)

Cosa avrebbe dato Fabio Arricò perché nei paraggi ci fosse stata l'imputrescibile nave scuola Lucrezia Antoniazzi per slinguarsela alla faccia di quella traditrice!

Stava sognando. Doveva concentrarsi sulle reali vie di fuga.

Calma e sangue freddo.

Si rimise la barba da Nano e tirò giù il cappello rosso con la papalina bianca fino agli occhi.

Proprio mentre era in atto l'ulteriore camuffamento, Caterina gli sfilò davanti insieme all'elegantone. Mano nella mano. Complici come Raimondo Vianello e Sandra Mondaini. Sperò che Caterina non lo beccasse mentre li vedeva passare. Ma la più bella del reame, ahimè, girò la testa quel tanto, lo sminuzzò da sopra la spalla con uno sguardo seghettato come un trincetto e soffiò qualcosa che solo Fabio poteva capire.

«Comunque non era un Buondì, era un Tegolino.»

Il periodo seguente fu la rivisitazione di uno schema fisso, la dimostrazione di un assioma, la palingenesi di un meccanismo tipico ma perverso, definito dagli esperti del settore nei modi più disparati: «teoria dell'inseguimento», «spirale di Macbeth», «trappola del desiderio», e chi più ne ha più ne metta.

Fatto sta che Fabio Arricò si prese la scuffia più colossale della sua vita e, pur simulando totale indifferenza, stette male oltre ogni immaginazione.

D'altra parte Caterina e le sue amiche avevano preso a uscire con la compagnia di Samuele (il capetto si sollazzava con Federica Trevisano) e, di riflesso, con il gruppo a cui faceva capo il nostro giovane Werther.

La ragazza non doveva neanche impegnarsi più di tanto. Lo calcolava un giorno sì e un giorno no, ci parlava per ore intere e all'improvviso lo ignorava, lo trattava come l'unico uomo sulla faccia della terra per poi fare l'oca con tutti. Ora affettuosa, ora scostante. Calda e fredda, da impazzire. Non si era mai più fatta baciare. E quell'unico bacio era diventato per Fabio un ricordo straziante perché irripetibile. Si ammazzava di nostalgia. Moriva di domande senza risposta che gli giravano in testa pesanti come bilie di ferro.

Fabio le era sempre appresso, le faceva domande a raffica, le dava i baci sulle guance appena poteva. Lei un po' rideva e un po' ricambiava con delle smorfie, per fargli capire che la stava

177

annoiando. A vederli da fuori si sarebbe potuto pensare che fossero amici. Perché anche la bella Caterina lo cercava, lo sfotteva, parlava insieme a lui degli altri del gruppo.

Un giorno fecero un gioco.

Erano a un tavolino del *Bar Centrale* e si stavano annoiando. Tutti tranne Fabio, che non poteva annoiarsi quando c'era Caterina. L'idea venne a Luca Cattabrini, che lo aveva visto fare a suo fratello maggiore con alcune squinzie. Sembravano divertirsi un mondo.

«Ragazzi, facciamo un gioco. Siccome siamo in numero pari, ci facciamo le dichiarazioni d'amore a vicenda. Ognuno può scegliere a chi farla. Per scherzo, si intende.»

Non era tanto uno scherzo. Era un giochetto strano, capace di creare situazioni intense e imbarazzanti. Perché alla fine dovevi pur fare una scelta e dire cose che non pensavi. E se invece le pensavi, allora eri davvero rovinato perché il gioco si trasformava in una pubblica tortura.

Il Cattabrini sta sempre zitto, che idea di merda gli è venuta?

Fabio Arricò non era per nulla tranquillo.

Anche la composizione del tavolo lo lasciava molto perplesso. Che ci faceva Samuele Bardi con loro? Le tre amiche di Caterina non erano altro che la perfida Federica e le sorelle Tessari, dette le «sorelle megafono». Incubo di tutti i ragazzi della zona per la loro genialità nello sputtanarti con il mondo intero alla prima debolezza.

Prese la parola Samuele, che si dichiarò inevitabilmente a Federica. Federica restituì la gentilezza, sebbene con diverso trasporto.

Fabio stava perdendo la testa. Cosa avrebbe detto Caterina? E a chi?

Lui si sarebbe dichiarato a una delle due arpie.

Le sorelle Tessari fecero *outing* fra di loro in modo piuttosto spigliato, mentre Luca sostenne di essersi innamorato di Caterina. Come anche Massimo Chini.

Fu la volta della ragazza.

Panico.

Caterina guardò negli occhi Samuele che vibrò letteralmente, poi sorrise a Luca e a Massimo Chini. Infine appoggiò lo sguardo su Fabietto, tremebondo.

«Non posso fare altro che dichiarami con chi già mi ama.» *Eccola, la figura di merda. Cattabrini sei un bastardo, questa me la paghi.*

I ragazzi ridacchiavano come se la frase di Caterina fosse assolutamente seria.

«Insomma, Fabietto, non puoi vivere senza di me, questo lo vedono tutti...» Metterlo allo scoperto per poi sotterrarlo.

Altre risatine.

«E io sono sempre stata portata a volere bene a chi ne vuole a me. E tu me ne vuoi davvero tanto. Quindi, in mancanza di meglio, ti amo Fabietto.»

Ridevano tutti, soprattutto Samuele e Federica.

Stronza stronza stronza...

Caterina ridacchiò, guardandolo con i suoi occhi dolci. Poi gli soffiò un bacio che era un graffio bruciante.

Arricò si sentì smascherato, deriso, sconfitto per l'ennesima volta, incapace di reagire.

La odiò con tutto se stesso, in un silenzio infranto da una cascata di pensieri disordinati come schizzi di vernice. La sua bellezza sfolgorante lo sfondava. Sfondava ogni sua barricata difensiva. Era bella per tutti evidentemente, ma per lui in particolare. Capita una volta su centomila di avere di fronte una donna esattamente come la vorresti! E poi non era solamente bella, Caterina era una ragazza brillante, attenta. Non c'entrava niente con le ragazzine fatte a stampo che conosceva Fabio.

Caterina non si fermava un attimo prima.

Sfoggiava termini calzanti, anche ricercati. Oppure scadeva in espressioni volgari, come per mettersi sullo stesso piano degli altri, per sentirsi uguale agli altri. Appartenente alla stessa specie animale. Poteva soggiogarlo anche con le sole parole, taglienti o smielate.

Le parole... per Caterina le cose, i fatti, certi pensieri era come se non esistessero se non venivano suggellati dalle parole.

Fabio era paralizzato e ferito dalla propria incapacità di non essere all'altezza.

Continuava a succhiare dalla cannuccia una Coca-Cola finita.

Faceva un rumore ridicolo ma intanto si fingeva impegnato.

Per fortuna nessuno si ricordò che mancava solamente la sua «dichiarazione d'amore».

A chi l'avrebbe fatta, poveretto?

Persino la mamma di Fabio, a casa, si accorse che il figlio stava fluttuando in un'altra galassia.

E chiese a Katia di parlarci un po'.

La sorella maggiore fu chiara, pragmatica e incisiva.

Sicura e inappellabile come la dottoressa Abruzzone.

Utilizzò il fisico e la mente.

Si sedette sul letto, dove era rincantucciato Fabio con le gambe incrociate.

«Non mi dire che non c'entra una ragazza perché non ci credo. Non voglio nemmeno sapere chi è, tanto va sempre allo stesso modo. Ascoltami: tutto quello che ti viene spontaneo fare, non lo fare. La seduzione è un giochetto semplice, ma ha le sue regole. Il cuore non c'entra niente, anzi. È un ostacolo al raggiungimento dell'obiettivo, è una voce che ti incasina le idee, è la spinta che ti fa finire nel precipizio con il sorriso stampato sulla faccia come un ebete. Il cuore è il nemico numero uno. Devi nasconderlo, come quando hai l'asso di briscola. Mica lo fai vedere l'asso, giusto? C'è, certo che c'è, e arriverà il momento in cui dovrai metterlo sul tavolo. Ma all'inizio devi lasciarlo a casa. Mi hai mai visto perdere le staffe per un ragazzo? Mai. Eppure anche io ho avuto la tua età. Quello che devi fare, anzi quello che non devi fare è permetterle di percepire la sua indispensabilità. Fai finta di niente, divertiti con gli amici, fai vedere che la tua felicità è indipendente da lei. Ai miei tempi era più difficile, ma ora c'è Facebook ed è cambiato tutto. Prima dovevi farti il mazzo (sto parlando da uomo, non ti confondere!), dimostrare di essere un tipo capace di rimorchiare un sacco di gallinelle, essere sempre pronto a parlare vis-à-vis, faccia a faccia. E il faccia a faccia è un vero casino, lo so! Oggi basta che metti una foto figa su Fb e se una ventina di ragazzine ti mettono 'Mi piace' è fatta. Conta più un post da galletto con cento 'Like' che esserti fatto tutta la scuola. Non devi piacere a lei. Devi piacere alle oche delle sue amiche. Perché se hai la sfiga di essere giudicato un tipo *out*, sei finito. Con te non ci verrà mai nessuna, tantomeno lei! Ti sembra un discorso superficiale? Lo so, ma è così. Se la tipa attacca bottone in chat, non rispondere. Capito? Non rispondere. Non lo fare. Non lo devi fare. Se riesci a tenere a bada le tue ditina malefiche, il silenzio vale più di dieci dichiarazioni d'amore recitando i sonetti di Shakespeare. E questo vale anche per le telefonate. Ti telefonerà almeno una volta? Una dico? Bene, non rispondere al primo squillo, tappati le orecchie e lascialo suonare.»

Qui improvvisò una breve pausa a effetto, guardando dritto negli occhi il fratellino come se lo volesse fucilare.

«E se hai già fatto la cazzata di farle capire che sei cotto, e so che lo hai fatto, nessun problema. Davvero, nessun problema. Si può sempre rimediare. Perché non puoi resistere a chi ti considera irresistibile. Questo lo ha detto Oscar Wilde. Ma è vero a metà. Era un poeta senz'altro acuto ma un po' evanescente, che significa poco ancorato alla realtà. Se ti sei già esposto, pazienza. Però devi farla breve. Da un giorno all'altro dimostra l'esatto contrario. Non c'è cosa più attraente per una donna che non capire dove cavolo è finito tutto l'amore di un uomo. È un enigma lacerante, credimi. E infine ricorda: puoi sempre ribaltare la situazione. In ogni momento, in ogni be-ne-de-tti-ssi-mo momento! Capito? Basta che non le rispondi in chat. E adesso vai campione… e poi fammi sapere come è finita.»

Fabio fece sì con la testa.

Ma non valeva niente, perché la testa non c'era più. L'aveva persa a Carnevale contro quello squallido muretto dello *Xanax Disco Bar*.

Ed è l'unico (valido) motivo per cui Fabio Arricò sta raggiungendo Caterina in fondo alla scogliera.

Sta camminando in bilico fra i sassi e chissà fra quanti altri pensieri.

Le luci del tramonto lastricano le pietre di specchi colorati e incendiano la scogliera come un viale d'autunno.

Il cielo è lucido. Porto Venere, Marina di Carrara, Viareggio, Livorno si imprimono nella vista coi loro profili più nitidi.

Non sperare che l'atmosfera ti faciliti le cose.

Le cose devono venire così, senza situazioni favorevoli precostituite. Altrimenti le attese si innalzano come grattacieli ed è impossibile raggiungerne la cima.

Non se lo aspettava così, questo momento. Immaginava che le avrebbe parlato a cavalcioni sul muretto del bar con il brutto tempo. Il brutto tempo sarebbe stato importante, avrebbe reso tutto più drammatico. Invece questo tramonto da cartolina plastifica persino i sentimenti.

Non vado da nessuna parte.

Prendo un due di picche che non me lo scordo più.

Ma non può più perdere tempo, perché se non lo fa ora, non lo fa più.

Forza Fabio... non c'è tempo per morire! Lo diceva pure Galeazzi durante la telecronaca degli ultimi metri dell'oro Olimpico dei fratelli Abbagnale.

Sgattaiola fra i massi senza problemi perché ha le scarpe da ginnastica e arriva proprio dietro di lei. È seduta sull'ultimo masso verso il mare aperto, con le gambe nude ciondoloni. Qui il mare fa più rumore e il vento sbalza la maglietta di Caterina fino a metà schiena. Si intravede la scritta tatuata che tanto ha scosso Fabietto. Ha i capelli legati in uno chignon. Un ciuffo oscilla come un pendolo sul collo ancora pallido.

«Caterina, non ti girare!»

La ragazza sta per voltarsi ma poi sorride e continua a osservare il mare.

«Senti Cate, ti devo dire una cosa importantissima.»

«Addirittura...» E dalla voce Fabio capisce che lo sta già sfottendo.

«Cos'è che mi vuoi dire, Fabietto? Che ieri sera ti sei fatto di coca, che ci hai provato con la Fede, oppure che hai centrato un'auto lanciando un sasso dal cavalcavia rischiando di uccidere? Fai bene a non avere il coraggio di guardarmi in faccia.» Ha un tono serio, aggressivo ma calmo.

La prima cosa che gli passa per la mente è che è tutto giusto. Solo che con Federica non ci ha provato.

Perché le hanno inventato una balla simile? E comunque che le frega a Caterina se ci ho provato con Federica?

«Non ci ho provato con Federica, lo sai benissimo che non la sopporto...»

«Evidentemente ti piacciono le ragazze che non ti piacciono, quelle che ti stanno antipatiche. Guarda che si vede benissimo che non sopporti neanche me. Eppure...» provoca Caterina, lasciando andare via la frase con un gesto della mano.

Cos'è questo gettito improvviso di verità? Di pensieri e sentimenti che dovrebbero restare nascosti dietro le cose che invece desideriamo mostrare? Perché squarciare il rassicurante pudore della menzogna?

Fabio è scombussolato. Eppure era quello che voleva... guardarsi senza veli, parlarsi senza trucchi e inganni.

Non ha mai sentito Caterina così decisa, senza giochetti, senza derisione.

Fabio sente l'odore del mare più forte, l'acqua ristagna fra gli scogli viscidi di muschio. E anche il sale è più che mai nel vento. Il ricordo del sole ormai agli sgoccioli è una pellicola rosata che sembra ammorbidire il margine dei pensieri. Tutto è troppo coerente con ciò che sta per dirle.

«Non ti sopporto perché mi sono innamorato di te.»

38

OSVALDO Valenti ha un appuntamento alle otto spaccate.

Un appuntamento importante?

Sì.

Il più importante?

Forse.

Con una donna?

Certo, con una donna.

Del resto nessuno, neanche Caterina, aveva posto al ballerino di salsa più strabico d'Italia la domanda cruciale: «Perché sei tornato?»

In giro per le balere di tutto il mondo a insegnare il suo ballo preferito, centrifugato da scenari sempre nuovi e stimolanti, pronto a ficcare il pistolino ove veniva richiesto, rinfrancato da certe drogucce locali quando ne sentiva il bisogno, non se la passava affatto male. Era una vita randagia e provvisoria, come dargli torto, ma non era una brutta vita. Ci sono stati dei momenti in cui Osvaldo ha pensato di tirare avanti così per sempre. In libertà, senza frontiere scolpite nella testa, sicuro che prima o poi avrebbe trovato la donna giusta con cui fare il nido. Poteva perfino permettersi di lasciare a casa gli occhiali da sole. Il mondo era meno cattivo del suo paese natio. La gente del Sudamerica, dell'Asia, dell'Oceania non ti giudicava se avevi gli occhi intrecciati. Guardava altro. Guardava più a fondo. Non ti osservava gli occhi, osservava dentro agli occhi. Vivere leggeri come coriandoli trascinati dal vento, senza le gomitate nei denti di uomini competitivi, avidi e incarogniti da una vita matrigna che si erano costruiti con le loro stesse mani. Questo era esistere. Questo era il mondo, la vita, gli esseri umani con cui aveva sempre voluto avere a che fare. Rapporti fulminei, scanditi da poche solide parole, e sguardi che valevano più di mille promesse.

E l'Italia, la costa, Lido di Magra?

Vaffanculo.

Andate tutti a fanculo.

Mi avete rotto il cazzo.

Queste tre frasi erano la spina dorsale del pensiero di Osvaldo Valenti. I tre concetti cardine che il nostro semplice filosofo ripeteva come una filastrocca brasiliana quando si sentiva un po' giù, quando nello stomaco avvertiva quel piccolo vuoto d'aria traditore, quel pericoloso malesserino che ti costringeva a riconsiderare tutto e a pensare che, in fondo in fondo, l'idea di tornare un pochino a casa...

Mai.

Mai nella vita.

Eppure, se il vecchio Sean Connery aveva detto *Mai dire mai*, ci sarà stato un motivo.

Dopo dieci anni vissuti al massimo, sentiva che le pile si stavano scaricando, le banane finendo, i palloni sgonfiando.

Santo Domingo.

Sera.

Un venticello fresco si intrufolava nella calura e spazzava via i pensieri negativi.

Osvaldo languiva sulla sabbia bianca di Boca Chica, sorseggiando una Piña Colada in compagnia di una ragazza indigena dalla pelle come il velluto e due tette come palloni aerostatici.

Guardavano le stelle fra una carezza e l'altra.

Le cose procedevano bene.

Troppo bene.

Erano le 21.37 del 5 aprile 2013.

Erano le 21.37 del 5 aprile 2013 quando Osvaldo Valenti capì.

Anzi no. Non capì. Perché Osvaldo Valenti non capiva quasi mai. Però sentì una folgorante sensazione di incompiutezza. Non avrebbe saputo come definirla. Ma la percepiva, inebriante e tentatrice come una sirena. Mancava qualcosa. E quel qualcosa, se un amico saggio avesse potuto suggerirglielo in un orecchio, si chiamava sofferenza. Oppure sconfitta. Oppure paura della sconfitta, chiamatela come vi pare. Andava tutto troppo a gonfie vele. Osvaldo stava vincendo facile e a lui non piaceva. Dove era finito il sacro fuoco della battaglia? Quel brivido mortale che ti prende quando cammini su un filo sospeso a cento metri dall'asfalto e che non ti fa sentire mai così vivo?

Ci voleva una scossa.

E scossa fu.

185

Non appena il nostro uomo fece ritorno nella sua momentanea residenza, una dignitosa cameretta vista mare dell'*Hotel Colibrì*, tirò fuori il suo portatile e si accinse a entrare nella mail che utilizzava in Italia, dopo dieci anni di sonno cibernetico. Impiegò qualche minuto per ricordarsi la password (che fitta al cuore quando gli tornò in mente e digitò: «Katiatiamo») e riprese i primi contatti con ciò che aveva imparato a odiare con tutto se stesso.

Aprì persino un profilo Facebook, ci ficcò una trentina di foto della sua nuova vita gitana e iniziò a chiedere l'amicizia ai vecchi compagni di avventura.

La sorpresa arrivò per via di uno strano messaggio proveniente da un sito che non si ricordava di avere mai utilizzato: Meetic. Ecco perché dalla carta di credito mancava sempre un po' di grana!

Il social network di incontri più amato dai single di tutto il mondo catapultò il ballerino nella sua realtà più intima e temuta.

Ricevette un messaggio da una ragazza italiana che diceva semplicemente: «Ciao!»

Lo guardò di sfuggita, pronto a proseguire oltre. Poi un particolare gli fece sgranare gli occhi come se avesse visto l'uomo nero. La tipa viveva a Lido di Magra, aveva circa trent'anni e non mostrava la sua immagine. Il nome indicato puzzava di uovo marcio come le fialette che gli alunni tirano sotto la cattedra a Carnevale. Si chiamava Vanessa Balestrieri.

Chi era?

Le ragazze del suo paese le conosceva tutte, soprattutto quelle dell'età indicata dal profilo fantasma.

Perché lo cercava?

Perché non aveva postato una foto di riconoscimento?

Se avessimo torchiato Osvaldo per giorni e giorni non saremmo riusciti a cavargli la verità. La rimozione, meccanismo psichico unanimemente riconosciuto, sommergeva sotto strati di desideri mai espressi, di pensieri negativi, di residui mnestici rifiutati dall'io, un inconfessabile segreto.

Il Valenti sperava o forse addirittura credeva che dietro a quel profilo anonimo ci fosse Katia-cuore di pietra-Arricò.

Eccola la verità!

Attraverso la tradizionale chat del sito, sondò il terreno instaurando un cordiale rapporto di dialoghi apparentemente occasionali. Ma dietro alle domande più innocue, alle bizzarre puntualizzazioni, alle risposte falsamente spontanee si celava la brama di scoprire elementi utili all'indagine.

Eppure niente. Non si cavava un ragno dal buco. La tipa era più furba di Keyser Söze ed eludeva ogni trabocchetto.

Stremato da questo braccio di ferro con la donna fantasma, la buttò lì: «Sai, fra poco torno a Lido di Magra. Ci potremmo vedere se ti va».

I secondi che intercorsero fra la domanda e la risposta posero le chiappe di Osvaldo sugli aculei di un porcospino.

«Perché no?»

Osvaldo si strofinò le mani come se dovesse accendere un fuoco, fissò un appuntamento orientativo e si preparò al grande rientro.

Ecco perché, infrattato dietro alla siepe del *Bagno Tropicana* con la spina di un rovo che gli graffia il collo possente, il Valenti sta lanciando uno sguardo a lunga gittata nel tentativo di scorgere una figura femminile in avvicinamento.

Stavolta, e questo gli va riconosciuto, si è organizzato davvero bene.

Ha fissato l'appuntamento in un punto strategico, davanti allo stabilimento balneare accanto al suo, in modo da non essere scocciato da amici e conoscenti. Si è posizionato proprio all'angolo fra il vialetto di accesso alla spiaggia e il lungomare. In caso di brutte sorprese sarà più facile la ritirata.

Gli appuntamenti al buio sono pericolosi: bisogna pensarle tutte ed essere preparati al peggio.

Potrebbe essere uno scherzo di qualche burlone!

In realtà Osvaldo, per l'occasione, si è dato un codice d'onore.

Ha previsto la fuga solamente in un caso: la perfida burla di qualche compaesano. Altrimenti, chiunque si fosse presentato all'appuntamento, da Charlize Theron al Mostro di Loch Ness, il Valenti sarebbe rimasto in batteria.

Un comandante non abbandona mai la propria nave.

Ha parcheggiato l'auto di suo padre, una Mercedes nera classe E station wagon, un centinaio di metri più lontano.

L'infame notte precedente ha lasciato i suoi segni: due borse sotto gli occhi grandi come sofficini Findus, la pelle intrisa di quell'inconfondibile odore di stagno (nonostante un bagno in vasca di due ore), la bocca amara come se avesse fatto gli sciacqui con l'olio di ricino. Ha trangugiato un tubetto intero di mentine, ma il reflusso da fogna di Calcutta resta invariato.

Eppure bisogna andare avanti.

È da bosco e da riviera, per fare fronte a qualsiasi eventualità: jeans di Giorgio Armani, scarpe da barca bicolori, camicia a quadrettoni bianchi e celesti a mezze maniche acquistata in uno spaccio dietro a un benzinaio su un'autostrada dell'Arkansas, Rolex finto, braccialetto contro il malocchio ricevuto in dono da uno zingaro indiano, catena d'oro vera. I Ray-Ban, nuovi di zecca e pronti all'uso, riposano nella tasca dei jeans, e anche la lunga chioma, dopo l'intervento di Giada, la parrucchiera di fiducia della famiglia Valenti, ha ripreso forma e colore. In realtà l'esperta parrucchiera aveva esagerato con il decolorante e i capelli di Osvaldo si erano tinti di giallo. Giallo limoncello. Poi era reintervenuta. Adesso la chioma è biondo Simon Le Bon.

Le orecchie occupate da due auricolari che sparano *Sbucciami* (di Cristiano Malgioglio) nella versione salsa-romantica di Nelson Joaquin Barreto. Per caricarsi con un *evergreen*.

L'idea che trasmette è quello di un cafone che non ha ancora deciso se presentarsi al *Circolo Arci la Vela* per una partita di burraco o intrufolarsi a un tavolo di russi per farsi una serata deluxe al *Twiga* di Flavio Briatore.

Ma non importa. Il nostro stratega ha preparato l'incontro su due diversi livelli economici:

1) Nella tasca sinistra, appallottolata come un foglietto di appunti da buttare nel cestino, ci sta una banconota da cinquan-

ta euro. Se dice male, cioè se la ragazza è un catrame, allora darà fondo al contante e si inoltrerà nella zona dei campeggi per accompagnare il roito alla trattoria *Lo Scorfano Rosso*, dove con cinquanta euro mangi per due dall'antipasto all'ammazzacaffè e ci fai rientrare pure una boccia della famigerata spuma di champagne *Moet Chantonio* (uno spumante sgasato e aspro come l'aceto che Nino D'Alfonso, titolare della trattoria, porta a casa a cassettate facendo centro con il fucile ad aria compressa in un chioschetto del Luna Park del Cinquale).

2) Nella tasca destra è invece inserita la Gold Mastercard.

Se dice bene, e Dio solo sa quanto desideri che dica bene, Osvaldo ha già prenotato un tavolino lato mare al *Bistrot* del Forte dei Marmi. Ci lascerà la mamma, ma è giusto così.

Osvaldo cerca di osservare fra i cespugli.

In lontananza scorge una figurina piccola piccola che si avvicina lentamente.

Per adesso è solo poco più di un'ombra. Troppo distante per fare pronostici.

Una stella di spine gli si infila nella scarpa, conficcandosi sotto l'alluce. Problema. Questi piccoli grovigli di aculei, disseminati ovunque nella macchia mediterranea, rappresentano un tratto saliente della vegetazione del luogo e producono principalmente un effetto specifico: quando te ne trovi uno piantato nel piede, non importa se è in corso un bombardamento nucleare, se il maremoto sta per travolgerti o un incendio incenerirti, l'unica cosa che desideri veramente è strapparti via quei fottuti pungiglioni dalla carne e poi morire in pace. È questa la ragione per cui Osvaldo sta piegato in due mentre armeggia delicatamente all'altezza dei piedi come se fosse finito su una mina antiuomo.

Fatto.

Si rialza, buffa e guarda lontano. Quella sagoma tremolante in controluce è la persona che sta aspettando. Se lo sente.

Prima dell'appuntamento era passato dal bar del paese e aveva ingurgitato tre Montenegri alla velocità della luce per sedare il sistema nervoso. Ma non è servito a niente, come scolarsi tre Chinotti.

Il cuore di Osvaldo comincia a martellare come se sotto lo sterno si fosse intrufolato il trapano di un caterpillar.

La mani fredde e sudaticce.

Due aloni di sudore si allargano sulla camicia all'altezza delle ascelle.

La faccia bollente come una caldarrosta.

Saliva zero.

Ecco cosa mancava al nostro stagionato ballerino nel suo forsennato girovagare.

39

CATERINA può voltarsi.

Ha le palpebre pitturate di azzurro e le labbra spalmate di rossetto. Il viso un po' arrossato dal sole. Guarda Fabio senza trionfo, ma con attenzione. Non sembra stupita. Lo sguardo è ironico ma non irridente. È bella, anche con quel graffio sulla guancia. La rende più vera, carnale. Un viso, un corpo che si può modificare, incidere, straziare. E amare.

Caterina ha un corpo esattamente come il suo.

Le parole di Fabio l'hanno colpita in profondità, anche se non può assolutamente darlo a vedere! Nessuno era stato mai così diretto con lei, spavaldo e pronto alla sottomissione al tempo stesso. È una manifestazione d'amore che la mette violentemente in gioco. Si sente padrona della felicità di un altro essere vivente, una sensazione assoluta e vertiginosa.

«Ah sì, Fabio, ti sei innamorato? Come tua sorella di mio fratello...» Lo guarda negli occhi, ne osserva le reazioni meno esposte. Gli occhi grandi di Fabio, un po' all'infuori, non sanno dove fuggire. Il naso pronunciato e gli incisivi grandi quando ride. Ma adesso non ride. Sta soffrendo, Fabietto? Caterina prova una pena molto più subdola del fallimento di suo fratello che l'ha torturata per anni. Caterina non è più in guerra da quando è tornato Osvaldo. Anche l'impeto della rivalsa si è sfilacciato lasciandole solo un velo di malinconia. In fondo, era solamente la rabbia il laccio che lo stringeva a Fabio, un ragazzo quasi sconosciuto. Si sente sola e debole, abbandonata dal suo sentimento più feroce. Ma si farebbe uccidere, prima di farglielo capire.

«Io non sono mia sorella», dice Fabio mentre si siede sui talloni davanti alla sua amatissima Caterina.

«No, tu non sei come tua sorella. Tua sorella è una donna determinata, una che non guarda in faccia nessuno, soprattutto a chi le vuole bene. È una che vincerà sempre in questo mondo perché mente a chi vuole udire menzogne. Tua sorella fa fare cose che gli altri non vogliono fare. Tu sei il contrario esatto, fai cose che non vuoi fare. Decidono gli altri per te. Una pietra dal cavalcavia… sei quasi un assassino e poi mi vieni a dire queste cose.» La voce di Caterina si flette e si impenna, come i suoi occhi che prima centrano quelli di Fabio, poi si allontanano per farlo respirare.

«Non la volevo prendere quell'auto… è stata solo sfortuna. Comunque hai ragione, addirittura provo cose che non vorrei provare.»

Cosa darebbe perché quella ragazza che lo osserva con quello sguardo profondo e incomprensibile gli fosse indifferente?

Solamente adesso si rende conto che ha il rossetto sbavato proprio come quella sera di Carnevale. Ma non è in grado di mettere a fuoco, è su un'altalena in movimento che non consente di individuare i contorni delle cose. Non si accorge neanche che su una pietra vicina a Caterina c'è ancora l'impronta di una mano bagnata. Le dita troppo enormi per essere quelle di una ragazza.

Ma Fabio non ci pensa. Pensa al suo naufragio. Gli sembrava di avere spostato un pezzo di mare e non ha ricevuto nemmeno una risposta, solo vaghe recriminazioni. Quando le ha detto quelle parole (potesse riavvolgere il nastro e starsene zitto!) davanti aveva il vuoto. È stato uno sforzo immane, il vuoto fa paura. Non ha barriere da abbattere, ed è troppo smisurato per essere riempi-

191

to con le parole o con chissà cosa. Nel vuoto ti ci devi solo buttare. E lui sta ancora precipitando.

Stavolta è Fabio che guarda Caterina negli occhi, senza cedimenti. Lo sa che la ragazza è tutta sulla difensiva, che cerca di dirottare su obiettivi meno pericolosi. Eppure si sente leggero.

«Non ti affannare, Caterina, volevo solo dirtelo.» Fabio le preme la nuca e la bacia su uno zigomo, con rabbia. Ma attento a non sfiorarle il graffio perché potrebbe farle ancora male.

Lei ha il solito sguardo lontano, evaso dai sui stessi occhi.

Sa che deve andarsene senza aggiungere altro, da uomo.

Ma non è così semplice, dopo due passi deve farle una domanda che lo fa sbandare ogni volta di più.

«Una sola cosa, Caterina: perché a Viareggio mi hai baciato? Lo hai fatto apposta, vero?»

«Scusami Fabio.»

Abbassa lo sguardo mentre l'amico se ne va.

Poi lo vede allontanarsi con le sue gambette a ballerina, le spalle troppo larghe, concentrato sui suoi passi che cadono sulle orme precedenti per non fare arrabbiare chi ha già fatto la spiaggia. E allora non ricorda più per chi ha messo tutto quel rossetto.

40

Osvaldo Valenti si sta veramente incazzando.

Non è stato professionale fino in fondo.

Perché non ha preso il binocolo? Suo padre è un patito e proprio sulla scrivania dello studio giaceva il suo binocolo professionale Danubia Rain Forrest.

Doveva farlo suo.

Invece è costretto a patire, mentre la tipa si avvicina lenta come una tartaruga narcotizzata.

È curioso come una futura madre a cui la ginecologa sta per comunicare se è maschio o femmina. Non sta più nella pelle, deve sapere chi è quella ragazza. Meglio, deve sapere se è quella ragazza!

Osvaldo adesso è bianco come lo Zio Fester. Le orecchie rosse sono due catarifrangenti. Le gambe di legno si muovono senza piegare il ginocchio. I piedi sudati iniziano a scivolare dentro le scarpette da barca come se fosse sui pattini. Gli scappa da pisciare.

Mi scappa troppo, stavolta è un vero casino.

Che problema c'è, Osvaldo? Spostati sul cespuglio accanto e fai la pipì!

Fosse facile.

Il nostro playboy non ha lasciato niente al caso.

Complice un suo vecchio compagno del liceo, ora ginecologo all'ospedale di Turano, si è fatto prescrivere un micidiale mix di ricette: Viagra, Cialis ed Evitra.

Osvaldo se ne è strafottuto delle raccomandazioni dell'amico e, per non fare torto a nessuno, ha ingerito una pasticca per ogni farmaco. Il micidiale cocktail di stimolanti avrebbe raddrizzato anche la Torre di Pisa.

Sono ormai tre ore (precisamente da quando Giada, la parrucchiera, gli aveva sfiorato la nuca con le tette) che Osvaldo ha un UniPosca di cemento al posto del pisello. Tira come un asino in salita. Ha provato a dargli due pugnetti ma l'UniPosca si è indurito ancora di più. Il guaio è che non può pisciare. Da bambino, in condizioni simili, ci aveva provato e se l'era fatta in faccia.

Non può permetterselo.

Non questa sera.

La figura in avvicinamento si fa leggermente più nitida.

La prima impressione è devastante.

No.

Porca puttana ladra.

No.

Non è lei. Manco per il cazzo!

Troppo scura. Ha la carnagione scura. Anche se a questa di-

193

stanza la ragazza è grande come un soldatino, Osvaldo si è già fatto un'idea.

E poi è bassa. Katia è una stanga.

Guarda come cammina...

Così ci camminano le sudamericane sui tacchi alti. Katia è elegante quando cammina, danza languidamente. Questa invece si muove dinoccolata come quel giocatore brasiliano... come si chiamava? Sì, Toninho Cerezo, proprio lui.

E poi i capelli! Dove sono i capelli?

La tipa deve tenerli cortissimi, perché non riesce a distinguerli. Osvaldo si volta indietro, poi guarda ancora in avanti. Rompe un ramo per vederci meglio. Sta smaniando. Strabuzza gli occhi all'inverosimile, come se quei due occhietti disgraziati potessero avvicinarsi a lei per accattonare qualche particolare in più.

È bassa, molto bassa.

E scura. Una negra.

E ha i capelli cortissimi.

Sicuro che sia una femmina?

Osvaldo sorride al cielo, ricordandosi che lassù lo prendono per il culo da quando è nato.

È Arnold.

Quello dei Drummond.

Ho lasciato la mia vita per un appuntamento con Arnold, il negretto più viziato di Manhattan.

Vorrebbe espellere un po' di saliva ma ha la bocca più arida del deserto del Kalahari.

Non c'è niente da ridere, niente! Eppure Osvaldo pensa ad Arnold, Willis, al signor Drummond e a Kimberly.

Almeno fosse venuta Kimberly.

41

CATERINA è sulla stradina sterrata che dal parcheggio porta sul lungomare.

È a piedi perché abita a due passi dalla spiaggia. Cammina traballando, fra i sassi, la ghiaia, il terriccio scosceso, i troppi pensieri confusi.

Intorno ci sono solo pini, sterpaglie, rovi. L'ombra della sera dilaga ovunque e l'odore del bosco è acuto e profondo.

Sono rimaste solamente un paio di auto nel piazzale, quelle dei gestori del bar, e la bicicletta del bagnino. Caterina è l'ultima a uscire dalla spiaggia.

Alza la testa verso lo stradone del lungomare.

C'è un ragazzo in sella a uno scooter nero appena fuori dalla stradina, sulla pista ciclabile che ostacola. Tiene il motore ancora acceso e il casco in testa. Non può riconoscerlo, ancora.

Davanti, le masse scure delle montagne incombono silenziose e ascoltano la voce perpetua del mare che si espande e retrocede, risucchiandosi.

Chi può essere quel tizio che sembra aspettarla al varco?

Sicuramente non è Fabio perché il suo motorino è rosso. E non può essere nemmeno... no, lui non può essere, lo vedrà fra poco.

Uno strano senso di inquietudine le avvampa le guance.

Fa che non sia...

42

Chi è quello stronzo che ha messo il motorino lì davanti?

Uno scooter di traverso alla pista ciclabile gli ostacola la visuale.

Spostati, coglione, spostati!

Osvaldo Valenti sta incazzato come il tifoso che vede la sua squadra del cuore pronta a battere i calci di rigore nella finale di Champions League e gli salta il digitale terrestre.

Troppa delusione. Mai una gioia. Mai una soddisfazione inattesa. Mai un colpo di culo.

Appena alzo la testa arriva la legnata.

È la storia della mia vita merdosa.

Esce dal cespuglio e con un braccione in aria fa segno a quel deficiente che deve spostarsi. Ma il conducente dello scooter non lo vede, guarda solo di fronte a sé.

Intanto la donna (?) del mistero si sta avvicinando.

Non è poi così bassa, non è altissima ma nemmeno una nana. Più il Mago do Nascimento che Arnold. Sì sì, assomiglia più al Mago do Nascimento.

C'è poco da pensare a queste stronzatine.

Si sta convincendo di non tenere fede al suo codice d'onore.

Fugone.

Non ho scelta.

Che le racconto a questa? È capace di essere venuta solo per scroccare la cena.

Ora però ne è sicuro: è una donna. Porta la borsetta e i tacchi. I capelli sembravano corti ma non lo sono. Sono legati in una lunga coda corvina.

Nel frattempo una ragazza esce dal vialetto del *Bagno Erika* e si piazza davanti alla ruota anteriore dello scooter.

La vede nitida dalla posizione strategica in cui è tornato a spiare.

Ci mancava...

Caterina.

43

«Ciao Samuele, che succede?» Gli sorride senza malizia, distogliendo immediatamente lo sguardo.

Non lo voleva incontrare. Non è a suo agio con lui. Sente i muscoli delle gambe che si tendono in uno spasmo brutale.

Stai tranquilla, Caterina, non devi mica scappare!... E soprattutto non devi farti vedere impaurita. Quelli come Samuele sono come le bestie, sentono la paura, la annusano e diventano più aggressivi. Si nutrono della tua debolezza, costruendoci il loro coraggio.

In fondo può solo provarci, come al solito.

Lui la squadra da cima a fondo. Se la mangia da cima a fondo.

Gli zigomi e le guance arrossate, i capelli tirati su, la bocca morbida, la maglietta bianca che le fa da vestitino, le gambe piene di lividi, snelle e robuste allo stesso tempo.

Samuele Bardi vuole Caterina a tutti i costi. Quando sono in gruppo si limita a qualche complimento volgare, ma se si ritrovano soli ci prova di brutto. Avvicina il viso con arroganza, le stringe i polsi, l'abbraccia troppo forte. Un giorno è stata costretta a voltarsi di scatto per evitarlo e si è ritrovata la sua lingua schifosa spalmata sulla guancia. Se ne sbatte di Federica, eppure lo sa che è un'amica di Caterina. Chissà, forse la cosa lo intriga, lo eccita!

«Ho visto uscire quel cagasotto di Arricò, e dove c'è lui ultimamente ci sei anche tu.»

La parola «cagasotto» le procura un moto intimo di ribellione. Inaspettato. Eppure, in altre parole, è ciò che pure lei ha fatto capire a Fabio pochi minuti prima. Ma quel viscido non può permettersi neanche di nominarlo.

Perché lo odia così tanto? Cosa avrà mai fatto Fabio a quel bulletto da strapazzo?

Prima o poi devo avvertirlo, non si deve assolutamente fidare.

«Sì, ero con lui. La cosa ti fa incazzare?» Stavolta lo guarda negli occhi, scintille di provocazione.

«Più che incazzare mi dà fastidio. Mi sa che perdi solo tempo con lui», insinua mentre spegne il motore.

«E invece con te non lo perdo, il tempo, vero? Tu sei un duro, soprattutto quando sei in gruppo», Caterina ride, di gola, profondo.

Samuele nota il rossetto strusciato via a un angolo della bocca.

«Con chi ti sei baciata (*troia di una*), Caterina? Fabio non sa nemmeno come si fa…»

«L'importante è che non mi sia baciata con te.»

«Ora se la fa con Fabietto, il figlio di quel pazzo che se ne sta tutto il giorno chiuso in casa perché ha perso il lavoro... A proposito chi lo ha licenziato?»

«Non ne so niente, secondo me spari solo cazzate. Per quanto ne so il padre di Fabio sta benissimo. Tu sei solo geloso, poverino...»

È questo atteggiamento che fa impazzire Samuele. La odia perché è viziata, e le ragazzine viziate hanno paura. Devono avere paura! Caterina no. Caterina ti sfida, ti sfotte, arriva a umiliarti a volte, come se nessuno le potesse torcere un capello. Con quel visino dolce poi, con quella bocca tenera e la lingua affilata come un rasoio. Una stronzetta a cui vanno tutte bene e se ne sbatte di cosa pensa la gente. Vive nel suo mondo di merda, e uno come lui di certo non ce lo vuole nel suo schifosissimo mondo. Perché è anche ricca, la bastardella, e fondamentalmente è carina da morire. E fa tutto quello che le pare. Si dice in giro che sia ancora vergine (ma lui non ci crede, figuriamoci!) e che a lei non freghi nulla. Cosa darebbe per sverginarla, per vederla sanguinare per merito suo in uno dei momenti più importanti della sua vita. Non le fa pena perché la trova invincibile. Non è la solita scema che fa le diete e si fa vedere solo se ci sono le amiche. Caterina esce anche quando ci sono tutti ragazzi... e se si trova a una cena si ingozza come un camionista. Ma è una posa, deve esserlo! Rimarrà sempre una fighetta che si piega di fronte a chi ha più palle di lei. Non può essere che così! Per questo non si trova bene con i tipi come lui. Lei cerca quelle mezze checche con cui può fare la gradassa.

Non lo merita uno come lui, ci vada a morire in mezzo a quei finocchietti invertebrati!

Ma c'è un problema. Caterina gli piace, non ha mai incontrato una ragazza che gli piacesse così tanto, che lo tagliasse a metà con uno sguardo, che lo facesse sentire così inadeguato. Gli fa girare il sangue nelle vene al doppio della velocità, gli fa venire voglia di possederla. A spregio. Con crudeltà, perché con lei bisogna essere crudeli. Uno dei fratelli Bruga aveva raccontato che se ti fai una tipa in spiaggia e metti il coso nella sabbia, poi le fai pure male. Ma sotto sotto le piace. Perché anche lei è una puttanella come tutte le altre. Ecco, le deve fare quella cosa. Deve ricordarsi di immergerlo bene nella sabbia. Un giorno… prima o poi.

«Geloso? Ma non dire cazzate.» Samuele si toglie il casco e scende dallo scooter. Viene avanti piano, senza particolari intenzioni, desidera solo metterla a disagio.

«Perché non lo dici a Federica cosa cerchi di fare quando non ti vede? La prossima volta le parlo io. Mezza sega…» Caterina sente in gola tre respironi segmentati e troppo veloci.

Forse ho esagerato? No, ho fatto bene.

Samuele si ferma di colpo.

Ti stai allargando troppo, grandissima stronza.

«Cosa vuoi da me? Una volta per tutte, dimmelo cosa vuoi da me!» Samuele alza la voce, mentre fa gli occhi cattivi, diventa rosso, sputacchia. Uno schizzo di saliva si posa su una guancia di Caterina che fa di tutto per ingannare la sensazione di pericolo.

Caterina lo guarda proprio negli occhi. Non si toglie via nemmeno quel patetico sputacchio. Lo guarda pietosa con un sorrisino che lo lascia senza parole. Come sempre.

E che sguardo ha invece Samuele?

È uno sguardo disabitato, deserto. Uno sguardo senza significato, senza codici e parole.

Per questo la inquieta fin dentro le budella.

44

«Chi è che osa alzare la voce con la mia sorellina?»

Osvaldo Valenti per un attimo dimentica la ragione per cui è rannicchiato dietro un cespuglio, la vescica formato tanica di benzina e soprattutto ciò che lo aspetta. Non voleva che Caterina si accorgesse di lui e soprattutto non voleva si rendesse conto con quale cessa incredibile aveva appuntamento.

Ma ci sono le cause di forza maggiore.

Forza, vecchio leone, a te l'ingrato compito di difendere i de-
boli dalla superbia dei prepotenti.

Non è anche per questo che è tornato?

Osvaldo esce allo scoperto, sulla pista ciclabile. La fronda
di una kentia gli rimane attaccata alla cintura dei jeans come la
coda di un pavone.

«Caterina!» urla, e alza un braccio, per farle capire che
non è sola. Che non è più sola. Che il suo fratellone è pronto
all'intervento.

Caterina si volta, sorride. Solleva il braccio.

«Arrivo, Osvaldo, un attimo…»

Che ci fa qui, Osvaldo?

«E adesso chi è quel bestione?» Samuele ritorna sui suoi passi, avvilito e sprezzante.

«È mio fratello, caro Samuele, non avere paura… E ricordati
cosa ti ho detto, ricordatelo bene. La prossima volta che fai una
cazzata lo racconto a Federica.»

Samuele monta sullo scooter, si rimette il casco e pensa, spera, sogna che a quella troietta senza rispetto non possa andarle
sempre bene.

45

ADESSO è Caterina a trotterellare verso Osvaldo.

Il campione non ha una bella cera.

«Tutto bene, Osvaldo?»

«Quasi. Chi era quello?» C'è una preoccupazione eccessiva,
quasi extrasensoriale, nel suo tono.

«Diciamo un amico, ma ha dei problemi…»

«Non ci devi uscire con questa gente, Pernigotti. Chi ha dei
problemi, prima o poi li crea agli altri.» La voce di Osvaldo è
stranamente seria, oltre la protettività.

«È la gente che c'è qua, Osvaldo. È la gente di Lido di Magra.»

«Ora però vai a casa che la mamma ti aspetta, credo ci sia anche il babbo stasera…» Sta per rifilarle uno sculaccione per spingerla verso le strisce pedonali, ma non sarebbe uno sculaccione. I pantaloncini di jeans sono troppo corti, la maglietta li copre interamente e si intravede la carne che inizia a curvare.

«Sì, vado, ma non resto a mangiare… stasera esco!»

«Con chi?»

«Non te lo dirò mai, mi dovresti seguire…» Gli fa l'occhiolino e gli manda un bacione gigante mentre attraversa la strada, frastagliata dalle ombre del crepuscolo.

46

SIAMO al momento della verità.

Osvaldo Valenti non si è nemmeno accorto che la ragazza tanto attesa è a pochi metri da lui.

La vede per la prima volta. In questo esatto momento.

È abbastanza alta e magra. Il viso è particolare. Uno di quei visi a cui bisogna fare l'abitudine. Non saprebbe dire se è bella. La carnagione è olivastra. Non è nera, né mulatta. Ha le labbra grandi e il naso solo leggermente più largo sul setto.

È olivastra. Come… Zamorano. Sì, come Ivan Zamorano, oppure come… non gli viene il nome! Vorrebbe dire «come la protagonista di Flashdance, Jennifer Beals».

Gli sorride, ha un bel sorriso, sembra sincero.

A Osvaldo viene spontaneo abbracciarla e anche a lei. Hanno i corpi caldi.

Lei è vestita in modo semplice, ha un abitino bianco a fiori rossi e dei sandali bianchi alti con la pelle crepata sulla punta. Sono scarpe lise, acquistate in qualche mercato del mondo, chissà quanto tempo fa. Osvaldo sente l'ago dello scoraggiamento che penetra sotto pelle, ma non vuole commettere l'errore che centinaia di donne hanno commesso con lui. Il giudizio esteriore è una zavorra che rallenta la reale conoscenza delle altrui fisionomie interiori.

Del resto si è pure scordato di indossare gli occhiali da sole. Non accadeva da circa venti anni.

«Allora, Osvaldo Valenti, dove andiamo? Io ho fame, tu?» Così, per rompere il ghiaccio.

Osvaldo la guarda negli occhi. Sono grandi, all'orientale. Sono occhi feriti, tagliuzzati da chissà quale brutto scherzo della vita. Ma sono occhi prodigiosi. Neri come la notte e limpidi come il cielo azzurro.

Allora... dove la porto?

Il nostro ballerino stanco si mette le mani in tasca e inizia a razzolare.

47

ALLA trattoria *Lo Scorfano Rosso* ha fatto tutto schifo.

Dal guazzetto di cozze e vongole, agli spaghetti mare e monti, alla grigliata mista.

Una cena di merda.

Regolare.

Lo Chef Nino aveva mantenuto il suo standard e si era confermato una sicurezza.

Le pareti gialline con le zanzare spiaccicate, le tovaglie bianche sdrucite, i ventilatori inceppati sul soffitto e il tanfo di fritto che ti impregna i vestiti e non va via nemmeno con un chilo di varichina sarebbero capaci di ingenerare perplessità nel cuore della ragazza più infatuata.

Scarlet resisteva stoica e dignitosa. Poche ore prima Osvaldo aveva dato un'occhiata ai giudizi di TripAdvisor (giusto per constatare che tutto fosse sempre uguale) e non ci aveva trovato valutazioni ma insulti.

Solo adesso Osvaldo Valenti si sta seriamente pentendo della sua scelta.

Per questa ragione mette le mani avanti (si vorrebbe tappare il naso) su ogni portata che giunge al tavolo, ma la ragazza lo tranquillizza: «No, Osvaldo, è buono dai... mettici un po' di sale, di pepe, anche il limone sì, il limone aiuta...»

Alla fine della cena il Valenti ha capito tre cose:

1. La ragazza si chiama Scarlet Mendez Sousa.
2. Proviene dalla Repubblica Dominicana.
3. Ha compiuto da poco ventisette anni.

Ma quando Osvaldo le chiede che lavoro fa, lei cambia discorso, cambia espressione come se gli occhi iniziassero a sanguinare. Perché? Il maestro di salsa si sta incuriosendo sempre di più. Cosa nasconde questa ragazza semplice con un nome da attrice di un film di Quentin Tarantino? Cosa ci fa a Lido di Magra?

Scarlet Mendez Sousa: solo pronunciare questo nome lo eccita come un bambino, gli evoca scenari fiabeschi ed esotici. La pupa gli piace. Gli inietta serenità. È naturale, parla con dolcezza, affronta gli argomenti con dolcezza e, ci metterebbe la mano sul fuoco, affronta la vita con dolcezza. Il tipo di donna fatto apposta per lui, senza grilli idioti per la testa, lontana mille miglia dalle stilettate di egoismo con cui certe ragazze di questa nazione cinica e arida ti fanno cadere i coglioni a terra. E soprattutto, non sbircia l'iPhone ogni trenta secondi. Più la osserva, più incamera nozioni interessanti. Le tette sono alte, sode. I capezzoli, che premono aguzzi sul vestitino, sembrano fatti apposta per essere avvitati, svitati e ancora riavvitati da mani esperte. Ha la pelle liscia come il velluto e le labbra color prugna che si muovono elegantemente. Quando una coscia abbronzata della ragazza lo sfiora sotto il tavolo sente un brivido che gli ingolfa il sistema nervoso centrale.

Osvaldo Valenti non trova una ragione valida per cui questa notte non se la debba scopare.

Non questa notte e basta. No. Sarebbe un uomo idiota e insensibile. Sempre. Questa notte è solo l'inizio di una lunga serie di incontri amorosi, preludio di una relazione seria e matura!

Aspetta di brindare con l'introvabile Moet Chantonio e scolarlo fino all'ultima bollicina svaporata, per poi calare il colpo risolutore.

«Senti Scarlet… adesso che facciamo?»

La ragazza venuta dal cuore del Centro America allarga le braccia, come a dire: «Sei tu l'uomo, proponi».

Fra tutte le idee balorde che gli sfrecciano nel cervello, trattiene la più malaugurata.

«Andiamo alle pozze.» Lo dice come se avesse appena scoperto il terzo segreto di Fatima, risolto la crisi economica mondiale, trovato il rimedio contro il surriscaldamento globale.

Le pozze, o i pozzi, o le polle sono vere e proprie vasche d'acqua cristallina delimitate dalle rocce all'interno del ruscello Renara, un affluente del fiume Frigido. Un corso d'acqua che sgorga dalle pendici delle Alpi Apuane e, dopo qualche chilometro, ingrossato dalle acque degli altri affluenti, si getta nel mare dalle parti di Marina di Massa. La gente della zona si tuffa in queste pozze d'acqua gelida per trovare refrigerio all'interno dell'incantevole scenario boschivo apuano.

Non sarebbe quindi neanche una cattiva idea… se fosse giorno, se il sole picchiasse come Ivan Drago ad Apollo Creed, se i due ragazzi fossero dotati di un minimale equipaggiamento balneare, e se, soprattutto, i telegiornali locali non avessero suggerito ai cittadini del litorale di non appartarsi in luoghi solitari per la presenza sul territorio di una banda di delinquenti (forse stranieri) che usano prendere a sprangate i malcapitati derubandoli di denaro, vestiti e qualsiasi effetto personale.

«Non conosco il posto ma… perché no», decide la ragazza, fin troppo accondiscendente.

Osvaldo si scola il mezzo bicchierino di Cynar, prende per mano Scarlet, che nel frattempo sta inviando un messaggio dal telefono, segnala al ristoratore Nino D'Alfonso, attraverso un impercettibile movimento del sopracciglio, l'intenzione di pagare e, serrando la mascella, si alza da tavola.

Pronto per vivere l'ennesima, incredibile avventura.

48

LA Mercedes station wagon del padre si sta rivelando un carrozzone ingovernabile.

Le strade quassù sono buie e strette, e certi tornanti obbligherebbero a prodursi in manovre impossibili anche il grande Alain Prost.

Il navigatore satellitare di ultima generazione sta friggendo il cervello di Osvaldo come un totano impanato. Ha già sbagliato strada tre volte.

Il Valenti è abituato a trovare i posti d'istinto, a seguire le indicazioni stradali alla buona, a fare retromarce di un chilometro quando sbaglia tragitto, a suonare ai citofoni delle case se la strada giusta non vuole saperne di saltar fuori. Non è un tipo che accetta consigli dalla voce autoritaria di una donna masterizzata.

Scarlet lo osserva pazientemente.

Non c'è fretta.

L'aria fresca di montagna rischiara le idee, l'alcol ingerito toglie peso specifico ai problemi (ma Osvaldo realmente ne ha?), le casse acustiche soffiano le suadenti melodie di Julio Iglesias che sembra voler cantare *Se mi lasci non vale* solo per loro due.

Cosa potrà mai togliere il sorriso a un quarantenne dalle idee chiare che sta per combinare qualcosa di molto interessante con una bella *muchacha* sotto il chiaro di luna? Certo, continua a soffrire di quel fastidioso problema al basso ventre, ma grazie a Scarlet, se ne è completamente dimenticato.

Un pensiero. Un pensierino ostile che non è riuscito a scrollarsi di dosso per tutta la sera.

Quel ragazzo voleva fare del male a Caterina.
Perché era così tranquilla?
«Ha dei problemi», ha detto la sorella ridacchiando.

Urlare a una ragazza, porsi in modo minaccioso, fuggire via vedendo sopraggiungere un uomo più grande di te, sono «problemi» che Osvaldo non riesce a concepire.

E per una volta, lui che sbaglia per principio, ha fatto centro.

49
Il diavolo rosa

La vita di Samuele Bardi e della sua famiglia era cambiata il primo novembre del 2001.

Pietro Bardi, padre di Samuele e Alessia, aveva da poco aperto un'attività di materiali per caccia e pesca. Gli affari stavano prendendo una piega favorevole nonostante l'affitto da strozzini che gli imponevano i proprietari del fondo di Camaiore.

Pietro e sua moglie Elena avevano ottenuto il mutuo dalla banca per acquistare un terratetto con giardino proprio nel cuore di Lido di Magra.

Siccome la zona d'inverno restava deserta, il signor Pietro si era preso un cucciolo di mastino napoletano per presidiare l'abitato e fare compagnia ai bambini.

Quando Samuele e la piccola Alessia conobbero il loro nuovo amico andarono in estasi.

Si affezionarono al cagnolino come a un terzo fratello e, quando l'animale divenne un colosso, i bambini si sentirono ancora più protetti.

Quel pomeriggio faceva freddo, il cielo era nuvoloso e già verso le quattro la notte sembrava mettere fretta al giorno perché si togliesse di mezzo.

Samuele scalpitava per andare alla festicciola in maschera

della sua compagna di classe Martina Girelli, che festeggiava Halloween nella sua villetta di Vittoria Apuana.

Il problema era che Samuele non aveva la maschera. La mamma aveva rovistato dappertutto ma non era saltato fuori niente di buono. Nemmeno una zucchina di plastica, i denti di Dracula, un naso da strega o la maschera di Frankenstein. Samuele era molto fiero della muta da Uomo Ragno, è vero, ma che c'azzeccava con Halloween? Tutti i bambini sarebbero stati in tema, persino Alessia era stata vestita da diavoletto rosa per farla un po' divertire in casa. Il bambino reclamava una maschera adeguata alla circostanza. E la festa era già iniziata.

«Vestiti da fantamma!»

La piccola Alessia aveva fornito la sua opinione.

«Bello mamma! Ha ragione Ale, mi vesto da fantasma, che ci vuole?»

Nulla, non ci vuole nulla.

Serena, che era una donna energica, robusta e sveglia, si buttò a capofitto fra la biancheria, ma trovò solamente un enorme lenzuolo bianco matrimoniale nel quale Samuele sarebbe rimasto insaccato come un chilo di finocchiona.

Di bianco, di completamente bianco, non c'era niente.

Eccetto una tovaglia.

Una tovaglia damascata che faceva parte di un servizio da ottocento mila lire che le aveva regalato sua sorella Margherita come regalo di nozze.

No, quella tovaglia non va bene. Ci dovrei fare pure i fori per gli occhi. Non va bene.

«Ok Samuele, però il vestito da fantasma lo compriamo alla cartoleria.»

«Ma mamma, è tardi!» Samuele stava iniziando a mettere su quella bocchina rettangolare che preludeva a una crisi di pianto che sarebbe potuta durare qualche ora.

Elena cercò di mantenere la calma.

Tutto sotto controllo.

Adesso chiamo Pietro, gli chiedo a che punto è nel magazzi-

207

no del negozio, poi porto Samuele a comprare la maschera nella
cartoleria del paese e ce ne andiamo alla festa.

Così pensò Elena, consapevole di essere un vero drago nel
risolvere in extremis le situazioni più ingarbugliate.

La piccola Alessia aveva appena compiuto tre anni e non era
il caso di lasciarla sola in casa nemmeno per dieci minuti.

Quindi chiamò il marito. Stava arrivando.

«Fra quanto, Pietro?»

«Massimo dieci minuti.»

Elena si tranquillizzò, e anche se Samuele aveva iniziato a
piangere come un ossesso, cominciò a prepararlo per la festa che
aspettava da settimane.

Il signor Pietro era già sul lungomare e quando vide l'insegna
delle Piscine Oliviero capì che fra pochissimo sarebbe arrivato
a casa e telefonò alla moglie. Doveva solo girare verso l'interno
nella stradina dietro l'insegna.

«Sono alle piscine Oliviero, fra un minuto sono a casa.»

«Ok.»

Samuele frignava a fontana perché secondo lui la festa era
già bella che finita.

Se devo portare Alessia, cambiarla (perché fa freddo!), met-
terle le scarpette e convincerla a venire, perché tanto non vuole
venire perché si vergogna a stare in mezzo a gente sconosciuta,
la festa finisce davvero.

Elena portò la piccola Alessia nella sua cameretta e montò
nella sua Yaris familiare insieme a Samuele. Si guardò la nuova
frangetta bionda sullo specchietto retrovisore *(non male!)*, mise
la cintura di sicurezza al bambino e tirò giù il freno a mano.

Tanto Pietro era praticamente a casa, magari lo avrebbe
incrociato.

«Andiamo!»

Fece il solito rapido riepilogo…

Bombolo (il mastino napoletano) *è legato, la bambina è chiu-*

sa in casa, fra un minuto arriva Pietro, Samuele ha smesso di frignare. Bene, siamo salvi.

... e partì senza pensieri.

Il signor Pietro, a bordo della sua Nissan Qashqai blu Cina, aveva superato il famoso cartello Piscine Oliviero e stava svoltando a destra verso la stradina interna. Dopo dieci metri si accorse che una pattuglia della Polizia Municipale sostava in uno slargo e, soprattutto, prese coscienza che un vigile teneva la paletta alzata. E quella maledetta paletta, con un'enorme palla rossa al centro, era tutta per lui.

Ma porca troia...

Ora no.

Vado diritto e se ne riparla quando sono a casa.

Mica mi spareranno?

Lo avrebbe fatto.

Lo avrebbe fatto perché stava timidamente accelerando, quando il vigile si mise proprio in mezzo alla strada.

Maledetti.

Provò a spiegare la situazione ma erano comprensivi come un plotone d'esecuzione della Gestapo.

«Tanto facciamo in un attimo, solo un controllo.»

Pietro chiamò subito sua moglie.

«Ele, mi hanno fermato, faccio più tardi... già uscita? Come sei già uscita? E la bambina? A casa. Come a casa?»

Elena fu percorsa da un brivido gelido come un presagio terribile. Ma i suoi presagi per fortuna si erano sempre rivelati spari a salve, oscure fobie materne rischiarate puntualmente dalla luce delle cose reali.

Tanto Alessia se ne sta nella sua cameretta, cosa potrà mai succedere. Però devo sbrigarmi.

Se pesto di brutto sull'acceleratore in dieci minuti porto Samuele alla festa e torno a casa.

Proprio quando Samuele aveva finalmente scelto la maschera di Freddy Krueger, a un chilometro di distanza verso l'entroterra la piccola Alessia aveva avvicinato la seggiolina alla finestra, aperto con uno sforzo immane le persiane e si era calata dalla parte del giardino facendo un piccolo tonfo perché era atterrata male. Poi si era rialzata dall'erba ghiacciata, si era toccata le codine castane sulla testa per vedere se c'erano ancora e aveva iniziato a trottare verso il casotto delle bici e degli attrezzi a cui era legato il suo amico Bombolo.

Con la mascherina di lana del diavolo rosa tirata su per via del freddo.

Elena aveva portato Samuele alla festicciola e stava tornando a casa guidando a ottanta chilometri all'ora per le stradine strette e mai così buie. Fece un paio di volte la fiancata contro la rete di recinzione di qualche villetta senza neanche accorgersene.

Pietro aveva guardato per l'ultima volta quei due stronzi perditempo ed era stato chiaro: «Scusate, io faccio un salto a casa. Tanto è a un chilometro da qui. Fra un quarto d'ora sono di nuovo da voi. Tenete pure il documento, non scappo. Se avete problemi, abito dove è scritto sulla carta d'identità. A dopo».

Iniziò a correre. Era uno sportivo, giocava a tennis e calcolò che in cinque minuti sarebbe arrivato a casa.

Quando prese via delle Forbici (la strada dove abitavano) si calmò. Vide di fronte a lui le luci rosse degli stop dell'auto di sua moglie che stava entrando nel cancello di casa.

Elena aprì la porta e chiamò Alessia.

Non rispondeva. Andò nella cameretta e trovò la finestra aperta. Un varco gelato le si aprì nel ventre, dal quale fuggì ogni riserva di energia. Iniziò a muoversi con enorme fatica, come se stesse procedendo in mezzo a uno strato di neve alto un metro.

Scavalcò la finestra con difficoltà e appoggiò i piedi nel retro del giardino.

Era buio.

La prima cosa che vide furono delle strisce sul prato, sembravano scure, luccicavano nella notte come liquide stelle filanti.

Sentì il sangue che si ritirava dalle gambe, lo stomaco che premeva sulla debole diga del diaframma, accerchiata da quel freddo sconosciuto. Si costrinse ad avvicinarsi al box degli attrezzi. La vista barcollava, trasmettendo segmenti di ombre scure e vacillanti. Poi, per qualche secondo, non vide più niente.

Sentì muoversi qualcosa.

Il cane.

Gli occhi minuscoli, incassati dentro due fori profondi nel pelo grigio e compatto, si potevano solo intuire.

Masticava. Aveva il muso enorme, lordo di qualcosa di scuro. Doveva essere terra. Doveva essere terra! Lungo le centinaia di grinze intorno alla bocca scorreva un liquame denso.

Stracci rosa qua e là sul prato. C'era una sostanza viscida e filamentosa incollata a quei brandelli di stoffa. La mente di Elena non permise ai suoi occhi di decifrarla.

Udì un bambino che gattonava sul prato. Piangeva e si mangiava le parole con la faccia premuta sull'erba. Si era portato alla bocca un pezzo di stoffa sporco. Lo baciava, lo mordeva, lo succhiava. Mugolava e ricominciava a singhiozzare. Non era un bambino, era suo marito.

Elena vide un grumo di stoffa appallottolato a pochi metri da lei.

Il giardino sembrava inclinarsi da una parte all'altra scivolando verso un crepaccio buio.

Piegarsi e prenderlo in mano fu il movimento più impossibile della sua vita.

Lo strinse fra le dita, grondava sangue.

Era la parte superiore del costume, la maschera.

La maschera del diavoletto rosa.

La notte.

Era la notte più silenziosa che Samuele avesse mai conosciuto.

La camera da letto dei genitori era morta.

Il bambino origliava alla porta. Si avvertiva solo il rantolo soffocato del padre. La mamma non respirava nemmeno.

Il babbo gli aveva parlato. Era successa una disgrazia. Alessia era in un angolo del cielo ad aspettarli.

Ma Samuele era un bambino sveglio e aveva capito tutto. Non c'era più nemmeno il cane. Anzi c'era. Perché dal box degli attrezzi aveva sentito provenire dei rumori. Suoni metallici. E poi intorno al casotto c'erano ancora dei pezzi del vestito di Alessia.

Era stato il cane (non riusciva più a chiamarlo «Bombolo»).

Il cane aveva sbranato la sua piccola sorellina.

L'aveva fatta a pezzi.

La fantasia corse veloce e incise la scena nella retina degli occhi di Samuele. Avrebbe preferito vedere (si sbagliava). Quelle immagini inventate erano terrificanti e non lo avrebbero più lasciato in pace.

Qualcuno doveva pagare.

Il cane buono.

Il cane buono doveva morire.

Il mastino napoletano non era ancora stato soppresso.

I carabinieri e l'ambulanza erano accorsi subito. I medici, compresa l'inutilità del loro intervento, si erano limitati a sedare i genitori mentre i militari raccoglievano i poveri resti di Alessia racchiudendoli in sacchetti di plastica trasparente. Poi avevano messo la museruola al mastino e lo avevano incatenato dentro il box in modo che non potesse muoversi. L'indomani mattina sarebbe sopraggiunto il veterinario per la puntura letale.

Questo Samuele non lo sapeva, ma anche in caso contrario non sarebbe cambiato niente.

Era arrivato tardi, verso sera, accompagnato dai genitori di Martina.

Quando aveva varcato il cancello tutto sembrava normale. Ma c'era troppo silenzio. Mancava qualcuno. Troppo silenzio. Samuele aveva capito.

212

Il bambino si alzò dal letto nel cuore della notte per l'ennesima volta.

Entrò nella cameretta di sua sorella e accese la luce. Il lettino era vuoto. Perché non riusciva a piangere? Tornò davanti alla porta dei genitori e udì nuovamente quel silenzio spaventoso.

Si trascinò nel salotto, indossò le scarpe da ginnastica senza legarle e si infilò il giacchettino.

Aprì una finestra e scese sul prato.

Era freddissimo.

Il box sembrava enorme in fondo al giardino.

Samuele aveva sempre avuto paura ad aggirarsi per il giardino quando veniva buio, perché temeva che dietro a ogni albero potesse nascondersi qualcuno. Uno sconosciuto, un essere malvagio che gli voleva fare del male.

Ma stavolta Samuele non aveva paura.

Si sentiva lucido e determinato come un piccolo robot. Non era come all'interrogazione. Le emozioni erano sparite, solo una debole calamita infilata chissà dove lo attraeva verso il casotto degli attrezzi.

Un passo dietro l'altro senza mai fermarsi.

Si trovò di fronte al box.

La luce dentro era spenta.

Fece un respirone buttando fuori una nuvoletta di vapore. Si strofinò le mani perché non perdessero sensibilità.

Mosse il paletto facendolo scorrere fuori dai cardini e premette l'interruttore appena sulla sinistra.

La lampadina crepitò, si accese e si spense prima di illuminare definitivamente il box.

Dentro faceva ancora più freddo.

Il cane stava disteso su un fianco, appoggiato a una parete dove prima stavano le biciclette. Le catene lo avvolgevano. Quasi non lo riconobbe con la museruola serrata sul muso. Il mastino ebbe un tremito, compresso dalle catene. Forse aveva riconosciuto il bambino. Samuele si avvicinò lentamente. Aveva il naso insanguinato. Anche il pelo del collo e della fronte erano incrostati di rosso.

Abbassò lo sguardo verso il pavimento e vide le piccole impronte rossastre delle zampe del cane. Mille aghi lo trafissero ovunque, per poi convertirsi in un formicolio che aspirava energia.

Fissò nuovamente il cane.

Gli occhi grigi, tagliati dalle palpebre pesanti come saracinesche, erano gli occhi di un assassino.

Doveva farlo.

Devo difendere la mia sorellina. Sarebbe fiera di me.

Prese una grossa vanga buttata in un angolo e la tirò su con tutta la forza che aveva. Cadde indietro, facendo un frastuono pazzesco. L'attrezzo era troppo pesante. Ebbe paura di aver svegliato i suoi genitori.

Ci riprovò e stavolta colpì il cane. Un altro ringhio strozzato. Continuò finché il mastino smise di ringhiare.

Poi si accucciò e lo guardò negli occhi. Erano immobili, freddi ma umani. Non sembravano gli occhi di un mostro.

Non si sentì meglio.

Le vittime adesso erano due.

50

NON è semplice comprendere come una tragedia di tale gravità possa sfasciare e ricomporre la vita di un bambino, deviarne o accompagnarne la crescita, sedimentare il suo ricordo negato, rielaborato o rimosso al momento della maturazione definitiva (sempre che ciò avvenga).

Se sottoporrete a uno specialista un caso simile, vi risponderà senza molti indugi: il bimbo crollerà inizialmente sotto l'effetto della colpa, sentendosi autore o coautore (perché i genitori non sono intervenuti?) di quanto avvenuto. Nella circostanza il bam-

214

bino interiorizzerà l'esperienza a tal punto da vivere una vita passiva, reclusa nella gabbia delle proprie colpe e paure, con inclinazioni empatiche ridotte.

Ma la teoria, schiava della sua stessa finzione, spesso rende le cose più complesse.

La realtà imboccò un altro sentiero.

Samuele prese a proiettare la sua infelicità sul resto del mondo. Non era giusto che soffrisse solamente lui. Perché mai? Anche gli altri bambini dovevano essere infelici, patire, vivere una vita mozzata come la sua. Chi stava bene e procedeva senza gravi problemi lo faceva entrare in allarme. Macerava nel senso di ingiustizia, come se una bestia lo mordesse dall'interno, convinto una volta di più di essere stato frodato dal destino. Dov'era la riparazione? Tutto ciò lo costringeva a sentirsi ancora più vittima, affogato nella vergogna di non essere uguale agli altri.

In poche parole Samuele odiava chi era felice.

La mamma era diventata un automa vegetativo che dormiva gran parte del giorno e andava avanti grazie al sostegno farmacologico di ansiolitici, antidepressivi e tutto ciò che può barattare il dolore per l'apatia più piatta. Mentre suo padre faceva finta di proseguire una vita normale, santificando la figura della piccola Alessia. Si erano trasferiti in una casa in campagna, solitaria e remota, lontana dal mare.

Samuele era apparso come un bambino straordinario, capace di affrontare e superare un lutto così cruento senza manifestazioni patologiche. Si comportava da ragazzo buono, equilibrato ed efficiente. E tutti, nel forfettario giudizio sociale, lo avevano issato a esempio da imitare.

Ecco spiegato il violento rancore verso Fabio Arricò.

Fabio Arricò sapeva. Sapeva che Samuele era un ragazzino pericoloso e imprevedibilmente crudele. Il contrario di ciò che voleva far credere. Il problema era che Fabio era un piccolo codardo, uno che stava zitto anche se gli facevi la carognata peggiore. Stava zitto e rimuginava. Non te le veniva a dire le cose e per questo era più difficile da attaccare. Forse era semplicemente furbo, eppure prima o poi, anche lui, avrebbe pagato la sua fortuna.

Ed era questo il motivo per cui Samuele non aveva partecipato alla serata del Carnevale di Viareggio. Le maschere, da quel giorno disgraziato, lo ripugnavano a tal punto da fargli salire una febbriciattola nauseabonda.

Se ripensa che proprio quella sera Fabio e Caterina...

51

IL paradiso terrestre.

Grazie al suo indomito spirito di avventura, Osvaldo Valenti stava regalando alla giovane caraibica uno scenario incantato. L'acqua cristallina venata di riflessi azzurri e argento, le rocce a picco su questa specie di laghetto artigianale, la natura rigogliosa e avvolgente. Il cielo stellato, l'aria tiepida e il lieve fruscio dell'acqua che scorre discreta vanno a completare questa magica atmosfera.

Mentre Osvaldo contempla, Scarlet Mendez Sousa si è già tolta il vestitino.

All'interno dei jeans del Valenti i boxer sono gonfi come le vele di una nave con il mare in tempesta.

Sarà la luna, ma Scarlet è molto più bella di quello che immaginava. Bella e spaventosamente arrapante.

È slanciata, non ha un filo di grasso, ha la pancia piatta e il sedere a cuore. Per non parlare delle tette. La bella domenicana sembra Sandrine Holt, la protagonista di *Rapa Nui*.

Osvaldo guarda la superficie dell'acqua argentata dalla luna e pensa che deve essere quello il palcoscenico della più grande trombata del secolo.

Avvinghiati nell'acqua come due polipi in amore, esattamente come Leonardo DiCaprio e Virginie Ledoyen in *The Beach*. Di quel film ricordava solo quella scena plastica e sensuale.

«Osvaldo, facciamo il bagno?»

Gli legge nel pensiero. La perfetta sintonia mentale che sta instaurando con questo dolce frutto tropicale è impressionante e lo fa tracimare di tenerezza. Stavolta la guarda con occhi premurosi.

«Certo Scarlet, vado prima io così sento se è tutto a posto...»

Si toglie gli abiti in una frazione di secondo e, con una tecnica di tuffo imparata da un vecchio olimpionico belga alle cascate dell'Arizona, si immerge nell'acqua gelida.

Tutto a posto un cazzo.

Muoio.

Stilettate di freddo, come coltelli di ghiaccio, gli aggrediscono la superficie corporea. Stavolta ci lascio le penne. L'acqua è ghiaccio allo stato liquido. Ho anche mangiato come un maiale.

Congestione.

Sicuro.

(Gli torna in mente quando la mamma gli proibiva di fare il bagno prima di tre ore dopo aver mangiato un panino con la frittata.)

Sta arrivando.

Mi sento svenire...

Ma non sviene.

Tira su la testa dall'acqua, ma ancora non respira, troppo freddo.

Non è successo niente.

Tranne una cosa.

Gli si è ammosciato. Alla velocità della luce. La farmacologia nulla ha potuto contro la virulenza della natura. Ci resta un po' male. Quel coso sempre sull'attenti stava iniziando a fargli compagnia. Sarebbe stata una bella trovata se non ci fosse il problema della pipì.

Appunto.

Osvaldo non ci pensa due secondi e ne approfitta per liberare la vescica assediata.

Alla grande, due piccioni con una fava.

Svuoto il serbatoio e riscaldo l'ambiente.

Un calduccetto amico lo avvolge per qualche istante.

Poi torna il gelo.

«Senti Scarlet, secondo me l'acqua è un po' freddina, se proprio vuoi fare il bagno entra piano.»

La ragazza non si è spogliata per vedere quel capellone sguazzare in quel coriandolo d'acqua gelata.

«Dai, entro, non siamo venuti qui per fare il bagno?» sorride maliziosa con i suoi denti bianchissimi.

Si bagna le cosce, il ventre, il seno e poi entra gradualmente.

Aveva ragione Osvaldo, l'acqua è gelata.

E allora viene naturale abbracciarsi, strusciarsi più forte possibile, muoversi sensualmente come in una lenta Lambada subacquea.

E a Scarlet viene naturale, naturalissimo, serrare le gambe intorno alla vita di Osvaldo, tirarsi su fino a sfiorargli la faccia con le tette gonfie, slacciarsi il reggiseno e gettarlo a riva.

Il nostro Indiana Jones, che nel frattempo ha riacquistato dentro ai boxer la posizione di partenza, non sente più il freddo, avvampa di passione. La bacia. Si baciano. Scarlet ha una lingua grossa e prodigiosa che non lo fa quasi respirare.

Si spostano di qualche metro in modo da avere più presa con la superficie.

È giunto il momento.

Osvaldo si cala i boxer che finiscono, dopo una parabola morbida come un calcio di punizione di Zico, su un sasso proprio accanto al reggiseno di Scarlet.

La ragazza prima gli accarezza i testicoli e poi glielo prende in mano calibrando a perfezione l'intensità della stretta. Non ha mai sentito qualcosa di così rigido. Sembra ingessato. E continua ad avvinghiarlo con le gambe intorno alla vita. Sempre più forte. Le dita con le unghie lunghe smaltate dello stesso colore delle labbra, premono sulla nuca.

È una maga.

Come può conoscermi così bene da individuare esattamente i miei punti deboli (Osvaldo ha solo punti deboli)*?*

E io ho avuto la fortuna sfacciata di incontrarla!

Il Valenti non può fare altro che calare le mutandine di Scarlet, tirarsi un po' su ed entrare dolcemente in quelle morbide fauci.

Me lo merito, mi merito tutto questo e mi merito di essere felice con questa splendida ragazza.

Osvaldo non lo sa ma si sta innamorando, sopraffatto dall'eccitazione.

Sarebbe tutto troppo perfetto.

Lui è Osvaldo Valenti e un colpo di sfiga proprio sul più bello è ordinaria amministrazione.

Cos'è questo strano movimento sulla riva del ruscello?

Niente.

Non c'è niente.

Tutto a posto.

Ci ripensa.

Non c'è niente nel senso che non ci sono più i vestiti!

«Ehi Scarlet... i vestiti», le dice piano, a un orecchio.

Non lo ascolta, gli sta leccando il collo e muove il bacino come una dea.

«Scarlet, c'è qualcuno qui, ci hanno rubato i vestiti!»

La ragazza si stacca, fa una faccia perplessa e si muove verso riva.

Salgono sui sassi dove un minuto prima erano sparpagliati i vestiti.

Stanno in silenzio, tendono le orecchie.

Ci sono dei rumori. Sono vicino a loro. Non sono fruscii di allontanamento. I suoni si gonfiano e accorciano la distanza.

Osvaldo guarda l'altra riva della pozza d'acqua.

Ci sono delle ombre. Più che ombre sono sagome, sagome di uomini. Saranno quattro. Tutti tarchiati.

La Banda Bassotti.

Cosa ci facciamo alle falde del Monte Serra?

Ma soprattutto.

E adesso che cosa facciamo?

La cosa migliore è non fare niente. Pronti a telare. Speriamo che se ne vadano con i nostri vestiti e non ci vengano a rompere i coglioni. Tanto è impossibile recuperare la refurtiva. Io sono solo, loro sono quattro. E quattro sarebbero pure pochi, ma questa sera non mi sento in forma.

Osvaldo sorride amaro.

Scarlet è ammutolita ma non sembra avere paura.

Gli uomini parlano fra di loro. Nel frattempo se ne è aggiunto un altro. Più alto, ha l'aria del capo. Discutono ad alta voce eppure Osvaldo non riesce a capire cosa dicono.

Sono stranieri.

Osvaldo cerca di osservare meglio.

Uno di loro ha in mano qualcosa di lungo e cilindrico, potrebbe essere una mazza. Luccica, quindi è metallo. Mentre un altro farabutto, il capo, ha in mano qualcosa. La impugna come se fosse una pistola. È una pistola.

Osvaldo adesso ha paura.

Stanno facendo il giro.

«Scappiamo Scarlet.»

Ma Scarlet è immobile, come paralizzata.

La tira per un braccio, ma lei resta piantata con il sedere sulla roccia.

Adesso si muovono veloci, stanno aggirando la pozza d'acqua. Quello con la mazza sta correndo verso di loro, spalanca la bocca, urla qualcosa. Ne esce un suono che si sfalda a metà.

Osvaldo si alza in piedi per difendersi, per difendere Scarlet.

Il cuore pulsa fortissimo, sembra impossibile che non si spacchi da un momento all'altro.

Non può essere, solamente ieri ho rischiato di morire. Maledetta Lido di Magra.

L'uomo è a pochi metri e sta per prepararsi a colpire.

«Noooooooo!»

L'urlo della ragazza ferma il delinquente. Lo blocca di colpo. Lo inchioda facendolo quasi inciampare.

Un miracolo.

Un vero miracolo.

Non è una donna, è la Madonna.

L'uomo biascica parole sconosciute e dure. A voce alta. Non si capisce con chi stia parlando. Poi si volta verso i suoi compagni. Quello con la pistola fa segno di andarsene, agitando l'arma.

E il gruppo di criminali, lentamente, come se non avesse alcuna fretta né paura, scende a valle.

Osvaldo e Scarlet si abbracciano come due superstiti.
Stanno fermi così, almeno per un'ora.
Sguardi e sospiri.
Poi, guidati da una luna generosa che rischiara i corpi nudi (solamente Scarlet ha ritrovato le mutandine che galleggiavano sull'acqua), camminano verso il mare.
Sulla strada Osvaldo nota la sua auto, non l'hanno rubata. Eppure avevano le chiavi, erano dentro i jeans.
Però gli occhiali da sole se li sono fottuti.
Sempre detto: porta sfiga non metterseli.
Non riesce a comprendere se questo è il periodo più fortunato della sua vita oppure il più sfortunato.
Osvaldo Valenti non ha capito niente.
E stavolta, almeno stavolta, avrebbe dovuto capire.

52

L'ESTATE si consuma lentamente come una fiamma che arde demoralizzata.
Per Fabio Arricò la stagione dei grilli e delle cicale è finita il giorno in cui ha deciso di consegnarsi alla mercé di Caterina. Quella sera sugli scogli, quando Caterina stava benissimo anche con un graffio profondo sulla guancia e il sole si era polverizzato in mille cristalli colorati.
Inizialmente Fabio non l'ha presa male. Anzi. Si sentiva leggero e libero. Era come se avesse trasferito tutto il peso delle attese, dei dubbi, dei rancori sugli occhi combattivi di Caterina.
L'avrebbe vista il giorno dopo, ci sarebbero state mille altre

occasioni per osservarne gli stati d'animo, i lievi mutamenti, gesti senza importanza a cui aveva imparato a dare un valore assoluto.

Ma non è andata così.

Caterina si fa vedere in orari sempre diversi e più improbabili.

È come se avesse perso ogni interesse a frequentare Fabio e i suoi amici, come se il suo centro di gravità fosse smottato altrove.

In spiaggia si vede sempre meno, fa il bagno con le amiche e se ne va senza salutare. Brevi apparizioni disinteressate. La sera non esce, perché nessuno la vede in giro.

Fabio traduce il tutto in pensieri semplici ma inconfutabili: le ha confessato che l'amava, lei ha respinto la notizia tirando fuori le unghie e alla fine se n'è completamente sbattuta. Come se le avesse fatto un complimento del cavolo, tipo che so, «ti sta benissimo il rossetto rosso».

Già, il rossetto rosso. Il rossetto completamente sbavato su un angolo della bocca.

È un giorno come un altro di inizio agosto, caldo e stanco, quando, dietro le cabine, incrocia Federica. Abbronzatissima, porta un costumino rosa shocking. Deve essere di una taglia più piccola perché il segno del costume risplende come se portasse un paio di bretelle bianche. Sta leccando un gelato, passandoci apposta tutta la lingua.

Fabio non si accorge di nulla. Cosa gliene frega di quella scema di Federica Trevisano!

Però le si ferma a fianco...

«Scusa Fede, ma che fine ha fatto Caterina? Non si vede più.»

Si blocca anche Federica e lo fissa con uno sguardo di commiserazione.

«Sarà con il suo ragazzo, no?» dice gonfia di sarcasmo.

Quella sadica di Federica prosegue, voluttuosamente felice di avere ridotto al silenzio quella mezza pippa di Arricò. Fabio si appoggia con la schiena sul retro di una cabina e non ha il coraggio di chiederle chi è quel minchia del «suo ragazzo». Due paroline che gli sforbiciano via la ragione con le lame affilate della gelosia.

Ragazzo? Come ragazzo? Me ne avrebbe parlato. No, non è possibile.

222

Si fionda da Samuele che sta in riva al mare a sparare cazzate con il bagnino. Samuele deve sapere per forza. Fabio ha gli occhi che franano febbrili, in bilico fra la curiosità e la voglia di fuggire.

Ma Samuele è informato quanto lui. Anche se il suo sguardo è molto simile a quello di Federica.

«Però, in effetti... ora che mi ci fai pensare è un po' che non si vede più... mah boh... che ne so. È una ragazza strana, secondo me è scema. Può anche essere che se ne stia a casa a fare i compiti delle vacanze...»

Fabio cerca di estorcere informazioni a tutti i suoi amici attraverso domande incrociate, trabocchetti, incredibili bluff. Ma niente. Nessuno sa niente. Assolutamente niente. E allora perché ha come l'impressione che tutti conoscano la verità? Tutti tranne lui?

Ha giurato che dopo l'harakiri davanti agli occhi di Caterina non si sarebbe più fatto sentire.

Avrebbe atteso come un grande samurai.

Toccava a lei fare la prima (seconda) mossa!

Lo aveva giurato a se stesso.

Stai immobile come un... come un semaforo, sì. I semafori stanno immobili.

Ma come aveva letto su un libro di scuola «Giove sorride quando gli amanti giurano».

L'assenza di lei gli toglie il respiro e ogni possibilità di replica.

Non gli rimane che telefonarle, altrimenti impazzisce.

Il cuore batte molto più velocemente di quegli stupidi squilli senz'anima. E ogni secondo che passa, diventano neutri lamenti. Agonizzano e poi muoiono, insieme alle sue speranze.

Rispondi ti scongiuro... cosa ti costa?

Niente.

Nessuna risposta.

Prova anche a inviarle un messaggio tramite Messenger.

Lo ha scritto e riscritto venti volte, ma la montagna ha partorito un topolino.

«Che fine hai fatto? Non ti si vede più, tutto bene?»

La risposta giunge dopo un paio di giorni di crudele e snervante attesa.

«Tranquillo Fabietto. Tutto ok. Ho da fare ma un giorno ci vediamo…»

Ma come, tutto qui?

Per fortuna ci sono i puntini di sospensione.

I puntini di sospensione sono la vita.

Rappresentano un appiglio a cui Fabio si attacca con tutte le sue forze come il grande Reinhold Messner a un moschettone su una parete dell'Himalaya.

Il testo del messaggio viene sottoposto a esegesi.

Gli amici più stretti, e cioè Luca, Giò e Massimo, collaborano con entusiasmo nell'interpretazione critica di quelle semplici parole. I problemi maggiori risiedono proprio nella decodifica dei puntini di sospensione. Ammiccano maliziosi a un futuro incontro? Perché sono proprio «tre»? E non quattro o cinque? Alla fine tutto viene ridimensionato al semplice stato di realtà.

Quel messaggio significa ciò che esprime esplicitamente, senza tanti voli pindarici.

Fabio, delusissimo, accetta il responso collettivo.

Fine di agosto.

Come dire fine dell'estate, fine dei sogni, fine di tutto.

Fa caldo anche se è il ventisette del mese. Anche se è quasi notte.

Eppure le giornate sembrano traballare, perdere consistenza. È come vivere al passato. Le sere sempre più leggere e oscillanti, accarezzate dal vento fresco dell'autunno invisibile, rimpiattato in fondo al mare o dietro la montagna più alta.

Il flusso dei turisti si è attenuato, l'elettricità delle vacanze sfuma giorno dopo giorno e la nostalgia dell'estate agli sgoccioli sbatte in faccia le attese per il nuovo anno, preludio dell'estate che sarebbe tornata ancora una volta. Doveva tornare!

Arricò se ne è andato a letto. Dopo un'oretta di ragionamenti circolari sta iniziando a mischiare i pensieri frantumati che anticipano il sonno e le prime appiccicose allucinazioni dei sogni.

Fabio, sei un idiota.
È il primo pensiero appena si sveglia, nella tarda mattinata.
Ci voleva molto a capirlo?
Ha fatto un sogno rivelatore (a queste cose non ci crede, ma stavolta è diverso...)
Talmente nitido e simile alla realtà che quest'ultima gli appare come un ridicolo inganno.
I sogni non dicono bugie.
Caterina ha un ragazzo.
Probabilmente ha fatto l'amore per la prima volta nella sua vita. E anche solo per questo motivo il fortunato amante sarebbe divenuto un'entità superiore e astratta, una creatura mitologica impossibile da abbattere nella sua fantasia come in quella di Caterina. Per sempre.
Le palpebre pitturate. Il rossetto sbavato e stemperato su una guancia come un pennarello che ha finito la vernice. Si era truccata per ciondolare sulla scogliera?
Povero scemo...
Era con qualcuno prima che Fabio arrivasse, quel giorno.
Era con lui.
Che patetico idiota!
Le ho confidato tutto mentre aveva ancora in circolo la saliva di un altro ragazzo.
È finita. Ora è finita sul serio.
Nel sogno si erano ritrovati tutti a una festa, in una casa sconosciuta. C'erano gli amici. E Caterina, naturalmente. Rideva, era più affettuosa del solito. Si strusciava e appoggiava la guancia alla sua. Eppure la perdeva di vista. Poi ancora lei. Non c'era un'immagine particolare. Ma una sensazione. Una di quelle sensazioni viscerali che solo i sogni veramente aggrappati alle paure e ai desideri riescono a iniettare nella mente. Caterina era lì con il suo ragazzo. Perché non lo vedeva? Non importava, c'era. Era lì.

Gli amici consolavano Fabio. Soprattutto uno, quasi si scusava. Ma non si sarebbe mai ricordato chi fosse costui.

Il sogno gli rimase incollato nella testa e nello stomaco. Visse qualche ora completamente risucchiato da quell'atmosfera vischiosa che lo ricongiungeva senza difese all'ammissione della sconfitta.

Quando si liberò dagli strascichi del sogno, un'unica, solitaria domanda gli era rimasta impigliata nel groviglio della mente.

Va bene, ho capito. Ma lui...
Chi è?

Cinque mesi dopo...

53

Fabio Arricò ha capito.

Uno stupido errore e adesso è tutto chiaro.

Una svista banale, commessa proprio da Caterina.

Come ha fatto a sbagliare così clamorosamente (Fabio dovrebbe riflettere con serietà su questo particolare e porsi qualche domanda)?

Gli sembra impossibile.

Perché lui?

Perché proprio lui?

Assurdo.

Cosa ha più degli altri? Cosa ha più di me?

Gli amici lo sapevano. Forse fin dall'inizio.

Tradito.

Tradito da tutti.

Sai quante risate si sono fatti?

Una ridicola messa in scena senza fine. Richiesta e promossa da Caterina, ovviamente. Per non farlo stare male? Per non umiliarlo una volta di più? L'accortezza pietosa della ragazza lo rende feroce, scompone il suo orgoglio e lo accende di violenza.

E poi la scelta della ragazza brucia, brucia troppo.

Lo rovescia, sovverte la logica della sua immaginazione.

Un torrente convulso di fotogrammi gli attraversa brutalmente lo sguardo.

Ha preferito un altro. Con cui fare tutto. Con cui perdere tutto...
Più ci pensa, più non riesce a crederci.

Per un attimo sente aprirsi uno squarcio di gioia, come se final-mente avesse una ragione per vendicarsi. E la vendetta è sempre splendente.

Caterina è una ragazza sveglia e attenta: ci tiene a non sbaglia-re, a essere corretta anche nello scherno, fin troppo frontale. Mai un colpo basso. Stavolta no, stavolta Fabio ha una ragione per re-plicare, per provocare, per sfidare con la stessa veemenza della sua nemica più amata. Per la prima volta, semplicemente, è autorizzato ad avercela con lei in modo viscerale.

L'inganno, e non tutto il resto, è la giustificazione formale che Fabio cercava per poterla colpire, infrangere, almeno scalfire.

Ma lo sa che è un trucco.

La verità è che Caterina ha scelto un altro ragazzo al posto suo. Punto e basta. Senza tante parole. Eppure credeva che fra loro ci fosse un equilibrio d'attesa, una specie di congegno salva-vita che avrebbe scongiurato la possibilità di farsi male sul serio.

E adesso che faccio?

Non posso nemmeno permettermi di incazzarmi con gli ami-ci... perché dovrei incazzarmi con tutti! Praticamente con tutti gli abitanti di questo paesino schifoso!

Faccio finta di niente.

Giusto così.

In questo mondo vince chi fa finta di niente. Fregarsene di tutto e sminuire l'importanza delle cose che ti girano attorno, fingen-dosi costantemente impegnato in esperienze più interessanti. Ecco come si fa! Mostrare passione è assolutamente vietato. La garan-zia del fallimento!

Non era quello che ha cercato di dirmi mia sorella?

Però Caterina me la deve pagare.

Ma come?

Fabio guarda dalla finestra, è già buio. Le luci accese nelle case vicine brillano di malinconia. Là fuori fa freddo. Lo sente anche se è appiccicato al termosifone della sua camera. Il cielo è pieno di stelle, e lui, quelle stelle, le vorrebbe bruciare una per una.

È tutto freddissimo e triste. E ha poco senso.

Meglio tuffarsi sul letto.

Ma anche le pareti della stanza non lo aiutano, mai così indifferenti e neutrali. Non lo aiutano le fotografie appese a una bacheca di legno con le puntine, i quadri coloratissimi dello zio, il poster di Messi che gli ha fatto vincere una scommessa alla SNAI.

Per aggravare il tormento cerca sul telefono *Va bene, va bene così* di Vasco Rossi.

Ma a diciassette anni non va bene, non può mai andare bene così!

Non si lascia che sia. Ci si ribella, scardinando il buon senso e facendo le cose che, incredibile a dirsi, vorremmo veramente fare.

Ascolta la canzone alla solita maniera, osservando una foto di Caterina sul portatile. La guarda negli occhi come sempre. Li tiene sgranati come se fosse sorpresa, mentre Fabietto sente bruciare i suoi. Non riesce a distinguere se è per rabbia, per delusione oppure semplicemente perché sa che è finito tutto.

Rilegge per la centesima volta quel messaggio sul telefono (anche se stavolta è più difficile con le lettere piccole piccole che iniziano a tremare dietro a quel sottilissimo velo d'acqua salata sugli occhi), un errore candido e inverosimilmente crudele. E per la centesima volta si domanda se per caso si sia sbagliato nel leggere il nome in fondo al testo, se abbia dato un peso troppo illuminante alle parole, se ci sia un'oscura via d'uscita... alla verità.

Ma non c'è, non può esserci!

Per questo Caterina deve pagare.

Come quel giorno al mare, sulla sabbia. Quando lei era sotto e io sopra. Lei rideva ma gemeva di impotenza, afflitta dalla sua debolezza.

E si piegava, crollava.

Ma crollava piano piano, con clemenza, perché c'era Fabio che stava attento a non farle male.

Stavolta sarà diverso, non sarà un gioco.

Ed è l'unico modo!

L'unico modo per farla soffrire.

54

MA cosa è accaduto, in tutti questi mesi, nel nostro bel paesino addormentato nel bosco?

Dobbiamo allora fare un pezzo di strada in retromarcia per vederci più chiaro in tutta questa storia.

L'estate, da queste parti, è il cuore che batte.

Agonizzò ancora per qualche tempo, decelerando e riaccelerando con le sue pulsazioni sempre più deboli. Prima di arrendersi alla lunga stagione invernale. Già, perché da queste parti non esistono quattro stagioni, ne esistono due. L'estate, che significa esplodere, e l'inverno, un lungo periodo psico-temporale che accorpa l'autunno e la primavera, e in cui gli abitanti di Lido di Magra darebbero la vita per rinascere orsi polari e andarsene in letargo. Anche il mare non c'è più. Non serve a nessuno. Basta guardarlo un attimo: i ricordi risalgono fino alla gola e ti teletrasportano in un mondo troppo lontano e contrario per essere stato reale.

Proprio il mare, nella sua inutile sconfinata materia, è un gigantesco ricordo.

Le giornate si accorciano, ma in realtà si allungano di noia. E la noia è un elastico che si rompe solamente se lo tiri a fondo. Ma devi essere tu a farlo, a tirarlo oltre il limite, a fare accadere le cose. Qui di sorprese ce ne sono poche e, per moto proprio, non succede assolutamente niente.

E allora come mai Fabio Arricò stava per inaugurare il periodo più rovente della sua vita?

Perché i luoghi non valgono, valgono le persone.

Era dal primo giorno di scuola in prima elementare che Fabio non si svegliava contento la mattina prima di andare a lezione. Di solito puntava la sveglia in tre orari diversi per addolcire il momento ideato da una forza malvagia che lo obbligava a uscire dal letto calduccio e affrontare la giornata scolastica. Un incubo. Adesso invece, si alzava come un grillo. Sole, pioggia, neve e vento erano elementi naturali di basso interesse. Fabio si adeguava all'agente climatico vigente, si buttava lo zainetto sulle spalle e volava a scuola felice come colui che deve incassare il primo premio del Superenalotto. I genitori erano realmente preoccupati.

Fabietto non aspettava altro che catapultarsi nel bunker a cielo aperto (la struttura portante era rappresentata da un parallelepipedo di cemento armato basso e grigio) che ospitava il liceo scientifico Ettore Majorana. Lì non c'era via di scampo. L'avrebbe vista, avrebbe potuto studiare mosse e contromosse. Sarebbe finalmente stato in grado di scoprire le trame che si andavano dipanando alle sue spalle, di estrarre i coltelli che sentiva piantati sulla schiena.

In fondo le sue paure erano nate da un sogno bizzarro, ora servivano le prove. Per poter almeno patire utilmente.

Ma Caterina sembrava lo facesse apposta.

Arrivava a scuola all'ultimo momento, si rintanava in quella sezione di figli di papà e non usciva neanche per ricreazione.

Sfiga pazzesca.

Non la incontrava mai! Da nessuna parte: nei corridoi, nel parcheggio dei motorini, all'uscita di scuola. Caterina era diventata il fantasmino Casper. E pensare che Arricò stava fisso nel bagno dei maschi per aumentare le possibilità statistiche di incrociarla nel tragitto.

Poteva solo vederla di sfuggita, con le sue amiche fidate, concentrata a spettegolare su chissà cosa.

E quei frammenti di tempo dovevano bastargli: per morire di curiosità, per catalogare i suoi cambiamenti, per sognare che quel sogno fosse stato solamente un imbroglio delle sue paure.

Ma non c'erano dubbi.

Caterina aveva un interesse prevalente che sbiadiva ogni altra cosa.

Per questo se ne sbatteva di farsi vedere in giro, di camminare su e giù per il corridoio durante la ricreazione, di restare qualche minuto in più a fare la scema all'uscita di scuola.

Era felice?

Sì. E senza di lui. Neanche lo guardava. Come se fosse normale salutare distrattamente chi le si era consegnato senza difese, conscio che quella debolezza sarebbe stata la sua rovina!

Quante volte era stato tentato di prenderla da parte e chiederle come stavano le cose: perché non si faceva più vedere? Cosa le aveva fatto di male? Bisogna fare veramente male a una persona perché questa ti ignori completamente, quando fino a pochi mesi prima eri uno dei suoi primi punti di riferimento. Fabio non ci sarebbe mai riuscito a essere così disumano.

Chissà se almeno ci pensava un pochino a lui o addirittura ne parlava con le stronze delle sue amiche.

Si era messa con qualcuno? Bene, che glielo facesse presente. Nessun problema (*sei sicuro?*). Nessunissimo problema. Era un passaggio naturale che non le avrebbe fatto pesare. Sarebbero diventati amici. Sì, amici. Meglio di nulla, persino l'amicizia, che era la peggiore delle pugnalate. Avrebbe pure sopportato il suo fidanzato. E se avesse visto qualcosa che non gli piaceva avrebbe girato la testa dall'altra parte. Avrebbe imparato a soffrire pur di starle vicino.

E se invece avesse deciso di difendersi (o difenderlo) con le bugie, avrebbe fatto finta di nulla.

Eppure non riusciva neanche a fermarla nel piazzale davanti alla scuola, a guardarla negli occhi (forse sarebbe bastato). E parlarci una volta per tutte.

La verità era che Fabietto era terrorizzato da ciò che avrebbe potuto sentire.

Questa lenta esecuzione, però, doveva finire.

Gli mancava.

Per la prima volta nella sua vita qualcosa gli mancava sul serio.

Era come se fosse tutto sbagliato.

Al Bano che canta *Felicità* senza Romina. Dov'è la felicità?

Si sentiva mutilato senza poter rincorrere il senso delle parole che uscivano dalla voce ondulata di Caterina. Ogni sua frase senza importanza era il pensiero più prezioso del mondo. Fabio ci ripensava per delle ore, si ricordava tutto. Più di quanto lei avesse potuto ricordarsi di se stessa.

Aveva aspettato fin troppo.

Il detto cinese «aspetta sulla riva del fiume e vedrai passare il cadavere del tuo nemico» stava iniziando a stargli sui coglioni. Qui non passava nessuno. E se avesse atteso ancora rischiava di essere lui a farsi trovare morto stecchito dal suo nemico mentre quest'ultimo nuotava sul fiume.

Doveva fare qualcosa.

Fabio Arricò prese il coraggio a due mani.

Vado a casa sua. Lì non può scappare.

Era un pomeriggio, sul presto, nemmeno il tempo di togliersi lo zainetto. Non aveva mangiato, stomaco chiuso.

Faceva freddo e il sole, lassù, impallidiva di fronte alla sua temporanea inutilità.

Sapeva dove abitava Caterina, a non più di cinquecento metri da dove viveva lui.

Ma non aveva mai visto la sua casa, nemmeno ci era passato davanti. Dicevano tutti che era una villa molto grande e che il giardino non finiva più.

Montò sul suo scooter rosso Ferrari e, nel freddo umido di Lido di Magra, si diresse senza fretta verso il confronto tanto agognato e temuto.

Eccola, la casa.

Rallentò, senza fermarsi.

Era più bella di come se l'aspettava. E soprattutto era molto più bella della sua. Fabio non possedeva lo sguardo clinico del grande architetto Renzo Piano, ma non ci voleva molto per capire che quella villa costava un sacco di soldi. A diciassette anni il denaro conta poco, eppure un indizio di disparità lo colse di sorpresa. Ma aveva altro a cui pensare.

Riaccelerò per riordinare le idee, uno sguardo di sfuggita al cancello, ma era chiuso.

Per un attimo si sentì il protagonista dell'unico libro che aveva letto in tutta la sua vita: *Il Giardino dei Finzi Contini*. Negli altri libri ci aveva solo studiato. Anche quello era un compito per la scuola, ma mentre lo leggeva non aveva pensato nemmeno un secondo all'interrogazione del giorno dopo. Lo leggeva e via via, come tutti, si era innamorato di Micol, aveva vissuto insieme al protagonista nel celebre giardino, si era emozionato sul finale pur avendo capito il giusto del contesto politico.

Lui però era FUORI dal giardino. Nessuno, tanto meno Caterina, lo aveva invitato. E se qualcuno lo avesse visto girare intorno come una spia ci avrebbe fatto una figura miserabile.

Tornò indietro e stavolta ci si fermò davanti. Davanti a una siepe, per la verità.

Tipico silenzio da pennichella post pranzo.

O forse sono ancora a tavola e stanno zitti mentre mangiano.

Poi sentì la voce di un uomo e intravide un ragazzone che fumava sul prato. Troppo giovane per essere il padre.

Eccolo è lui.

Il fidanzato di Caterina.

Un groppo alla gola grosso come una noce di cocco gli impediva di deglutire. Aveva smesso di respirare.

Scese dal motorino e ficcò letteralmente la faccia nella siepe, graffiandosi il mento e le mani. Si sbucciò la fronte. Un ramo sbrecciato gli strappò i jeans e gli ferì la gamba di striscio.

E che è un filo spinato?

Si sarebbe fatto ridurre a brandelli pur di vedere con i suoi occhi.

Il tipo pronunciava a gran voce uno strano nome.

Urlò ancora.

A Fabietto parve di sentire la parola «Pernigotti».

Sì, Pernigotti, come il cioccolato con le nocciole, la gianduia... Perché la chiamava così? Perché Caterina era dolce come il cioccolato?

Quei due dovevano essere già molto intimi per affibbiarsi questi nomignoli idioti.

Poi sentì un fruscio di lato.

Eccola.

Indossava dei pantaloni larghi, sopra si era messa una felpa per stare in casa. Una giacca troppo grande buttata sulle spalle: doveva essere del suo ragazzo... Aveva i capelli sciolti che le tagliavano il viso a metà, non riusciva a vederla bene in faccia. Il ragazzo le andò incontro e le passò la sigaretta.

Fuma? Come fuma?

Da quando?!

L'ha plagiata lui, bastardo.

Fabio si era fatto di cocaina qualche mese prima e adesso provava fastidio nel vedere Caterina che tirava due boccate di fumo da una sigaretta.

I due parlottavano.

Non avrebbe mai immaginato, davvero mai, che stessero parlando proprio di lui.

Osvaldo era in procinto di raccontare a Caterina come era andato a finire il colloquio con il padre.

Per questo continuava a chiamarla, voleva parlarle in giardino, dove la madre non poteva sentire.

Caterina si era fatta scivolare addosso quanto detto nell'incontro senza esclusione di colpi con Samuele. Tranne una frase sibillina pronunciata dal bulletto che le si era conficcata in gola da troppo tempo. Lì per lì, aveva lasciato cadere la cattiveria senza dare soddisfazione al nemico, ma in realtà se l'era impressa nella memoria come un marchio a fuoco. Era un'illazione sul padre di Fabio. E sul suo. Perché il genitore dell'amico non lavorava più alla cava?

Ne parlò col fratello, il quale nel frattempo aveva iniziato a lavorare nella società di cui il padre era amministratore. Entusiasta come Rocco Siffredi in un monastero di monache carmelitane, Osvaldo aveva accettato quel lavoro di ufficio (il padre gli aveva risparmiato le fatiche e i pericoli della cava) così lontano dalla sua natura. E la cosa più assurda era che non gli pesava. Non gli pesava per niente. Si sentiva utile come un quintale di becchime per un orologio a cucù, ma non si scomponeva.

Osvaldo Valenti stava vivendo uno dei periodi più belli e intensi e sereni della sua vita.

Lavorava senza sbuffare. Perché era felice.

Il merito, manco a dirlo, era tutto della dolce Scarlet Mendez Sousa, divenuta a tutti gli effetti la nuova fidanzata del campione di salsa.

L'unione si era formalizzata nel clima di semplicità che si era instaurato fra i due ragazzi.

«Senti Scarlet, perché non ci proviamo?»

«Proviamoci.»

Senza tanti cazzi e mazzi.

Senza i giochetti di potere che si snodano tacitamente nelle coppie in fase di formazione, le ostentazioni farlocche, le pavide corse a innamorarsi per secondi.

Dazi insopprimibili di questo mondo arido e ingeneroso.

Ma in fondo, perché Osvaldo ci aveva perso la testa?

Perché era bella. Ma non bella normale. La sua bellezza era la destinazione di mille sofferenze. Un insieme di cicatrici intagliate nello spirito contro cui i suoi occhi lottavano perennemente. Sembrava più grande della sua età. I piccoli segni che le variegavano il viso erano il racconto di quante volte era stata usata, tradita, rivoltata, sconfitta. Del tempo bruciato troppo in fretta. Eppure il suo volto si rompeva in un sorriso talmente luminoso da intimidire il buio che l'assediava.

Osvaldo, non lo sapeva, ma l'amava soprattutto per questo.

Per quella piccola fessura di ignoto che non avrebbe mai conosciuto fino in fondo.

Abbiamo spiegato perché l'amava.

Ma non il motivo per cui Osvaldo aveva finalmente rotto il giuramento (stretto con se stesso dopo la disastrosa relazione con Katia Arricò) di non fidanzarsi mai più.

Molto semplice. Scarlet non gli faceva paura, Scarlet non avrebbe mai potuto fargli del male. Con Scarlet non avrebbe mai corso il rischio di dover fuggire.

La bella dominicana parlava poco del suo passato.

Faceva parte di una famiglia numerosa che viveva a Villa Vásquez, una cittadina senz'acqua non troppo distante dalla più rinomata Puerto Plata, nel nord della Repubblica Domenicana.

Se ci vai in vacanza a goderti le spiagge bianche, il mare cristallino e la compagnia (a pagamento?) di qualche bella ragazza indigena, questi luoghi sono il paradiso.

Ma se ci nasci e ci vivi sono poco meno di un inferno.

Scarlet aveva deciso di allontanarsi dal suo Paese a soli diciotto anni e, a suo dire, era stata l'unica cosa giusta che aveva fatto nella sua vita.

Vinto l'imbarazzo delle prime schermaglie amorose, la ragazza aveva svelato a Osvaldo il suo misterioso lavoro: aiutava un anziano nelle faccende di casa. Semplice. Semplice come prendere a calci un pallone. E allora perché ogni volta che Osvaldo tirava fuori questo argomento Scarlet teneva gli occhi bassi? Le si tagliavano letteralmente, i suoi grandi occhi orientali.

Osvaldo recepiva ma non indagava, perché se c'era una cosa che aveva capito nella sua vita è che se ti allontani dalla superficie e ti spingi in profondità, lo fai a tuo rischio e pericolo.

Fosse stato un po' più attento, avesse fatto un passo in più...

Troppi congiuntivi.

Non era da lui.

Stavano bene così.

Erano una coppia. Vera. Non contaminata dalle eccessive ambizioni personali che nutrono l'ego degli amanti e prosciugano la sorgente della relazione.

E non importava niente se uno si annullava per l'altro, perché l'altro si annullava a sua volta. L'equilibrio si ricomponeva e gli spazi vuoti si colmavano.

Osvaldo era giunto a una conclusione definitiva: doveva sposarla assolutamente.

Dopo tanto peregrinare aveva trovato la donna giusta.

Non era un meraviglioso segno del destino che avesse lasciato Santo Domingo per ritrovarsi a Lido di Magra con una ragazza proveniente da quel lontano Paese tropicale? Con Scarlet non si sentiva sempre sul filo del rasoio, costretto sulla cresta dell'onda a recitare una parte per essere desiderato. Con Scarlet poteva essere se stesso, palesarsi nella sua umana banalità. Che poi era anche quella della sua giovane compagna.

E, soprattutto, davanti a Scarlet poteva stare senza occhiali da sole.

Per coronare il loro sogno, stavano cercando una casetta.

Niente di esoso, un nido dove poter creare l'embrione di una famiglia. Scarlet aveva gusto e si sarebbe impegnata a trasformare l'abitazione in una vera e propria bomboniera dal sapore latino.

Avevano i loro lavoretti e se li sarebbero fatti bastare per ottenere un mutuo. Senza chiedere niente al dottor Valenti. Certo, in tempi migliori, avrebbero trovato un lavoro nuovo per Scarlet. E soprattutto Osvaldo, avrebbe ripreso il progetto di aprire un locale tutto suo, dove sonorità latino-americane avrebbero fatto da colonna sonora a una trattoria spartana ma allegra dove poter gustare i piatti tipici della cucina caraibica.

Intanto avrebbero iniziato a convivere e poi… e poi sarebbe venuto tutto naturale.

Spiegato il motivo per cui il quarantenne più indisciplinato di Lido di Magra aveva deciso di accettare il lavoro e bivaccare senza smanie in mezzo alle scartoffie, possiamo tornare nel giardino di casa Valenti e al problema che stava affliggendo Caterina. Mentre Fabio, come un camaleonte daltonico, cercava di mimetizzarsi inutilmente nella siepe quando passava qualche auto. Non doveva farsi beccare assolutamente. D'altra parte era un periodaccio e Arricò lo sapeva bene. Glielo aveva detto anche sua sorella. I tempi erano cambiati.

Se oggi regali a una donna un mazzo di rose, ti denuncia per stalking.

Bisogna stare attentissimi.

Lo spione non sentì una parola di quello che si dissero, ma alla fine vide Caterina alzarsi in punta di piedi, buttargli le braccia al collo, puntare con gli occhi che quasi si incrociavano una zona molto limitata della guancia del ragazzone e ricoprirla di baci per un minuto buono.

Ma erano baci strani, uno dopo l'altro, a raffica. Senza staccare la bocca. Li conosceva quel tipo di baci. Sua sorella lo tempestava per minuti interi quando era piccino.

E allora?

Ora si staccano e arrivail bacio vero. E io muoio.

E invece...

Una signora distinta con i capelli ricci e corvini si affacciò dalla porta e li chiamò. Anzi chiamò il ragazzo.

«Osvaldo, c'è papà al telefono, vuole sapere se stasera ti serve la macchina...»

Era il fratello.

Solo il fratello.

Fabio non volle forzare la sorte e decise che avrebbe parlato alla ragazza in un altro momento.

Se ne andò, rinfrancato ed esultante per lo scampato pericolo.

Ma sapeva bene che non sarebbe finita lì.

Ci resta solo da capire perché Caterina si era appiccicata a Osvaldo come una cozza a uno scoglio di Calafuria.

Era vero.

Aveva ragione Samuele.

Il signor Arricò era stato licenziato.

Osvaldo aveva raccolto informazioni e sembrava proprio che il primo artefice fosse stato Piero Valenti. Quando lo comunicò, Caterina esplose di rabbia: incredula e rovinosa. Ma la fece defluire dentro di sé. Osvaldo non aveva mai visto sua sorella così lacerata. Era furibonda e, per non darlo a vedere, stava esercitando su se stessa una violenza pari alla sua collera.

Caterina si mangiò l'ira fino all'ultimo boccone e parlò con poche e decise frasi.

Il loro papà aveva licenziato il padre della ex fidanzata di Osvaldo. Guarda caso. Fabio era un suo amico. Questa storia andava chiarita immediatamente. Se Osvaldo non avesse parlato con papà, ci avrebbe pensato lei. Il signor Arricò, a detta stessa di papà Piero, era un lavoratore capace. Per quale motivo era stato licenziato? Se c'erano delle giustificazioni reali, bene. Altrimenti il padre di Fabio doveva essere riassunto. Senza tante discussioni.

Stavolta l'inappuntabile dottor Valenti non se la sarebbe cavata con un'alzata di spalle. Caterina era pronta a tutto.

Anche Osvaldo non l'aveva presa bene.

Ma ciò che fece, fu solo per Caterina.

Il signor Arricò era il padre di quella grandissima stronza di Katia, vero, ma sul lavoro non si poteva scherzare.

Lo diceva uno che se l'era spassata per tutta la vita.

E poi cos'era? Una ritorsione a tutela del figlio beota?

Doveva vederci più chiaro.

Un vento che tagliava le orecchie sembrava il respiro irregolare delle montagne.

Aveva atteso suo padre fuori dall'ufficio, al parcheggio. Non aveva scelto il luogo coscientemente, ma era come se avesse intuito che quella storia non si sarebbe esaurita dentro allo spazio lavorativo.

Si era alzato il colletto del giaccone per ripararsi dal vento.

Aveva chiamato il padre quando aveva già fatto scattare l'apertura centralizzata.

«Che c'è Osvaldo, vuoi un passaggio?» Piero non gli aveva neanche sorriso, era troppo stanco.

«No, voglio che mi dici perché hai licenziato il papà di Katia.»

L'amministratore della Marmi Apuane S.r.l. aveva avvertito un brivido viscido come una colpa non espiata, poi il fastidio procurato dal figlio coglione che si permetteva di ficcare il naso in faccende da cui doveva stare alla larga. Tanto non avrebbe capito.

Lo aveva guardato in faccia. Non aveva lo sguardo di un coglione. Gli occhi di suo figlio, per un attimo, erano corsi paralleli come le lame dei binari. Poi aveva risposto.

«Osvaldo, ascolta: primo, non l'ho licenziato io. Questa è una società, non so se lo hai capito. Secondo, cosa c'entri tu con queste cose? Terzo, se è stato licenziato...»

242

Le parole si sgambettavano le une con le altre un attimo prima di liberarsi dalle corde vocali.

Una pausa troppo lunga.

«... è perché Giacomo Arricò ha sbagliato. E quando uno sbaglia paga. Il ragazzo ci ha perso una mano.» Era già entrato in auto pronto a richiudere la portiera.

Osvaldo aveva pensato che fosse inutile andare avanti. Quell'uomo pieno di responsabilità non aveva tempo per parlare con un ragazzo invecchiato che aveva perduto tutte le sue battaglie. Perché era così che Piero Valenti vedeva suo figlio.

Ma Osvaldo aveva pensato ad alta voce.

«Non è stata colpa sua se il ragazzo ha perso una mano. Sono stato a sentire su, alla cava. Il macchinario era nelle stesse condizioni di tutti gli altri a disposizione. Lo sai anche tu. In ogni caso, se non lo riassumete, io me ne vado. Non ci perdete nulla, lo so. Ma ci sono le cose giuste e le cose sbagliate. Pensaci.»

A Osvaldo non era piaciuto quel ricatto da due soldi. Però lo doveva a Caterina (sarebbe stata orgogliosa di lui!) ed era giusto.

Aveva voltato le spalle e se n'era andato, sentendo sbattere la portiera.

Aveva alzato lo sguardo, mentre il vento gli scompigliava la chioma. Si sentiva pulito e rivoluzionario come Marlon Brando in *Queimada*.

Era dalla parte della ragione, adesso ne era sicuro.

Eppure sembrava piccolissimo davanti a quelle montagne enormi e frantumate.

Ecco spiegato perché Caterina era letteralmente saltata addosso al fratello e gli aveva appiccicato le labbra alla guancia come una sanguisuga.

Suo padre ci avrebbe pensato, era comunque qualcosa.

Poi c'era Osvaldo, e non era più sola.

55

TORNIAMO quindi a Fabio.

E alla sua inquietudine di fronte al messaggio che conferma le ansie di mesi.

Vorrebbe dormire ma non ce la fa.

Sono le dieci di sera, troppo presto.

Non si è mai sentito così.

Di chi può fidarsi adesso?

Risvegliarsi il giorno dopo è tutto quello che vuole. Ma se non si risveglia è uguale.

Adesso non c'è un'anima viva in giro.

Forse però al bar...

Deve parlargli.

È l'unico che potrebbe ascoltarlo, perché lui la odia sul serio.

Dopo la fortunosa spedizione a casa di Caterina, si era messo l'animo in pace.

Meglio non pensarci.

Poi, poche ora fa, è arrivato quel messaggio. Ed è cambiato tutto.

Era appena sceso dallo scooter e stava cercando le chiavi di casa nella tasca dei jeans.

Un suono.

L'avviso di un messaggio. Come al solito, Fabio ha provato la stessa sensazione, in versione ridotta, di quando da piccolo scartava un regalo di Natale.

Caterina.

Il messaggio era di Caterina.

Molto meglio di un regalo di Natale!

Erano mesi che quella stronzetta non si faceva sentire.

Si è resa conto dell'enorme cazzata che ha fatto e vuole rimediare.

Ma sotto c'era il testo, non brevissimo.

244

Senti, è meglio se vengo io. Tanto in dieci minuti ci sono. Qui lo sai che mi scoccia farmi vedere. E poi stasera non hai la casa libera? Se vuoi ti porto il gelato. A dopo Max, bacio ♥

Aveva dovuto rileggerlo perché non aveva capito.

Almeno tre volte.

Aveva strabuzzato gli occhi. Somigliava davvero a Mantenna. Poi aveva chiuso le palpebre violentemente, che erano scattate come una tagliola. Infine le aveva riaperte per vedere se l'immagine era la stessa o se qualcuno, per fortuna, aveva cambiato canale.

Poi, nei minuti successivi, Fabio era sprofondato in luoghi che non conosceva e che non avrebbe trovato le parole per descrivere. Del resto, non era provvisto di alcun termine di paragone.

Però aveva dovuto sedersi sul letto, come quando sei investito da una grande notizia.

Ma la domanda da cento milioni di dollari gli torturava la mente come un enigma appassionante e perverso.

Max chi?

Max...

Io non conosco nessun Max...

Frenetico, stava frugando nella memoria come un ladro in un cassetto.

Nessuno.

A parte Massimo Chini.

E lui non può essere.

Certo, Massimo abita al Forte dei Marmi e Caterina nel messaggio dice che preferisce incontrarsi in un posto che non è Lido di Magra. E per arrivare a Forte ci vogliono circa dieci minuti... ma che c'entra?

Fabio aveva scosso la testa con aria competente.

È venerdì. Venerdì sera si esce tutti insieme. Il Chini (perché adesso lo chiama per cognome?) ha detto che questa sera non usciva, perché non aveva voglia e perché era solo a casa e quando è solo a casa può fare il cazzo che gli pare.

Nevicano sillogismi.

In effetti... ultimamente non esce più così tanto. Diciamo che non esce più.

E quando Fabio parlava di Caterina agli amici, di quanto era diventata stronza?

Risolini. Occhiate basse. Risposte evasive.

I suoi amici sapevano tutto.

E il Chini era quello che si divertiva di più.

Tutto d'un tratto il povero Massimo Chini, il milanese mancato, il fighetto timido e inadeguato alle dispute di paese, gli era apparso in un'altra veste.

Aveva cercato di darne un giudizio neutrale, per quello che poteva.

Non era il ragazzo che avrebbe potuto fare breccia nel cuore dell'ambita Caterina Valenti.

E se...

Non scherziamo, non può essere lui.

E invece è proprio lui.

Se fosse stato uno sconosciuto l'avrebbe presa molto meglio, con più filosofia.

Massimo è (*era!*) un amico.

Fabio Arricò sentiva di doversi piegare a un rovescio molto più intimo.

Non ce la fa, deve muoversi.

Se sta fermo impazzisce.

Al bar non ci sarà nessuno, ma qui a casa non ce la faccio.

Si veste senza una logica. Non si copre nemmeno molto, anche se fuori fa un freddo cane.

Saluta i genitori con un'aria da «me ne vado perché la faccenda è gravissima non fatemi domande perché non ho tempo per spiegare».

Riguarda il telefono, e prima di andarsene per le strade del paese in cerca di conforto, risponde al messaggio.

Hai sbagliato persona. Fra l'altro non ho neanche la casa libera.

Caterina Valenti è già da Massimo quando legge queste due frasi.

È sul divano di pelle abbracciata al suo ragazzo. Stanno guardando *L'ultimo dei Mohicani* sul digitale terrestre. Il riscaldamento è alto, fa troppo caldo. Sono in una sala illuminata da un lampadario Flos Splügen Bräu, disegnato dai maestri Castiglioni, le pareti greige, i mobili di Moroso. L'odore di pulito si diffonde nelle camere. Non è una casa molto differente dalla sua. Sono simili in fondo loro due. O forse hanno cose simili.

Caterina è rimasta con una maglietta rossa attillata e un paio di jeans larghi e comodi. Sotto, per l'occasione, porta le autoreggenti. I capelli legati in alto per non sentirsi pungere gli occhi.

Il gelato nella vaschetta si sta squagliando. La parte di Massimo a dire la verità, perché la sua, cioè il gianduia, se l'è spazzolata in tre bocconi.

Come ho fatto a sbagliare?

Sente ancora più caldo. Chiazze rosate le screziano le guance e gli zigomi pallidi.

Lo sa bene di essere nel torto. Doveva essere sincera, fare tutto alla luce del sole. E se Fabio ci stava male, pazienza.

Ma non è così semplice, lo sa benissimo. E il problema è tutto qui, in questo «pazienza» che le suona malissimo.

Così lo ha ridicolizzato davanti a tutti, ha chiesto alleanza e silenzio agli amici di lui. Lo ha fatto prendere per il culo per mesi. E in questo paesino le figure da fessi non te le perdonano.

Ma non è ciò che è accaduto anche a mio fratello?

E chi era la carnefice se non Katia Arricò?

Niente da fare, continua a sentirsi in colpa. La ferita non bruciava più, lo ha colpito senza lo strappo della passione.

Fabio è un ragazzo buono, perché ho infierito così?

Ho scelto pure un suo amico.

Massimo, in effetti, nemmeno mi guardava. L'ho cercato io.

Lo abbraccia più forte e gli schiocca un bacio sulla bocca. Per ribadire a se stessa che è stata la scelta giusta.

«Massimo... Fabio sa di noi due.»

«Pazienza.»

Già pazienza.

Eppure questo messaggio di risposta di Fabio è un pizzicotto su una guancia. Senza spine, senza il fuoco della rappresaglia. La calma di Fabio la esaspera. Soprattutto l'ultima frase, ironica. Come se il suo orgoglio guizzasse fuori dalla voragine con la forza ancora di schernirla. Come quella volta al Carnevale di Viareggio, dove sembrava irrimediabilmente battuto in partenza. E poi alludeva al sesso. E ci aveva preso, perché stanotte lo avrebbe fatto con Massimo. Le aveva fatto passare la voglia.

Non sa se è più forte il dispiacere per la mortificazione di Fabio, oppure la delusione per la sua reazione.

Ma la pupilla di casa Valenti non è scema e lo sa, lo sa benissimo, che dietro alle parole la carne vibra. Ha fatto l'errore più grande della sua vita. Forse l'unico. Lui non la perdonerà mai.

E sbaglia di nuovo Caterina, come sbaglia Fabio. Perché nessuno dei due si pone l'unica domanda che potrebbe contare qualcosa, che potrebbe ancora cambiare tutto, persino adesso che il gioco al massacro si è aperto nella sua spirale vertiginosa.

Cosa ci faceva il telefono di Caterina sul nome «Fabio Arricò» quando ha inviato quel messaggio?

56

SE non lo avesse adocchiato dentro al *Bar*, la nostra storia sarebbe andata in modo diverso.

Fabio ci avrebbe dormito su, si sarebbe sfogato con gli amici, uno per uno (tranne che con Massimo), li avrebbe fatti vergognare della loro slealtà e piano piano si sarebbe dimenticato degli occhi dolci e affilati di Caterina. Funziona così. Del resto, non c'è notte così lunga che non finisca.

Se solo fosse arrivato cinque minuti dopo... E invece lo riconosce all'istante. Come potrebbe, del resto, non riconoscere colui che fino a poche ore prima era il suo peggior nemico? Sta comprando le sigarette. Fabio lo osserva da fuori. Samuele è l'unico rimasto nel locale e si appresta a pagare il suo pacchetto di Camel. Il locale è ampio, i tavolini sono tutti vuoti. Il proprietario sta già iniziando a spazzare.

L'occasione giusta per parlarsi da uomini.

Le montagne soffiano sulla costa il vento freddo che spazza il mare venandolo di spuma. Fabio non si rende conto di essersi vestito troppo leggero. Neanche la sciarpa si è portato dietro. Sente caldo, figuriamoci. E poi deve solamente sondare il terreno, e nel caso, buttare lì l'idea più folle della sua vita. Roba di pochi minuti. Ma deve calibrare bene le parole, essere astuto.

Spinge la porta a vetri ed entra nel bar senza timidezza. La corrente fredda sgattaiola dentro al locale e lambisce il collo di Samuele che si volta lentamente.

«Che ci fai qui, Arricò? Gli altri sono andati al cinema, a Massa mi pare.»

«Ah... non lo sapevo, pensavo fossero qui», mente Fabio senza tentennare. «C'era anche Max?» Osserva Samuele con meticolosità. Il suo volto è quasi impenetrabile. Quasi.

«No, lui non l'ho visto», risponde guardando in basso.

«Sarà con Caterina...» fa Arricò, come se fosse la cosa più naturale di questo mondo.

Samuele lo guarda negli occhi stavolta, con quel sorriso sghembo che fa impazzire le ragazzine di Lido di Magra.

«Quindi lo sai anche te... e chi te lo ha detto?»

«Lei.» John Wayne in duello sarebbe meno tranquillo.

«Davvero? Ma se ha fatto a tutti una testa così per non fartelo sapere?»

«Sì, Caterina parla un po' così... senza pensare... Avevi ragione tu, è un po' scema. Figurati che a me diceva sempre che non facevi altro che provarci e che si stava quasi annoiando a forza di darti due di picche...» Fabio bluffa spudoratamente, non lo sa che ciò che ha appena detto è vero al cento per cento. Ma ormai può fidarsi solo del suo intuito.

«Che stronza... Non ci ho mai provato, giuro, figurati cosa me ne frega di quella troietta!» Samuele avvampa, scuote la testa. Il naso gli si allunga come a Pinocchio dopo una ventina di bugie.

«Lo so, non ti preoccupare, la conosciamo bene ormai. Spara un sacco di cazzate.» Pausa strategica, ma non solo. Fabio sta per lanciare uno scarpone da sci in una cristalleria. Sa che sta rischiando, giocandosi tutto in una frase. «Che ti devo dire... secondo me si meriterebbe una lezione.»

Samuele non crede alle sue orecchie. Vorrebbe abbracciarlo, quel palle mosce di Arricò! Ma deve tenere salda la recita e lo guarda contrito. Fabio, il ragazzino buono che ha perso la testa per Caterina, è un figlio di puttana, come lui. Uno schifoso, proprio come lui.

Non accetta di perdere.

E poi cosa sperava, che quella stronza (bella, bellissima ma infame fino al midollo!) piena di arie si prendesse uno come lui? Non ha voluto me, figurati se si concedeva a quel disastrato di Arricò. Con la famiglia che si ritrova poi...

«Cosa intendi per 'lezione'?»

«Che ne so Samuele, dicevo tanto per dire! Boh, farle paura, per esempio. Farle paura sul serio. Si sente la reginetta del mondo, dovrebbe darsi una calmata.» Vago, come se non avesse già pensato a tutto.

Samuele non aspettava altro da mesi.

Ottima idea, finocchietto.

«Si può fare... volendo. Ma va organizzata bene. Dobbiamo attirarla in un posto isolato, essere sicuri che nessuno sospetti nulla... Non è così semplice.»

«Lo so, bisogna pensarci. E poi noi due siamo pochi. Vanno coinvolti anche gli altri», rilancia Fabietto cautamente, sapendo benissimo che «gli altri» a cui si riferisce sono quella manica di disadattati che frequenta Samuele. Ma adesso gli sono necessari come gli ultimi litri di benzina per un pilota che è in testa nel giro finale del Grand Prix.

«Va bene Fabio, pensiamoci.»

I due cambiano discorso, parlano di altro, smorzano l'enfasi del progetto. Poi si lasciano fissando un appuntamento futuro. Un incontro segretissimo in cui ne avrebbero parlato con altri amici fidati.

Un'alleanza, niente di più. Vile e tenace come certe alleanze sanno essere.

57

FABIO sta rientrando a casa tutto contento.

Non la sente nemmeno la lastra di aria fredda che gli anestetizza le labbra, gli zigomi, le orecchie. Eppure in scooter si congela.

Finalmente si sta prefigurando l'astratta possibilità di una rivincita. Che poi non è una rivincita, è una pena, una pena per l'afflizione subita. Una semplice e giusta punizione. Fisica? No, fisica no. *Abbiamo parlato di farle paura. Se poi si prende due schiaffi, pazienza. Non muore nessuno.*

Non muore nessuno.

Perché ha bisogno di ripeterselo due volte?

E comunque se lo merita.

Ma cosa, di preciso, si merita?

Alcune parole di Samuele gli hanno fatto un certo effetto. Un effetto sinistro. Un effetto squallido e spaventoso.

«... attirarla in un posto isolato...»

Puoi fare qualsiasi cosa a una ragazza in un posto isolato.

Un gruppetto di maschi con una ragazza. Sola. Al buio (perché Fabio si immagina la scena al buio). Lontana da chi potrebbe proteggerla.

Possono davvero farle qualsiasi cosa.

58
Incontri ravvicinati di un certo tipo

È UNA settimana che non va a scuola.

Fabio si è beccato l'influenza e ha tossito ininterrottamente per giorni e giorni. Un colpo di tosse tirava l'altro, come i Ferrero Rocher.

Poi la svolta.

Cardiazol Paracodina.

Quindici gocce la mattina e quindici la sera.

Adesso Fabio, fresco come una rosa, gira per le stradine della macchia mediterranea con il suo scooter. Tutto rimpupazzato. Il piumino, la sciarpa, il berretto di lana sotto il casco, i guanti sempre di lana, i jeans più pesanti che offre il suo guardaroba, gli scarponcini Timberland comprati ai saldi all'Ipermercato Carrefour.

Le fronde degli alberi sgocciolano anche se ha smesso di piovere da tre giorni. Ai bordi delle strade, sul terriccio, resistono ancora i riflessi torbidi delle pozzanghere. L'umidità gronda ovunque.

Il tempo è brutto, le nuvole si tengono allacciate come un sipario che non si vuole aprire.

Miriadi di fiumiciattoli gonfi d'acqua e detriti si tuffano nel mare insozzandolo, fino a raggiungere il temutissimo divieto di balneazione. Per tutti coloro che vogliono farsi il bagno a febbraio.

La gente se ne sta barricata in casa. Non per il freddo, l'umidità, la pioggia che sembra venire giù anche quando sta rimpiattata sulle nuvole. La gente non esce di casa perché è lo scenario che mette tristezza.

Esiste qualcosa di più disarmante di Lido di Magra d'inverno, quando è brutto tempo e le precipitazioni atmosferiche incombono?

Mancano ancora un paio d'ore all'appuntamento con il suo amico Giò.

Un po' di tempo è passato sotto i ponti della collera e Fabio vuole togliersi alcuni dubbi. Con calma, senza sbavare rancore. Il suo amico italo-cinese forse non sapeva. E poi è arrivato il momento di chiedergli scusa per i fattacci sul cavalcavia. Dopo quel giorno Giò ha ritirato tutti i suoi sorrisi come una tartaruga le sue zampette. È diventato un guscio impenetrabile. E Fabietto non aveva tempo per mettersi ad ascoltare le ragioni (ma sa che ne aveva tante!) dell'amico, opporre i suoi alibi e ristabilire un equilibrio accettabile.

Intanto il tempo non passa. È sabato. Non ha nemmeno da fare i compiti. E sullo scooter inizia a sentire freddo.

Perché non se ne va un po' al mare?

Raggiungere il bordo della scogliera più lontano dalla spiaggia almeno una volta l'anno è un rito propiziatorio che ha sempre portato fortuna a Fabio Arricò.

E poi è una visione talmente desolante che diventa bellissima. Onde grigie e ricordi colorati.

C'è vento.

Muove le cose.

Un po' di sabbia finisce negli occhi e l'odore della salsedine annacquato dal freddo riempie le narici.

La solita barriera di truciolato fra le file delle cabine per non passare sulla spiaggia. Ma è piena di spiragli, come sempre.

Eccolo, Fabio, che cammina sulla spiaggia mangiata dall'alta marea.

Il cielo e il mare sembrano una cartolina in bianco e nero.

Sente già l'estraneità dei propri passi, il filtro delle scarpe si porta via il contatto familiare della pelle con la sabbia. Ma anche con i piedi nudi, cosa cambierebbe? La sabbia è fredda e bagnata.

C'è solo la spiaggia, e il mare. E una ragazza. Seduta sopra una collinetta di sabbia. Lo zainetto pieno di scritte ancora sulle spalle, i capelli lunghi, biondi.

Vorresti che fosse?...

No.

Per la prima volta da un anno a questa parte non vorrebbe incontrarla.

Dovrebbe dirle troppe cose e quando hai troppo da dire è meglio che ti cuci la bocca. Soprattutto non la vuole ascoltare. Non vuole sentirla giustificarsi, difendersi, attaccare (ne sarebbe capace). Non vuole semplicemente sentirla parlare, perché potrebbe smorzare la sua ira.

Il mare non è pericoloso. Ci può arrivare agevolmente, sugli scogli. Nel suo rifugio di spruzzi e pensieri che però dopo quella volta è un po' meno suo. E anche se a Caterina non importa niente, sarà sempre il posto di Fabio... e di lei, Caterina. Quando il sole le moriva sul viso. Con la guancia graffiata, gli zigomi arrossati, gli occhi di miele. Impreparati eppure scintillanti di provocazione.

Qui il vento, come al solito, è più forte. Spazza via le sicurezze e rimescola le idee.

Non se la ricorda neanche più l'ambigua promessa con Samuele. È passato solo un mese. Presto dovranno incontrarsi tutti insieme... ma se anche fosse costretto a pensarci non cambierebbe molto. Un proposito scolorito come il mare che lo circonda.

Tutto quello che ha è lo sguardo raggiante della ragazza che gli toglie il respiro dopo una battaglia sulla sabbia e una stupida dichiarazione d'amore rivolta a chi già lo tradiva.

Poi pensa a suo padre che non parla praticamente più, e a sua sorella, persa nelle strettoie della sua bellezza, sfinita dalle troppe carezze che ha ricevuto e che non ha mai reso.

Non è mai stata innamorata, sua sorella.

Ha posseduto tutto e tutti in questi trent'anni, ma non è mai stata veramente di qualcuno. Dentro a qualcuno.

Adesso la vede in faccia, la ragazza bionda. La conosce... è una della seconda C.

Poveretta.

Deve essere una secchiona per forza. Digita qualcosa sul telefono, prima di voltarsi. Si guardano un attimo. Ha gli occhi chiari e i capelli lunghi e lisci come sua mamma da giovane.

Sua mamma e quella piccola cicatrice sul naso che non se ne

254

andrà mai via. Le cicatrici sono ricordi. Era stata coraggiosa la mamma.

Troppa malinconia.

Ci vuole una canzone che lo tiri un po' su.

La cerca sul telefono, se lo avvicina all'orecchio e canticchia insieme a Loredana Bertè.

Il mare d'inverno...

Eppure Fabio lo sa che qui il mare d'inverno non c'è.

«No, al Forte dei Marmi no!»

Fabio non ci voleva andare.

Non la vedeva da un mese, Caterina, e andava benissimo così.

Neanche a scuola, perché prima che si ammalasse lui, doveva essersi allettata lei.

In quella ricca ed elegante cittadina c'era il rischio di incontrarla. Massimo Chini abitava proprio lì e, a quanto pare, Caterina lo andava a trovare spesso.

Il sabato pomeriggio. Al Forte dei Marmi. In centro.

Ce la becco.

È il posto in cui ho più probabilità di incontrarla in tutto il litorale.

Ti sento, come cantavano i Matia Bazar.

Ma Giò era stato irremovibile.

Solamente quella pescheria del Forte vendeva i gamberi rossi che suo padre utilizzava per la grande insalata di pesce su trionfo di melone. Portata ammiraglia del ristorante cinese più chic della costa.

Doveva trovarli per la cena del sabato.

La sera prima ne avevano fatti fuori a tonnellate e alcuni clienti, a pranzo, si erano lamentati perché nell'insalatona non c'erano i gamberi rossi.

Non doveva più succedere.

Fabio, fatta di necessità virtù, aveva patteggiato.

«Va bene, andiamo al Forte, però tu sabato prossimo vieni con me a un appuntamento. Una cosa importante.»

«Riguardo a cosa?»

«Fregatene. Sì o no?»

«Sì.»

«Sicuro?»

«Sicuro, ora andiamo.»

Ed eccola, quindi, questa strana coppia mentre gira per le strade della cittadina più ricca della Versilia. Il cinesino piegato da un sacchetto stracolmo che puzza di pesce e Fabietto che non smette mai di parlare. In mezzo a centinaia di persone e a un milione di bugie. Signore, ragazzine, coppie. È gente che ha vinto. Magari non ha partecipato ma ha vinto. Cosa? Non si sa, non è importante. Però l'idea che danno è quella. Brulicano senza fretta. Si fermano davanti alle vetrine dei negozi, osservano, indicano e poi ripartono delusi.

I bar, le edicole, i ristoranti... sono tutti aperti, non come a Lido di Magra.

I lampioni si accendono quasi simultaneamente. La luce è ora un compromesso fra il cielo cupo del giorno e gli indistinti disegni della notte.

«Giò, dimmi una cosa. Tanto ormai non è un problema. Ma devi essere sincero. Me lo devi giurare.»

«Giuro.» L'orientale incrocia gli indici, se li porta alla bocca e li bacia.

«Lo sapevi di Massimo e Caterina?»

Giò inchioda come se a un centimetro si aprisse un precipizio. Il giacchettino tirato dalla parte dove pende il peso.

«Lo sapevamo tutti.»

Fabio, adesso, non si sente in colpa neanche un po' per averlo coinvolto nel brutto affare che li aspetta.

«E perché non me lo hai detto?»

«Federica ci aveva raccomandato di non dirtelo. Ci saresti stato male, una cattiveria inutile. Ne abbiamo parlato e, tutti insieme («tutti insieme» lo dice più forte), abbiamo deciso di lasciar perdere. Tanto ci saresti arrivato da solo.»

«Ma senti che pagliacci... secondo te sarei stato male per quella scema di Caterina?»

«Sì... e comunque non mi sembra tanto scema. Fra l'altro piace a tutti, quindi non ti sentire troppo sfigato.»

«Scusa ma, se piace a tutti, perché non lo avete detto solo a me?»

«Perché a te piace più che agli altri.»

Fabio si sfalda e poi arde.

Se veramente le fregava di come stavo io non ci doveva andare con quel fighettino.

Gli sembra tutto falso, un gioco di specchi rotti che riflettono volti sconosciuti.

Vorrebbe controbattere ma si blocca.

C'è Federica a un centimetro. Ci sbatte contro. Spalla contro spalla. L'urto li fa quasi girare. Non è sola. Ci sono altre ragazze. Stanno aspettando qualcuno dentro a un negozio di abbigliamento.

Dietro Federica, una ragazza più alta. Un ciuffo si svincola dalla crocchia e svetta come un'antenna.

Fabio scansa Federica senza guardarla, senza salutarla e poi...

«Ciao Fabio.»

59

Osvaldo Valenti è molto giù.

Si sente sfortunato. Molto sfortunato.

La storia con Scarlet prosegue fra (molte) luci e (poche) ombre ma c'è qualcosa che non quadra.

E oggi ne ha avuto la prova.

Dal bilocale che hanno preso in affitto davanti al *Bar Centrale* si vede il mare. Un pezzetto di mare. Quello concesso da due pini che si sfiorano, quasi si congiungono e poi si divaricano. Proprio come un paio di gambe a «X». D'estate deve essere un posticino allegro.

Però è accaduta una cosa molto strana.

La ragazza è tornata dal lavoro più tardi, con un labbro spac-

cato e un occhio nero come si vede nei film. E un taglio superficiale di traverso al sopracciglio. E il vestito scomposto. E una
calza che più che smagliata sembra strappata.

Osvaldo era concentrato su *Pomeriggio Cinque*, in replica,
dove Fabrizio Corona, ignaro di ciò che lo aspettava, si stava
scatenando contro il sistema giudiziario italiano.

Quando l'ha vista è saltato letteralmente dal divano.

Era preoccupato e dubbioso insieme.

«Scarlet!… che hai fatto, Santa Madonna?»

(non aveva detto proprio così)

«Una cosa assurda Osvaldo… sono caduta mentre imbocca-
vo la signora Anselmi. Il tappetino accanto al letto si è mosso.
Sono scivolata e ho battuto la faccia contro il comodino. Roba
da non crederci.»

E infatti non ci credo.

Osvaldo l'ha fatta sdraiare sul letto e ha osservato con attenzione le ferite.

Poi le ha alzato delicatamente il labbro gonfio e tagliuzzato.
La ferita entrava dentro la bocca come un semicerchio. Sangui-
nava appena.

Poi ha appoggiato la manona calda, a conca, sull'occhio
tumefatto.

«Ti fa male?»

«Un po'…»

«Ci vuole il Voltaren gel e un po' di ghiaccio, per il labbro un
po' di Corti Arcolloid», ha pontificato Osvaldo con voce sicura
e monocorde, come se fosse il più grande traumatologo del mondo. «Faccio una corsa in farmacia… te aspettami qui.»

«E dove vuoi che vada?»

Scarlet stava provando a sorridergli, ma la ferita le strappava
il labbro.

Non è vero.

Non è vero un cazzo.

Osvaldo è in fila alla farmacia comunale di Ronchi e il suo

cervello gira veloce come la ruota di un criceto ingozzato di anfetamine.

C'è molta gente e la sala è illuminatissima.

Tutti stasera vi siete ammalati, rompicoglioni...

Comunque.

Non ci si fa un occhio nero sbattendo contro il comodino.

Può succedere, certo... se prendi preciso lo spigolo. Ma mica ti puoi spaccare anche il labbro!

Per non parlare del taglietto al sopracciglio...

È quasi soddisfatto, il ragionamento non fa una piega.

L'ha picchiata.

Chi, la signora?

Di novantaquattro anni?

Non può essere.

Ma allora cosa sta succedendo?

Sta succedendo che Scarlet ultimamente è sempre meno felice. Ride poco, pensa ad altro, si assenta con la mente anche quando guarda *C'è posta per te* (il suo programma preferito), e alle volte, se Osvaldo le pone una domanda, lei neanche gli risponde. Il momento peggiore è quando torna a casa. Ha l'aria strana, sembra lontana, più lontana del suo Paese d'origine. In quei momenti sembra che a separarli ci sia molto di più di un Oceano. Appena si ritrovano dopo il lavoro, Scarlet vive una transizione faticosa. Come un'attrice che esce da un brutto ruolo pieno di ombre piano piano per calarsi in quello giusto. Quello che la fa meno soffrire.

Eppure è sempre dolce, premurosa, fa l'amore con la stessa passione del primo giorno.

A Osvaldo sfugge qualcosa.

Qualcuno l'ha picchiata.

Semplice.

Ma perché non me lo dice?

Il nostro commissario Maigret, all'inizio della loro storia, le aveva pensate tutte.

Non lo convincevano i racconti sul suo lavoro. Era imbarazzata, incerta, caracollante. Le parole si sfilacciavano appena uscivano dalla bocca. Nascondeva qualcosa.

259

Aveva pensato al peggio.

Fa la puttana.

Scarlet veniva da un Paese lontano, era a corto di soldi, non riusciva a trovarsi un'occupazione.

Ci stava.

Quei cazzo di calabresi (una fantomatica banda di delinquentucoli che salta fuori ogni volta che a Lido di Magra avviene qualcosa di insolito) l'avevano irretita, ridotta a uno stato di schiavitù psicofisica e messa a battere.

Ma allora perché si vestiva così?

Così come?

Come una donna normale che va a lavorare a casa di una signora anziana.

E poi quando mai una prostituta che si rispetti lavora la mattina e il pomeriggio?

E la notte?

Mah...

Una mattina prima di andare a lavorare l'aveva seguita.

Scarlet aveva camminato fino al portone della signora Maura Anselmi, una vecchietta che continuava a vivere per fare dispetto alla nuora (l'appartamento era suo e si sarebbe fatta ibernare prima di lasciarlo in pasto a quella canaglietta bastarda che trattava suo figlio come un cerebroleso).

Aveva suonato ed era sparita nel palazzo.

Non contento, Osvaldo aveva deciso di commettere un piccolo peccato.

Doveva andare a fondo in quella storia, il gioco valeva la candela.

La sera le aveva frugato nella borsetta di Gucci, frutto di ore di trattative con un venditore ambulante. Se quella brutta storia era vera, nel portafogli dovevano esserci un bel po' di soldi.

Ci aveva trovato trentaquattro euro e venticinque centesimi.

Contati.

Osvaldo si era vergognato di quello che aveva pensato e non ci era più tornato sopra.

Però il problema adesso c'è.

«Santa» Scarlet da Villa Vásquez, rifugio da tutte le brutture del mondo, non è più lei.

Qualcosa di strano e sciagurato sta cambiando la sua vita.

Intanto scatta il numero in alto dietro al bancone della farmacia. È il suo turno.

Osvaldo parla accuratamente al farmacista, gli spiega la vicenda, attende, aggancia il sacchettino con le medicine (non esattamente quelle che pensava lui), lascia il codice fiscale per detrarre dalle tasse, paga, prende il resto, si volta per andarsene e alza gli occhi.

Lo sta osservando da quando è entrata.

60

«Ciao», risponde Fabio tranquillamente, ma non pronuncia il suo nome.

Poi la bacia su una guancia con un po' di forza in più. Un bacio solo. Due non valgono niente, sono per educazione. Per questo si scansa quando lei gli avvicina il viso.

Caterina è più carina del solito. Si ripara dentro un cappottino nero che le fa le spalle ancora più nette e lascia sguarnita la gola bianca. Ha le labbra cremose, deve essere il lucidalabbra. Gli occhi sfavillano, cerchiati di brillantini. Ma ha un'espressione seria. Anche se ha le guance e gli zigomi morbidi, sembra tirata, poco meno di sofferente. Prova a sorridere, ma sembra che le sanguini il labbro. Fabio si sbaglia, non è sangue, è un effetto di quella luce incerta. Caterina si è fatta il piercing al labbro superiore. Una piccola trasformazione che lo colpisce come una frustata sulla carne viva. È solo il tocco trasgressivo senza pretese di una ragazzina ricca e confusa, ma segna ancora il divario fra lui, che si sente un bamboccio, e lei, che appare sempre più vissuta, piena di esperienze, ormai irraggiungibile. E poi quella pallina di metallo che la infilza la fa sembrare veramente di carne. La sue guance sono di carne, come la sua lingua, il suo collo, le sue gambe. Le labbra, soprattutto, sono di carne. E qualcuno diverso da lui le può baciare, mordere, leccare. Quel piercing non è solamente un piccolo foro di disobbedienza e infrazione per il nostro Arricò.

Si guardano negli occhi.

Ci sono solo quelli, in fondo.

Come se le migliaia di luci si spegnessero.

Le pupille di Caterina stanno a malapena dentro l'iride che quasi deborda oltre il taglio deciso degli occhi.

Si volta verso l'ingresso del negozio.

Fabio sorride. Lo sa chi deve uscire dalla porta a vetri. Quasi non ce la fa a sopportare la sua debolezza: gli piace ancora in modo così atroce, senza pietà. Nonostante quello che sa e quello che si immagina.

«Senti Fabio, ti devo parlare», poi un colpo di tosse, mentre si avvicina un pochino.

Parla a voce alta, se ne frega se è in mezzo ad altre persone.

Troppo tardi, Caterina. Anche per te.

«Mi devi parlare? Ora? E in tutti questi mesi non mi dovevi parlare, vero?» Ha smesso di guardarla negli occhi, ha una voce stanca, sfinita.

Caterina piega le labbra in una smorfia di disappunto e alza il sopracciglio per darsi un tono e perché sa che così è ancora più carina. Ma lo sguardo si smarrisce (eppure doveva essere preparata!) di fronte al freddo ostracismo di Fabio. Il pallore del viso si accentua, sembra dissanguarsi. Non aveva mai sentito Fabio così lontano, irreversibile.

«Fabio, è una cosa importante.» La solita voce calda, ancora più calda, fatta di accensioni e brusche frenate che grattano la superficie delle parole.

«Un giorno me la racconterai», liquidatorio, già da un'altra parte. Irraggiungibile lui, stavolta.

Interviene pure Federica, che parla e ride con le amiche.

«Chi di voi due puzza di pesce?»

Caterina se la mangerebbe viva.

Non volta nemmeno più la testa verso l'ingresso del negozio.

Fabio prende per un braccio Giò e, mentre si allontana, getta un ultimo sguardo che non chiede alcuna consolazione.

«Ciao Pernigotti.»

Gli occhi di Caterina brillano fortissimo e poi si rompono in mille pezzi.

Perché lo sai?

Perché chi ama sa sempre qualcosa in più?

Non è possibile, lo sappiamo solo io e mio fratello!

Le viene da sorridere, ridere, urlare, corrergli dietro, sbatterlo contro il muro e chiedergli come fa a conoscere quel soprannome tutto suo!

È una parola troppo intima per lei, lei che ha scavato un solco intorno alla famiglia, gli affetti più nudi e privati, le ridicole fragilità nei rapporti di sangue per non sporcarli con la vita là fuori.

L'aveva sentita pronunciare solo da suo fratello.

Eppure in bocca a Fabio Arricò quella parola, quel nome che è molto più di un nome non stona.

Intanto Fabio Arricò è già troppo lontano.

«Ti prego, Fabietto, devo parlarti.»

Ma ormai non la può sentire più nessuno.

61

OSVALDO fa fatica a non lasciar cadere il sacchettino delle medicine dalla mano.

Peserà cinquanta grammi.

Stringe più forte, ma è come in certi sogni in cui ti ritrovi senza energia.

263

È una giornata difficile per il nostro campione.

Il cedimento, il crollo strutturale delle grandi occasioni, arriva sul più bello.

Un classico (per lui).

E la Sindrome di Gianni Sperti torna ad aleggiare sopra la sua testa ossigenata come un'aquila arpia.

Lei tiene il colletto del trench sollevato fino quasi agli occhi. Ma bastano quelli.

Un tailleur gessato rende la sua silhouette seria ed elegante.

Un paio di décolleté nere col tacco alto dona alla figura la giusta aggressività e la slancia ancora di più.

È sempre bellissima.

Non ci sono discussioni.

Anche con dieci anni in più, con due fili di rughe sulla scia dei suoi occhi smeraldo, con il rosso delle gengive che luccica un po' meno vivace.

Osvaldo se ne accorge perché gli sorride.

Come quella volta sotto l'ombrellone del *Bagno Flora di Levante*. Quando lei era una ragazzina piena di sogni e lui un uomo pieno di illusioni.

E non importa se prima era bionda come l'oro e adesso si ritrova sormontata da una cascata di capelli rosso fuoco, è lei. Sempre lei.

Katia Arricò.

La donna che lo ha tradito senza pietà, per la quale è fuggito verso un'altra vita, che per vederla fare l'amore con un altro si è quasi ucciso in fondo a un fosso putrido e puzzolente.

Katia... tutto quello che avresti voluto e che non avrai mai.

La bellissima signorina Arricò è felice di rivederlo.

Una storia relativamente breve, eppure Osvaldo Valenti è l'uomo che l'ha amata di più. In assoluto! Al di là dell'orgoglio, delle ferite, della sofferenza. Già, la sofferenza... Non aveva mai fatto soffrire così un uomo. Fino a costringerlo alla fuga dal suo paese. Per questo l'amava fino alla disperazione? Forse. Sente un affetto commovente verso quest'uomo che ricambia il sorriso e non porta più gli occhiali da sole. Non gli confesserà il suo segreto (la famosa «terza mazzata»), non glielo confesserà mai. Cambierebbe qualcosa?

Le sembra in imbarazzo mentre si avvicina.

Un po' come tutti gli uomini di fronte al suo splendore.

La verità è che Katia è convinta di poterselo riprendere con uno schiocco di dita.

Ci sono uomini che ti desiderano per sempre.

Anche se sono sposati, innamorati. Anche se hanno dei figli. Anche se sono felici e sanno benissimo che li trafiggerai per l'ennesima volta, iniettando nuova infelicità.

Ti vorranno per sempre.

Osvaldo lo sa che in questi casi non puoi metterti a fare tante storie. Cancelli tutto oppure, se la fitta brucia ancora, prendi e te ne vai.

Senza una parola.

Come fece Mel Gibson con Sigourney Weaver in una scena di *Un anno vissuto pericolosamente*.

Ma Osvaldo Valenti non è Mel Gibson.

È un Raz Degan con gli occhi storti, sempre più stanco e che non ci crede più.

L'abbraccia, si abbracciano. Almeno per un minuto, senza dire una parola. Katia lo investe con il suo profumo dolcissimo. Osvaldo emana un calore felpato, da focolare domestico.

Ti trovo bene.

Ti trovo bene anche io.

Che fai?

Faccio… e giù a ingigantire.

Le solite cose che si dicono per rompere il ghiaccio ed esibirsi al tempo stesso.

Chi è più forte può permettersi di buttarla lì, di proporre qualcosina e rischiare un improbabile «no». Magari ci vediamo un giorno, parliamo dei vecchi tempi e ci raccontiamo cosa è successo dopo. E poi l'unica, possibile, inevitabile domanda: «Sabato prossimo che fai?»

Osvaldo non ha niente da fare e anche se proprio quel giorno dovesse essere impegnato in una missione segreta per la liberazione del mondo dal terrorismo, risponderebbe con le solite parole.

«Ma... fammi pensare... niente. Sabato non ho da fare niente di particolare.»

E Scarlet, con il suo occhio nero, il labbro tagliato e qualche altro livido che ha nascosto per non perdere tutto, è lontanissima.

Lo sta aspettando seduta sul letto, i gomiti sulle gambe, il viso fra le mani, e non capisce perché Osvaldo stia facendo così tardi.

62
Sabato stelle

FA freddo e la notte è carica di luce.

Come se tutte le stelle si fossero date appuntamento in quello spazio di cielo che si può ammirare dallo slargo al termine del pontile. Il mare è rischiarato dalla luna che splende come un sole notturno.

Fabio e l'amico ritrovato Giò stanno raggiungendo la truppa radunata alla ringhiera della rotonda che si affaccia sul mare aperto.

Camminano a passo svelto sul pontile di Marina di Massa perché sono in ritardo.

«Senti Giò, non andare subito via, ascolta prima cosa abbiamo da dire. E fregatene di chi c'è!»

«Vaffanculo Fabio, io me ne vado.» Li ha già riconosciuti, uno per uno. I lampioni, posizionati lungo il perimetro dello slargo finale del pontile, scolpiscono di luci e ombre i volti dei ragazzi.

Sono con le braccia alzate, qualcuno applaude.

Ci sono Samuele, i fratelli Bruga, quel decerebrato di Marzio Ciardini e Luca. Luca Cattabrini è l'unica presenza che lo rassicura un pochino.

«Vaffanculo Giò... è una cosa seria. Ricordati che siete stati voi gli stronzi a non dirmi nulla. Quindi aspetta ad andartene e ascoltaci, per favore.»

Giò scuote la testa e va avanti. Sa che sta sbagliando ancora una volta. E allora perché resta? Perché quello che ha detto Fabio è vero. È stato un coniglio. Come tutti gli altri. Ma lui non è come tutti gli altri. Lui è Jang Yo Lang, detto Giò. E ha un suo orgoglio, antico e immenso come la Cina intera!

Stanno in piedi, in cerchio. In fondo al pontile. Solo il mare, confuso dal parlottio delle sue stesse onde, li può sentire.

Il primo a prendere la parola è ovviamente Samuele che, più furbo di una faina, passa la palla a Fabio per non togliergli la scena. Lo vede un po' demotivato. Se si ammoscia lui, il gruppo si sfalda. E Samuele perderebbe una pedina su cui scaricare la responsabilità. Fabio Arricò in questo momento è indispensabile come la canna da pesca per Sampei, la Ferrari per Magnum, P.I., Capitan Findus per i bastoncini di Merluzzo.

Il nostro incerto promotore parla senza molta convinzione, viene interrotto una trentina di volte da battute, battutine e battutacce dei suoi complici e conclude il discorso serio e duro come il procuratore Robert H. Jackson al Processo di Norimberga.

«... in poche parole si merita una bella lezione.»

Silenzio.

«Se le posso toccare le tette, io ci sto!» fa Antonio, il più arrapato dei fratelli Bruga.

Risate, pacche sulle spalle, calci nel sedere, pugni alla ringhiera.

Poi è la volta di Samuele.

«Ragazzi, questa non è una cazzata. Dobbiamo prendere la cosa molto sul serio. Dobbiamo solo spaventarla, la ragazza, è vero... ma devo sapere chi ci sta. E facciamo presto perché fa freddo.»

Gli sguardi girano rapidissimi come le palline che schizzano nel vortice della *Roulette*.

Effimere alleanze, lapidari suggerimenti, sommarie defezioni si consumano nel giro di pochi secondi. Poi il verdetto: «Va bene, io e Fabio ci stiamo… te, Marzio?» chiede Samuele partendo dalle adesioni più scontate.

«Cazzo se ci sto! Ma neanche due schiaffi le possiamo dare?»

«Sì due schiaffi sì, dai, ci mancherebbe. Dimostrativi magari…» dice scrutando con la coda dell'occhio la reazione di Fabio. Poi prosegue.

«Te, Antonio?»

«Non ho capito perché proprio Caterina Valenti e non tutte le altre stronze bastarde di Lido di Magra, ma ci sto.»

Anche Mattia, l'altro giovane esponente della stirpe dei Bruga si adegua al progetto.

Mancano solamente Luca Cattabrini e Giò.

Samuele, memore dei fatti del cavalcavia, parte dal primo.

«Tu, Luca?…» Basta guardarlo un secondo per intuire che lui, in questi pasticci, non ci vuole entrare. «Prima di rispondere ricordati che Fabio è un tuo amico e Caterina ti ha costretto a mentirgli.»

Il Cattabrini, scalognato come il passante che si trova proprio nel mezzo a una scazzottata fra Mike Tyson ed Evander Holyfield, deve aver soppesato tutti i pro e i contro prima di rispondere.

«Va bene, ci sto. Ma la ragazza non si deve fare male.»

«Questo è scontato.» Samuele sosterrebbe che Cicciolina si è fatta suora pur di andare in porto con questo disegno ambiguo e traballante.

L'ultimo è Giò.

Le facce si fanno scure, una strana tensione serpeggia nell'aria fredda. Nessuno ha dimenticato.

Lo stanno guardando tutti, non c'è neanche bisogno di porre l'ultima domanda.

Non fare come l'altra volta.

Segui il gruppo.

Fabio ha bisogno di alleati all'interno dell'alleanza. Gli serve almeno uno che tenga le palle. L'unico è Giò, perché Luca Cattabrini è utile come un frigorifero in un igloo e temibile come Giuliano, il gattone rosso di Kiss Me Licia.

268

«No. Non ci sto. Ho sbagliato a tirare il sasso dal cavalcavia. Ho sbagliato a mentire a Fabio. E sbaglierei ancora se partecipassi a questo gioco. Siete tutti pazzi. Ma non la guardate la tele? E te, Fabio, non la guardi? Non la guardi, cazzo!? Queste cose finiscono sempre male.» Il tono della voce si gonfia e si contorce, mentre punta gli occhi su Fabio, solo su Fabio.

«Sicuramente adesso finisci male te», sibila Samuele, che non aspettava altro.

63

OSVALDO Valenti sta per suonare il campanello e quasi non ci crede.

Katia è sempre stata una ragazza determinata, calcolatrice ai limiti della malafede, patologicamente ambiziosa. La traiettoria della sua vita era segnata. Una micidiale macchina da guerra che avrebbe travolto tutto ciò che la ostacolava al raggiungimento dei suoi luminosi obiettivi.

E Osvaldo non era così scemo da non capire che lui stesso le ostruiva il cammino trionfale.

Katia era una predestinata. Una ragazza bellissima e intrigante costretta a vincere in qualsiasi campo competesse. Non era persino sbarcata a Milano per godere delle scintillanti promesse della capitale morale d'Italia? Non aveva persino fatto il suo ingresso dalla porta principale in uno degli studi legali più famosi del capoluogo lombardo?

Qualcosa non torna.

Che ci fa in questa casetta scalcinata lungo il fiume Versilia, con l'odore di acqua marcia che ti fa tappare il naso e le zanzare che planano come aironi in pieno inverno?

Se era per vivere in questo posto, poteva persino rimanere con me. Avrebbe potuto persino amarmi, alla fine. Bastava un po' di impegno.

Dal canale si stacca un vento freddo che abbassa la temperatura di qualche grado.

Osvaldo si sente quasi fuori luogo con quella giacca di Hugo Boss sotto il cappotto di cammello e una bottiglia di Cordon Rouge che gli sta ghiacciando la mano.

L'unica è suonare... e capire.

Preme il campanello arrugginito e sbircia le targhette ricoperte da un nastro di adesivo ritagliato alla bene e meglio. Sopra, due nomi sconosciuti e, sotto, Katia Arricò.

Non ha sbagliato location.

Qui è dove vive Katia.

Il suono che apre la porta è una trombetta acuta e prolungata.

Non c'è ascensore.

Una scaletta strettissima appoggiata a un muro spaccato dalla muffa è l'unico passaggio per salire al secondo piano.

Altri baci, altri abbracci, altri attimi di pudico smarrimento.

Katia, però, è sempre Katia.

Deve essere tornata da poco dallo studio perché indossa sempre un tailleur nero (diverso però da quello di una settimana fa) con una scollatura che copre meno della metà del seno esplosivo della ragazza. La camicetta sotto si è rintanata chissà dove.

La gonna è corta, le gambe, fasciate da un paio di calze nere autoreggenti, sono lunghissime, affusolate, delimitate in alto da un sedere fatto con il compasso e in fondo da caviglie sottili che solo le cavalle di razza hanno la fortuna di possedere.

Katia è già molto alta, ma un paio di décolleté con un tacco esagerato le regalano la stessa prorompenza della modella Marta Cecchetto ai tempi della pubblicità dell'Aperol. Ve la ricordate?

Ha un trucco leggero, quel che basta per scandire la sua bellezza naturale.

Osvaldo ha già capito che stasera non avrà scampo.

Del resto è qui per questo, non prendiamoci in giro.

È qui per chiudere (*chiudere, Osvaldo chiudere! Non dimenticartelo*) il cerchio, sparare l'ultimo colpo di cannone ed essere lui, per una volta (l'ultima volta, che poi si sa... vale più di tutte, ad andarsene da Katia). Per sempre.

Dopo tutto ciò che ha subito, è una magra consolazione. Lo sa benissimo. Ma a volte basta poco per voltare una pagina che pesa una tonnellata.

Non l'ama più.

Di questo è sicuro.

Ma da quando?

Non si sa da quando.

Nel momento in cui perdi di vista la persona (che ti ha sfigurato l'anima) per tutto quel tempo non puoi essere sicuro di niente. Magari ti convinci di averla finalmente dimenticata e poi... e poi la prima volta che te la ritrovi davanti le gambe si svuotano, lo stomaco si incendia, le parole muoiono in bocca ed è già tutto chiaro. La passione, il dolore, l'odio, il ricordo della felicità se ne sono stati nascosti per anni come tagliole per farti un brutto scherzo. Bisogna stare attenti a credere che sia finita. La parola amore si sfalda in un'eco che degrada giorno dopo giorno fino a sembrare silenzio. Poi basta un attimo, un solo attimo! E il suo nome torna a replicarsi all'infinito.

Ma non è questo il caso di Osvaldo Valenti.

Scarlet gli si è ficcata nel cervello nelle vesti dell'ultima, ultimissima speranza per raggiungere la meritata felicità.

Non c'è posto per altro. Nonostante tutto. Vuole capire perché la donna che avrebbe voluto accanto a sé per sempre, si stia letteralmente autodistruggendo.

Ma questa sera non ci vuole pensare.

Secondo Osvaldo, che ha ideato questa teoria dopo anni e anni di esperienze, elaborazioni e rielaborazioni parascientifiche, la certezza matematica che l'amore per Katia si sia diluito negli anni fino a scomparire definitivamente è giunta pochi minuti prima di uscire di casa.

In attesa di recarsi agli appuntamenti più importanti della sua vita, il nostro ballerino senza pace è solito farsi una lunga doccia purificatrice. Stavolta si è lavato solo le ascelle. Nel lavandino, con poco sapone.

Semplice.

Il corpo, foriero di mille sintomatologie, anticipa sempre la mente.

È finita. Mi sono lavato solo le ascelle. È la prova definitiva.

Si è dovuto inventare una cena con gli amici del liceo (li odia, gli amici del liceo, quei figli di puttana lo hanno scorticato vivo quando hanno saputo che teneva le corna). Ma ormai, una balla in più e una in meno... il rapporto con Scarlet si sta sfasciando lentamente come un gomitolo di spago che corre su un piano inclinato.

E poi queste non sono corna. Macché! Questa è la personalissima riabilitazione di un uomo sfortunato, cornuto e costretto all'espatrio.

Si guarda intorno, mentre Katia gli serve un Bellini dopo l'altro.

Poi si spostano sul divano, troppo stretto per mantenere le distanze.

Se l'edificio cade a pezzi, l'appartamento fa venire la depressione.

La carta da parati color Timberland di camoscio riveste i muri bianchi sbrecciati.

Il salotto è costituito da un divanetto verde senza braccioli e una vecchia Telefunken con un metro di antenna.

La camera da letto di Katia, illuminata da una lucina azzurra soffusa, è l'unico vano che non trasmetta il desiderio di scappare via e non tornare mai più. Lo sanno entrambi che la loro notte finirà lì.

C'è anche una stanza chiusa.

Katia si accorge che Osvaldo la sta fissando e gli spiega che con lei ci abitano due ex piloti che lavoravano all'aeroporto del Cinquale.

Neanche vive da sola.

È tutto sbagliato.

Osvaldo non si aspettava di fronteggiare un nemico che non combatte.

Katia Arricò è sostanzialmente una donna sola.

«Insomma Katia, dimmi... perché non mi hai mai amato?» Osa

Osvaldo, guardandola nei suoi sbalorditivi occhi verdi attraverso il fumo della sigaretta.

64

Giò non ha tempo per ritrarsi.
Il cerchio dei ragazzi si stringe con naturalezza.
Qualcuno lo tiene già per una manica della giacca.
«Hai rotto il cazzo, mezza sega. Abbiamo deciso che questa cosa la facciamo. È un patto fra di noi e giuro che da qui non esce una parola. Quindi fai l'uomo e smetti di rompere i coglioni.»
Samuele parla a nome di tutti, senza isterismi.
«Non dirò niente, giuro. Però io non partecipo. E anche voi, Luca, Fabio... ma siete diventati tutti scemi? È una ragazzina, che bisogno c'è di fare questa stronzata?»
Tutti guardano tutti.
Che fare?
«Buttiamo in mare questo cinese di merda», propone Marzio Ciardini che si divertirebbe un sacco a lanciare qualcuno in acqua. Non lo ha mai visto fare dal vivo.
Giò dà uno schiaffo a Marzio. Secco e improvviso. La testa gli si rovescia di lato. Non ci crede, non riesce proprio a crederci di essersi preso una sberla davanti a tutti da quel piscialletto di muso giallo!
Giò non prova neanche a scappare.
Si avvicinano tutti. Tranne Fabio e Luca. Cosa possono fare del resto? Difendere l'amico, prenderle (perché tanto lo sanno che le prendono), e fare la figura dei soliti pallemosce?
Il ragazzino cinese li guarda tutti in faccia. Soprattutto Fabio. Soprattutto lui.
«Venite tutti! Forza... venite tutti, vigliacchi!» schiuma dalla bocca.
Antonio Bruga gli stringe il collo da dietro. Giò scalcia come

un matto ma Samuele e Mattia Bruga gli afferrano le gambe, lo sollevano. Adesso è praticamente parallelo al terreno. Si dimena come un'anguilla ma è del tutto inutile. Marzio gli sferra un pugno violentissimo in pancia che lo fa incurvare come un'amaca. Poi lo colpisce sulla bocca, che inizia a sanguinare.

«Fallo ora lo stronzo... fallo ora, bastardo!» gli urla il ciccione mentre stavolta lo centra sul naso.

Anche Mattia Bruga gli si avventa contro e aiuta il fratello a tenerlo per le spalle.

«Allora lo buttiamo in mare, questo sacco di merda?» fa Samuele ridendo e osservando Fabio con la coda dell'occhio.

«Mare! Mare! Mare!» urlano tutti adesso e ridono. Ancora schiaffi, pugni in pancia, calci sulle gambe.

Fabio fa un rapido calcolo. Lo buttano in mare, sicuro. Giò peserà 50 chili. Ci sono massimo tre metri dal pontile. Non può farsi nulla di male.

Però l'acqua è gelata. Ed è vestito.

Bisogna intervenire.

Guarda Luca, cercando un'intesa.

Ma Luca è troppo preso dalla scena (non è vero, semplicemente nota che Fabio lo sta guardando e teme che gli chieda di aiutare Giò).

Il piccolo orientale ha smesso pure di dibattersi. Per non prendere altri colpi.

Forza, ora basta.

Ci penso io.

I pensieri di Fabio sgambettano al *rallenty*, se potesse li farebbe camminare all'indietro. Mentre i fatti si svolgono rapidamente. Ma pensare cose giuste senza avere il tempo (o la forza) di metterle in pratica è l'unico modo per non sentirsi un verme.

Intanto lo stanno sollevando sopra la ringhiera.

Giò ha smesso persino di parlare, è atterrito, del tutto privo di qualsiasi capacità di reazione.

Un passante si volta un attimo ma poi prosegue credendo che sia uno scherzo.

«Uno...» Il corpo di Giò oscilla a destra e a sinistra.

«Due...»

«Treee!»

Mi tocca fermar...

Fabio è attentissimo a non intervenire troppo in anticipo.

«Olèèè!!!» Il branco esplode in un boato cattivo.

Giò sta già volando verso l'acqua scura.

Il tonfo è molto meno rumoroso di quello che si aspettavano. Stanno tutti appoggiati alla ringhiera. Qualcuno si tira su, come i capi ultrà sulle balaustre della curva.

«Fa freddo, bastardo, eh? Dico a te, merdaccia!» infierisce Marzio Ciardini indicandolo con gli occhi spalancati che bruciano di una luce folle.

Gli urlano di tutto, si sganasciano dalle risate, fanno il tiro a segno con le sigarette ancora accese, gli sputano contro.

Giò affiora appena con la testa, poi va giù, poi riaffiora ancora. Sembra una boa troppo pesante che scompare dalla vista appena passa l'onda.

Il mare non è mai stato così languido, spezzettato dai tagli di luce della luna.

Per il nostro naufrago non è mai stato così scuro e mostruoso.

Anche Fabio si avvicina al bordo del pontile.

Lo vede annaspare.

Eppure non sarebbe il freddo, e neanche quell'ammasso di vestiti invernali che lo trascinano giù come se avesse un'ancora attorcigliata a un piede. Il problema è che Giò non sa nuotare.

65

KATIA guarda il suo ospite con un'espressione inequivocabile.

Si alza dal divano, gli si posiziona perfettamente davanti.

Osvaldo solleva la testa piegandola tutta all'indietro per guardare negli occhi Katia Arricò. Che con un sorrisino da far drizzare i peli sulla nuca, si piega, armeggia elegantemente con una mano e fa scivolare le mutandine di pizzo ai suoi piedi.

È statuaria, conturbante, bonissima. La madre di tutte le fighe. Ha il collo inclinato verso il basso e i suoi occhi, accesi da una luce che sembra provenire dal loro interno, brillano più di mille smeraldi.

Avvicina ancora di più le gambe e il bacino alla faccia di Osvaldo. Lui e lei (lei nel senso di organo sessuale femminile esterno) si stanno sfiorando.

Katia lo prende per la nuca e gli affonda delicatamente la faccia.

Qual era la domanda?... Perché non ti ho mai amato? Sì, era quella.

«Dopo Osvaldo ne parliamo», ansima Katia.

66

PANICO.

Giò è in preda al panico e non ha tempo di rendersi conto che sta rischiando la vita.

Prova a stare a galla ma non ci riesce, tanti piccoli respiri disperati.

Beve, beve un sacco.

Non chiama aiuto. Strano, chi sta affogando chiede aiuto. Ma chi dovrebbe aiutarlo poi? Quei bastardi che lo vogliono morto?

Giò è entrato in mare da piccolo con la paperella gialla gonfiabile, attento a sguazzare dove toccava. E quando tutti avevano imparato a nuotare e facevano il bagno e si schizzavano e si divertivano come pazzi, lui se ne andava verso le cabine.

Compiuti dieci anni, aveva chiesto al padre di fare il corso di nuoto, ma il signor Lang aveva preso il figlioletto per la collottola e lo aveva trascinato in cucina di fronte a un branzino squartato.

«Ascoltami bene: a noi interessano i pesci, non il mare. E adesso vai a pulire le cozze.»

Discorso chiuso.

Gianluca Torrini, un suo vecchio amico, però glielo aveva spiegato come si faceva a restare a galla.

«Non ti irrigidire, se stai rigido vai a fondo come un sasso. Stai morbido, rilassato e comincia a muovere le gambe e le braccia. Devi solo spingere l'acqua. Non è che impari a nuotare, ma stai sicuro che resti a galla.»

Fra lui e la morte c'è l'insegnamento di un bambino (se si ricorda bene).

Ormai è sott'acqua, nel buio, al freddo da una ventina di secondi.

Muoio.

Sono già morto.

L'aria nei polmoni è quasi esaurita.

Fabio non lo vede più. Cerca fra i riflessi, aguzza lo sguardo per riconoscere i suoi capelli scuri nell'acqua buia. Niente.

Mi butto. Ma dove?

E poi aveva sentito dire che quando cerchi di aiutare un uomo che sta affogando quello ti si aggrappa con tutte le forze e ti trascina giù con lui, all'inferno. Si muore in due.

Il suo sguardo adesso è mobile, forsennato, cerca dappertutto. Ma il mare non restituisce niente. Suda come poche volte in vita sua. Sotto le ascelle deve avere due rubinetti aperti perché sente rivoli di acqua scorrere giù per il costato. Cammina avanti e indietro, cerca altre prospettive per vedere se quel cazzo di Giò emerge dalle profondità.

Tutto qui?

Sì, tutto qui.

Questo è tutto ciò che Fabio riesce a fare per il suo vecchio amico.

Giò sta morendo e io sono qui a farmi le seghe.

* * *

Il piccolo cinese è rassegnato.

Ed è la sua fortuna.

Sembra impossibile, ma la sensazione di non avere più nulla da perdere rilassa ogni cellula del suo corpo stremato. Inizia a muoversi, prima piano poi sempre più forte. *Sto salendo!* Mette la testa fuori. Tira un respiro profondissimo. Le orecchie ronzano piene d'acqua eppure sente le urla dei suoi aguzzini. Non hanno pietà.

«Ma dove si è nascosto, quel cagasotto?» È la voce di quel troglodita di Marzio. Poi altre risate, schiamazzi.

La rabbia lo rende feroce. Il sangue si allaga di adrenalina.

A un metro vede una delle colonne su cui è piantato il pontile. Prova ad avvicinarcisi. Non è così semplice, ma piano piano ci arriva. Abbraccia la colonna viscida con il suo giacchetto fradicio. Eppure riesce ad avvinghiarla e a tenersi su. C'è una colonna ogni tre metri circa. Il pontile sarà lungo cento metri, ma parte dalla strada e passa sopra un tratto di spiaggia. Da laggiù fino alla riva ci saranno cinquanta metri.

Ce la posso fare. Con calma ma ce la posso fare.

E ai cinesi, si sa, l'unica cosa che non è mai mancata è proprio la calma.

67

OSVALDO Valenti è appoggiato alla porta, mentre Katia continua a baciarlo avidamente.

Hanno scopato, parlato, riscopato e parlato ancora. E alla fine hanno scopato di nuovo. L'ultima volta è stato persino dolce.

Osvaldo ha provato sensazioni di godimento apicale come solo la travolgente carica erotica insita nell'avvenenza totalizzante di Katia è in grado di suscitargli. È stato ancora più eccitante. Sesso puro, brado, svincolato dai sentimenti che modulano il piacere sottraendone l'impeto selvaggio.

A dire il vero, tutta la serata è stata piacevole.

Hanno parlato del passato e Katia ha persino risposto alla domanda che ha torturato per una vita Osvaldo.

«Osvaldo... ero giovane, non avevo nemmeno vent'anni. Cosa pretendevi?»

Niente, non pretendevo niente, pensa Osvaldo che si vede cancellare in un secondo le tracce di un milione di ferite.

Seguito da un ambiguo «ora sarebbe diverso» elargito con una voce da 899.

Poi la conversazione ha fatto zig zag fra le loro vite arrivando a toccare argomenti assolutamente personali, come se fra loro non fosse accaduto alcunché di irreparabile.

La bella avvocatessa ha spiegato cosa non è andato per il verso giusto a Milano in quel maledetto studio che avrebbe dovuto aprirle le strade del successo. Invidie, giochi di potere, avidità intrinseche alla professione forense.

Tutte cazzate.

Osvaldo ha intuito da subito come sono andate realmente le cose: nello studio associato Bergonzi/Marcòn i due suddetti avvocati, pur in plateale rotta di collisione per il raggiungimento della leadership, spadroneggiavano. Decidevano le sorti dei nuovi arrivati, si spartivano lavoro e denaro, giustiziavano gli incapaci. Ma chi dei due avrebbe preso il sopravvento? Nel dubbio, l'avvocatessa Katia Arricò se li era scopati entrambi. I due cornuti, gonfi di gelosia, si erano ingarellati, disputandosela fino all'ultimo colpo basso. Poi, estenuati, avevano eliminato il problema alla radice. Via la ragazza. Sputtanata per tutta Milano nei secoli dei secoli e condannata a *damnatio memoriae*.

La rimpatriata di Katia a Lido di Magra assomigliava alla ritirata dei Marines degli Stati Uniti d'America dagli impervi territori del Vietnam.

È arrivato il momento di andarsene. Ma quanto cavolo dura questa cena del liceo, starà pensando Scarlet.

Mentre Osvaldo vorrebbe solamente uscire da questo luogo angusto e tornarsene a casa, Katia non riesce a comprendere le titubanze del suo amante più tenace.

Eppure fra un bacio e l'altro, Osvaldo Valenti riesce a porre anche l'ultima domanda che lo ossessiona da sempre e che, anche se giunge tardiva, potrebbe ammorbidirlo fino a riportarlo su posizioni impensabili.

Perché, se anche è vero che non la ama più, Katia continua a piacergli tantissimo.

«Scusa Katia, ma… il giorno dopo che ci siamo lasciati, tu hai provato a chiamarmi?» (Il telefonino di Osvaldo non ha mai completamente smesso di volare e squillare nel suo testone cocciuto.) *Figurati se me lo ricordo.*

«Ma Osvaldo… senti… è passato molto tempo. Comunque direi di no. Anzi, no di sicuro, perché dopo che ci siamo lasciati l'ultima volta, non ti ho mai più chiamato.»

Si sente sgravato dell'ultima dispettosa illusione.

«Ora Katia devo andare, ti ho spiegato come sono messo…»

«Ok, ma quando ci rivediamo?» Gli chiede appoggiandogli una mano sulla pancia e facendola scivolare sempre più giù…

«Ti chiamo io, dai. Fammi andare adesso.»

Si danno un ultimo bacio e Katia ci scommetterebbe mamma, babbo e fratello, che entro domani, domani sera al massimo, Osvaldo la chiamerà e, da quel momento, non smetterà più di farlo.

Katia Arricò avrebbe perso la sua ennesima scommessa.

68

FABIO sente uno sciabordio sotto di sé.

Si sporge dalla balaustra, lo vede. È Giò, abbracciato a una colonna!

Tira un respiro ampio come l'Anticiclone delle Azzorre.

La tensione sparisce all'istante.

«Giò! Tutto bene?» chiede alzando troppo la voce.

Nessuna risposta.

Fabio ha appena fatto l'ennesima cazzata, perché gli altri hanno sentito.

«È lì quel bastardo?» Accorrono eccitatissimi nel punto in cui si trova Fabio, per niente stanchi di martoriare quel poveretto. Stavolta gli scaraventano contro una pioggia di monetine. Una lo colpisce in testa, incidendo nellla cute un fessura piuttosto profonda. Altro sangue.

Giò non ci fa nemmeno più caso.

Guarda solamente verso la riva, centinaia di luci mai così simboliche.

Devo farcela.

Non per me, ma per quei luridi vermi.

Si muove verso un'altra colonna. Inizia a sentire freddo e i vestiti sono sempre più pesanti. Però ci arriva. Abbraccia un'altra colonna. E poi un'altra. Piano piano, pazientemente.

Il gruppo si è finalmente stufato, non sente più rumori, voci.

Deve passare un'altra mezz'oretta prima che, colonna dopo colonna, l'irriducibile cinesino giunga a circa dieci metri dalla riva. Prova a vedere se si tocca. Si tocca. Con la punta della scarpa ma si tocca. Raggiunge un'altra colonna di cemento. Stavolta ha tutta la testa fuori dall'acqua.

Sono salvo.

Le luci che prima distingueva singolarmente si sono sciolte nel chiarore della costa, ormai vicina. Guarda il cielo come per ringraziarlo. Poi dà un'occhiata alla spiaggia.

Eccoli, i cani.

Sono tutti in fila, non manca nessuno. Lo stanno aspettando sulla riva, pochi metri dal mare. Persino Fabio, che non ha mosso un dito. Scalpitano come tori davanti a un mare rosso.

Cammina faticosamente, come se stesse attraversando una palude. Anche se l'acqua ormai gli arriva alle ginocchia.

Sente le solite urla.

«E ora dove scappi, coniglio?» Una voce indistinta.

Giò non ha paura, cammina verso la riva sempre più veloce. Si toglie la giacchetta e la scaraventa via, nel mare che la inghiotte. Ormai è a pochi metri dai suoi nemici. Completamente fradicio di acqua e di sangue. I lineamenti del viso si possono solo immaginare. Ci sono solo gli occhi, due fessure quasi sigillate.

Vede Marzio Ciardini dirigersi verso una catasta di ombrelloni chiusi e sradicarne uno dal mazzo polveroso.

Poi inizia a corrergli incontro.

Quando è finalmente sicuro che non può mancarlo, glielo scaglia contro come un giavellotto.

Giò resta immobile, non teme neanche quella ridicola lancia artigianale.

Marzio lo prende male, di traverso, e la plastica che riveste la tela dell'ombrellone fa da cuscinetto.

L'ombrellone, adesso, è per metà sott'acqua.

Giò lo raccoglie e guarda negli occhi il suo maldestro persecutore. Stringe il paletto di legno con entrambe le mani e, con tutta la forza che gli rimane, lo sventaglia lateralmente come una mazza da baseball.

Non si sente alcun suono particolare. Solo il contatto del palo contro la gamba di Marzio Ciardini.

Il quale crolla a terra urlando per un dolore che si direbbe inaffrontabile. Si tocca la gamba all'altezza della tibia. Fratturata. Non riesce a stare fermo, chiede aiuto. Gli sono tutti intorno.

Tranne Giò.

Sta fermo, a tre metri dal gruppo. Sembra invecchiato di dieci anni. E guarda Fabio. Non Samuele, non uno dei fratelli Bruga, non Luca, e neppure lo stesso Marzio. Guarda Fabio. Dritto negli occhi.

Fabio abbassa i suoi. Si finge interessato alla gamba rotta di Marzio, ma poi è costretto a incrociare di nuovo le pupille di Giò.

Distoglie ancora una volta lo sguardo mentre il piccolo ragazzino venuto dall'oriente finalmente si volta e, in silenzio, riprende il suo cammino, lasciandosi alle spalle tutto l'odio di questo mondo.

69

FABIO si avvicina a Samuele e gli fa un cenno col capo. Deve parlarci da solo.

La situazione gli è completamente scappata di mano.

«Sei contento di quello che avete fatto?» ringhia Arricò.

«Vuoi dire quello che abbiamo fatto...» La luna tinge di una luce cattiva il sorriso scaleno del bulletto. «C'eri anche te, Giò è un amico tuo... bastava che ce lo dicessi», mente, puntellandosi sul senno di poi.

Se Fabio fosse intervenuto, bene che fosse andata sarebbe finito in mare pure lui...

E se Fabio avesse deciso di starne fuori per non far saltare il patto? Siamo sicuri che non sia così? No. E non lo è neanche lui.

«Anche Marzio è un tuo amico, eppure è a terra e secondo me ha una gamba rotta. Vi conviene chiamare un'ambulanza. Era quello che volevi?»

«Ascoltami Fabio, questa storia non è un gioco. Chi non partecipa può parlare. Può sputtanarci tutti. Chi garantisce che il cinesino di merda non giri l'angolo e spifferi tutto? Tu? Ma non farmi ridere... Chiunque fosse venuto questa sera, doveva fare l'uomo e dire 'sì, ci sto', senza tante storie. Sei tu che hai portato Giò, la responsabilità è tua.»

«Mia un cazzo! Poteva esserci utile. Comunque Giò non parlerà, lo sai benissimo. In ogni caso è tutto rimandato. Il tuo amico idiota è fuori gioco e conviene far calmare le acque. Come dici te, è una storia seria. E ricordati, Caterina non deve farsi male, dobbiamo solo spaventarla.» Parla con la voce carismatica di Yul Brynner quando si rivolge ai suoi compari nel film *I magnifici sette*. E anche lui, come il triste pistolero, riprende il suo cammino.

«Va bene capo, ne riparliamo più avanti», concede Samuele parlando alla nuca di Fabio, conscio che se vuole raggiungere il suo scopo non deve proferire una parola di più.

70
8 luglio 2014

Oggi è il gran giorno.

Lo hanno preparato nei minimi particolari.

Niente può andare storto.

Sono le sette di sera, fa caldo ma l'afa non è opprimente.

Fabio Arricò è inspiegabilmente tranquillo. Si sente per la prima volta parte di qualcosa di grande e memorabile. Un entusiasmo sconosciuto si insinua sottopelle eccitando ogni molecola del suo giovane corpo. Il sistema nervoso oscilla paurosamente procurandogli un'euforia incontrollata. La paura che la faccenda possa deragliare è sedata dalla protezione psicologica del gruppo che diluisce responsabilità, colpe e imputazioni.

E poi, per una volta, ha avuto un ruolo decisivo.

Non è stato forse lui l'ideatore di tutto?

Finalmente qualcuno lo riconosce come elemento trainante del progetto, ingranaggio indispensabile per la realizzazione di qualcosa di sconsideratamente importante.

Quello stronzo del babbo non dirà mai più che non ho i coglioni.

Mai più.

Io ho avuto l'idea e starà a me decidere fin dove arrivare.

Non ci saranno problemi.

(Ma ci crede veramente?)

E pensare che, a un certo punto, stava sfumando ogni cosa.

Fabio non aveva quasi mai rivisto Caterina Valenti durante quell'inverno equivoco, freddo e incandescente insieme, in cui la sua vita gli era sfuggita di mano come una saponetta bagnata.

L'ultima volta che l'aveva incontrata era stato capace di uscirne indenne. E questo gli bastava. Se ne era andato via senza voltarsi, chiamandola con un nome che l'aveva fatta trasalire, deflagrare letteralmente. Chissà cosa significava per lei quel nomignolo assurdo... Pernigotti. In ogni caso le donava. Per Fabio Arricò, Caterina era ancora dolce come il gianduia. Eppure la odiava! Come si odia l'unico essere vivente in grado di schiantare la tua vita con un battito di ciglia. Però ne era uscito da uomo. In quel freddo giorno di febbraio. Si era allontanato con il suo amico, senza parole, rinunciando a osservare l'ingresso del negozio da cui entro pochi secondi sarebbe uscito un ragazzo evidentemente migliore di lui. Ma andava bene così. Era il giusto modo di chiudere il loro malsano rapporto vissuto da giovani ballerini senza equilibrio. Per questo non voleva più incontrarla, per questo quasi si nascondeva. Doveva finire lì, senza repliche e giustificazioni. E poi Fabietto aveva paura che, se ci avesse parlato, Caterina avrebbe potuto ferirlo ulteriormente. Perché non c'è niente di più pietoso della pietà di chi si ama e odia.

Poi era arrivata la primavera, come un indizio d'estate.

Era arrivata sfuggendo alla presa dell'inverno e cercando di afferrare la coda dell'estate. A strattoni. Attraversata dalle profonde impronte invernali e punzecchiata dalle bruciature della stagione più attesa. E la primavera, soprattutto, era arrivata per Fabio Arricò.

Propizia come il vento per una barca a vela, come la neve per una pista da sci, come la fine de *La corazzata Potiomkin* per il ragionier Ugo Fantozzi.

La prima volta che Fabio le parlò, Serena Battagli stava ripassando i compiti di matematica seduta su un muricciolo vicino al *Bar Centrale*. Gli auricolari dell'iPhone infilati nelle orecchie, un cerchietto sui limpidi capelli biondi, le All Star degli stessi colori del cerchietto.

Era la ragazza che aveva visto sulla spiaggia qualche mese prima.

Sembrava molto più colorata, però. Come se l'avessero pitturata.

Fabio rischiò una timida battutina d'entrata.

285

«Poverini voi della 'C', sempre a studiare. Tanto alla fine vi bocciano tutti.»

Serena alzò lo sguardo, si tolse gli auricolari, lo guardò con i suoi grandi occhi chiari e si sciolse in un sorriso d'incoraggiamento.

Era il 3 aprile 2014, e fu una data storica.

Segnò infatti l'inizio della prima vera relazione ufficiale di Fabio Arricò.

Una storia semplice, come lo sono a volte le storie d'amore quando hai diciassette anni.

Poche parole, tanti baci per colpa delle poche parole, cinema bui e tempestosi, avanzate temerarie e repentine retromarce.

Gli piaceva molto, Serena.

Aveva un'aria di famiglia, i capelli di sua mamma da giovane e il sorriso di sua sorella. I lineamenti del viso regolari. Magra, il seno pieno, le gambe diritte. E poi era dolce, difendeva la sua inesperienza sessuale con simpatia, sapeva essere riservata e stupefacente.

Proprio così: stupefacente.

Come quella volta.

Si erano appena dati uno dei loro numerosissimi e lunghissimi baci fuori dal *Twin Peaks*, un cocomeraio che si era trasformato in un vero e proprio locale notturno.

Lingue fuori sincrono, incisivi che cozzano come le macchinine dell'autoscontro, occhi troppo aperti e curiosi.

Poi Serena lo aveva fissato con uno sguardo dolce e beffardo insieme. E aveva sparato dritto al cuore.

«Scusa Fabio… ma tu sei conosciuto soprattutto per una cosa.»

Arricò aveva fatto mente locale e si era vegognato. Si era vergognato anche a causa della punta di orgoglio che gli aveva fatto lievitare l'«io» per essere «uno conosciuto per…» la storia dei sassi sul cavalcavia. Doveva essere quella «la cosa» che lo aveva reso tristemente famoso!

Come è possibile che lo sappiano tutti? Paese di merda.

Ma si sbagliava.

La ragazza era molto più impertinente e calzante.

«A scuola e in paese lo sanno tutti. Lo sanno tutti che ti sei innamorato perdutamente di Caterina Valenti. Quello che voglio dire è... perché stai con me se ti piace un'altra?»

Fabio era rimasto qualche secondo in silenzio, perplesso come colui che, tutto contento, sta per azzannare un dentice al cartoccio e gli viene comunicato che ha sempre odiato il pesce e adorato la bistecca.

Poi, con la naturalezza tipica dell'amante che esce dall'armadio per dare spiegazioni al marito, aveva replicato, ormai incastrato: «Non lo so Serena... a me piaci tu e a Caterina ormai non ci penso proprio.»

E in fondo aveva detto la verità.

Come puoi non pensare esclusivamente alla prima persona al mondo che ti ha scelto in mezzo al resto dell'umanità?

Fabio ci si era affezionato e le voleva veramente bene.

Non chiedeva altro che perdersi per il resto dei suoi giorni negli occhi provvidenziali di Serena Battagli.

L'estate aveva già stretto d'assedio il nostro paesino quando il calendario ne sancì formalmente l'inizio.

Era proprio il 21 giugno quando la vita di Fabio Arricò subì due scossoni che avrebbero cambiato ancora una volta il corso degli eventi.

Uno positivo e l'altro negativo.

Fabio si fiondò a casa di Serena appena quest'ultima gli ebbe comunicato al telefono che i suoi sarebbero stati fuori due giorni per visitare l'Acquario di Genova.

Nel tono radioso della bella biondina, Fabio ravvisò molto di più di un invito a passare la giornata insieme giocando a briscola bugiarda.

Si mise in tasca la confezione scaduta di preservativi, fece una breve sosta davanti allo specchio per constatare che gli sfoghi sulle guance avevano smesso di torturarlo e cavalcò lo scooter fino a via degli Olmi, dove una ridente villetta con le persiane rosse e un comignolo da casa delle fate ospitava la famiglia Battagli.

Serena lo aspettava alla porta, piegata su un fianco, le labbra spalmate di un meraviglioso lucidalabbra rosa e un sorrisino che fugò immediatamente in Fabio la paura di una catastrofica cilecca.

Insomma, come andò?

Male, malissimo.

Si sbaciucchiarono qualche secondo prima di raggiungere la cameretta di Serena, dove un letto a una piazza e mezza avrebbe testimoniato lo storico momento.

Faceva caldo e si spogliarono immediatamente (Fabio restò con i calzini).

Scimmiottarono le movenze viste e riviste in centinaia di film, scalmanandosi e sperperando energie preziose. I preservativi, nemici giurati degli amanti inesperti di tutto il globo, volavano per la stanza uno dopo l'altro.

Troppo difficile inserirli e troppo difficile gestirli nei momenti in cui Fabio pagava l'emozione con alcuni inevitabili cedimenti.

Ma il problema era entrare.

Continuando a utilizzare quegli arnesi, i due ragazzi sarebbero morti vergini.

Fabio prese la situazione in pugno.

«Senti Serena, così non andiamo da nessuna parte. Io non l'ho mai fatto. E tu?» La frazione di secondo che precedette il «no» della ragazza fu uno dei momenti più spinosi dell'intera esistenza del nostro stallone di razza.

«Bene... allora per oggi direi che potrebbe bastare riuscire a perdere la... la... insomma sarebbe splendido uscire da questa casa avendolo almeno fatto un pochino. Roba di qualche secondo. Quindi, se sei d'accordo mi concentrerei su questo aspetto. E per entrare per pochi secondi, poi giuro che lo tolgo, non ci serve il preservativo. Che ne dici, sei d'accordo?»

«Sì, va bene, basta che ti sbrighi.»

Mentre il signor Andrea Battagli stava incazzato come una scimmia perché la moglie lo aveva portato nel padiglione della Biosfera ad ammirare rare specie di uccelli tropicali, mentre lui voleva semplicemente dare un occhio ai delfini che facevano le piroette nell'acquario (come altre migliaia di persone), Fabietto e la dolce Serena erano impegnati a fare centro per la prima volta nella loro vita.

Non fu semplice.

Fabio pensava che fosse come stappare una bottiglia, un botto e via.

E invece fu una battaglia di logoramento.

I ragazzi dovettero insistere parecchio prima che l'organo sessuale di Arricò riuscisse a penetrare almeno per due terzi, facendo breccia nell'invalicabile barriera di Serena.

Missione compiuta. Senso di liberazione. Gioia pazzesca da «non sono più l'unico stronzo rimasto sulla faccia della terra».

I due restarono abbracciati, tutti sudati, per un tempo indefinito. Anche se Fabio, che esplodeva di gioia, avrebbe voluto solamente correre in paese per dare la notizia agli amici. Mentre Serena, molto più cauta, si sentiva appena un po' più donna.

Fabio Arricò non era ancora arrivato a posteggiare il motorino nel garage del palazzo quando sentì il telefonino vibrare.

Era Samuele.

Non rispondo.

Oggi non rispondo.

Però lui insisteva, non mollava.

Cosa avrà avuto di così importante da dirgli per rompergli i coglioni anche in questo splendido, glorioso, indimenticabile giorno?

Per scoprirlo, decise di rispondere.

«Ciao Fabio, tutto bene? È tanto che non ci vediamo…»

Samuele parlava con una voce troppo tranquilla, ci doveva essere qualcosa di grosso dietro.

«Sì, ciao Samuele… è vero. È un bel po' di tempo che…»

«Senti, ti chiamavo per quella cosa, poi non ne abbiamo più parlato…»

Già, quella cosa. Quella cosa folle che si era inventato in un momento di follia. Aveva rimosso. Che senso aveva ormai? E poi adesso c'era Serena. Pensò di sfuggita a Caterina, sorprendendosi di sentire il solido guizzo caldo attraversargli lo stomaco al solo pensiero.

«Ma Samuele, ormai, dopo quello che è successo al tuo ami...»

Samuele non lo fece concludere. Fabio Arricò era sempre il solito cagasotto. Caterina lo aveva umiliato a sangue e lui già se ne sbatteva. Per fortuna aveva un piano B.

«Fabio, dovrei vederti. Ho da mostrarti alcune cose molto importanti che in un certo senso ti riguardano.»

«Va bene, dove ci troviamo?» rispose Fabio, detestandosi per la sua curiosità fremente.

«Al mare, in un posto dove possiamo stare tranquilli.»

Dietro la cabina dei signori Arricò, due ragazzi alti uguali stavano osservando un telefono. Sopra di loro, un cielo bianco e compatto come una distesa di neve capovolta.

Fabio guardava le foto.

Soffriva esageratamente.

Soffriva come se tutti quei mesi non fossero mai passati.

Come se si trovasse ancora su quella scogliera di un'estate fa, con il cuore che parlava a Caterina al posto suo.

Un'immagine era inequivocabile.

Si vedeva Caterina, dal basso. Il suo sorriso lacerante, il seno nudo, a cavalcioni su un ragazzo. Lei sopra e lui sotto, nudi sul letto. Stavano facendo l'amore (per quale motivo Fabio non pensò *stavano facendo sesso, oppure stanno scopando?!* Pensò *stanno facendo l'amore.* Faceva molto più male così, non deprezzandone la sua intima, capitale, importanza). E chi aveva scattato la foto era Massimo Chini.

Fabio sentì la pelle accapponarsi, la saliva scappare via per poi solidificarsi agli angoli della bocca, lo stomaco rivoltarsi. Fu travolto dalla nausea e lottò con tutto se stesso per camuffare con un colpo di tosse gli spasmi che lo squassavano dentro.

Era bastata una foto per riaprire così rovinosamente la ferita?

«Guarda questa poi...» Samuele strisciò il dito sullo schermo del telefono per cambiare foto. Era un letto disfatto, ma non c'erano figure umane intorno. «Vedi il cuscino...» Zoomò sul particolare che a Fabio parve un dettaglio gigantesco, un'immagine che si dilatava oltre il telefono e riempiva tutta la scena. «Quei segni rossastri che vedi, sono il rossetto di Caterina. Dice Massimo che le piace farselo stroncare nel culo, farsi spiaccicare la faccia sul cuscino...» Il suo tono sembrava sinceramente schifato, ma poi sterzò su una variazione più neutra, saggia, quasi paternalistica: «Però a questo non ci credo, non mi sembra il tipo di una che fa 'sto genere di cose. Secondo me l'ha semplicemente scopata da dietro. Il punto è che queste foto stanno girando per il paese e lui si fa un sacco di risate ripetendo che ormai le può fare quel che vuole».

E tu, povero stronzo, hai sbavato dietro a questa troia che si fa sputtanare dal primo sfigato che gli capita (era il significato implicito di tutto questo).

Fabio taceva, squarciato in due, sprofondato nella sua prostrazione.

Non era solo la violenza delle immagini. Sentiva qualcosa di più profondo, un dolore deviato. La odiava. La odiava soprattutto per essersi fatta schiacciare da un ragazzetto senza volerlo. Lei, così orgogliosa, così gelosa del suo amor proprio, così combattiva da sembrare invulnerabile. La debolezza di Caterina finiva per declassarlo ancora di più. Si sentiva all'ultimo gradino di una scala di piccoli e grandi oltraggi. Sopraffatto più di tutti gli altri. Anche più di Caterina, a sua volta persecutrice. E cosa c'entrava l'amore in tutto questo? Niente. Assolutamente niente. Falciato dalla vanagloria di ognuno. Fabio aveva rinunciato ormai da tempo a Caterina, ma adesso sapeva di non amarla più. L'aveva praticamente costretto a rinunciare a lei. E anche per questo non l'avrebbe perdonata.

Sei il solito patetico ingenuo, Arricò.

«Scusa Fabio, ma mi sembrava giusto fartele vedere, dopo tutto eri stato tenuto all'oscuro per tanto tempo.» Non ci credeva nemmeno lui a quello che diceva. «E poi c'è un altro problema. Ti ricordi sul cavalcavia, quando io e te abbiamo lanciato i sassi? Bene, quel demente di Marzio ci ha filmati col telefono. Ricordi?

291

Ora è incazzato come un caimano. C'è da capirlo, con quello che gli è capitato. Siccome ci ha quasi rimesso una gamba per colpa di quell'idea alla quale aveva aderito con entusiasmo, vuole che andiamo fino in fondo. Altrimenti, giura che porta i video ai carabinieri...» minaccia comprensivo Samuele.

«Non me ne frega un cazzo di Marzio e dei Carabinieri. Per me ci può andare anche oggi a denunciarci. Facciamo questa cosa e basta.»

Il gruppo al gran completo (a eccezione ovviamente di Marzio Ciardini, collegato però in video chat) si ritrovò la sera successiva al pontile di Marina di Massa e pianificò tutto nei minimi particolari.

Avrebbero organizzato una festa a casa di qualcuno di loro, verso l'inizio di luglio. L'avrebbero fatta ubriacare, drogata con qualche sostanza capace di farle perdere coscienza e infine condotta in un posto isolato.

«La portiamo nella casa abbandonata, quella dove giocavamo a nascondino da piccoli. Te la ricordi, Samuele?» Lo sguardo di Fabio è una fiammata che incenerisce persino la spavalderia di Samuele. Un brivido sudaticcio ondeggia lungo la colonna vertebrale del leader indiscusso.

«Va bene», rispondono tutti in coro, ammaestrati da Fabio, mai così lapidario.

«Rimane un problema. Scordatevi che Caterina venga via dalla festa con noi. Sola. Anche se sarà fuori di testa, non verrà mai se è l'unica donna.»

Samuele si aprì in uno dei suoi sorrisi più inquietanti.

«Federica. Verrà Federica con noi, le ho spiegato tutto ed è d'accordo.»

Traditrice schifosa.

L'avevo capito fin dall'inizio che eri una bastarda infame, Federica.

Mi fate tutti schifo.

Fabio Arricò, ormai, riesce a malapena a distinguere il bene dal male.

«Un'ultima cosa. Non facciamole solo paura.»

71
8 luglio 2014
ore 19.37

«Non ci vai alla festa, Caterina, scordatelo.»

Nel giorno più difficile della sua vita, Osvaldo Valenti pensa soprattutto a sua sorella. C'è qualcosa che lo spaventa.

È passato dal mare per farsi un bagno, poche ore prima. Si stava facendo la doccia al chiuso, quella a gettone. L'acqua delle docce fuori era gelata e Osvaldo non è il tipo che patisce gratuitamente. Un gruppetto di ragazzotti parlava fra l'euforico e il concitato. Ma non riusciva a sentire un bel niente per via dello scroscio dell'acqua. E poi, detto in tutta franchezza, non gliene fregava nulla.

Doveva fare presto a finire di sciacquarsi, togliersi tutto lo shampoo al pompelmo dalla chioma prima che finisse il tempo del gettone. C'era quasi.

Nooo... vaffanculo!

Il soffione della doccia stava sputacchiando le ultime gocce.

Ancora un po' di shampoo sulla nuca colava lentamente sulla schiena insieme a qualche bolla di sapone.

Ma porca...

Adesso c'era silenzio.

Quei giovani eccitati stavano pronunciando le ultime parole prima di rendersi conto che potevano essere uditi.

«Ragazzi, stasera alla festa dobbiamo essere del tutto naturali anche dopo averla droga...»

Si erano zittiti bruscamente.

Lì per lì non ci stava quasi facendo caso. Poi, parcheggiati da una parte i pensieri negativi che si muovevano in cerchio intorno alla sua storia con Scarlet, realizzò il concetto.

Questa sera c'è una festa e una ragazza verrà drogata.

Osvaldo è un tipo tendenzialmente avvezzo a farsi i cazzi suoi, ma una leggera curiosità lo stava ghermendo.

Aveva aperto la porta del box doccia rapidamente, ma i tre ragazzi se ne stavano già andando. Li poteva vedere solo di schiena. Erano degli sbarbatelli figli di papà che parlavano di cose più grandi di loro.

Mai visti prima. O forse sì.

Osvaldo Valenti non poteva ricordare che la voce di quel ragazzetto era la stessa che urlava contro sua sorella circa un anno prima.

Quando però Caterina gli aveva riferito che quella sera ci sarebbe stata una festa a casa di un amico del mare, aveva ricollegato un po' di cose.

Una bruttissima sensazione che culminava nell'inquietudine di un presagio.

Non lo ha mai visto così arrabbiato.

Però non ha nessun diritto su di lei. Nessun potere di interferire minimamente nella sua vita.

Se ne è andato a farsi i cazzi suoi per dieci anni e ora torna per comandare.

«Senti, Osvaldo calmati. Spiegami perché non dovrei andarci!» Solo una grattata d'ira sul finale della frase.

«Te l'ho già spiegato tre volte. Alcuni tuoi amici vogliono drogare una tua amica o forse te, lo vuoi capire, cazzo! L'ho sentito con le mie orecchie.»

Caterina scoppia in un'altra risata più fragorosa delle altre, rovesciando la testa all'indietro.

«Ma cosa vuoi che droghino! Li hai visti? Hai capito male, hai preso fischi per fiaschi, lucciole per lanterne…»

Continuerebbe all'infinito, con il suo modo di sfottere trasparente e spregiudicato, se solo suo fratello non sbottasse iracondo: «In ogni modo non ci vai. Punto. E se insisti, lo dico pure ai tuoi genitori che siete una banda di tossici…»

«Diglielo pure, sai come se ne sbattono. A proposito 'i miei genitori' sono a Lerici e tornano domani.»

«A che ora vi trovate?»

«Credo verso le nove e mezzo davanti al parcheggio della spiaggia. Ma io vado direttamente alla festa perché so la strada. Ma non ti azzardare a presentarti all'appuntamento!» La voce di Caterina si rompe al solito modo, poco prima delle ultime sillabe.

«E dov'è la festa?» chiede Osvaldo distrattamente, apposta per ingenerare nella sorella altrettanta distrazione.

«Col cavolo che te lo dico!»

Il fratello esce dalla camera scuotendo il testone e la porta sbatte così forte che l'intonaco si sbriciola lungo la cornice.

Caterina non ci andrebbe davvero alla festa. Anche solo per accontentare Osvaldo. Le fa pena suo fratello, che si preoccupa per lei ma ha non più le armi per farsi valere. Scoppierebbe a piangere se tutti i suoi pensieri non convergessero come una calamita verso questa maledetta sera di inizio estate. Quando finalmente lo rivedrà.

È stato difficile ammetterlo.

Vomitare tutte le bugie dietro le quali si era nascosta per sentirsi più forte, più impenetrabile.

L'aveva chiamata Pernigotti.

Non poteva far finta di nulla.

Lo torturava perché Katia aveva spezzato i sogni del suo amato fratellone? Anche. Ma la verità era un'altra. La verità era che le piaceva. Fabio Arricò le piaceva un sacco. Perché era spontaneo, perché perdeva e si rialzava facendo finta di nulla, perché aveva un modo di fallire valoroso. Ecco sì, Fabio era un ragazzo valoroso. Era irriducibile nella sconfitta. Avrebbe perduto per tutta la vita e non gliene sarebbe importato niente, avrebbe continuato a perdere. Aveva avuto la forza di diversificarsi da sua sorella, nonostante fosse solo un ragazzino. Non gliene fregava nulla di cosa pensava la gente. E poi si ricordava le cose. Si ricordava persino che le aveva rubato la merendina. Aveva un suo modo di essere orgoglioso del tutto personale, intimo. Ed era questo che lo divideva da lei. Caterina te lo sbatteva in faccia, il

295

suo orgoglio. Farsi scudo della sua bellezza era il modo più semplice per esercitare la sua superiorità in tutta la sua violenza. Ma non le bastava, doveva ribadirla con il suo modo elegante e diretto di schernire, con le parole dolci o sferzanti, senza le quali nulla esisteva secondo lei. Era troppo orgogliosa per rischiare. Per ammettere che si era presa una cotta per il fratello della donna che odiava più al mondo (il più intimo risentimento risiedeva proprio qui, nella sua stessa debolezza). Per prendere in considerazione un ragazzo definito uno sfigato dal microcosmo in cui doveva combattere. Era stato molto più facile respingerlo ed evitare così di rischiare una batosta che non sarebbe mai arrivata.

Molto meglio una storia semplice, allora! Con un ragazzo carino e composto di cui non avrebbe mai potuto innamorarsi. E voleva che Fabio rimanesse all'oscuro non perché aveva paura di farlo soffrire. Ma perché aveva paura di soffrire lei! Avrebbe potuto perderlo sul serio. E poi, non lo sapeva nemmeno Caterina, ma metterlo sotto scacco davanti a tutti la intrigava, poteva misurare il disastro di Fabio con i suoi stessi occhi.

Infine, il messaggio... Continuava a chiedersi come mai stesse tenendo il dito sul nome di Arricò in quel fatidico istante. E la domanda era già una risposta.

Alla fine l'aveva capito. Aveva sbagliato tutto. Aveva fatto soffrire tutti. Compreso Massimo, che non c'entrava proprio niente in quella storia. Lo aveva lasciato il giorno stesso in cui aveva sentito Fabio chiamarla col suo vero nome.

Adesso desidera solo presentarsi a quella cavolo di festa e parlare con Fabio (Federica le ha assicurato che ci sarà!) con il coraggio di... Fabio. Sì, con il coraggio di Fabio.

Una volta per tutte.

E non importa se adesso ha la ragazza, perché io gli voglio solo parlare. Solo questo. Voglio solo che sappia cosa provo!

Si trucca con impegno esagerato.

Nella sua vita non dovrà mai essere così bella come questa sera.

72
8 luglio 2014
ore 20.19

OSVALDO è tornato nel suo appartamento.

Si butta sul letto esausto, a braccia larghe. Le molle lo fanno ballonzolare per un po'. Non si toglie nemmeno le scarpe che, comunque, fuoriescono dal materasso. Non gli piace questa storia della festa. E se fosse tutta una sua paranoia? Ne deve parlare con Scarlet. Anche se non è ancora tornata.

Non è un bel periodo per il nostro amicone.

La storia d'amore con Scarlet, ormai, esiste solo nelle sue speranze.

Perché lui non molla. Soffre da solo, in silenzio, ma non molla. Katia non c'entra nulla, ormai.

È un incassatore formidabile, lo puoi picchiare come un fabbro per dodici riprese, aspettarlo fuori e continuare a picchiarlo, ché tanto lui non ci va al tappeto.

Non molla nemmeno se la «sua» ragazza non gli parla quasi più, se non si fa toccare nemmeno con un fiore, se una volta ha pure passato l'intera notte fuori. E quando lui le ha chiesto di fornirgli almeno delle spiegazioni valide, state a sentire cosa gli ha risposto: «Osvaldo, ringrazia che sono tornata».

Eppure c'è stato un periodo in cui i due ragazzi sembravano essersi riavvicinati.

Scarlet si era presentata tante altre volte conciata male. Soprattutto una sera. Aveva due occhi gonfi come un rospo, il naso come il cubo di Rubik e la bocca come un canotto troppo gonfio.

Al solito Osvaldo le aveva chiesto cosa era accaduto, mordendosi la mano fino a farla sanguinare. E per una volta lei non rispose «nulla Osvaldo, lasciami in pace» ma aveva sussurrato con un filo di voce sgangherata «aiutami Osvaldo ti prego».

Il problema era che non sapeva come aiutarla.

La situazione sembrava abbastanza chiara.

Scarlet era tenuta in ostaggio da un feroce aguzzino. La picchiava, probabilmente la sfruttava, forse ne abusava. Ma perché lei non poteva ribellarsi? E chi era costui? Osvaldo le aveva posto domande di questo tipo almeno un centinaio di volte e lei in altrettante occasioni gli aveva risposto nel solito modo: «Lascia stare, ti prego. Se mi vuoi bene, lascia stare. Stammi vicino e non abbandonarmi mai».

Voleva andare alla polizia, denunciare questo scempio vile. Ma se lo avesse fatto lei giurava che non l'avrebbe mai più vista in tutta la sua vita. E che non si azzardasse a seguirlo!

Osvaldo ci diventava pazzo ma le stava vicino. Più che poteva. Fino a che non fu Scarlet ad abbandonarlo.

Erano tornati due estranei che condividevano due diversi dolori.

E allora come mai il Valenti non si decideva a fare su baracca e burattini e cercare di costruirsi, per l'ennesima volta, un'altra vita?

Perché Osvaldo Valenti è un uomo che crede ai miracoli. Aveva sperato che la storia con Katia Arricò fosse quella giusta sebbene nessuno, davvero, nessuno ci avrebbe scommesso un euro. Aveva sognato per dieci anni che quel famoso squillo nel cielo fosse stato opera della sua fidanzata (tornata alla carica per amarlo per la vita), e adesso si illudeva che Scarlet sarebbe tornata la ragazza colorata da un velo di malinconia conosciuta il primo giorno.

Proprio ora, mentre sta iniziando a sonnecchiare, sente squillare un telefono.

Pensa che provenga dall'appartamento vicino, ma nessuno risponde.

Eppure sembra vicino...

Alzati, bighellone.

Osvaldo si dà una spinta con le molle e parte alla ricerca di questo oggetto misterioso.

Prova nel salotto.

Acqua.

Allora deve provenire dal piccolo ripostiglio, e fruga senza fortuna.

Fuochino.

Infine si dirige in cucina.

Fuoco.

Il telefono sembra che stia strillando.

Il suono viene dal mobiletto in cui stanno le posate.

Apre il primo cassetto.

Eccolo!

Risponde alla chiamata, ma chi sta dall'altra parte tace per qualche secondo e poi riattacca.

È il telefonino di Scarlet, se lo è dimenticato a casa. Eppure questa suoneria non l'ho mai sentita.

Lo tiene in mano, lo osserva meglio.

No, dimmi che non è vero.

E invece è vero, questo è il telefono che Scarlet aveva con sé la prima sera, quando erano stati derubati.

Lo riconosce subito perché è un iPhone con la custodia rosa di Hello Kitty. Quando lo aveva visto la prima volta aveva pensato che fosse un telefono un po' costoso per lei, per l'idea che immediatamente si era fatto sul tenore di vita della ragazza. Poi quei farabutti lo avevano rubato, insieme a tutto il resto. Non può sbagliarsi perché Scarlet era completamente nuda. E non aveva telefoni in mano. Neanche dopo, quando aveva ripreso gli slip dal laghetto.

Il telefono era stato rubato.

Perché adesso è qui?

Per quale cazzo di motivo questo telefono adesso è a casa mia?

Fa un giro per l'appartamento, esce sul terrazzino da dove si vedono i pini che si incrociano e un triangolo di mare. Cerca di concentrarsi, poi rientra e si butta sul divano.

Un sospiro cupo.

Ha capito.

Era tutto così semplice.

73
8 luglio 2014
ore 21.15

Fabio Arricò è pronto per uscire.

È pronto per recitare la sua parte fondamentale in questa storia senza futuro.

Ma non è più così tranquillo.

Non può stare fermo un attimo, si è vestito indossando indumenti a caso, non riesce a finire una delle cose che ha iniziato. I pensieri si mangiano fra di loro. Deve bere. Spera che ci sia qualche birra in frigo. C'è, certo che c'è. Suo padre non fa altro che sbronzarsi. Fabio si scola due lattine alla velocità della luce. Ora è un po' meno agitato. Si domanda se anche gli altri sono così fuori controllo, stravolti da questa strana eccitazione.

Ripensa alle menzogne di Samuele. Ininfluenti forse, ma sempre menzogne.

Fabio gli aveva telefonato qualche giorno prima per sapere se alla fine erano riusciti a trovare la casa dove organizzare la festa.

Samuele aveva risposto con falso entusiasmo.

«Alla grande Fabio, la festa la facciamo nella villa di Max!»

«Nella villa di Massimo?» Non credeva alle sue orecchie.

«Sì, è l'ideale, lei si fida ad andare lì. E poi lo sai, no? Si sono lasciati.»

«Chi ha lasciato chi?» Per quale motivo la risposta a questa domanda lo fa stare sulle spine?

«Mah senti… non si capisce. Max dice che è stato lui a lasciarla, che si era stufato di farsela tutti i santi giorni. Però io non ci credo, non mi convince. Perché allora sarebbe così inferocito con lei tanto da partecipare a questo incontro? Non torna. Secondo me l'ha lasciato lei e lui ci è restato veramente di merda. Comunque Max è dei nostri.» Fabio si era sentito incredibilmente più leggero dopo quella risposta.

«Mi sta bene, nessun problema. Un'ultima cosa... sai, per caso da quanto si sono lasciati?»

«Mmm, da diverso tempo, tipo da questo inverno... direi verso febbraio. Sì, mi pare che Federica me lo avesse detto.»

E allora perché Samuele si era dimenticato questo piccolissimo particolare quando si erano incontrati il primo giorno d'estate per guardare le foto?

Ovvio. Quella carogna di Samuele non voleva lenire la sua rabbia contro Caterina. Perché se era già tutto finito ed era stata lei a lasciare Massimo, la storia un po' cambiava!

Fra l'altro lo aveva mollato proprio nel periodo in cui si erano visti per l'ultima volta al Forte dei Marmi...

Ora Fabio è scosso da un piccolo sussulto.

Si stava quasi dimenticando di Serena.

Deve chiamarla e poi finalmente potrà andare.

Ancora brividi.

«Fabio, non fare troppo tardi, però. Così domani mattina partiamo presto per la Palmaria. Abbiamo fissato anche il ristorante, quello sul mare... aspetta che non mi viene il nome... va be' dai... quello che fa gli spaghetti con le vongole buonissimi!»

«Sere, sei sicura che non vuoi venire anche tu alla festa?»

Dimmi che sei sicura, dimmelo, non fare scherzi!

«Sì sì, sono sicura, sto a casa, non ho voglia di uscire...»

Un sospiro di sollievo lungo come la corrente dello scirocco.

«Non ti preoccupare, torno presto. Appena sono a casa ti mando un messaggio, bacio.»

Adesso può andare.

Passa dal bagno, si guarda allo specchio. Andare dal parrucchiere è stata una buona idea. Gli stanno bene i capelli più corti e le basette un po' a punta.

E per un attimo, un brevissimo attimo imbroglione, non si ricorda più se sta andando a una spedizione punitiva o a un appuntamento importantissimo con una ragazza speciale.

74
8 luglio 2014
ore 21.25

OSVALDO è seduto sul divano.

Non è mai stato così vigile. I nervi tesi si acutizzano in spasmi fulminei.

Aspetta solo di sentire le chiavi nella serratura.

Poi non lo sa cosa farà.

Forse le rifilerà due manrovesci pure lui, prenderà le valigie e le farà volare fuori di casa insieme a quella truffatrice.

O forse se ne andrà lui.

Il ribrezzo soffoca la rabbia.

Un altro capitolo della sua vita si è ufficialmente concluso. Questo è certo. Proverà a ripartire, a trasformarsi per l'ennesima volta? Non lo sa. Questa volta non lo sa. Aveva puntato tutto sulla solida semplicità di questa ragazza. Una ragazza che non lo avrebbe mai tradito.

Scarlet conosceva quella banda di teppisti che li aveva derubati. Li conosceva bene e si era messa d'accordo con loro. Ecco perché, appena saputo che sarebbero andati alle pozze, aveva inviato quel messaggio furtivo.

Lui non era altro che l'ennesimo coglione da derubare e prendere a sprangate.

Però qualcosa all'ultimo momento aveva fatto cambiare idea a Scarlet. Forse, almeno per quella sera, si era trovata bene. Chissà. Ecco perché il criminale si era fermato a pochi metri da loro. Scarlet aveva urlato «no!». E i delinquenti, per una volta, l'avevano ascoltata, rispettata. Magari non si erano dati la briga di rubare la macchina per paura che la ragazza li potesse tradire con il bellimbusto che aveva accanto. Perché quel tizio con i capelli alla Don Johnson prima maniera, qualcosina di insignificante e passeggero doveva essere riuscito a smuoverlo nelle corde sfilacciate della ragazza perché questa si ribellasse al copione.

Sicuramente Scarlet aveva un rapporto molto stretto, di sporca sudditanza, con uno di loro. Era lui che la massacrava di botte.

E allora perché si ostinava a vivere con Osvaldo?

Perché Osvaldo era un rifugio. Nient'altro che un rifugio. L'ultima illusione di una vita normale. Magari all'inizio ci aveva pure provato sul serio a cambiare, magari...

Gli rimaneva da capire perché non si sottraeva a questa mostruosa schiavitù. Ma ormai cosa importava?

Eccola.

Sta aprendo la porta.

Osvaldo sta per scattare in piedi, ma non fa in tempo.

Scarlet ha un sacchetto della spesa che non riesce a tenere in mano. Un dito è gonfissimo, forse è fratturato. Zoppica vistosamente. Un orecchio viola. La bocca deve avere sanguinato per parecchio tempo, ma ormai il sangue si è raggrumato su un angolo del labbro tumefatto. Un livido sul mento e uno enorme sullo sterno. Respira con fatica.

Le è bastato osservarlo un attimo, con quel maledetto telefono in mano e senza il solito sorriso, per capire tutto.

Lo sa che fra loro è finita, lui se ne andrà. Ormai l'ignobile farsa è finita. Eppure non era tutta una farsa. Non lo era.

Scarlet sembra ancora più esile, fragile, indifesa.

Adesso ha gli occhi bagnati, ma se li asciuga con il dorso della mano.

Si avvicina a Osvaldo e prova a sorridere, ma non ce la fa. Fa uno sforzo immane ad aprire quelle labbra offese, e stavolta ci riesce. Gli sorride. Con una smorfia di dolore che le attraversa tutto il corpo. E poi aggiunge una parola, una sola parola, che il nostro amante deluso, forse un giorno lontano, si ricorderà: «Grazie».

Osvaldo si mette le manone sulla faccia e si alza in piedi per prendere in mano quel sacchetto della spesa così pesante e doloroso. Lo posa in un angolo.

«Ascoltami Scarlet, domani io me ne andrò da questa casa. Per sempre. Una volta mi dicesti che l'unica cosa che avevi fatto di buono nella tua vita era venirtene via dal tuo Paese. Secondo me sbagliavi. Questo è un posto che le cose, le persone, i sentimenti non te li regala. Te li porta via. Adesso devo andare. Tu aspettami qui, hai bisogno di aiuto.»

75
8 luglio 2014
ore 21.35

Osvaldo Valenti sta correndo come un pazzo per il lungomare con la sua moto BMW GS 800 Adventure (comprata in sostituzione della Golf affondata nel canale).

Forse è ancora in tempo per arrivare all'appuntamento fissato da quelle piccole teste di cazzo per spiegare loro un paio di cosette. Da uomini.

Il vento contro la faccia si porta via un po' di presente e lo trasforma in passato. Non ci deve più pensare.

Quando arriva di fronte allo stabilimento balneare non c'è più nessuno. Solo un uomo della sua età che cammina lentamente, infilato nei suoi pensieri.

No, cazzo...

Eppure, a un centinaio di metri, nota il retro di una Mini in mezzo alla carreggiata che, per qualche motivo, sembra seguire una fila di scooter che serpeggia fra le auto.

Tiene il motore acceso, si toglie rapidamente il casco e si rivolge all'uomo che cammina e pensa ai fatti suoi.

«Scusi... mi scusi... signore! Per caso, non c'erano mica dei ragazzi qualche secondo fa?»

L'uomo alza la testa, assomiglia a un attore... un attore il cui nome è infrattato nella memoria di Osvaldo.

«Sì, erano qui, con degli scooter e un'auto...»

Un «grazie» urlato al cielo si fonde con il rombo del motore che fa schizzare via la moto come un sasso lanciato da una fionda.

L'uomo guarda la moto che si allontana mentre continua a camminare lentamente come uno che in fondo non vuole arrivare da nessuna parte. Il suo nome è Fabrizio Montagnèr.

76
8 luglio 2014
ore 21.41

SCARLET sta camminando con la valigia in una mano e nell'altra un sacchetto strapieno da cui spunta una ciabatta consumata. Porta una maglietta gialla senza maniche e una gonna lunga azzurra a fiori. Zoppica ancora più visibilmente, inclinata come un centauro in curva. Non è possibile che le sue gambe magrissime sopportino tutta questa fatica. Sembrano pronte a esplodere come due sottili colonne di vetro sotto il peso di un blocco di marmo. Deve fermarsi, non ce la fa. Eppure non si arrende e riparte. Perché non poteva restare un secondo di più in quell'appartamento senza destino. Avrebbe voluto aspettarlo, Osvaldo, l'omone che si prendeva cura di lei. Ma lei, ormai, desidera solamente tornare dal suo carnefice. Ancora una volta, nonostante tutto. Perché lo ama. Questa è la verità. Lo ama fino al delirio. Senza di lui non può vivere. E insieme a lui vorrebbe persino morire.

77
8 luglio 2012
ore 21.45

OSVALDO è più tranquillo.
Almeno potrà controllare la situazione da vicino.

Fa addirittura un po' di fresco.

Segue la fila di motorini e aspetta che lo conducano nel luogo in cui si svolgerà la festa. Procedono in direzione di Viareggio. Non gliene importa nulla se Caterina si incazzerà a morte, se dovrà litigare giornate intere, se non gli parlerà per un po'. La conosce, sua sorella, o meglio, ha imparato a conoscerla: ha il suo caratterino e non le piace subire prepotenze. Ma lui deve proteggerla. È un compito che ha mancato per troppo tempo. E se si sbaglia, pazienza. Non succede niente di irreparabile, che sarà mai! Tante scuse e se ne torna a casa.

Sente vibrare il telefono in una tasca dei jeans.

Se avesse tenuto la suoneria non l'avrebbe mai sentita questa chiamata che cambierà per sempre la vita dei nostri protagonisti. Ma aveva inserito la vibrazione. Già. Per non essere disturbato quando avrebbe parlato con Scarlet per l'ultima volta.

Lo artiglia con una mano e legge il nome sul display.

Katia Arricò La Stronza (in rubrica l'ha registrata così).

Non le rispondo.

Col cazzo che le rispondo!

Katia è proprio come tutte le donne, anzi, molto peggiore di tutte le donne. Sparisci e ti viene a cercare.

Ferradini maestro di vita.

Però Osvaldo, e qui si ripropone il problema ancestrale delle sue scelte sbagliate, collega elementi che non dovrebbero essere collegati.

Suo fratello è amico di Caterina. Magari ha saputo qualcosa anche lei, qualcosa della festa e mi deve raccontare. Meglio rispondere.

Il ditone si avvicina al cerchio verde dell'*OK rispondi,* ma è troppo tardi.

Passano due secondi e sente vibrare di nuovo. Stavolta una scossa più coincisa.

È un messaggio.

Legge.

Osvaldo, sono incinta. Ti devo parlare urgentemente. Vieni a casa mia, per favore.

Chiude.

Non ha capito.

Rilegge.

Incinta??? 😣

Gelo.

Non è una vita che sta per nascere, è lui che muore.

La punta di una spada ghiacciata titilla la spina dorsale di Osvaldo da cima a fondo, per poi girargli intorno e affondare la sua lama in piena pancia, trafiggendolo da parte a parte.

Rallenta automaticamente seguendo con la coda dell'occhio la scia degli scooter e la Mini verde bottiglia che sembra scortarli.

Il caos, inteso nel significato che gli attribuisce la mitologia e cosmogonia degli antichi greci, e cioè la «personificazione dello stato primordiale di vuoto», lo aspira in un abisso senza fondo come un buco nero nello spazio.

Come incinta?!

E se ne rende conto ora?

Ora, cazzo???

Devo subito andarci a parlare.

Ma c'è sua sorella. C'è quella frase che lo ha messo di cattivo umore dalla mattina. E soprattutto c'è quel presentimento che gli azzanna la mente. Uno di quei presentimenti malefici che, se fai le cose per bene, non ci pensa nemmeno ad avverarsi, ma se sgarri, sei fai finta che non esista, allora stai sicuro che ciò che temevi diabolicamente si verifica.

Però questa storia di Katia è troppo grossa...

Devo capire.

Katia. Incinta. Figlio. Troppo presto. Ho solo quarant'anni. E non amo Katia.

Osvaldo Valenti è più inguaiato di Capitan Schettino.

Lui non lo sa, ma è di fronte alla decisione più importante della sua vita.

Devo essere razionale.

Ho sentito solamente una frase monca, detta per giunta da dei ragazzini. Chissà a cosa si riferivano... Caterina non è una scema, se mi ha detto di stare tranquillo, significa che devo stare tranquillo. Non accadrà niente. E se dovesse esserci qualcosa che non va, Caterina mi telefonerà immediatamente.

Scuse scuse scuse.

Sotto sotto lo sa che sta cercando delle giustificazioni.

Osvaldo mette la freccia a sinistra.

A sinistra si trova la casa di Katia.

Il semaforo sta diventando rosso.

Gli scooter e l'auto passano col giallo. Si allontanano, diventano sempre più piccoli, come l'immagine di Caterina.

Osvaldo non li segue e anche questa volta, per l'ultima volta, sente di avere abbandonato la sua sorellina.

78
8 luglio 2014
ore 22.15

Il giardino è illuminatissimo.

Le luci dei lampioni si incrociano con i faretti montati sulle mura della villa disegnata dal grande architetto Mario Grosso.

Come se non bastasse, una luna mai così abbagliante stende il suo pallore sulle cose di questa terra.

L'erba appena tagliata diffonde il suo inconfondibile odore.

E l'alcol?

C'è, ovviamente.

Il tavolo delle bevande è appoggiato alla rete di recinzione e, poco più in là, un computer portatile collegato alle casse è posato su un banco di compensato. La musica è forte e si diffonde per un raggio di circa venti metri.

Sembra davvero una festa.

Sembra davvero una festa e ci sono già tutti.

Manca solo Caterina.

Fabio è già al terzo Gin Tonic eppure non riesce a darsi pace, a fermare quelle gambe che hanno deciso di ammutinarsi.

Sembrano tutti tranquilli. A cominciare da Federica, che ridacchia con Samuele e Massimo. C'è un'aria frizzantina da impresa collettiva militante.

Fabio torna al tavolo degli alcolici dove ci sono i fratelli Bruga, sempre più grossi, che bevono qualcosa di arancione, forse Spritz.

«Tutto apposto, Arricò?»

«Tutto apposto, ragazzi.»

Perché gli hanno fanno questa domanda?

È bianco come la luna. E la paura è impressa nei suoi occhi scuri come un'ombra più nera del buio.

Sul tavolo, al centro, ci sono due caraffe di Sangria. Sangria dei poveri la chiamano i ragazzi di Lido di Magra. Vino rosso, cedrata e un po' di pesche a pezzi. Tutti sanno che devono bere dalla caraffa che sta a sinistra. Quella a destra neanche dovrebbero guardarla. È contaminata da alcuni farmaci sciolti generosamente nel liquido. Alcover, Zolpidem, Rohypnol: le cosiddette «droghe da stupro». Vengono utilizzate da qualche sciagurato per «addormentare» la ragazza di turno per poi abusare di lei. Sono medicinali in grado, soprattutto se mischiati all'alcol, di cagionare profonde amnesie oppure effetti sedativi e dissociativi.

In poche parole, basta bere un paio di bicchierini di quel beverone preparato con tanta cura da Federica Trevisano, per trovarsi in uno stato di incoscienza quasi assoluto.

Si sente il motore di uno scooter crescere di intensità per poi smorzarsi lentamente.

Un fascio di luce illumina il cancello, l'ingresso della casa per poi essere risucchiato dal buio del box. Anche il motore adesso è completamente spento.

È Caterina.

È venuta sola.

È sola.

Il casco infilato nel braccio per non rovinare lo chignon. Ha un vestitino a righe orizzontali bianche e nere. Deve avere i tacchi alti perché è ancora più slanciata, elegante. Cammina verso la zona della festa, trottando sicura sui sandali, con le sue gambe forti e le spalle larghe che le regalano personalità.

Fabio la guarda da sopra una spalla di Mattia Bruga.

La vede abbracciarsi con Federica, che le è corsa incontro. Poi è la volta di Massimo con cui si scambiano due baci frettolosi. Un tempo sarebbero bastati per deviare il corso della sua giornata. Adesso no, non è più geloso di niente. Persino le foto di Caterina, così intimamente taglienti, non lo offendono più.

Ormai.

Caterina si guarda intorno.

Fabio vede il suo viso che si volta finché non intercetta il suo.

Si fissano da lontano.

Saranno distanti venti metri. Troppi, per essere compromettenti. Caterina non avrà mai la certezza che Fabio la stia guardando realmente.

Caterina nota che ci sono poche persone alla festa, strano, ma è contenta perché Fabio è lì. L'unico essere vivente in grado di farla sempre sbagliare. Non è felice, è raggiante. Vorrebbe fregarsene di tutto, metterlo in un angolino, osservare gli occhi di Fabietto che sprofondano nei suoi come un tempo, e parlarci finché non gli ha confessato tutto, proprio tutto. Stordirlo di verità spudorate, travolgerlo di segreti, stremarlo di ammissioni. Fino a notte fonda. Fino all'ultima goccia del suo stupido orgoglio. Anche se è tardi e non serve più.

Ma Fabio la ignora diligentemente, come si è prefissato. Perché questa è soprattutto la sera della sua riscossa ai danni di colei che lo ha sopraffatto, ridicolizzato, fatto soffrire fino a odiarla. Per questo parla con gli altri ragazzi, si fa trovare sempre dalla parte opposta, muove gli occhi prudentemente. Non vuole incrociare lo sguardo di Caterina, nemmeno un secondo. Nessuna possibilità di replica, nessuna.

Caterina gira a braccetto con Federica, mentre si trastullano con i telefonini. Poi le due ragazze saltano e ballano insieme agli altri una canzone che piace anche a Fabio: *We Are Young*. Il gruppo lo avvolge, lo spinge fino a vedere da pochi centimetri il collo elegante di Caterina. Nota che è persino un po' abbronzata, per quello che le consente il suo pallore.

Fabio però se ne va immediatamente da un'altra parte, evita ogni forma di contatto, finge di giocherellare con il telefono.

Sono già tutti ubriachi.

Ballano, scherzano. Anche Caterina, che sembra già sopra le righe anche se non ha ancora bevuto nulla. Finge di divertirsi, biasimandosi però, perché questa è la serata della verità. Se Fabio continuerà a evitarla, andrà lei da lui. Non è mai stata così decisa.

Mentre parla col suo amico Luca, Fabio osserva le due ragazze che raggiungono il tavolo degli alcolici.

Federica prende posizione sulla sinistra e lascia Caterina proprio davanti alla brocca di destra. È pensierosa, poi si volta e lo guarda. Quasi di scatto, per coglierlo in flagrante.

Ma Fabio non c'è più. È voltato dall'altra parte. Completamente disgiunto da ogni relazione. Adesso sta mettendo le mani in tasca. Sente qualcosa, fruga meglio, se lo fa passare fra le dita. Sorride. Non ci può credere di essersi messo i jeans che portava quel giorno al Carnevale di Viareggio. Nella tasca c'è l'anello con sopra il cuore rosso di plastica che si illumina se giri la rotellina di lato. Lo osserva con impazienza, gira la rotella. Brilla ancora. Quel giorno voleva regalarlo a Caterina a tutti i costi per dirle che, se si fosse illuminato, significava che si era innamorata di lui. E ovviamente il cuore si sarebbe illuminato. Lo guarda sbalordito come un bambino che insegue una bolla di sapone. Poi si volta, con cautela, verso Caterina.

Sta bevendo un bicchiere della Sangria drogata.

La stanno guardando tutti. Qualcuno sghignazza. Gomitate. Federica si è girata addirittura dall'altra parte per non scoppiare a ridere, mentre Samuele abbatte tutti i sorrisini con una mitragliata di sguardi roventi. Non vuole rischiare nulla. Questa sera non sono concessi errori.

Basta attendere mezz'oretta.

Caterina è euforica e sfasata insieme. Inciampa, si ricompone, ondeggia, sbanda. Sorride e si appoggia ai ragazzi per mantenere meglio l'equilibrio. Cerca sempre Federica, si appoggia anche a lei e quasi la fa crollare a terra. Ma soprattutto fissa Fabio in modo del tutto disinibito, ormai. E più lui la ignora, più lei lo osserva.

Fabio se lo sente addosso quello sguardo, ed è contento. Una strana sensazione. Caterina cerca il suo perdono e non concederle niente è crudele ed eccitante. Un piacere fisico, letteralmente.

Si sente toccare una spalla.

È Federica.

«Ascolta Fabio, stai mandando tutto a puttane. La Cate è andata, manca poco. Basta un altro sorso di Sangria, uno solo. Fra poco le metterò il bicchiere in mano e buonanotte. Ma tu devi smetterla di non considerarla. Non so come mai, ma chiede sempre di te. Non capisce perché sei così stronzo e vuole andare via. Due minuti fa ha chiamato suo fratello e per fortuna non le ha risposto, sennò eravamo fottuti. Adesso il suo telefono ce l'ho io. Se per un caso se ne va in questo momento, o almeno ci prova, siamo fregati. Perché qui intorno ci sono un sacco di ville e non possiamo fare troppo casino. Quindi vai da lei e parlale, dille qualcosa, una qualsiasi cazzata. Ok?»

Fabio la osserva come si può osservare la peggiore traditrice. La detesta, le fa letteralmente ribrezzo, eppure è colei che lo sta aiutando nella sua vendetta. Nella vendetta di tutti.

Fa sì con la testa e si avvicina a Caterina.

Caterina non è più in sé, eppure vive dei momenti di improvvisa lucidità. Come adesso.

Gli sorride meglio che può. Gli occhi letteralmente sfolgoranti. Dolci. E ironici senza farlo apposta, come sempre. Ma stasera ancora di più. Anche se è stata ferocemente drogata.

Fabio la bacia su una guancia, stavolta affonda piano però. E sta attentissimo a non farsi vedere quando le lascia cadere l'anellino nella borsetta.

Poi le parla all'orecchio, le guance appiccicate, caldissime.

«Cate, non mi fare domande, però domani mattina guarda il cuore e gira la rotellina... se si illumina vuol dire che sei innamorata di me.»

Caterina non capisce ma sorride, un sorriso sfavillante, dei suoi. Gli stringe forte la nuca, come se quella frase incomprensibile fosse uno sbrano oceanico nella tela delle loro incomprensioni.

Poi lo guarda serissima.

«Senti Fabio, ti devo parlare.»

Ma Fabio nemmeno l'ascolta, se ne va, domandandosi perché, fra tutte le cose che poteva fare e dire, ha scelto la peggiore.

Perché le ha gettato l'anello nella borsa? Forse perché desiderava compiere questo gesto tanto tempo prima ed era arrivato il momento di restituirle la beffa. Il giorno dopo Caterina capirà.

Ma nessuno più di lui è convinto che per Caterina non ci sarà un giorno dopo.

79
8 luglio 2012
ore 22.50

IL signor Arricò si sta chiedendo se oggi qualcuno della famiglia ha ritirato la posta.

Ma la risposta è no, come sempre.

È un'incombenza che gli hanno riservato in esclusiva, visto che ormai non vive più.

Passa tutto il giorno davanti alla televisione anche se non riesce nemmeno a seguirla, non si lava mai, si alza tardi, sempre più tardi, e beve. Beve molto. E non parla praticamente più.

Va bene, vado io.

E fa bene. Fa assolutamente bene. Perché dentro la cassetta della posta c'è una busta. E dentro la busta c'è una lettera. E dentro la lettera c'è stampato a chiare lettere che il signor Giacomo Arricò è stato riassunto alla Marmi Apuani S.r.l.

Giacomo ciabatta fino alla porta di ingresso, strisciando i piedi. Fondamentalmente è l'unico suono che produce nell'ambiente.

Apre la porta.

Sente le solite urla dalla casa di fronte. Ma non ci fa più nemmeno caso ai romeni e ai loro lamenti aggressivi.

Fa due scalini.

E si ferma.

Un grido più forte lo disturba, lo ferisce. È l'urlo straziante di una donna. Una voce diversa dalle altre. Sommersa da una valanga di grida in quella lingua che odia. Quell'urlo, così umano, sta facendo tremare l'epicentro di Giacomo Arricò. Un grido di aiuto e liberazione. E forse è ciò che il signor Arricò sta cercando da sempre. La forza di chiedere aiuto.

Sente sbattere forte un oggetto, ripetutamente. Un rumore che da solo fa intuire sofferenza. E un pianto distorto che sembra rivolto proprio a lui.

Il signor Arricò risale i due scalini. Ascolta. Fra l'altro la porta è solo accostata. Lì dietro sta succedendo qualcosa di grave.

Rientra in casa, ancora troppo lentamente. Vede la luce della cucina accesa. Forse sua moglie è ancora in piedi.

La signora Arricò quasi salta in aria quando avverte quell'ombra che è scivolata in cucina senza fare rumore. In genere Giulia sente arrivare suo marito dai passi strisciati, dal suono di quelle maledette ciabatte che non riesce nemmeno più ad alzare da terra. La fa stare male, quel suono, più di ogni altra cosa, perché è il segno più banale e immediato della resa. Stavolta però si è mosso con passi leggeri.

Giacomo la guarda negli occhi come ormai non faceva quasi più.

«Giulia, mi puoi prestare un attimo il manganello?»

È pazzo, ormai è completamente pazzo, poverino.

314

«Io non ce l'ho il manganello, Giacomo», cerca di assecondarlo, un po' impaurita.

Giacomo legge questa frazione di paura negli occhi della moglie e china la testa.

«Scusa Giulia, con cosa le fai le tagliatelle?»

«Con il matterello. Io le tagliatelle le faccio con il matterello.»

«Ecco sì... il matterello. Me lo puoi prestare un minuto?»

Giacomo Arricò sta uscendo dalla cucina con il matterello in mano, quando si volta verso la moglie.

La guarda negli occhi nuovamente.

«Non ti ho mai chiesto scusa per quella volta. Non devi avere paura, Giulia, perché non accadrà mai più. E i nostri ragazzi... come stanno? Non mi sembrano felici, sai. Dobbiamo parlarci, che dici? Ho sbagliato tutto con loro. E scusami ancora, se puoi, per quella sera: non succederà più.»

Giacomo Arricò se ne è già andato quando è sua moglie stavolta a chinare la testa. Sorride. Per via dell'ultima frase che ha pronunciato suo marito. È il titolo della loro canzone preferita, di quando si sono conosciuti: *Non succederà più*. Non è solo la canzone, è tutto quello che c'era dietro e che forse ci sarà davanti. Sorride e osserva una lunga, calda, goccia di gioia precipitarle sul collo del piede.

La porta è sempre socchiusa.

Ancora urla bestiali. Sono urla di uomo. E poi un gemito d'agonia. Come una donna che sta morendo.

Il signor Arricò spalanca la porta. C'è un lungo corridoio buio. In fondo, una stanza illuminata da una luce giallina. È un'immagine nitida. Un ragazzone sta urlando e sputando contro una donna distesa a terra.

È il figlio, lo spacciatore o quel che è. Grida alla donna che non doveva tornare, che è una schifosa puttana e che stavolta l'ammazza. Vede che le rifila un calcio con uno stivale di pelle, sul costato. Poi una cinghiata, sul viso. La donna non si protegge neppure più con le mani.

Giacomo deve fare presto.

Su un mobiletto dove sta il telefono fisso, incredibilmente in bella vista, c'è una pistola. Una luce proviene dalla cucina con la porta chiusa. Non avrebbe neanche bisogno dell'arma. Ma in cucina c'è qualcuno.

Non ciabatta, scivola, pattina silenziosissimo lungo il corridoio.

È a due passi dalla porta della stanza. Giacomo si rende conto che è una ragazza giovane e sta molto male. Sputa sangue. Strisce di carne viva le solcano il viso.

Il giovane romeno finalmente lo vede.

Nemmeno un gesto di sorpresa, è un duro.

I due si guardano. Il giovane è gigantesco e ha una cinghia arrotolata su una mano. L'uomo, un matterello per fare le tagliatelle. Ma ha uno sguardo diverso dagli altri italiani su cui il boss romeno ha facilmente ragione.

Uno sguardo implacabile. Senza ritorno. È uno sguardo pericoloso.

E poi quell'uomo spigoloso sembra fatto di… marmo.

Il giovane non si fida, si guarda intorno per cercare la pistola. L'uomo fa segno di no con il dito. Non la troverà mai la sua pistola.

«Ascoltami, adesso io prendo la ragazza. Tu stai contro il muro. Fino a che non sono uscito da questa casa. Non ti succederà niente, forse. Capito?»

Quell'uomo parla con troppa calma. E continua a guardarlo negli occhi. Il giovane retrocede contro la parete.

Mentre guarda la ragazza e sta per chinarsi verso di lei, il signor Arricò fa uno scatto e con il matterello per fare le tagliatelle colpisce al volto il giovane con tutta la forza che ha. Il gigante romeno si affloscia a terra.

Adesso Arricò può chinarsi sulla ragazza. Respira ancora.

«Ehi, bellezza, come va?» Cerca di tenerla sveglia come gli avevano insegnato al corso.

«Dai su, andiamocene via di qui.» La prende in braccio delicatamente, come una bambola di porcellana.

316

La madre del rumeno adesso è in mezzo al corridoio. Ma basta vedere un attimo il volto dell'uomo per ritirarsi in cucina. Giacomo rientra in casa e si chiude la porta alle spalle con un calcio.

«Giulia, presto, chiama un'ambulanza! Presto. Anzi, due ambulanze. E la polizia, chiama anche la polizia.»

Sente la signora Arricò sgambettare verso il telefono e parlare.

Sistema la ragazza sul letto matrimoniale e avvicina il viso per sentirne il respiro.

«Senti, lo sai che sei proprio bella... Come ti chiami... te lo ricordi?»

La ragazza sputa un po' di sangue e mugola qualcosa.

«Non ho capito, come ti chiami?»

La ragazza stavolta emette un suono.

«Sca.. lle.. t.»

Deve essere sudamericana. Che significa Scallet? Semmai...

«Che bel nome Scallet... anche se io sono sicuro che ti chiami Scarlet, non è vero?»

La ragazza annuisce con un lievissimo movimento della testa.

I capelli le si muovono intorno al viso, ricordando il battito di ali di una farfalla.

Quando le ambulanze arrivano, Giacomo sente defluire la tensione con un rimescolio di tutto il sangue che gli scorre nelle vene.

Scarlet Mendez Sousa non corre alcun pericolo di vita. Ci sarà da lavorare sul viso, è chiaro, ma la ragazza se la caverà.

Gli agenti della polizia hanno arrestato i due romeni. Madre e figlio. Giacomo esce. Li raggiunge sulle scale per consegnare la pistola a un poliziotto e rientra in casa.

Il signor Giacomo Arricò non ha ancora visto la lettera di riassunzione inviata dalla sua vecchia società, eppure ha finalmente capito che non occorre avere un lavoro per sentirsi un uomo.

80
8 luglio 2014
ore 22.58

CATERINA è riversa su una sedia a sdraio.
La testa le ciondola avanti e indietro.
Ogni tanto sui alza in piedi e cerca di ballare. Ma può solo girare su se stessa e crollare seduta.
Sembra incosciente ormai, eppure ogni tanto alza gli occhi e lo cerca. Cerca Fabietto.
«Fabio dove sei?» è l'unica frase che le suggerisce l'istinto, o forse qualcos'altro.
Non può rendersi conto di niente ma tutti la stanno guardando. Fingono di ballare, di farsi i fatti loro ma non le staccano gli occhi di dosso. Sono occhi di sciacalli alimentati dalla forza sanguinaria comune.
L'eccitazione del gruppo si impenna minuto per minuto. L'aggressività si trasmette come corrente elettrica da un corpo all'altro, si sovrappone, si condivide, diviene una piramide di virilità artificiale. Anche Fabio adesso è stracolmo di un odio selvaggio che deve assolutamente evadere.
Caterina si alza in piedi, ma le gambe stanno per cedere. Samuele la tiene in piedi, infilandole le braccia sotto le ascelle, stringendole forte la schiena che si inarca all'indietro come in un balletto sgraziato.
E fa segno che è arrivato il momento.

81
8 luglio 2014
ore 23.07

KATIA Arricò e Osvaldo Valenti.
Un duello senza vincitori, come sempre.

Un legame slabbrato che non brucia più.

Katia è dimagrita esageratamente, il viso sbattuto, pallido. Raggomitolata con le braccia attorno alle ginocchia. Sta al centro del divanetto. I capelli legati male, una coda sbilenca e sfilacciata. Indossa la maglia bianca del pigiama e un paio di pantaloni della tuta, strettissimi e corti.

Non c'è più niente della ragazza che abbiamo conosciuto nel suo massimo splendore, quando faceva correre Osvaldo e l'intero Lido di Magra dietro alla sua magnetica e irresistibile spregiudicatezza. E non c'è niente neppure della donna che ha sedotto, con l'avvenenza che l'ha sempre contraddistinta, l'ex fidanzato proprio qualche mese fa.

Ci sono solamente i suoi occhi.

Verdi e incredibilmente soli.

Continuano a mentire, sperando che le loro bugie resistano ancora un po', come soldati feriti braccati dal nemico.

Osvaldo Valenti è in piedi, il volto reclinato verso le mattonelle del pavimento. Ha sbagliato ancora. La volta decisiva. Ma soprattutto, sta aspettando, senza vero interesse, una risposta dalla ragazza di fronte a lui.

Guarda il telefono per l'ennesima volta. Non c'è segnale.

Appena il nostro placido ragazzone è entrato in quella casa dimessa, Katia gli è saltata al collo. Sorrideva, ubriaca di eccitazione.

Le ha spiegato che era lui. Lui, Osvaldo Valenti, il padre della creatura che custodiva in grembo. Su questo non c'erano dubbi. E non c'erano dubbi nemmeno sul fatto che l'esserino rintanato nella sua pancia fosse una femmina. Poi ha osservato le reazioni del futuro padre: stralunato, incredulo, smarrito. Infine quasi felice. Un pochino perché gli era sembrato indelicato mostrarsi perplesso, un pochino perché, nel giro di pochi secondi, le bobine della sua mente avevano cominciato a proiettare un film che non era poi così male: una famiglia, una marmocchia bionda e bellissima (non poteva essere altrimenti) tutta sua, la nuova vita insieme a Katia che non amava più ma che avrebbe ricominciato ad amare sicuramente.

Però, in tutta questa storia, c'era qualcosa che stonava, qualcosa di insano, di malaticcio.

Appena varcata la porta dell'appartamento, la prima cosa che aveva cercato voracemente era la pancia della futura mamma. La sua semplice immaginazione gli aveva suggerito un pancione gigante, proprietario assoluto di un corpo segnato dalla gravidanza ma proprio per questo ancora più affascinante e misterioso. E il viso di Katia, splendido, anche se dilatato.

Invece la pancia non c'era. Nemmeno un filo. Il celebre ventre tonico e piatto di Katia, sostituito da una parete molliccia, livida, incavata. Un sospetto. Vile e istintivo. Lo aveva scacciato via con un colpo di coda della ragione. Cosa ne sapeva Osvaldo di gravidanze, tempi di crescita del feto, progressione volumetrica dell'addome?

Le aveva quindi chiesto perché ne fosse venuta a conoscenza solo adesso (il sospetto era ancora lì, vivo e vegeto), ma la ragazza aveva fugato i dubbi brillantemente, raccontando che si era recata all'ospedale per sottoporsi al Pap test, quando i dottori le avevano subito prospettato l'ipotesi concreta di una gravidanza in stato avanzato.

Stavano nuovamente sbilanciandosi in avanti con i soliti giochetti e pronostici: che nome le avrebbero dato? Osvaldo aveva subito proposto Caterina, Katia nicchiava e sparava nomi a raffica. Da chi avrebbe preso la piccina? Totale concordanza: sarebbe stata la fotocopia della madre. Dove avrebbero collocato la loro tana? Il più possibile lontano da questo posto infame.

Osvaldo continuava a guardare il telefono. *Niente. Non prende.*

Poi Katia aveva cominciato a strambare. Si era fatta seria e insistente. Voleva assolutamente sapere perché Osvaldo non aveva mai risposto a tutti i messaggi che gli aveva inviato dopo quella notte di fuoco. Era completamente sparito, neanche una telefonata, niente. Possibile che fosse diventato così insensibile e superficiale? La voce di Katia si impastava di rancore e steccava con sibili isterici da ragazzina abituata a vincere. Lo incalzava sempre più scomposta. Stava cercando addirittura di fargli ammettere che uno come lui, uno che nella vita non aveva concluso niente di buono, non poteva permettersi il lusso di trattare a pesci in faccia la bellissima e determinata Katia Arricò. Lei era in grado di avere tutti gli uomini dell'universo con uno schiocco delle dita! Come aveva potuto trattarla così?

Osvaldo aveva capito fin dall'inizio.

Per questo era riuscito a sfoderare un bluff che solo Stuart Errol Ungar, il più grande giocatore di Texas Holdem di tutti i tempi, era capace di fare.

«Ascoltami Katia, finora ho scherzato con te e abbiamo giocato a fare i genitori. Scusami se ho fatto lo scemo, ma come tu sai bene sono una persona di poche qualità. Le cose però stanno così. Io sto per sposarmi. Sono l'uomo più felice del mondo e voglio avere una famiglia con la donna che amo. La bambina è una cosa bellissima e quindi nessun problema, la riconoscerò. Sarà la mia luce.»

Il volto di Katia era mutato ancora. Sembrava persa in uno dei suoi mille specchi alla ricerca della sua immagine migliore, quella che le aveva consentito di brillare nei sogni di ogni uomo. Ma, riflessa, non vedeva che una donna usata da se stessa, sfiorita, deposta persino dall'unico essere vivente che l'aveva amata oltre se stesso.

La domanda di Osvaldo era giunta pochi minuti fa e ancora attendeva quella risposta.

«Non c'è nessuna bambina, vero?»

Sapeva già la verità, ma non stava macerando per questo. Si contorceva nei suoi errori, scorticato vivo dal rimorso: a quest'ora doveva essere da tutta altra parte. Caterina. La sua Pernigotti. Stava bene? E se la situazione della sorella era tranquilla, avrebbe dovuto assistere Scarlet. Anche se fra loro era tutto finito. Quella ragazza aveva superato il confine e stava rischiando troppo. E la cosa peggiore era che lei, quel rischio, lo desiderava più di ogni altra cosa.

Non la guarda nemmeno più, Katia.

Silenzio.

Fino a quando Katia inizia a parlare ad alta voce, con i suoi occhi solitari, scompaginati, emigrati.

«... un figlio con lui, non scherziamo... il più scemo di questo paese di scemi... figuriamoci che lo stavo per avere sul serio un figlio con questo demente, prima che se ne andasse a ballare la Lambada in giro per il mondo. Per fortuna che non ci ho pensato un secondo ad abortire. Chissà che idiota sarebbe diventato.»

Osvaldo se ne va, senza dire una parola.

Non sbatte nemmeno la porta, non ne vale la pena.

Vuole uscire all'aperto.

È una strana notte d'estate. Limpida, leggera, senza un filo di vento. Fuggito insieme all'afa che ti calpesta. Il solito odore di acqua marcia che proviene dal canale Versilia, quasi immobile.

Eppure non c'è niente intorno a lui. Fissa il telefono.

C'è un messaggio.

È di Caterina, aveva cercato di chiamarlo.

Come ha cercato di chiamarmi?

Aiuto.

L'apprensione è palpitante, lo strangola. I battiti del cuore accelerati sono come i rintocchi del tempo che ha perduto.

Richiama immediatamente.

Non risponde.

Richiama ancora, ancora, ancora.

Richiamerà tutta la notte. E per tutta la notte Caterina non risponderà.

Non gli importa di Katia, della bambina che non c'è, del figlio che ci sarebbe stato.

Lui, una figlia, l'ha sempre avuta.

Alza la testa, guarda lassù, fra le stelle, dietro le stelle.

Restituiscimela, ti prego.

Per una volta, non può insultarlo.

82
8 luglio 2014
ore 23.11

Caterina è sbattuta contro un muro sporco e abraso.
I sandali acquistati per l'occasione e la borsa scaraventati in un angolo buio. Finalmente sono riusciti a portarla nella casa abbondonata, in mezzo ai campi. Dietro di lei, avvinghiato a lei, c'è Samuele. La tiene in piedi premendola contro la parete con una forza esagerata. Le urla contro che è una puttana schifosa e che fra poco pagherà, è arrivata l'ora. Tutti gridano più o meno la stessa cosa. Sono euforici, entusiasti di infliggere la giusta punizione alla fighetta gradassa e irraggiungibile. O forse sono galvanizzati perché stanno finalmente per compiere qualcosa che potranno ricordare e per cui saranno ricordati. Per la prima volta nella loro vita.

Luca Cattabrini è sulla piazzola d'erba secca di fronte alla casa, per controllare che nessuno venga a scocciare. Non potevano concedergli un incarico più lussuoso.

La stanza dove hanno segregato la ragazza è piuttosto piccola, alla fine di una breve rampa di scale mezza crollata. Solo un foro rettangolare nel muro, una finestra mai divenuta tale, permette all'aria fresca di intrufolarsi nella stanza buia.

Massimo Chini tiene in mano la torcia che taglia l'oscurità, consentendo una buona visione generale.

La testa di Caterina, ogni tanto, cede all'indietro e Samuele la sbatte ruvidamente contro il muro. Ora la guancia aderisce alla polvere dell'intonaco, mentre lui simula una penetrazione da dietro.

Il gruppo si gasa, vuole che le tolga il vestito, che lo alzi, almeno, per vedere le mutandine. È un loro diritto!

Samuele tira su il vestitino corto che si stabilizza a mezza schiena, trattenuto dal sudore che appiccica come un adesivo.

I ragazzi esultano in un urlo feroce. Tutti possono ammirare gli slip di Caterina. Le mutandine, un paio di culotte brasiliane, bianche, eleganti, sexy, che arrivano a coprire solo metà del sedere solido e burroso di Caterina. Samuele sa bene che non lo avrebbe mai visto in vita sua se non avessero violato, annullato la sua volontà. Collera, brama e ingordigia lo dominano in ogni suo gesto. Non cerca di abbassarle, le strappa. Si lacerano per metà, lasciando il centro bene in vista. Gli amici si avvicinano, ridono, le palpano il sedere affondandogli le dita, gli lasciano il segno delle unghie. Anche Fabio è soggiogato dall'esaltazione della sua furia incontrollabile. Non gli sembra un'offesa così enorme insinuare una mano sotto ed esplorare delicatamente. Prova a infilarle due dita dentro la vagina, ma è secca, sente una resistenza ruvida e fastidiosa. Rinuncia per non procurale strappi o escoriazioni. Qualcuno le lecca la guancia, esageratamente come se fosse un gelato, mentre Federica, con il suo vestitino verde e gli occhi da cerbiatto, filma col telefono. È un'impresa e le imprese vanno immortalate. Samuele cerca di frenare l'orda per ricavarsi un attimo di esclusiva, si tira giù i pantaloni, i boxer e le struscia il cazzo molle sulle natiche. Ci arriva a malapena al sedere di Caterina, è una scena ridicola. Riesce a umiliarlo anche quando è in sua balia. Le dà due calci alle caviglie per allargarle le gambe. Ora il sedere è più alla sua portata. Eppure non basta perché l'erezione non c'è. Se lo tiene in mano con una mossa virile, ma è come un coltello di gomma.

Tutti applaudono, offendono la ragazza con parole volgari e crudeli. Ma Caterina non può ancora sentire nulla.

Fabio capisce che contro il muro non si può combinare nulla, allora la strappa a Samuele e di peso la trasporta in mezzo alla stanza. In ginocchio. L'appoggia a terra, non la lascia cadere. Caterina si rovescia indietro, come spezzata in due. Allora qualcuno la spintona con violenza riversandola in avanti, facendole sbattere la faccia sul pavimento. Granelli di terra e cemento le si attaccano al viso. Mugola pianissimo. Nessuno la può sentire. Nemmeno Fabio, che nonostante tutto l'alcol ingerito, mantiene un'attenzione spasmodica su tutto ciò che accade.

Tutti gli si fanno di nuovo sotto, si ricompattano come un branco di lupi sulla carogna di una bestia. Mattia Bruga è il primo che cerca di penetrarla da dietro, la tiene per i fianchi e le rifila dei colpi violenti. Ma con cosa? Anche il suo pene rimane molle e inoffensivo. È allora Antonio Bruga, il fratello maggiore, che gira intorno al corpo inerme della ragazza e le alza la testa afferrandola per la crocchia, alcuni ciuffi gli rimangono nella mano. Le piega il collo un po' indietro, in modo da avere il viso a sua totale disposizione. Caterina ha la bocca aperta, un filo di saliva che le unisce le labbra. Fabio ha quasi un principio di erezione assurda, ignobile e perversa, quasi masochistica, mentre vede la ragazza in loro (e sua) totale balìa, disintegrata nel suo orgoglio, annientata fisicamente.

Il ragazzone le avvicina il pene alle labbra, ce lo struscia contro.

Urlano tutti, impazziti, voraci. Vogliono che glielo infili in bocca. Antonio non si fa pregare, inserisce il pene flaccido fra le labbra, ci entra preciso, rompe il tenue filo di saliva e infila il membro dentro più che può. In profondità quasi fino alla gola. Il gruppo è in estasi. Applausi di approvazione.

Caterina risale sul piano della coscienza per pochi secondi, sente un tappo in gola che la soffoca. Prova a sputare ma niente. Ha un urto di vomito perché qualcosa le struscia sulle tonsille. Bruga la tiene per la testa e spinge ancora più a fondo.

Caterina ha un tremito violento, poi spalanca gli occhi per qualche secondo. Si torcono paurosamente verso il centro, per un attimo sembrano quelli di suo fratello. Forse capisce che c'è qualcosa che non va, fatto sta che dà un morso violento, come per spezzarlo, a quel tubo di gomma che sente di avere in gola.

Antonio urla bestialmente.

La ragazza continua a stringere i denti. Il ragazzone le rifila un colpo in pieno viso, spezzandole uno zigomo. Si sente un suono secco. Caterina prima urla in modo anomalo, poi si spegne letteralmente, reclinando la testa all'indietro e poi, come una molla, scattando in avanti e stramazzando al suolo. Il viso, sbattuto a terra frontalmente, non si volta di lato seguendo il percorso dettato da una qualche reazione muscolare.

Fabio non può non ricordare lo stesso identico sguardo che Caterina aveva indirizzato alla sua merendina prima di darle l'ultimo morso. Ma non è il momento per perdersi nei ricordi come femminucce. *Non pensarci.*

Il sangue inizia a uscire lentamente sotto il volto di Caterina e si impiastriccia con la polvere e il cemento sbriciolato.

Fabio ha come uno scossone.

Il sangue.

Caterina stroncata da un pugno.

A terra, immobile.

Non è più un'umiliazione risarcitoria, è l'inizio di un massacro.

Se lo aspettava ma è comunque una bordata dritta alla bocca dello stomaco che lo piega in due.

Arricò osserva Massimo, il ragazzo che Caterina ha preferito a lui, avvicinarsi al corpo scomposto al suolo, a pancia in giù. Una gamba curiosamente non è distesa ma ciondola avanti e indietro all'altezza del ginocchio come un dito che dice «no». L'ex fidanzato la afferra per la vita e la tira nuovamente su, in una posizione in cui possa essere agevolmente penetrata da dietro. Il viso di Caterina adesso è deforme, uno zigomo con un taglio che cola sangue è il triplo dell'altro. L'occhio è quasi invisibile. Eppure Massimo si apposta dietro, si aggiusta per benino, le allarga le gambe e prova a infilarglielo nel sedere. Nel sedere, addirittura! Massimo che la sodomizza. Fabio, incredibilmente, sente la saliva amara come il fiele scivolare nella gola, e un rantolo di gelosia ringhiare nella testa. Spera con tutte le sue forze che non ci riesca.

Se Caterina fosse minimamente in sé, guarderebbe Fabietto con i suoi occhi scintillanti di derisione e lo tranquillizzerebbe: «Non riusciva a elargire quel minimo di sesso sindacale sul letto di casa, figuriamoci qui».

Infatti Max, il ragazzino buono, ricco e timido, ci rinuncia, rifilandole un pugno di frustrazione sul costato.

Boato di delusione.

Ma cosa sta succedendo? Sono uomini o caporali?

È la volta di Samuele.

Stavolta è più deciso, lo sguardo da porco sanguinario. Nemmeno Federica sa che prima di uscire di casa il suo fidanzato si è ingollato due pastiglie di Viagra per non rischiare figuracce. Lui è il capo e deve dimostrarlo sul campo. Deve prendere quella smorfiosa di Caterina e aprirla come una mela davanti a tutti. Deve spezzarla in due a colpi di cazzo. Lui, solo lui, è in grado di sfondarle il culo. Non quella mezza sega di Massimo Chini. Chissà se almeno è riuscito a sverginarla.

Il pubblico lo incoraggia come un grande gladiatore nell'arena. Le tira il viso indietro con una mano premuta sulle labbra perché non possa mordere, e inizia a pompare da dietro.

Stavolta ti chiavo fino ad ammazzarti, puttana.

Muove sapientemente il bacino, accelerando e decelerando. La sensazione è che la stia finalmente penetrando. I ragazzi si caricano ancora una volta, urlano, battono il tempo con le mani. Ma Fabio, in posizione privilegiata, vede chiaramente che non sta compicciando nulla, il suo pisello è più moscio di prima.

Si volta verso Federica.

Come fai, lurida traditrice, a vedere il tuo ragazzo che cerca di violentare una tua amica e avere quel sorrisino compiaciuto? Fra l'altro, il tuo grande uomo non è neanche capace, poveracci tutti e due.

Fabio sente suonare un telefono nella borsetta di Federica; si è dimenticata di spegnerlo.

Deve essere di Caterina. Basterebbe rispondere e la ragazza sarebbe salva. Ma neanche lui lo vuole veramente.

Samuele continua imperterrito, sempre più aggressivo e avvilito allo stesso tempo. Ormai è un movimento isterico, robotico, inutilmente ripetitivo. Si sente addosso una frustrazione totalizzante, come un serpente senza denti, e vorrebbe piangere. L'unica, per venirne fuori con un minimo di decenza, è finire col botto. Procurarle almeno un danno. Infatti d'un tratto urla e le strappa di netto il piercing dal labbro superiore. Un fiotto di sangue rosso vivo zampilla a fontanella, poi inizia a colarle sul mento e dentro la gola.

L'acutezza del dolore sembra avviare un leggero movimento delle ciglia.

Samuele si scosta e lascia passare Fabio, sperando con tutto il cuore che anche lui, il ragazzetto dalle palle mosce sempre nel mezzo, faccia cilecca.

Ma Fabio non ha nessuna intenzione di stuprare Caterina, fra l'altro sa bene che non ci riuscirebbe. Si sente tutti gli occhi addosso, perché nessuno è convinto che lui possa veramente farle del male. Ma lui non la vuole dare la soddisfazione a quei figli di puttana. Lui è diventato cazzuto come e più di loro e vuole dimostrarlo una volta per tutte. Scende le scale fino al prato, nota Luca diligentemente arroccato nel suo posto di vedetta, gli fa un segno di saluto, e torna su con un ramoscello di rovi pieno di spine.

Quando risale le scale elettrizzato e spunta nella stanza, ancora urla, di stima, stavolta. Lo osservano con attenzione.

Ma Luca Cattabrini è travolto dalla curiosità. Decide di dare un'occhiata anche lui. Sale le scale piano, senza farsi sentire. Sporge solo metà del viso.

Quello che vede è un'immagine raccapricciante, di una ferocia che i suoi giovani occhi non possono sostenere.

Luca scende le scale ancora più lentamente di come è salito. Cammina veloce sul prato, raggiunge la strada e inizia a correre come un disperato, i suoi baffetti biondi già intrisi di lacrime. Si guarda intorno per vedere dov'è l'abitazione più vicina. È troppo lontana, allora corre ancora più forte. Senza fermarsi prova a comporre il numero del 113, ma le mani gli tremano. E poi non farebbero in tempo ad arrivare. Deve correre fino a che non troverà qualcuno.

Perché lo vuole fare? Perché vuole aggiungere dolore ad altro dolore? Perché Fabio ci tiene a essere parte del gruppo, a fare bella figura, a non restare indietro. Per una volta nella vita. Può dimostrare di essere più tosto, più uomo e persino più cattivo degli altri. È nato tutto da lui, e adesso deve dimostrare di avere i coglioni. *Perché ci vogliono i coglioni, vero Fabio, a torturare insieme ad altri quattro maschi una ragazzina svenuta per terra?* Preferisce non addentrarsi troppo nella risposta al quesito che si è appena posto. Deve guadagnarsi il rispetto di tutti e smetterla di fare sempre la parte del ragazzino che si tira indietro!

Nessuna pietà.

Caterina non ne ha avuta per lui.

Guarda la vagina della ragazza. È rosa. Non ci aveva mai pensato alla sua vagina, all'organo di piacere e di potere che Caterina possedeva orgogliosamente. Ora che ci pensa, non ha mai nemmeno sentito il desiderio di farci sesso. L'amava in un modo tutto suo, con l'anima, forse.

Non ha ancora finito di rifletterci che le infila il ramo fino a dove può entrare. Lo infila dalla parte in cui non ci sono le spine. Con delicatezza, incredibilmente. Le spine le stringe lui, dentro la mano. Con tutta la forza che ha, quasi per vedere se riesce a spezzarle con la sua stessa carne.

A Caterina viene la pelle d'oca sulle gambe. Il corpo inizia a pulsare per qualche secondo. La schiena si inarca, le vene del collo si gonfiano, muove appena le labbra lorde di sangue che continuano a sgocciolare.

Non smettono di seviziarla, torturarla. La calpestano, ci sputano sopra, le pisciano addosso, anche sui capelli, sul viso.

Samuele sfila il tralcio di rovi e lo infila dalla parte delle spine, rigirandolo più volte all'interno del canale vaginale. Con i suoi soliti occhi deserti, guarda Fabio, come a dire «sei il solito ragazzino vigliacco».

Ma non basta.

La verità è che in fondo non sono riusciti a possederla e straziarla come avrebbero voluto, come avrebbe meritato. È per questo che devono andare avanti, fino alla fine. Samuele avverte il fallimento della loro stessa miseria, la soglia della disumanità varcata senza successo. Mentre dalla vagina inizia a uscire qualche goccia di sangue.

Caterina sente dolore.

Non capisce cosa sta succedendo ma sente dolore. Ovunque, ma soprattutto lì.

Accenna a muoversi. Ma non ce la fa.

Samuele, nota un segnale di risveglio e fa un cenno a Federica che gli passa un nastro da carrozziere. Le lega i polsi strettissimi.

Ma Caterina sembra riprendersi.

Riesce quasi ad aprire gli occhi per una frazione di secondo.

È forte, questa troia.

Bisogna stare attenti e pronti.

Samuele non ha mai scartato l'ipotesi più estrema. Forse non ha sperato altro.

Caterina apre gli occhi, davanti a un muro con una finestrella senza persiane da cui intravede la luna.

Ci mette pochi secondi per rendersi conto che la stanno macellando.

Ormai è tutto chiaro.

Non ha ancora visto i volti di chi si aggira in quella stanza squallida e spaventosa, ma è come se lo sapesse già.

La festa, il suo gruppo di amici, quella canzone che continua a rimbombarle nella testa.

We Are Young. Noi siamo giovani.

Sono loro gli aguzzini: Samuele e i suoi amici teppisti.

La vogliono uccidere?

Sì.

A questo punto, sì.

E allora perché non si sbrigano?

Caterina non ce la fa più, sta soffrendo troppo, spera solamente che facciano presto.

Eppure ha ancora la forza di pensare all'unica cosa che può renderla felice. Anche se sa che fra pochissimo tutto sparirà per sempre, a cominciare da questa impavida emozione che la lega a un ragazzino che l'amava.

Fabietto...

Perché non ci sei?
Se ci fossi mi aiuteresti, mi salveresti... Perché, non credere
che non lo sappia, tu hai coraggio.
Ci teno a te, lo sai, vero?

Il gruppo si sta consultando. Discutono con calma. La ragazza li ha riconosciuti e adesso non si può tornare indietro. Eccola la giustificazione che cercavano disperatamente. Come se non lo avessero saputo fin dall'inizio. «Ci ha visti, se domani parla, siamo tutti finiti.» È una frase pronunciata indistintamente. Si confrontano senza accanimento né frenesia. Una calma mostruosa sembra averli anestetizzati. È arrivato il momento. Sono tutti d'accordo. E dopo? Dopo si vedrà. In fondo hanno tutta la notte per pensarci.

Fabio non li ascolta nemmeno. Dà il suo assenso e si sposta dal gruppo. Non può fare più nulla, ormai. Sarebbero tutti contro di lui, non avrebbe scampo. E poi è quello che vorrebbe veramente? No, lui stavolta vuole essere come gli altri, più degli altri. Vuole mostrare che pure lui ha le palle, che non ha paura. Ci vogliono i coglioni per uccidere, questa è la verità. E lui finalmente sente di essere pronto. Gira per la stanza, intorno al corpo sfasciato di Caterina. Vede brillare qualcosa, come un coriandolo argentato. Nel terriccio, mischiato alla polvere del cemento. È l'anellino, la pallina d'argento del piercing che ha sempre odiato. Eppure la raccoglie e se la mette in tasca, dove prima c'era l'anello con il cuore. Si guarda il palmo delle mani. Sono insanguinate e piene di spine. Sembrano piccole stelle nere. Un sottile rivolo di sangue scorre proprio lungo la linea della vita.

Caterina è stremata, già profondamente uccisa.

Fabio è paralizzato, sull'orlo dell'oscenità che lui stesso ha voluto.

È l'ultimo del gruppo che pochi secondi fa ha detto «sì, andiamo fino in fondo». È lui che ha dato inizio a questo gioco disumano ed è lui che ha messo la parola fine a questa agonia. *Possiamo darle solo un piccolo aiuto. Ormai è tutto finito.*

Solamente quando vede spuntare un paio di forbici da macellaio in mano a Mattia Bruga, sente un brivido che non è un brivido, ma una lama che lo squarcia in due tronconi. La differenza fra parlare e agire. Fra ipotizzare e realizzare.

Sono troppo affilate quelle lame, anche per Caterina.

Stanno per uccidere una persona, una ragazza.

Stanno per uccidere Caterina Valenti.

E Samuele?

Quel figlio di puttana ha in mano un martello gigantesco.

Si erano preparati, era quello che volevano fin dall'inizio. *Ci siamo tutti preparati.*

Siamo solo dei vigliacchi assassini.

Mattia Bruga unisce le lame delle forbici e le avvicina al sedere di Caterina. Lo punzecchia per testare la capacità penetrativa dell'utensile, poi dà un colpo secco e la punta penetra nel gluteo per un paio di centimetri. Caterina vibra in modo terrificante, ma non urla, non piange.

«Dalle un colpo alla gola ed è tutto finito.» È Massimo Chini a parlare, quel verme.

Mattia fa il giro dalla parte dove sta il viso della ragazza. Lo tira su per il mento.

Fabio sta tremando, qualche goccia di urina gli scivola lungo la gamba.

«Aspetta, Mattia!» Samuele interrompe momentaneamente l'esecuzione.

Il giovane capo branco si avvicina a Fabio.

«Fabio, tocca a te. L'idea è stata tua.»

Samuele... vile bastardo.

Samuele lo vede perplesso, quindi gli dà l'ultima spallata.

«Per una volta, dimostra di avere le palle. E poi è una questione d'onore.»

Fabio prende in mano il martello senza guardare il suo nemico peggiore.

È vero, è proprio una questione d'onore.

Adesso lo fissa dritto negli occhi, è uno sguardo stranissimo.

Caterina li sta osservando, uno a uno.

Fabio non vuole che lo veda, le punta contro la luce del telefono, ma ormai è troppo tardi.

Lo guarda negli occhi.

I suoi occhi brillano su tutto, fanno a brandelli la loro vile messa in scena, condannano senza scampo. Condannano lui.

È il suo solito sguardo combattivo, orgoglioso, senza vie d'uscita.

Sembra in grado di fare esplodere questa misera casetta scalcinata.

E sembra che dica…

Non è possibile, Fabietto.

Non è possibile.

Tu.

Proprio tu.

Poi Fabio le vede abbassare gli occhi, come in mille altre occasioni quando Caterina capisce che non può farci più nulla, che non serve più combattere, che è finita.

Lo stesso sguardo che aveva sulla spiaggia, quando era sotto di lui e giocavano a fare la lotta. E lei aveva capito che era inutile continuare a ribellarsi a ciò che era ineluttabile. Quello sguardo che abbandona i suoi stessi occhi.

Caterina ha finalmente abbassato le palpebre.

Come se fosse finalmente pronta.

Forza Fabio, è solo il colpo di grazia.

Fabio fa un passo in avanti, verso di lei, in un silenzio oppressivo e finale.

Caterina, non aprire gli occhi, ti prego.

83
9 luglio 2014

Osvaldo Valenti si è appena svegliato da un sonno terribile, molto più vischioso dei suoi incubi peggiori.
Non ha chiuso occhio in questa notte atrocemente sbagliata.
Ha ceduto solo pochi minuti, quasi per chiedere una tregua al dolore.
Le palpitazioni dell'ansia trasformate in strappi insopportabili.
Caterina non è rientrata a casa.
Quando è corso nell'abitazione di famiglia, non l'ha trovata.
Ma era troppo presto, Caterina non poteva essere già tornata.
L'ha aspettata sul letto della sorella qualche minuto, poi le ha ritelefonato.
Niente.
È uscito di casa (sbagliando, perché il telefono di casa era l'unico strumento attraverso il quale avrebbe potuto essere contattato. Ma come poteva sapere che il cellulare di Caterina era in altre mani?) e ha iniziato a vagare. Vagare senza meta, sperando di incappare in quella coincidenza su un milione che gli avrebbe permesso di sapere qualcosa. Ha fatto un salto persino nel suo appartamento, ormai disabitato persino dai ricordi. Poteva aiutare Scarlet nell'attesa... oppure vivere quelle ore infinite con una persona che gli volesse un po' di bene. Sarebbe stata una sofferenza meno solitaria, forse. Ma Scarlet non c'era, come immaginava. Se ne era andata.
Chissà dove sei, ormai?

Ha chiamato Caterina per tutta la notte e lei non ha mai risposto. Ha chiamato i genitori, si è fatto dare il numero di qualche sua compagna di classe, ma nessuno le ha saputo dare informazioni utili.
Ha perso tutte le speranze.
Non ha avuto il coraggio di chiamare gli ospedali, i comandi

dei carabinieri, della polizia. Aveva troppa paura. Persino di riceverla, una telefonata. Il pensiero di uno squillo lo inorridiva. Molto meglio aspettare. Aveva la sensazione che fosse meno pericoloso, aspettare.

Anche tutta la notte.

Fino a che Caterina non avesse risposto con la sua voce scocciata: «Ma che vuoi, Osvaldo? È tutta la notte che mi cerchi!»

Ora è sul lungomare, su una panchina davanti a un'edicola.

Sono le dieci e il sole, incandescente, si è già impadronito di tutto. Persino l'ombra sembra essere fuggita chissà dove per non mancargli di rispetto.

Osvaldo indossa gli occhiali da sole, se li è messi questa notte, quando ha visto che Caterina non tornava. Un gesto scaramantico, gli occhiali gli portano fortuna.

Si alza, avvicinandosi all'edicola, è troppo teso per sbloccare gli automatismi di una vita.

Prende il *Tirreno*, un'edizione aggiornata. Si mette a sfogliarlo, distrattamente senza leggere nulla.

Arriva alla cronaca locale, sempre in automatico.

Un articolo a tutta pagina.

All'inizio non ci fa caso, volta pagina.

Poi una foto: un viso e un nome che si riaffacciano come treni fantasma dai binari morti della memoria.

Torna indietro. Un urto di vomito che non riesce a controllare.

Rimette di lato. Ha gli occhi che strabuzzano, rossi e lacrimosi. Prova a leggere. Non è in grado. Sembra su una nave che si inabissa e riemerge in un mare deforme. Le righe impazziscono e si danno battaglia. Le parole non esistono più.

Ci riprova.

Si toglie gli occhiali.

Almeno il titolo.

Poi qualche riga sopra.

Una fila di fotografie. Riconosce solo due volti. Il primo non ha il coraggio di guardarlo.

L'altro è lui.
Lui è...
Non è possibile.
Gli ho salvato la vita e...
Non ce la fa.
Non può andare avanti.
Resta fermo almeno trenta minuti, anche se lo sa che il suo posto adesso è tutto da un'altra parte.
Si alza e inizia a camminare lentamente, cercando di restare in equilibrio.
Guarda il cielo, proprio come aveva fatto la sera prima.
È un cielo azzurrissimo che dilania la vista. Eppure sembra vuoto. Dovè il sole? E tutto quell'azzurro? Forse è propio il cielo che non c'è più.
La testa di Osvaldo ciondola e oscilla, mentre si allontana lentamente. Sembra che pianga oppure sorrida, non è possibile capirlo. Forse entrambe le cose, chissà.
Non si volta più verso la panchina perché vedrebbe i suoi occhiali sopra il giornale intenti a leggere la notizia del giorno.

MASSACRO NELLA CASA ABBANDONATA

Branco di giovani violentano
e torturano una loro amica.

Caterina Valenti, la giovane barbaramente seviziata e pestata a sangue, è stata ricoverata nel reparto di terapia intensiva del Presidio Ospedaliero delle Apuane. È in gravi condizioni, ma si salverà.
Fabio Arricò, l'unico fra gli aggressori che proprio alla fine si è ribellato alla violenza omicida del gruppo, lottando allo stremo per difendere la ragazza, ha perso la vita.

Ringraziamenti

RINGRAZIO Lara che ci ha creduto, e chi ci crede vince comunque vada.

Ringrazio tutto il gruppo editoriale della Sperling & Kupfer, a cominciare da Cinzia, perché fra *ero e sarò* ci passa molta differenza.

Ringrazio tutta la mia famiglia che compra sempre un sacco di copie.

Ringrazio tutti i miei amici che non mi hanno mai lasciato solo, come Mario Fantacci, Silvio Di Cocco, Nicola Grasso Peroni, Leonardo Rastrelli, Lorenzo Mazzali (e la spuma di Champagne Moet Chantonio), Lorenzo Mannelli e la sua famiglia, Alessandro Frediani, Antonio Zamparini, Luca di Mari, Federico Luti, Giacomo Granchi, Nicoletta Garau, Massimiliano Gabellini, Sacha Ciatti, Nicola Mondanelli, S.O.S. Fabrizio Nocentini, Federico Vincenti, Fiore Pandolfi, Arianna Fantechi e il suo Cynar, Elena Fratini, Micol Zanin e la magica Maria Elena Greco.

Ringrazio mio fratello Francesco per le consulenze «para-mediche» e i ricordi da cui attingo a piene mani, mio cugino Stefano (per la vera storia di *Maracaibo*), mio cugino Sandro «Greige», l'altro cugino Sandro Fabbrini che pubblicizzava da Ibiza, «Miss Mondo» Claudia Tripodi, Andrea Giannelli sempre alla ricerca della «terzietà», l'amico scrittore Nicola Ronchi e il fotografo Federico Cavicchioli.

Ringrazio Fabio Arricò e Fabrizio Montagnèr, spero di diventare come voi.

E infine ringrazio tutti voi cari lettori perché, come diceva qualcuno, la mia vita siete voi.

Paolo Cammilli

Finito di stampare presso ELCOGRAF S.p.A.
Stabilimento di Cles (TN)
Printed in Italy